LINDA WINTERBERG
DIE VERLORENE SCHWESTER

 aufbau taschenbuch

Hinter LINDA WINTERBERG verbirgt sich Nicole Steyer, eine erfolgreiche Autorin historischer Romane. Sie lebt mit ihrem Mann und ihren zwei Töchtern im Taunus und begann schon im Kindesalter erste Geschichten zu schreiben. Bei Aufbau liegen von ihr die Romane »Das Haus der verlorenen Kinder«, »Solange die Hoffnung uns gehört«, »Unsere Tage am Ende des Sees« sowie »Für immer Weihnachten« vor.

Bern, 1968: Nach dem Tod ihres Vaters werden die Schwestern Marie und Lena ihrer erkrankten Mutter von der Schweizer Fürsorge weggenommen und im Kinderheim untergebracht. Kurz darauf werden die Kinder von der Behörde, wie damals üblich, getrennt und an Pflegefamilien »verdingt«. Während es die Ältere zunächst noch gut getroffen zu haben scheint, landet die Jüngere an einem Ort des Schreckens. Werden die Mädchen einander jemals wiedersehen?
Zürich, 2008: Die ehrgeizige Investmentbankerin Anna gerät in eine persönliche Krise, als sie zufällig herausfindet, dass sie adoptiert wurde. Ihre Mutter kann ihre Fragen zu ihrer Herkunft nicht beantworten, so dass sie sich mit Hilfe der Journalistin Claudia auf die Suche nach ihren leiblichen Eltern begibt. Schon bald stoßen die beiden Frauen auf die Geschichte der Verdingkinder von damals.

Nach den historischen Fällen der Verdingkinder der Schweiz erzählt.

Linda Winterberg

DIE
VERLORENE
SCHWESTER

ROMAN

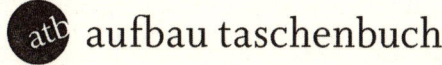 aufbau taschenbuch

MIX
Papier aus verantwor-
tungsvollen Quellen
FSC® C083411

ISBN 978-3-7466-3452-4

Aufbau Taschenbuch ist eine Marke
der Aufbau Verlag GmbH & Co. KG

2. Auflage 2019
© Aufbau Verlag GmbH & Co. KG, Berlin 2018
Umschlaggestaltung www.buerosued.de, München
unter Verwendung eines Bildes von © Arcangel / Ildiko Neer
Gesetzt in der Sabon durch Greiner & Reichel, Köln
Druck und Binden CPI books GmbH, Leck, Germany
Printed in Germany

www.aufbau-verlag.de

PROLOG

Das Gewitter war abgezogen, und die dunklen Wolken lichteten sich. Es hatte kurz, dafür heftig gewütet. Prasselnder Regen, Wind, der an den Bäumen rüttelte und die Schwüle des Tages vertrieb. Nun kehrten die Sonnenstrahlen zurück, die das feuchte Gras funkeln ließen. Ein Regenbogen zeichnete sich gegen die schwarze Wand im Osten ab, Donnergrollen, das sich entfernte. Bald würde es ganz verstummen. Sie öffnete das Fenster, trat auf die Terrasse und ließ ihren Blick über den Garten bis zum nahen Waldrand schweifen. Heute war wieder einer dieser Tage, an denen sie an sie denken musste, versuchte, sich ihre Stimme in Erinnerung zu rufen, ihre Nähe und Wärme. Der Schmerz saß tief. Er wollte nicht zurücktreten, raubte ihr den Schlaf. Die Vergangenheit wog schwerer als das Leben, das sie heute hatte. Oder war sie ungerecht? Es hatte viele gute Stunden gegeben. Sie hatte die Liebe gefunden, ein Zuhause. Doch sie lebte eine Lüge. Jeden Tag, jede Stunde – und sie konnte, durfte es nicht ändern.

Heute war ihr Geburtstag. Wieder ein Geburtstag ohne sie. Zweiundfünfzig Kerzen auf einer Torte, vielleicht freute sie sich, feierte mit Enkelkindern, einem Ehemann. Würde sie an ihre Schwester denken? Sie vermissen? Sie war kein Teil ihres Lebens, schon so lange nicht mehr. Getrennt, ein

Wiedersehen war nicht vorgesehen. Sonst würde das Gestern kommen und sie zur Rechenschaft ziehen, für das, was sie getan hatte.

Sie holte die zerknitterte Fotografie aus der Tasche ihrer Strickjacke und berührte sie zärtlich mit den Fingerspitzen. Sie sahen sich so ähnlich. Dunkles Haar, Mandelaugen. Arm in Arm standen sie da, fröhlich lachend. Nicht ahnend, was die Zukunft bringen würde. Nur ein Jahr darauf war ihre Welt in sich zusammengebrochen, und sie hatten nichts dagegen tun können.

Sie trat zurück ins Wohnzimmer und ging zu dem kleinen Sekretär in der Ecke. Dort lag sie. Ihre Telefonnummer. Sorgfältig notiert auf einem Zettel. Wie ein Wunder erschienen ihr die wenigen Zahlen. Sollte sie sie anrufen? Nur ein Mal ihre Stimme hören. Fragen, ob es ihr gutging. Das würde schon reichen. Oder doch nicht? Würde sie dann nach mehr verlangen und auf ein Wiedersehen hoffen? Das jedoch durfte es nicht geben. Sie war tot, gestorben, zu einer anderen geworden, um leben zu können. Um der Hölle zu entfliehen.

Sie zerknüllte das Papier und warf es in den Mülleimer. Fischte den Zettel wieder heraus, strich ihn glatt, nahm den Telefonhörer ab, legte ihn wieder auf. Nur einmal ihre Stimme hören. Mehr nicht. Sie tippte die Nummer und drückte auf die Wählentaste. Das Klingeln, einmal, zweimal. Dann nahm sie ab.

»Hallo?«

Die Stimme ihrer Schwester. Eindeutig. Tränen stiegen ihr in die Augen.

»Wer ist denn da?«

Kein Wort kam über ihre Lippen. Sie weinte still.

»Aber da ist doch jemand.«

Stille, ihr Atem. Es wurde aufgelegt.

Sie ließ den Hörer sinken und stand einfach nur da. Starrte auf den Boden, über den Sonnenflecken tanzten. Ihre Stimme. Sie klang so fremd und doch vertraut. Der Hörer glitt ihr aus der Hand und fiel zu Boden. Sie trat zurück auf die Terrasse, wo der Regenbogen verblasste. Sie sah ihm dabei zu, wie er sich immer weiter auflöste und irgendwann ganz verschwunden war. Wie die Vergangenheit, wie ein gemeinsames Leben, das ihnen geraubt worden war – damals, als die Stille in das Haus ihrer Kindheit eingezogen war und alles zerstörte.

KAPITEL 1

Anna erreichte den Platzspitz hinter dem Schweizerischen Nationalmuseum, an dem ihre gewohnte Joggingrunde begann, die an der Limmat entlangführte, und hätte am liebsten gleich wieder umgedreht, denn dort am Ufer stand ihr Exfreund Markus. Reichten nicht schon seine Anrufe? Sogar in der Bank, wo es langsam peinlich wurde. Was verstand der Mann nicht an: Es ist vorbei? Ein halbes Jahr hatte sie es mit ihm ausgehalten. Dann war ihr seine ständige Eifersucht endgültig so auf die Nerven gegangen, dass sie sich von ihm getrennt hatte. Sie brauchte keinen Aufpasser, der bei jedem Telefonat die Ohren spitzte und sie beinahe täglich von der Arbeit abholte, womit er ihr anfangs noch schmeichelte. Zunächst schien er noch ein vollendeter Gentleman mit seinen rehbraunen Augen und dem dunklen, lockigen Haar, gutaussehend, zuvorkommend, aber mit der Zeit wurde es anstrengend mit ihm. Sie hatte ihn in einem Café während ihrer Mittagspause kennengelernt. Zwei Abende später hatte er sie zum Essen eingeladen, und sie waren im Bett gelandet, was Anna am nächsten Morgen, als sie allein aufwachte, zunächst bereute. Sagte ihre Freundin Sara nicht immer wieder, dass beim ersten Date auf keinen Fall zu viel passieren durfte? Markus war jedoch geblieben und innerhalb weniger Wochen zu einer Klette mutiert, die ihresgleichen suchte.

Jetzt lehnte er also am Geländer des Mattenstegs und schenkte ihr sein strahlendstes Lächeln.

»Markus«, begrüßte Anna ihn mit säuerlicher Miene. »Was machst du hier?«

»Ich dachte, ich könnte mit dir laufen«, antwortete er. »Wir könnten noch einmal über alles reden. Weißt du …«

Weiter kam er nicht.

»Es gibt nichts mehr zu reden«, ließ Anna ihn nicht ausreden. »Wie oft soll ich es dir noch sagen? Es ist vorbei. Ich brauche kein Kindermädchen und auch keinen Bodyguard, der sogar mein Handy überwacht.«

Als sie ihn vor zwei Wochen dabei erwischte, wie er ihre SMS kontrollierte, war es endgültig vorbei gewesen, und sie hatte ihn wütend rausgeworfen.

»Sara wird gleich kommen und mit mir laufen. Wir sind verabredet.« Demonstrativ schaute Anna auf ihre Armbanduhr.

»Komm schon, Anna.« Er setzte seinen Dackelblick auf. Anna wandte sich ab. Noch vor einer Weile hatte sie es süß gefunden, wenn er sie auf diese Weise ansah. Mit der rosaroten Brille auf den Augen hatte er sie damit jedes Mal milde gestimmt. Doch dieses Mal würde er auf Granit beißen. Sollte er sich doch eine andere Dumme suchen, die seine Eifersuchtsanfälle und Schnüffeleien ertrug.

»Es ist vorbei, Markus«, antwortete sie um einen schroffen Unterton bemüht. »Und hör damit auf, mich ständig anzurufen oder mir irgendwo aufzulauern.«

Sein Blick wurde traurig. Er ließ die Schultern hängen. Er war ein guter Schauspieler, das musste sie ihm lassen. Doch dieses Mal würde ihm seine Show nichts nützen.

»Ich werde dir auch allen Freiraum lassen, den du brauchst«, startete er einen weiteren Versuch. »Ich war ein Esel. Ich liebe dich, Anna, ich will dich nicht verlieren.« Er machte einen Schritt auf sie zu und streckte die Hand nach ihr aus.

Anna versank in seinen traurigen Augen. In ihrem Magen begann es zu kribbeln. Reiß dich zusammen, schalt sie sich. Nicht wieder schwach werden. In spätestens drei Tagen wäre alles wie vorher.

»Hallo Anna«, kam ihr Sara zu Hilfe, die plötzlich hinter ihr auftauchte. »Markus, du auch hier?«

Anna atmete erleichtert auf und wandte sich um.

»Sara, wie schön. Da bist du ja endlich. Markus wollte gerade gehen.« Sie warf ihrem Exfreund einen kühlen Blick zu.

»Dann können wir ja los«, sagte Sara. »Sonst kommen wir auf dem Rückweg noch in die Dunkelheit. Bis irgendwann mal, Markus.« Ihre Stimme klang aufgesetzt freundlich, ihr Lächeln war unverbindlich und kühl. Anna, die sich ebenfalls mit knappen Worten von ihm verabschiedete, musste schmunzeln. Markus hatte Sara noch nie leiden können, was auf Gegenseitigkeit beruhte. Der geschleckte Typ bringt nur Ärger, hatte Sara von Anfang an gesagt. Wie recht sie doch hatte, dachte Anna, während sie Sara den Mattensteg über die Limmat folgte. Am anderen Ufer bogen sie in den Kloster-Fahr-Weg ein, der am Ufer entlang bis zum Kraftwerk Höngg ging, was den Wendepunkt ihrer Laufstrecke darstellte. Dort liefen sie über die Werdinsel ans rechte Ufer und zurück. Anna hatte nach ihrer Ankunft in Zürich vor drei Jahren mehrere Joggingrunden ausprobiert, und diese war zu ihrem Favoriten geworden. Sie liebte es, am Fluss entlangzulaufen und über das Wasser zu blicken, auf dem sich Schwäne, Enten und Blesshühner tummelten.

»Entschuldige, dass ich mich verspätet habe«, sagte Sara. »Aber es konnte ja keiner ahnen, dass er dir sogar hier auflauert.«

»Ich habe es fast befürchtet«, antwortete Anna seufzend. »Vor der Bank hat er ja schon mehrfach gestanden, und auch in meinem Stammcafé ist er vorgestern aufgetaucht. Ich bin ihm nur entgangen, weil ich sofort auf dem Absatz kehrtgemacht habe, bevor er mich entdeckt hatte.«

»Wenn das so weitergeht, wirst du noch eine Verfügung bei der Polizei erwirken müssen, damit er dich in Ruhe lässt. Ich habe dir ja gleich gesagt …«

»Ja, ja«, unterbrach Anna sie. »Er ist ein unangenehmer Typ, mit dem es nur Ärger geben wird – ich weiß. Die Polizei wird es schon nicht brauchen. Irgendwann wird er schon kapieren, dass es aus ist.«

»Hoffentlich findet er bald ein neues Opfer«, meinte Sara. »Irgendein Dummchen, das ihn vielleicht sogar heiratet. Dann hast du ein für alle Mal deine Ruhe.« Sie blieb stehen und japste nach Luft. Die Hände auf die Oberschenkel gestützt, ging sie sogar leicht in die Knie. Besorgt sah Anna ihre Freundin an.

»Was ist los? Geht es dir nicht gut?«

»Es wird schon besser. Plötzlich war mir schwindelig.«

»Das muss am Wetter liegen«, sagte Anna. »Diese ständige Schwüle geht mir auch an die Substanz, und ich bin kein wetterfühliger Mensch.«

»Nein, daran liegt es nicht«, erwiderte Sara und richtete sich auf. Plötzlich umspielte ein Lächeln ihre Lippen.

Annas Augen wurden groß.

»Nein ... Du bist doch nicht etwa schwanger?«

»Doch. Sechste Woche«, platzte Sara heraus. »Deswegen war ich auch zu spät. Ich hatte noch einen Arzttermin. Sogar das kleine Herz schlägt schon. Ich habe es auf dem Monitor gesehen.«

»Gratuliere.« Anna umarmte Sara freudig. Sie wusste, wie lange Sara und Johannes sich schon ein Kind wünschten. Sie hatten die Hoffnung, dass es auf natürlichem Weg klappen könnte, beinahe aufgegeben. Sogar einen Termin in einer Fruchtbarkeitsklinik hatte Sara vor einigen Wochen vereinbart.

»Wie schön. Weiß es Johannes schon?«

»Noch nicht«, antwortete Sara. Die beiden setzten sich wieder in Bewegung, liefen aber nicht mehr, sondern spazierten einfach am Ufer entlang.

»Ich weiß gar nicht, wie ich ihm die guten Neuigkeiten mitteilen soll. Es einfach so zu sagen wäre doch unpassend nach all der Zeit, die wir darauf gewartet haben. Vielleicht sollte ich Babyschühchen kaufen oder einen Schnuller.«

»Das ist eine süße Idee. Ich freu mich so für dich!« Anna blieb stehen und umarmte die Freundin noch einmal. »Hoffentlich geht auch alles gut«, antwortete Sara. »Immerhin bin ich schon über dreißig.«

»Jetzt mach mal halblang«, suchte Anna, sie zu beruhigen. Du bist erst einunddreißig. Bestimmt wird alles völlig unkompliziert verlaufen. Allerdings müssen wir jetzt auf dich aufpassen. Ist dir übel?«

»Ein wenig morgens. Doch es ist erträglich. Und wie man sieht, wird mir beim Laufen schwindelig. Aber der Arzt meinte, ich könnte ganz normal weiter Sport machen. Nur Trampolinspringen sollte ich fürs Erste lassen.« Sie grinste. Die beiden fielen wieder in einen leichten Trab.

»Dann werde ich dich also bald als Schreibtischkollegin verlieren«, sagte Anna. »Wie soll ich ohne dich all diese Zicken ertragen?«

»So schlimm ist es auch wieder nicht. Mit den meisten verstehst du dich doch ganz gut.«

»Aber ohne dich wird es nicht dasselbe sein.«

»Vielleicht komme ich ja schon bald nach der Geburt zurück. Wir müssen sowieso überlegen, wie es weitergeht. Eine größere Wohnung können wir uns in Zürich kaum leisten, schon gar nicht mit einem Gehalt.«

»Da hast du recht«, erwiderte Anna seufzend. Auch sie bezahlte für ihre kleine Zweizimmerwohnung, die im Stadtteil Oerlikon lag, ein halbes Vermögen. Größere Sprünge waren, obwohl sie sehr gut verdiente, nicht drin. Bevor sie nach Zürich gekommen war, hatte sie auf deutscher Seite eine kleine Wohnung gehabt, die weniger als die Hälfte gekostet hatte. Doch der Ehrgeiz hatte sie in die Bankenmetropole geführt, wo sie bei der UBS-Bank als Investmentbankerin arbeitete. Sie war vier Jahre älter als Sara und verschwendete im Gegensatz zu ihr keinen Gedanken an Familie oder Kinderkriegen. Vielleicht war es auch das gewesen, was sie mit der Zeit an Markus geärgert hatte. Immer wieder hatte er vom Heiraten und einer Familie gesprochen. Ein Haus mit Garten, Idylle auf dem Land. Langeweile war da doch vorprogrammiert.

»Johannes spielt schon seit einer Weile mit dem Gedanken, aus Zürich wegzugehen. Basel ist auch interessant, und er müsste nur einen Versetzungsantrag stellen.«

»Und Johannes' Eltern sind in Basel«, vervollständigte Anna Saras Ausführungen. »Also wirst du über kurz oder lang nicht nur deinen Schreibtisch, sondern auch Zürich verlassen?«

»Vermutlich. Aber sicher ist das noch nicht«, erwiderte Sara. »Es kann dauern, bis Versetzungsanträge genehmigt werden. Sollte es jedoch so kommen, haben wir es ja nicht weit. Basel ist nicht aus der Welt.«

»Nein, ist es nicht«, erwiderte Anna, wissend, dass sie Sara verlieren würde. Genauso war es mit ihrer Freundin Greta in Konstanz gewesen, wo noch immer ihre Mutter lebte. Sie kannten sich seit der Schulzeit und waren wie Pech und Schwefel gewesen. Dann jedoch hatte Greta geheiratet, war mit ihrem Ehemann nach Bern gezogen und schwanger geworden. Inzwischen hatte sie drei Kinder, ein Mädchen und Zwillingsjungen, die Anna einmal erlebt hatte, was sie niemals wiederholen wollte. Greta war mit der Rasselbande sichtlich überfordert gewesen und hatte ihr fast schon leidgetan. Inzwischen hatten sie kaum noch Kontakt. Gewiss würde es mit Sara so ähnlich enden, was Anna schon jetzt bedauerte.

Den Rest des Weges unterhielten sie sich über die Arbeit. Es ging um Aktienkurse und Kunden, die sie mal mehr, mal weniger leiden konnten. Der Bürokomplex der UBS wurde um einen Anbau erweitert, was in den nächsten Wochen eine Menge Baulärm bedeutete. Als sie den Platzspitz wieder erreichten, war es bereits dunkel geworden.

»Ist eben noch nicht Sommer«, kommentierte Sara den raschen Einbruch der Nacht.

»Aber es dauert nicht mehr lang«, antwortete Anna mit einem Lächeln. »Ich finde, es riecht schon danach.« Sie atmete die milde, nach Blumen duftende Abendluft ein und lächelte.

»Ich glaube, ich überrasche ihn mit den Schühchen«, ging Sara nicht auf Annas Antwort ein.

»Das ist eine gute Idee«, antwortete Anna, die diese Sorte Gedankensprünge von Sara gewohnt war.

»Bei Manor gibt es bestimmt schöne. Wenn du magst, können wir morgen in der Mittagspause zusammen welche aussuchen.«

»Das würdest du wirklich mit mir machen?«, fragte Sara.

»Aber natürlich«, erwiderte Anna und legte ihr den Arm über die Schulter. Sie liefen Richtung Museum. »Wann willst du es dem Chef sagen?«

»Erst nach dem dritten Monat«, antwortete Sara. »Dann ist es sicher.«

Sie erreichten die Straßenbahnhaltestelle und verabschiedeten sich voneinander, als Annas Bahn einfuhr. Anna nahm am Fenster Platz und winkte Sara zum Abschied noch einmal zu. Wie glücklich sie aussah, ihre Augen strahlten so. Vielleicht war es ja doch nicht so schlimm, eine Familie zu gründen? Anna schob den Gedanken beiseite und lehnte ihren Kopf, der leicht zu dröhnen begonnen hatte, gegen die Scheibe. Bei ihrem Händchen für Männer würde es mit dem Familienglück sowieso nichts werden. Als sie in Oerlikon ausstieg, lief sie wie immer am Hotel Stern vorüber, bog unweit davon in eine Seitenstraße ab und betrat kurz darauf den engen Hinterhof, in dem ihre Wohnung in einem von der Straße abgewandten Gebäude aus den fünfziger Jahren lag. Als sie in ihrem winzigen Flur das Licht anknipste, fiel ihr sofort das Blinken ihres Anrufbeantworters auf. Sie drückte auf die Playtaste, und die Stimme ihrer Mutter ertönte.

»Anna, bist du da? Du musst sofort herkommen. Ich hatte einen Fahrradunfall und liege im Krankenhaus.«

»Auch das noch«, fluchte Anna. Sie würde sich morgen den Tag frei nehmen müssen, was Thomas, ihrem direkten Vorgesetzten, vermutlich nicht gefiele. Am besten wäre es, sie sagte ihm gleich Bescheid und Sara auch. Dann musste sie eben die Schühchen für die Babyüberraschung ohne sie aussuchen. Anna fischte ihr BlackBerry aus der Tasche und begann, zwei Nachrichten zu tippen. Thomas antwortete sofort, verständnisvoller als erwartet, und schlug ihr sogar vor, sich bis zum Wochenende frei zu nehmen. Anna stimmte gern zu, dann hätte sie noch etwas Zeit, um Konstanz, ihre Heimatstadt, zu genießen. Vielleicht ergab sich ja auch die Möglichkeit, einige alte Freunde wiederzutreffen. Sie beschloss, gleich aufzubrechen. Nur schnell duschen und packen, dann würde sie sich auf den Weg machen.

Einige Stunden später öffnete Anna die Tür zu ihrem Elternhaus, das in einem ruhigen Ortsteil von Konstanz lag, in dem es hauptsächlich Einfamilienhäuser gab. Abgestandene Luft schlug ihr im Flur entgegen. Im Wohnzimmer entdeckte Anna jedoch, dass die Terrassentür offen stand. Ihre Mutter war noch nie gut darin gewesen, auf das Haus zu achten. Sie hatte nur Glück, dass Konstanz' Einbrecherschaft von ihrer Schusseligkeit noch nichts mitbekommen hatte. Anna trat auf die Terrasse und ließ ihren Blick über die Gartenmöbel aus Teakholz in den dunklen Garten schweifen, der früher das Reich ihres Vaters gewesen war. Jetzt war er schon vier Jahre tot. Herzinfarkt mit zweiundsiebzig. Dabei hatten ihre Eltern noch so viele Pläne gehabt, nachdem er sich ein halbes Jahr vor seinem Tod endlich dazu durchgerungen hatte, seine Kanzlei an seinen Nachfolger zu übergeben. Ihre Mutter hatte sein plötzlicher Tod in ein tiefes Loch gerissen, aus dem sie nur langsam wieder herauskroch. Doch das Leben musste weitergehen. Inzwischen hatte sie einige neue Freundschaften geschlossen und ging auch wieder zum Yoga. Besonders Hilde, die Nachbarin von gegenüber, hatte sich sehr um ihre Mutter bemüht.

Ein klirrendes Geräusch hinter ihr ließ Anna zusammenzucken, sie wandte sich erschrocken um. Doch es war nur Felix, der grau-weiß getigerte Kater ihrer Mutter, der einen Blumentopf vom Fensterbrett gefegt hatte und sie mit seinen großen blauen Katzenaugen unschuldig ansah. Seufzend ging Anna zurück ins Haus und streichelte dem Kater über den Kopf, der sofort den Schwanz hob und vertrauensselig zu schnurren begann.

»Felix, du alter Gauner. Du hast mich erschreckt. Wenn das die Mama sieht.« Sie hob mahnend den Zeigefinger. Der Kater sprang vom Fensterbrett und strich um ihre Beine. »Du hast bestimmt Hunger, was?« Anna ging in die Küche und knipste das Licht an. Wie immer war alles ordentlich aufgeräumt. Von ihrer Mutter, einer wahren Putzfanatikerin, hatte sie auch nichts anderes erwartet. Glücklicherweise hatte sie Annas kleines Reich in Zürich noch nie betreten, in dem das Chaos einer berufstätigen Frau herrschte, womit Anna ihre Unordentlichkeit gern entschuldigte. Ihrer Meinung nach war Zeit etwas viel zu Kostbares, um sie mit Putzen zu verbringen. Die Küche ihrer Eltern war im Landhausstil gehalten, was Anna nicht sonderlich gefiel. Sie mochte lieber modernes Design und klare Linien. Aber die Größe des Raumes liebte sie. Es gab eine Kochinsel und eine gemütliche Essecke, in der ihre Mutter nun allein sitzen musste. Während Anna den Kühlschrank öffnete und das Katzenfutter herausholte, dachte sie darüber nach, wie oft sie ihrer Mutter schon vorgeschlagen hatte, das Haus zu verkaufen. Wer brauchte für sich allein schon über zweihundert Quadratmeter Wohnfläche? Vom riesigen Garten ganz zu schweigen. Doch ihre Mutter wiegelte jedes Mal ab. Hier war sie doch zu Hause. Woanders würde sie sich nicht wohlfühlen. So putzte sie sich also jeden Tag durch die Etagen bis ins Dachgeschoss, wo Annas früheres Reich lag. Ein geräumiges Zimmer mit eigenem Balkon und einem rosa gefliesten Badezimmer.

Genau in dem Moment, als Anna dem Kater sein Futter hinstellte, klingelte das Telefon. Als sie abhob, erklang die Stimme ihrer Mutter.

»Hab ich mir doch gedacht, dass du schon da bist«, sagte sie, ohne Anna zu begrüßen.

»Guten Abend, Mama«, erwiderte Anna mit einem Grinsen. »Was machst du denn? Was ist passiert?«

»Frag nicht«, antwortete ihre Mutter. »Dieser dämliche Gemüselaster. Wie ich den übersehen konnte, bleibt mir ein Rätsel. Gott sei Dank hat der junge Mann schnell reagiert, sonst wäre weiß der Himmel was passiert. So ist es nur ein Gipsbein.«

»Was schon schlimm genug ist«, sagte Anna.

»Leider ist Hilde nicht da, sonst hätte ich sie gefragt, ob sie mir ein paar Sachen ins Krankenhaus bringen kann. Ich hoffe, es ist nicht so schlimm, dass ich dich von der Arbeit wegholen musste?«

»Gerade geht es«, antwortete Anna. Sie wusste, dass die Erkundigung ihrer Mutter nach der Arbeit reine Höflichkeit war. Wäre es nach ihr gegangen, hätte Anna Jura studieren sollen, um die Kanzlei ihres Vaters zu übernehmen. Doch mit Jura, dazu noch Strafrecht, konnte Anna überhaupt nichts anfangen. Bis heute hatte die Mutter ihr nicht verziehen, dass sie damals den Familienbetrieb nicht hatte weiterführen wollen. So war der Name der Kanzlei Volkmann nach der Übernahme bald geändert worden, was für ihre Mutter umso schwerer gewesen war. Ihr Vater hatte auf Annas Entschluss verständnisvoller reagiert. Ich werde dich zu nichts zwingen, hatte er ihr nach ihrem Abitur gesagt und Annas Entscheidung auch gegenüber seiner Frau verteidigt. Gewiss wäre er heute stolz darauf, wie gut sie sich in ihrem Job schlug.

»Du musst in Johannes' Büro die Unterlagen für die Unfallversicherung suchen. Sie sind irgendwo dort abgelegt. Ich kann dir leider nicht mehr sagen, wo. Aber du wirst sie schon finden. Ich glaube, wir haben da eine Police, mit der man Schmerzensgeld bei Knochenbrüchen bekommt, was wenigstens ein kleiner Trost wäre.«

»Ich mache mich auf die Suche«, antwortete Anna. »Was soll ich noch mitbringen?«

Annas Mutter zählte eine lange Liste an Dingen auf. Nachthemd, Morgenmantel, das Buch, das sie gerade las, Toilettenartikel, das Shampoo sei bald leer und müsse neu gekauft werden, dazu noch Zeitschriften gegen die Langeweile. Als sie zum Schluss noch fragte, wann Anna am nächsten Tag käme, und diese sagte, im Laufe des Vormittags, kommentierte ihre Mutter dies mit dem üblichen Brummen, das darauf verwies, wie sehr ihr Annas ungenaue Zeitangabe missfiel.

Als sie aufgelegt hatte, fühlte Anna sich erschöpft, wie so oft, wenn sie länger mit ihrer Mutter gesprochen oder Zeit mit ihr verbracht hatte. Sie wusste nicht, warum, aber bei jedem Gespräch und jedem Treffen gab ihre Mutter ihr das Gefühl, ihren Ansprüchen nicht zu genügen. Die Tochter, die nicht rechtzeitig kam, die in Zürich arbeitete, nicht in die Fußstapfen des Vaters trat, so selten anrief, mal wieder zugenommen hatte und keinen anständigen Schwiegersohn, geschweige denn Enkelkinder ins Haus brachte. Anna schob ihren aufsteigenden Groll beiseite. Es hatte keinen Sinn, sich aufzuregen. Sie würde ihrer Mutter die Sachen vorbeibringen und dann ihre freien Tage in Konstanz genießen. Den Kater, der in Rekordzeit seine Schüssel leergefuttert hatte, im Schlepptau, verließ sie die Küche und betrat das Arbeitszimmer ihres Vaters, das ihre Mutter seit seinem Tod nicht verändert hatte. Sogar frische Blumen stellte sie wie seit Jahren zweimal die Woche auf den Tisch neben dem imposanten Bücherregal, das die komplette Längsseite des Raumes ausfüllte und Anna jedes Mal wieder beeindruckte. Vor dem Regal stand sein großer dunkel gebeizter Schreibtisch aus Eichenholz, der angeblich bereits seinem Großvater gehört hatte und inzwischen über hundert Jahre auf dem Buckel hatte. Zärtlich berührte sie die Lehne des Bürostuhls, dessen schwarzes Leder an den Armlehnen bereits etwas abgewetzt war. Plötzlich glaubte sie den Geruch seines Tabaks in der Nase zu haben, der zu diesem Raum genauso gehörte wie die dunklen Samtvorhänge an den Fenstern und das Bild ihres Großvaters an der Wand, der die Kanzlei aufgebaut hatte.

»Ich vermisse dich so sehr«, sagte Anna leise. »Weißt du noch, wie ich dich einmal gefragt habe, wie du es mit ihr aushältst? Du hast gesagt, du liebst sie einfach. Mehr braucht es nicht dazu. Und manchmal hilft es, nicht so genau hinzuhören.« Schelmisch hatte er ihr damals zugezwinkert. Wie sehr sich Anna doch wünschte, diese Gabe von ihm geerbt zu haben. Gewiss hätte sie es im Leben bedeutend leichter, wenn sie sich viele Dinge nicht so zu Herzen nehmen würde. Seufzend öffnete sie das Aktenschränkchen neben dem

Bücherregal und ließ ihren Blick über die vielen ordentlich beschrifteten Ordner schweifen. Ganz unten links entdeckte sie, wonach sie gesucht hatte. *Familie Volkmann – Privates* stand in der Handschrift ihres Vaters darauf. Sie nahm den Ordner heraus, setzte sich damit an den Schreibtisch und begann, ihn durchzublättern. Unter einer Lasche waren hier die Heiratsunterlagen ihrer Eltern und ihre Geburtsurkunde abgelegt. Sie öffnete die Lasche und wurde stutzig, als ihr der Begriff *Adoption* ins Auge fiel. Welche Adoption? Sie blätterte die Unterlagen durch, und ihre Augen weiteten sich. Wenn sie diese Unterlagen richtig deutete, dann ging es hier um ihre eigene Adoption. Aber das konnte doch gar nicht sein. Niemals war darüber gesprochen worden. Sie war Anna Volkmann, die ihrem Vater, ja sogar ihrem Großvater ähnelte. Jedenfalls sagten das die Leute immer. Dunkle Augen, welliges dunkelbraunes Haar, Grübchen an den Mundwinkeln, derselbe Dickkopf. Doch hier stand es schwarz auf weiß. Ihr Name war von Regula, wie in den Unterlagen stand, auf Anna geändert worden.

»Regula«, murmelte Anna fassungslos, während sie ihre Geburtsurkunde überflog, die ganz anders aussah als das Dokument, das sie in ihren Unterlagen bei sich zu Hause aufbewahrte. Jetzt fiel ihr wieder ein, was für einen Wirbel ihre Mutter damals veranstaltet hatte, als Anna nach ihrer Geburtsurkunde wegen der Beantragung eines Reisepasses gefragt hatte. Es hatte geschlagene drei Wochen gedauert, bis ihre Mutter endlich mit dem Dokument rausrückte, in dem alles ganz normal aussah. *Mutter unbekannt* stand auf dieser Urkunde. Anna sei in einem Ort namens Hindelbank geboren worden. Fassungslos las sie Datum und Uhrzeit. Das war ihr Geburtsdatum, daran gab es keinen Zweifel. War sie etwa gar keine Volkmann?

Ihr Blick wanderte zu der Schwarzweißfotografie ihres Großvaters, von dem sie angeblich die Grübchen geerbt haben sollte. Fassungslosigkeit breitete sich in ihr aus. Ihr ganzes Leben lang war sie belogen worden. Ihr wurde übel. Sie sprang auf und rannte in den Garten, wo sie sich übergab. Die Tränen schossen ihr in die Augen. Nur in Filmen oder Büchern machten Menschen solche Entdeckungen, aber doch nicht im realen Leben. Sie war nicht Anna Volkmann, sondern ein Mädchen namens Regula. Diesen Namen hatte ihre wirkliche Mutter ihr gegeben. Diese Erkenntnis traf Anna bis ins Mark. Ihre wirkliche Mutter, der sie vielleicht tatsächlich ähnelte. Eine Lüge. All die Jahre war sie belogen worden. Das innere Gefühl, war es Instinkt gewesen? Sie hatte es gespürt, geahnt. Sie hatte eine richtige Mutter, die sie vielleicht so geliebt hätte, wie sie war. Das machten richtige Mütter doch. Sie umarmten ihre Kinder, drückten sie fest an sich, lobten sie, sagten ihnen, wie sehr sie sie liebten. Hatte ihre Mutter jemals gesagt, dass sie sie liebte? Anna wusste es nicht mehr.

Doch wieso hatte ihre richtige Mutter sie weggegeben? Wer war die Person, deren Name in den Unterlagen nicht genannt wurde? Wer war sie wirklich, und woher stammte sie? Regula. Was für ein hübscher Name. Wieso hatten ihre Eltern ihn geändert? So viele Fragen, und sie konnte nur einen einzigen Menschen um Antworten bitten. Ihre Mutter. Oder jedenfalls die Frau, die sie all die Jahre dafür gehalten hatte. Anna schniefte, zog die Nase hoch, rieb sich fröstelnd über die Arme und blickte zum Haus. Sollte sie ihre Mutter gleich anrufen und danach fragen? Sie entschied sich dagegen. Solche Dinge besprach man nicht am Telefon. Aber wie redete man überhaupt darüber? Was sollte sie sagen? *Ich wurde adoptiert. Du hast mich belogen.* Schon bei dem Gedanken daran wusste Anna, dass sie heulen müsste. Sie wollte nicht vor ihrer Mutter heulen, alles, nur keine Schwäche zeigen. Wer Schwäche zeigt, verliert, hatte ihre Mutter immer gesagt. Wie Anna diesen Satz hasste. Dann würde sie eben heulen. Das war jetzt auch egal. Sie war nicht ihre richtige Tochter, also durfte sie auch Schwäche zeigen. Starke Mädchen weinen nicht, hatte es immer geheißen. Vielleicht wäre Regula in den Arm genommen und getröstet worden. Entschlossen ballte Anna die Fäuste. Ihre Mutter schuldete ihr Antworten, ob es ihr gefiel oder nicht.

Sie ging zurück ins Arbeitszimmer ihres Vaters, klappte den Ordner zu und nahm ihn mit ins Dachgeschoss, wo sie die vertraute Welt ihrer Kindheit empfing, die mit einem Schlag Risse bekommen hatte. Sie knipste die Stehlampe neben der Tür an und ließ ihren Blick durch den Raum schweifen. Ihr Schreibtisch unter dem Dachfenster, ihr breites Bett mit den vielen Kuscheltieren darauf, um das sie ihre Freundinnen stets beneidet hatten, der große weiße Kleiderschrank mit dem Spiegel in der Mitte, in dem jetzt alte Wintermäntel und Tischtücher aufbewahrt wurden. Anna blieb vor dem Spiegel stehen und sah sich an. Die braunen Augen, die Grübchen, das wellige dunkle Haar. Sie glich tatsächlich ihrem Vater. Selbst er, der doch stets ihr Verbündeter im Kampf gegen die Mutter gewesen war, hatte sie all die Jahre belogen. Weshalb nur? Aus Feigheit? Die Angst vor dem, was kommen würde. Die Angst, sie zu verlieren. Er hatte sie akzeptiert, wie sie war, ihr zugehört und stets Mut gemacht – er hatte sie geliebt. Wieso nur hatte er nie etwas gesagt? Seine Antwort auf diese Frage hatte er mit ins Grab genommen. Seufzend wandte sich Anna vom Spiegel ab und setzte sich aufs Bett. Der Kater Felix sprang neben sie und rollte sich zwischen den Kuscheltieren zusammen. Anna sah ihm einen Moment dabei zu, wie er die richtige Schlafposition suchte. Erneut traten Tränen in ihre Augen. Ohne Vorwarnung war etwas so Unbegreifliches über sie hereingebrochen, und sie wusste nicht, wie sie damit umgehen sollte. Irgendwann sank sie neben dem Kater in die Kissen und ließ ihren Tränen freien Lauf. Dieses Zimmer, dieses Haus, das Vertraute fühlte sich plötzlich fremd an. Die Gedanken wirbelten in ihrem Kopf durcheinander. Regula. Wer war sie wirklich? Irgendwann schlief sie erschöpft ein.

Helles Sonnenlicht, das durch das Dachfenster aufs Bett fiel, weckte Anna am nächsten Morgen. Sie öffnete die Augen und blinzelte. Felix war verschwunden, und der Großteil der Kuscheltiere lag auf dem Boden. Die Zeiten, in denen sie Teddys und Diddlmäuse benötigte, die über ihren Schlaf wachten, waren lange vorbei. Sie richtete sich gähnend auf und blickte auf den Familienordner, der neben dem Bett auf dem Boden lag. Er war plötzlich zum Hassobjekt geworden. Ohne ihn und seinen dämlichen Inhalt wäre alles wie immer. Hätte sich ihre Mutter doch niemals das Bein gebrochen, dann würde sie jetzt in Zürich in ihrem Büro sitzen und später gemeinsam mit Sara Babyschühchen aussuchen gehen. Doch nun war alles anders, ihr ganzes Leben stand in Frage. Adoptiert, ein fremdes Kind. War das die Erklärung für das schwierige Verhältnis zu ihrer Mutter? Sie kannte doch genug Leute, die sich mit einem Elternteil nicht verstanden. Und gewiss waren nicht alle von ihnen adoptiert worden. Die Beziehung zu ihrer Mutter war nicht perfekt, aber was war schon perfekt? Überall gab es doch Reibereien und Meinungsverschiedenheiten. Vor ihrem inneren Auge tauchte das Bild ihres Großvaters auf, der bereits vor ihrer Geburt gestorben war. Heinrich Volkmann, der bekannte Jurist, der die führende Kanzlei Volkmann aufgebaut und an seinen Sohn Johannes weitergegeben hatte. Die nicht eintretende Schwangerschaft musste für ihre Eltern eine große Schmach gewesen sein. Und dann war da das Adoptivkind gewesen. Ein Mädchen, das sich mit Händen und Füßen weigerte, Jura zu studieren. Das Mädchen, das eine andere Mutter hatte und erst jetzt zu begreifen begann, weshalb die Dinge so waren, wie sie nun einmal waren. Ihr Vater schien es verstanden zu haben. Aber vielleicht hatte er auch einfach nur resigniert. Sie war nicht der erhoffte Sohn, der in seine Fußstapfen treten und seinem Vater Ehre machen würde. Er schien begriffen zu haben, dass sie nie ein wirklicher Teil von ihnen gewesen war, und hatte sie vielleicht gerade deshalb unterstützt. Die vielen Diskussionen mit ihrer Mutter, das Gefühl, sich fehl am Platz, ja nicht richtig geliebt zu fühlen. Plötzlich fand sich eine Erklärung für all diese Empfindungen. Oder war sie jetzt ungerecht? Wie viel Liebe musste man für ein fremdes Kind empfinden, um es als sein eigenes anzunehmen und aufzuziehen? Sie wusste es nicht. Bis gestern hatte sie sich über solche Dinge nie Gedanken machen müssen. Sie war einfach Anna Volkmann, die Tochter des renommierten Anwalts Johannes Volkmann gewesen. So sehr wünschte sie sich plötzlich, er wäre noch da. Mit ihm würde es ihr leichter fallen, über all ihre Fragen zu sprechen. Er würde den Arm um sie legen und sie in sein Gartenreich entführen, wo sie so viele Stunden miteinander verbracht hatten. Auf der Bank am Teich sitzend, würde er erklären, was damals geschehen war. Und gewiss würde er ihr sagen, dass er sie liebte. In Annas Augen traten Tränen, und sie sagte laut: »Ich liebe dich auch, Papa.«

Eine erste Träne kullerte über ihre Wange. Sie wischte sie ab, zwang sich zu einem Lächeln. »Ich weiß, du magst es nicht, wenn ich heule. Ich hör ja auch schon wieder auf damit.«

Genau in diesem Moment tauchte der Kater Felix wieder auf, eine Maus in der Schnauze.

»Felix, nein!«, rief Anna erschrocken aus und sprang auf. Stolz legte das Tier seine Jagdtrophäe vor ihr auf den Teppich und sah sie erwartungsvoll an.

»Und jetzt willst du auch noch gelobt werden«, entrüstete sich Anna und stemmte die Hände in die Hüften. Doch plötzlich kam Leben in die Maus, und sie huschte unters Bett.

»Iihhhh!«, rief Anna. »Die lebt ja noch.«

Felix folgte der Maus blitzschnell unters Bett. Anna

sprang zur Seite. Die Maus sauste an ihr vorüber in den Flur und ins Badezimmer, verfolgt von Felix.

»Jetzt muss ich auch noch eine Maus retten.« Anna schüttelte den Kopf und folgte dem Kater. Die Maus schien sich hinter dem Waschbeckenunterschrank verkrochen zu haben.

»Da hast du uns ja einen netten Gast ins Haus geschleppt«, sagte Anna zu Felix und hob ihn in die Höhe. Der Kater reagierte unleidig, wehrte sich gegen sie und kratzte sie am Unterarm. Doch Anna ließ sich nicht beirren. Sie schaffte den zappelnden Burschen aus dem Raum und erklärte ihm, dass die Maus jetzt offiziell unter ihrem Schutz stünde. In ihrem alten Badezimmer würde es keine Morde geben. Das wäre ja noch schöner. Nachdem der Kater draußen war, schob sie den Waschbeckenunterschrank zur Seite, und das Mäuschen floh in die Zimmerecke hinter der Toilette, wo Anna es schließlich mit Hilfe des Körbchens, in dem normalerweise die Haarbürsten lagen, einfangen konnte. Rasch drehte sie den Korb um und deckte ihn mit den Händen ab.

»Das wäre geschafft«, sagte sie und öffnete die Badezimmertür. Sofort stürmte erneut Felix in den Raum. Anna schloss hinter ihm die Tür und lief grinsend die Treppe nach unten. Ein kleiner Sieg für das Leben am Morgen. Das hob ihre Stimmung. Im Wohnzimmer bemerkte sie schuldbewusst, dass auch sie die Terrassentür gestern Abend offen gelassen hatte, was erklärte, wie Felix an die Maus gekommen war. Sie lief ein Stück in den Garten und ließ das Mäuschen in der Nähe der blühenden Rhododendronbüsche frei. Schnell huschte der kleine Kerl davon.

»Und nimm dich vor weiteren Katzen in Acht«, rief Anna ihm lächelnd hinterher. Sie wandte sich um und blickte auf ihr Elternhaus, das friedlich in der Morgensonne vor ihr lag. Die Mäusejagd hatte sie sonderbarerweise ruhiger werden lassen. Alltag, das Leben, es hielt sich selten an irgendwelche Regeln. Und vielleicht fand sich durch die Wahrheit endgültig die Gelegenheit, den anderen besser zu verstehen. Sie hoffte es jedenfalls.

Zwei Stunden später stand Anna vor dem großen Klinikgebäude und blickte die Fensterfront hinauf. Was würde sie sagen? Auf dem Weg hierher war sie tausend Möglichkeiten im Kopf durchgegangen. Keine hatte sich wirklich gut angehört. In Händen trug sie die Reisetasche ihrer Mutter und eine Tüte voller Zeitungen und Knabberkram, selbstverständlich auch mit dem Shampoo. Ein normaler Krankenbesuch, wie ihn Familienangehörige übernahmen. Denn das war die Frau, die hinter einem dieser Zimmer auf sie wartete, für sie, ob adoptiert oder nicht. Eine andere Mutter kannte sie nicht. Sie hatte niemals zu ihrer Tochter gestanden, die nicht einmal ihren Namen kannte. Er stand nicht in den Unterlagen. Ihre wirkliche Mutter war eine Fremde für sie. Vielleicht war sie am Ende sogar froh gewesen, sie los zu sein. Ein Kind konnte eine Belastung darstellen. Oder vielleicht doch nicht? Vielleicht war diese Frau traurig gewesen, ihr Kind fortgeben zu müssen. Anna schob den Gedanken beiseite. Grübeln würde sie jetzt nicht weiterbringen. Sie atmete tief durch und ging weiter. Irgendwie würde sie es schon hinbekommen, das Thema anzuschneiden. Und manchmal reinigte die Wahrheit ja auch die Luft und machte vieles leichter.

Sie betrat das Krankenhaus, erkundigte sich am Empfang nach der Zimmernummer ihrer Mutter und stand keine fünf Minuten später vor ihrer Tür. Jetzt gab es kein Zurück mehr, dachte sie, während sie die Türklinke nach unten drückte und den Raum betrat.

Ines Volkmann hatte selbstverständlich ein Einzelzimmer. Etwas anderes kam für die Witwe eines erfolgreichen Anwalts gar nicht in Frage. Sie begrüßte Anna mit spitzer Stimme.

»Da bist du ja endlich. Ist ja gleich Mittag. Ich dachte schon, du kommst gar nicht mehr.« Sie zog sich an einem Bügel hoch, der über ihrem Bett hing, und deutete auf die Reisetasche.

»Ich hoffe, du hast nichts vergessen. Hast du noch Shampoo besorgt? Ich sehe scheußlich aus. Die Schwester muss mir später beim Haarewaschen helfen. Bettlägerigkeit muss ja nicht gleich Ungepflegtheit nach sich ziehen.« Missbilligend musterte sie Anna, die Jeans, T-Shirt und ihre ausgetretenen Sneaker trug, von oben bis unten. »Wie du wieder aussiehst. Und ich dachte immer, Investmentbankerinnen laufen den ganzen Tag im Kostüm und mit Stöckelschuhen durch die Gegend. Und was hast du mit deinen Haaren gemacht? Sie sind so struppig.«

Anna bemühte sich um Fassung.

»Dir auch einen guten Morgen, Mama. Selbstverständlich habe ich dein Shampoo besorgt, natürlich auch deine Lieblingszeitungen.« Auf die kritischen Anmerkungen ihrer

Mutter ging sie nicht ein, stattdessen fragte sie, während sie die Reisetasche öffnete und die Toilettentasche ins Bad brachte, was der Arzt gesagt habe.

»Der war eben erst hier und hat mir die frohe Kunde von einer Operation überbracht, die morgen gemacht werden soll. Der Knochen muss verschraubt werden.«

»Das hört sich übel an.«

»Da werde ich wohl meine Reise nach Südfrankreich dieses Jahr vergessen können. Und Hilde hat schon unser Ferienhäuschen gebucht. Sie wird nach ihrer Rückkehr aus allen Wolken fallen.«

»Wo steckt sie überhaupt?«, fragte Anna.

»Bei ihrer Mutter in St. Gallen. Die ist dort in einem Heim untergebracht und hatte gestern Geburtstag, den fünfund- neunzigsten. Vielleicht könnte Hilde ja allein fahren …«

»Jetzt warte doch erst einmal ab«, antwortete Anna. »Ihr fahrt doch erst Mitte August. Wahrscheinlich ist bis dahin alles wieder in Ordnung. Hat der Arzt eine Prognose gege- ben, wie lange der Heilungsprozess dauern wird?«

»Er meinte, in sechs Wochen sei alles vorbei. Aber ich kann das gar nicht glauben. Das Bein schmerzt, trotz der Medikamente, die sie mir geben, ganz fürchterlich.«

»Jetzt noch. Aber wenn du erst einmal die Operation überstanden hast, wird es bestimmt schnell besser«, suchte Anna, ihre Mutter zu beruhigen.

»Wenn ich doch nur nicht so flott um die Kurve gefah- ren wäre. Dieser dämliche Gemüselaster. Der hat eine Voll- bremsung hingelegt, das kann ich dir sagen.«

»Gott sei Dank hat er die hingelegt«, entgegnete Anna.

»Sonst hättest du jetzt ganz andere Sorgen als ein gebrochenes Bein.«

»Vermutlich hätte ich dann gar keine Sorgen mehr«, antwortete Ines. Dann fragte sie: »Hast du die Versicherungspolice gefunden? Es wäre wenigstens ein kleiner Trost, wenn es für diesen Blödsinn Schmerzensgeld gäbe.«

»Ja, habe ich«, antwortete Anna. Ihr Herz schlug schneller, sie spürte ihren Pulsschlag am Hals. Sie wandte sich von ihrer Mutter ab und zog den mitgebrachten Ordner mit den Familiendokumenten aus der Reisetasche, in der sich neben den Geburts- und Heiratsurkunden auch die Versicherungsunterlagen für die Lebens- und Unfallversicherung befanden.

»Ich habe noch mehr gefunden.« Anna machte eine kurze Pause, bevor sie sich mit dem Ordner in Händen umdrehte. Sie schaute ihrer Mutter direkt in die Augen, als sie sagte: »Meine Adoptionsunterlagen.«

Ines erblasste. Zum ersten Mal, seit Anna denken konnte, schienen ihrer Mutter die Worte zu fehlen. Einen Moment lang sahen sie einander nur an. In Annas Ohren begann es zu rauschen.

»Ach Anna«, sagte ihre Mutter leise. Anna glaubte Tränen in ihren Augen zu erkennen, die sie sonderbarerweise ruhiger werden ließen. »Komm, und setz dich zu mir.« Sie bedeutete Anna, auf dem Stuhl neben dem Bett Platz zu nehmen, was sie auch tat. »Dein Vater hat immer gesagt, sie hat ein Recht darauf, es zu erfahren, doch er wollte warten, bis du alt genug bist, um es zu verstehen. Ich meine, ein Kind kann doch mit solchen Dingen nicht umgehen. Doch dann verging die Zeit, du wurdest ein Teenager und irgendwann volljährig, und je mehr Zeit verstrich, desto unwichtiger erschien es uns, die Wahrheit zu sagen. Du warst ein Teil von uns, siehst deinem Vater sogar ähnlich, findest du nicht?« Sie berührte zärtlich Annas Hand und fuhr fort, ohne eine Antwort von Anna abzuwarten.

»Es kam einfach nicht mehr zur Sprache. Du bist unser Kind, meine Tochter, die ich liebe, sonst nichts.«

Anna wusste nicht, was sie erwidern sollte. Die Worte ihrer Mutter überwältigten sie. All die Kritik der letzten Jahre, ihre oftmals harschen Worte. Mit wenigen Sätzen hatte sie es fertiggebracht, alles fortzuwischen.

»Wir haben lange versucht, eigene Kinder zu bekommen«, fuhr ihre Mutter fort. »Doch es sollte einfach nicht sein. Aber ich wollte immer ein Kind haben. Deshalb schlug Johannes irgendwann vor, wir sollten eines adoptieren.«

»Und warum gerade mich?«, fragte Anna. »Ich meine, ich bin doch ein Mädchen. Wollte Papa nicht lieber einen Jungen haben, der eines Tages die Kanzlei übernehmen würde?«

»Das stimmt schon, aber wir haben damals nicht konkret angegeben, dass wir einen Jungen haben wollten. Als wir damals aufbrachen, um dich aus dem Waisenhaus abzuholen, wussten wir nicht, ob ein Junge oder ein Mädchen auf uns wartete. Die Dame von der Jugendfürsorge hatte nur von einem Neugeborenen erzählt, das zwei Wochen alt war und zur Vermittlung stand. Ich weiß noch genau, wie dein Vater dich zum ersten Mal gesehen hat. Wir standen vor dem kleinen Gitterbettchen, und seine Augen strahlten auf diese besondere Art und Weise. So hat er sein ganzes Leben lang nur dich angesehen. Behutsam hat er dich auf den Arm genommen und dir sofort den Namen Anna gegeben. Seit diesem Tag hat euch irgendetwas verbunden. Es mag keine Bluts-, aber gewiss eine Seelenverwandtschaft gewesen sein. Dessen bin ich mir sicher.«

»Und was ist mit dir?«, fragte Anna.

»Was soll mit mir sein?«

»Liebtest du mich auch vom ersten Augenblick an?« Diese Frage schien Ines zu treffen. Sie brauchte einen Moment, um die richtige Antwort zu finden.

»Ehrlich gesagt: Ich weiß es nicht«, antwortete sie irgendwann. »Ich hatte mir das alles anders vorgestellt. Eine Schwangerschaft, eine Geburt, etwas, das von mir bleibt. Und dann trafen wir die Entscheidung zur Adoption, und plötzlich warst du da. Es gab keinen dicken Bauch, keine Morgenübelkeit, nichts von dem, was die Frauen um mich herum erlebten. Ich fühlte mich, besonders in den ersten Jahren, in der Gesellschaft anderer Mütter stets unwohl. Ständig dachte ich, ich wäre gar keine richtige Mutter, weil ich dich ja nicht auf die Welt gebracht hatte. Mir fehlten all die Erfahrungen, die die anderen Mütter gemacht hatten, als sie ihre Kinder zur Welt brachten. Verstehst du das?«

»Vielleicht«, erwiderte Anna zögerlich und versuchte, den Kloß im Hals hinunterzuschlucken. »Aber weißt du: Für mich warst du meine richtige Mutter. Ich hatte keine andere.« Tränen stiegen in Annas Augen. Sie blinzelte und wandte den Blick ab.

»Ach Mädchen.« Ines nahm die Hand ihrer Tochter und drückte sie fest. »Es tut mir so leid. Ich wollte es dich nicht spüren lassen. Wirklich nicht. Ich liebe dich doch. Das musst du mir glauben.«

Anna wischte sich über die Augen und nickte. Es tat gut, diese Worte aus dem Mund ihrer Mutter zu hören.

»Ich glaube, das hast du noch nie gesagt«, sagte sie.

»Was habe ich noch nie gesagt?«

»Dass du mich liebst. Nie hast du es ausgesprochen. Oder mich in den Arm genommen, wie es andere Mütter mit ihren Kindern machen.«

Überrascht schaute Ines Anna an, dann breitete sie plötzlich die Arme aus. »Dann tue ich es jetzt. Wenn du es noch willst?«

»Natürlich will ich das«, antwortete Anna, stand auf und ließ sich von ihr umarmen. Ihr Krankenhausnachthemd roch nach Desinfektionsmittel, ein letzter Hauch Parfüm hing noch in ihrem Haar. Fest drückte Anna ihre Mutter an sich. Es fühlte sich an, als hätten sie sich endlich gefunden. Eine Krankenschwester war es, die den Moment zerstörte. Sie öffnete die Tür und betrat fröhlich grüßend den Raum. Wie ertappt löste sich Anna aus der Umarmung und sank zurück auf ihren Stuhl.

»Oh, Sie haben Besuch, Frau Volkmann. Wie schön. Ich bringe Ihr Mittagessen.« Sie stellte ein Tablett auf den Krankenhausnachttisch neben dem Bett und verschwand wieder. Argwöhnisch beäugte Ines den daraufstehenden Teller, der von einer grünen Plastikhaube abgedeckt wurde.

»Krankenhausfraß.«

»Lass uns erst einmal nachsehen, was es gibt«, erwiderte Anna. »Vielleicht ist es ja gar nicht so übel.« Der Moment der Annäherung schien mit einem Schlag wie fortgewischt zu sein.

Ines hob den Deckel in die Höhe und blickte auf ein undefinierbares Stück Fleisch, das in einer hellbraunen Soße schwamm. Dazu gab es Reis.

»Reis, ich hasse Reis.«

»Ich könnte einen Lieferservice anrufen, und wir essen gemeinsam zu Mittag«, schlug Anna vor.

»Musst du nicht zurück nach Zürich?«, fragte ihre Mutter erstaunt. »Ich dachte, ihr Investmentbanker hättet immer so viel zu tun.«

»Mein Chef hat mir bis zum Wochenende freigegeben«, antwortete Anna und zückte ihr Handy. »Liefert Paolo noch aus?«

»Aber sicher«, antwortete ihre Mutter mit einem Lächeln. Hanna orderte also einmal hausgemachte Ravioli und eine Pizza Funghi, dazu zwei gemischte Salate. Als sie auflegte, lehnte sich ihre Mutter lächelnd zurück.

»Es ist schön, dich hier zu haben. Jetzt fühlt sich das Krankenhaus nur noch halb so schlimm an.«

Anna nickte, hatte jedoch noch ein paar Fragen.

»Weißt du eigentlich, wer meine Mutter war?«

Die Frage schien ihre Mutter zu treffen. Das Lächeln auf ihren Lippen erstarb. Sie schüttelte den Kopf.

»Nein, das weiß ich nicht. Die Frau von der Fürsorge sagte auf mein Nachfragen, ein junges Mädchen, das mit dir überfordert gewesen sei.«

Anna nickte. Mit einer Antwort dieser Art hatte sie gerechnet.

»Aber es ist doch auch nicht wichtig, oder?« Ines nahm Annas Hand. »Ich bin deine Mutter, und Johannes war dein Vater, kein anderer. Diesen Gedanken darfst du niemals zulassen. Hörst du!«

»Das werde ich nicht«, versprach Anna und schlug den Ordner mit den Papieren, der noch immer geöffnet auf dem Bett lag, zu. Nach einem Moment der Stille sagte sie: »Denn er war der beste Vater, den sich ein Mädchen nur wünschen kann.«

KAPITEL 2

Lena lief neben ihrer Freundin Franzi und streckte ihre Nase der Sonne entgegen. Allzu lange würde diese wohl nicht mehr scheinen. Eine dicke Wolkenwand am Horizont kündigte Regen an. Die beiden Mädchen waren auf dem Rückweg vom Bärenplatz, wo Franzis Vater einen Kiosk hatte. Franzi brachte ihm jeden Tag um zwei seine Mittagssuppe, wobei Lena sie häufig begleitete. Franzis Vater, ein rundlicher Mann mit Nickelbrille, schenkte den Mädchen oft ein Karamellbonbon, manchmal sogar bunte Aufkleber oder ein Comic-Heft der letzten Woche. Heute war einer dieser Tage gewesen. Zwei Comic-Hefte hatte er Lena geschenkt, eines für sie und eines für ihre Schwester Marie. Dazu zwei Karamellbonbons, von denen eines gerade auf Lenas Zunge zerging. Lena gefiel der Zeitungskiosk, der mit seinen vielen Zeitungen und Illustrierten so schön bunt war. Sie mochte auch die Tauben, die auf dem Dach des runden Häuschens saßen und gurrten. Franzis Vater hingegen nannte die Vögel »Ratten der Lüfte« und scheuchte sie fort, da sie ihm auf die Zeitungen machten und ihm das Geschäft im wahrsten Sinne des Wortes versauten. Der Verkaufsstand war schon lange in Familienbesitz. Vermutlich würde auch Karl, Franzis Bruder, Zeitungen verkaufen, weshalb seine Schwester

neidisch auf ihn war, die das Geschäft selbst gern weiterge-
führt hätte. Aber innerhalb der Familie Gruber wurde der
Kiosk nur an Männer weitergegeben. Allerdings fand Karl,
der einige Jahre älter als Franzi war, die Aussicht, Zeitungen zu verkaufen, völlig uninteressant. Er schraubte lieber
an Autos herum und hasste es, wenn er im Geschäft helfen
musste. Franzi hoffte darauf, dass ihr Vater doch noch ein
Einsehen hätte und ihr den Kiosk überließe. Allerdings war
sie genau wie Lena erst elf Jahre alt, und es würde noch viel
Wasser die Aare hinunterlaufen, bis es so weit wäre, und die
beiden Mädchen hatten ein anderes Thema.

»Im Bäckerladen reden sie über dich und Marie«, sagte
Franzi. »Die Stellmacherin und die Großackerin. Sie sagten,
dass was passieren muss und es so nicht weitergehen kann.
Ihr würdet verwahrlosen. Und andere Frauen würden auch
ihren Mann verlieren und sich nicht so anstellen.«

»Sollen sie doch reden«, antwortete Lena und reckte das
Kinn nach vorn. »Mama geht es schon viel besser.« Franzi
warf ihr einen kurzen Seitenblick zu, der alles sagte. »Na
gut. Fast besser«, gab sie zu. »Aber gestern hat sie Marie immerhin angelächelt, als sie ihr die Suppe brachte.«

»Aber sie redet noch immer nicht, oder?«, fragte Franzi.

Lena schüttelte den Kopf und spürte einen Kloß im Hals.
Gleich würde sie heulen, und das wollte sie nicht. Niemand
sollte wissen, wie verzweifelt sie war. Seit dem Tod ihres
Vaters vor einem Jahr war ihr Leben ein anderes geworden. Ihre Mutter hatte sich sehr verändert. Sie redete nicht
mehr, schlich wie ein Geist durchs Haus und kümmerte sich
um nichts. Es schien, als wäre sie mit Papa gestorben. Ihre

Schwester Marie meinte, die Traurigkeit der Mutter würde gewiss enden und bald schon würde sie sich wieder um ihre beiden Töchter kümmern. Lena wollte so gern daran glauben, doch besonders in der letzten Zeit zweifelte sie immer häufiger daran. Und der Bericht ihrer Freundin befeuerte ihre Ängste noch mehr. Kinder, die verwahrlosten, kamen ins Heim und wurden verdingt. Das wusste Lena von Martin aus der Nachbarschaft, der hatte einen Freund, der im Heim gewesen war und nun bei Martins Vater im Laden arbeitete und bei ihnen wohnte. Sein Name war Simon, und seine Mutter war eine Hure, jedenfalls sagte Martin das. Und damit Simon nicht verwahrloste, sei er ins Heim gekommen und wurde verdingt, wie man es nannte, wenn die Heimkinder arbeiten gingen.

Aber Lenas Mutter war keine Hure, und sie verwahrlosten auch nicht.

»Die Stellmacherin soll mal schön still sein, das alte Tratschweib«, sagte Lena. »Ständig hat sie bei uns anschreiben lassen, und nicht nur einmal hat Papa nachfragen müssen, wo das Geld bleibt. Einmal war er deswegen schon so wütend, dass er gesagt hat, er würde sie nicht mehr bedienen.«

»Das stimmt«, meinte Franzi. »Im Anschreibenlassen ist sie gut. Das macht sie bei uns auch immer. Aber mir gefällt nicht, dass die Nachbarn reden. Am Ende melden sie euch noch der Fürsorge.«

»Und dann?«, entgegnete Lena trotzig. »Wir werden ihnen sagen, dass es uns gutgeht. Mama ist nur traurig, mehr nicht. Wir sind keine Waisen und verwahrlost auch nicht.

Ich hab jeden Tag ein sauberes Kleid an, und Marie kocht für uns.«

»Und was ist mit dem Geld?«, fragte Franzi vorsichtig.

»Was soll damit sein?«, antwortete Lena. »Es ist in der Keksdose in der Küche.«

»Und du denkst, da gehört es hin?«

»Wieso nicht? Marie meint, da ist es besser aufgehoben als in der Ladenkasse. Am Ende bricht noch einer ein und klaut es. So ist es schon in Ordnung. Bis in unsere Küche kommt gewiss kein Dieb.«

»Aber um das Geld sollte sich doch deine Mama kümmern. Sie ist doch die Erwachsene.«

»Das tut sie ja auch«, log Lena und vermied es, Franzi anzusehen, die es zu schnell bemerkte, wenn sie log, und die nun mit einem tiefen Seufzer antwortete.

Sie erreichten den Hinterhof, in dem Lenas Zuhause lag. Die beiden verabschiedeten sich voneinander mit dem Versprechen, am nächsten Morgen gemeinsam zur Schule zu gehen. Lena betrat den Innenhof, in dessen Mitte eine große Linde stand, die etwas Grün in den ansonsten schmucklosen Hof zauberte, mit ihren ausladenden Zweigen allerdings auch das Licht in den Wohnungen raubte, weshalb schon öfter darüber diskutiert worden war, sie zu fällen. Getraut hatte sich das bisher jedoch niemand, dafür war der Baum einfach zu schön. Ihr Elternhaus war ein schmales Gebäude, das eingezwängt zwischen einer Lagerhalle und einem Mietshaus lag. Im Untergeschoss war der Laden ihres Vaters, darüber die Wohnung. Im Hof gab es auch noch eine Änderungsschneiderei, die ein Italiener führte. Antonio Flioretti war ein alter Herr, dem seine Tochter zur Hand ging. Sie wohnten ebenfalls in der Wohnung über ihrem Laden und waren eher stille Leute. Als Lena an der Schneiderei vorüberging, stand Antonio wie so oft mit einer Zigarette in der Hand davor. Sie grüßte freundlich, erhielt jedoch nur ein Kopfnicken zur Antwort, was sie gewohnt war.

Der Laden im Untergeschoss ihres Elternhauses, in dem früher die Schusterei ihres Vaters gewesen war, stand jetzt leer, und die undekorierten Schaufenster sahen trostlos aus. Das Schild über dem Eingang war geblieben: *Schuster Flaucher*. An der Tür hing noch das Schild mit den Öffnungszeiten. Jeden Tag von acht bis vier. Von zwölf bis eins war Mittag. Lena betrat den Laden. Wie immer läutete die Glocke über der Tür. Doch einen Kunden würde sie niemals wieder ankündigen. Sie lief durch das leere Geschäft zur Hintertür. Als sie diese öffnete, hörte sie Maries Stimme. Ihre Schwester schimpfte laut, was noch nie vorgekommen war. Marie war ein starker Mensch, doch sie wählte eher die leisen Töne. Lena lief die Treppe nach oben und betrat die Wohnung. Maries Stimme kam aus der Wohnstube. Lena blieb in der Tür stehen. Marie schien das Auftauchen ihrer Schwester nicht zu bemerken, denn sie schimpfte weiter. Vor ihr saß ihre Mutter wie gewohnt in dem Lehnstuhl am Fenster. Marie hielt ein Stück Papier in die Höhe.

»Jetzt hör auf, verdammt noch mal. Es ist genug. Sieh es dir an. Sie kommen uns holen, weil sie denken, wir würden verwahrlosen. Sie denken, wir wären arm. Verstehst du! Sie wollen uns von dir wegnehmen. Wach verdammt noch mal auf, und komm zu dir.« Sie beugte sich über ihre Mutter und rüttelte an ihren Schultern. »Rede endlich wieder. Schlag mich, schrei mich an, tu doch nur irgendwas!« Ihre Mutter reagierte nicht. Marie ließ sie los, und ihr Blick fiel auf Lena.

»Es ist vorbei«, sagte sie. »Hier drin steht es. Sie werden kommen und uns holen.« Sie schüttelte den Kopf, warf das Papier in den Schoß ihrer Mutter und ging ohne ein weiteres Wort aus dem Raum. Lena hörte ihre Schritte auf der Treppe. Sie ahnte, wohin Marie gehen würde. In den Laden, wo sie immer hinging, wenn sie allein sein wollte. Sie folgte ihrer Schwester nicht, sondern trat neben ihre Mutter, nahm das Schreiben vom Amt aus ihrem Schoß und überflog die mit Schreibmaschine geschriebenen Zeilen. *Verwahrlosung … Fürsorgepflicht obliegt dem Amt … Obhut der Behörden.* Die Worte sprangen vor ihren Augen auf und ab, und ihr Pulsschlag beschleunigte sich. Sie dachte an Franzis Worte. Das Gerede der Leute. Die Großackerin und die Stellmacherin, ihnen traute Lena zu, dass sie das Amt eingeschaltet hatten. Oder war es tatsächlich Franzis Mutter gewesen? In der letzten Zeit hatte sie immer wieder gefragt, wie es zu Hause ginge.

»Rede doch wieder«, sagte sie zu ihrer Mutter. »Tu etwas. Ich vermisse ihn auch, weißt du. Aber wir sind noch da. Wir brauchen dich. Es muss doch weitergehen.« Lena suchte den Augenkontakt mit ihrer Mutter, doch diese reagierte nicht. Ihr Blick blieb teilnahmslos wie immer in letzter Zeit. Als wäre sie in einer anderen Welt, zu der sie keinen Zugang fanden. Lena schüttelte den Kopf, legte den Brief vom Amt zurück in den Schoß ihrer Mutter und verließ den Raum.

Lina Flaucher hörte, wie eine Tür laut zugeschlagen wurde, vermutlich die des Mädchenzimmers. Lena und Marie waren wütend auf sie, und das zu Recht. Sie musste aufstehen und sich bewegen. Sie musste ihn endlich gehen lassen und sich dem Leben ohne ihn stellen. Doch es fiel ihr so schwer, ohne ihn schien ihr alles sinnlos. Ihr Blick wanderte zu dem Schreiben in ihrem Schoß. Langsam nahm sie es zur Hand und begann, die Zeilen zu lesen.

Marie saß im Laden und lauschte dem Wind, der an der angelehnten Tür rüttelte und die darüber hängende Glocke zum Läuten brachte. Ihr heller Klang war so vertraut, er gehörte zu ihrem Leben, seit sie denken konnte. Genauso wie die Gerüche von Leder, Leim und alten Schuhen in diesem Raum, der knarrende Dielenboden, die Regale an den Wänden, vom Ruß vergangener Zeiten geschwärzte Deckenbalken, die Staubflusen, die im Licht der Sonne tanzten. Still war es geworden, und diese Stille schmerzte. Da tat der Klang der Glocke gut, er beschwor andere Geräusche und Stimmen herauf und erinnerte an bessere Tage, an das Hämmern und Schimpfen, Lachen und Fluchen von einst. Ihr Klang ließ die Gegenwart ihres Vaters wiederkehren. Marie sah ihn vor Augen. Mit der braunen Lederschürze, die Nickelbrille auf der Nase, stets einen Stift hinter dem Ohr. Schuhe brauchen sie alle, ob arm oder reich, sagte er immer. Und er verstand sich darauf, sie anzufertigen. Ob festes Schuhwerk für die Arbeiter, Winterstiefel mit warmem Fell, Absatzschuhe für die Damen oder auf Hochglanz polierte Lederschuhe für den Herrn von Welt. Er vermaß sie alle, ob ein armer, ein reicher, kleiner, schmutziger oder krummer Fuß. Er machte den passenden Schuh, flickte Löcher, besohlte neu, wenn es gewünscht war, bestickte er sie sogar mit Rosen. Bis er zu husten begonnen und nicht mehr aufgehört hatte. Ein neues Geräusch hatte sich eingeschlichen, war immer lauter geworden und übertönte selbst die Glocke. Bis es still wurde.

Er starb an einem kalten Wintertag. Es schneite unaufhörlich und war gar nicht erst hell geworden. Der Schnee hatte das rastlose Bern ruhiger werden lassen. Marie hatte ihm damals die auf Hochglanz polierten Lederschuhe angezogen, die er für sich selbst angefertigt hatte und die all die Jahre im Schaufenster standen. Zu den Hochzeiten seiner Töchter hatte er sie anziehen wollen, mit dem feinen Anzug, der im Schrank neben seinem einzigen weißen Hemd hing. Jetzt trug er ihn zu seiner Beerdigung. Sie hatte ihm die Schnürsenkel gebunden und sich daran erinnert, wie er ihr das Binden beigebracht hatte. An einem sonnigen Nachmittag, auf der Treppe vor dem Laden sitzend mit viel Geduld. Immer wieder hatte er es ihr gezeigt, die Bänder übereinandergelegt, die Schlaufe gebildet, sie durchgezogen, ihre kleinen Finger angeleitet. Er hatte seine Aufgabe gut gemacht. Hatte seine Mädchen behütet, geliebt. An diesem kalten Wintertag hatte sie die Bänder übereinandergelegt und die Schleife genauso durchgezogen, wie von ihm gelernt, und dabei geweint.

Marie hörte Lenas Schritte auf der Treppe. Gleich würde ihre Stimme die beruhigende Stille im Raum vertreiben. Lena, ihre kleine Schwester, die ihr so ähnelte, als wären sie Zwillinge. Dieselben Mandelaugen, der gleiche braune Lockenkopf. Doch trotzdem waren sie verschieden. Lena war wie ein Wirbelwind, voller Tatendrang. Sie sprudelte über vor Lebendigkeit, war voller Entschlusskraft und Ehrgeiz. Stets war sie die Beste in der Schule, gewann jedes Mal den täglichen Wettlauf auf dem Heimweg. Kletterte auf Bäume, balancierte übermütig auf Geländern und tanzte durch den Regen. Stark und zuversichtlich, auch gern einmal naiv. Doch nun schienen die beiden Schwestern trotz aller Zuversicht den größten Kampf ihres Lebens, den um ihre Familie, zu verlieren. Die Werkstatt war leer, die Wohnung darüber von Traurigkeit erfüllt. Tatenlos saß ihre Mutter in der Stube. Der Schmerz über seinen Verlust war in ihre Glieder gekrochen, hatte sie wütend werden, weinen, schreien und schließlich verstummen lassen. Ihr Vater war die Liebe ihres Lebens gewesen. Matteo und Lina, miteinander aufgewachsen, füreinander bestimmt, seit über zwanzig Jahren verheiratet.

»Er fehlt wie die Luft zum Atmen«, hatte Mama kurz nach seiner Beerdigung zu Marie gesagt. »Und doch scheint er allgegenwärtig. Er bittet mich, für euch stark zu sein. Es muss weitergehen. Sie brauchen dich. Doch mir fehlt die Kraft.« Danach hatte sie kein Wort mehr gesprochen.

Marie verstand ihre Traurigkeit, und gleichzeitig wollte sie sie schütteln. Es war nun an der Zeit, die Trauer hinter sich zu lassen. Ihre Mutter wurde gebraucht, musste zurück ins Leben finden. Vorhin war sie kurz davor gewesen, ihre Mutter zu schlagen. Wieso nur tat sie ihnen das an? Wieso reagierte sie nicht? Das Schreiben vom Amt änderte alles.

Wie lange konnten zwei Mädchen ihres Alters ohne ihre Mutter überleben? Marie wollte ihre Mutter nicht mehr ertragen müssen, sie wollte ihr Leben wiederhaben – wieder Kind sein dürfen. Sie war doch erst dreizehn, ihre Schwester erst elf, viel zu jung für die Verantwortung. Sie vermisste ihren Vater doch auch. Seine Stimme, seine Umarmung, sein Lachen und seine unbändige Kraft.

Lena, die jetzt näher trat, trug so viel von ihm in sich. Sie war ihm unfassbar ähnlich, lachte wie er, zog dieselben Grimassen und nahm den Stift wie ihr Vater in die linke Hand, obwohl sie es nicht durfte. Doch Verbote galt es zu brechen. Unsinnige sowieso, wie sie meinte. Und dieses war unsinnig. Wieso sollte die linke Hand weniger wert sein als die rechte? Stunden hatte sie zu Beginn ihrer Schulzeit auf dem Boden kniend in der hintersten Ecke des Klassenzimmers verbracht, Stockhiebe auf die Finger schweigend hingenommen, ganze Tage in der düsteren Kammer unter der Treppe gesessen. Kein Wort hatte sie darüber zu Hause verloren, auch Marie sollte nichts verraten. Dieser Kampf sollte ihr ganz allein gehören. Sie würde ihn bis aufs Blut ausfechten, wusste, dass ihr Tag kommen würde, was auch geschah. Es war ein normaler Samstagmorgen gewesen, als der Lehrer den Laden betreten hatte, um seine neuen Schuhe abzuholen. Da platzte es aus ihr heraus. Sie deutete mit dem Finger auf die Schuhe und rief: »Sie sind mit der linken Hand gefertigt. Mit der bösen Hand, die er nicht benutzen darf.«

Verdutzt blickte Matteo von seiner Tochter zu Herrn Sprengli. Dann begriff er, und seine Augen verengten sich. Er hielt dem Lehrer seine linke Hand voller Schwielen und Schrammen unter die Nase und sagte: »Sie leistet ihren Dienst, stellt gute Schuhe her. Bemerken Sie den Unterschied an Ihren Schuhen? Wenn ja, möchte ich Sie auffordern, meinen Laden zu verlassen, denn in diesem Geschäft sind die rechte und die linke Hand gleich viel wert.«

Ab diesem Tag war Lenas linke Hand in der Schule akzeptiert worden. Sie hatte den Kampf gewonnen, ging, wie es schien, niemals unter, jedenfalls hatte Marie das stets gedacht. Heute jedoch schien sogar Lena ins Wanken zu geraten. Marie hatte gehört, wie sie oben die Tür zugeschlagen hatte. Jede sucht sich ihren Weg. Lena schlug Türen zu, und Marie floh in der Hoffnung, etwas von der Langmut ihres Vaters zu finden, in den Laden. Hier konnte sie mit ihm Zwiesprache halten, wie früher auf dem Tresen neben der alten Kasse sitzen und die Beine baumeln lassen. In diesem Raum war es erträglich, schnürte ihr die Angst vor der Zukunft nicht die Kehle zu, gab es kein Geschwätz der Leute, keine mitleidigen und abfälligen Blicke, die sie so sehr hasste.

Lena setzte sich neben sie auf den Tresen. Sie schwiegen, während es vor dem Fenster zu regnen begann. Erst vereinzelte Tropfen, dann öffnete der Himmel seine Schleusen. Schnell bildeten sich auf dem Innenhof große Pfützen, beinahe ein ganzer See war zu sehen. Der Wind rüttelte an der Tür, drückte sie auf, trug den Regen in den Raum. Der alte Dielenboden wurde nass, der Geruch des Regens wehte zu ihnen herüber. Keine von beiden regte sich. Sie verfolgten schweigend das Schauspiel, wissend, dass es das letzte Mal sein könnte.

Schritte auf der Treppe waren es, die sie irgendwann aufblicken ließen. Es war ihre Mutter. Sie blieb am Eingang zum Laden stehen, schaute zu den Mädchen, dann auf die geöffnete Tür. Langsam ging sie darauf zu und schloss sie. Maries Blick folgte ihr. Ihre Mutter sah müde aus, graue Strähnen durchzogen ihr dunkelbraunes Haar, sie versank in ihrem viel zu weiten Kleid. Den Mädchen den Rücken zugewandt, blieb sie an der Tür stehen und hielt den metallischen Griff mit ihren Fingern umschlungen. Irgendwann begann sie zu sprechen:

»Solche ruhigen Tage wie den heutigen hat er geliebt, da konnte er ungestört arbeiten. Hinten in der Werkstatt hat er gesessen, umgeben von halbfertigen Schuhen, versunken in seinem Werkzeugdurcheinander, das niemand anfassen durfte. Manchmal hat er, genauso wie ihr jetzt, die Tür geöffnet, um den Duft des Regens in den Raum zu lassen, den er liebte. Besonders nach einem Sommergewitter. Dann riecht die Luft wie reingewaschen, hat er immer gesagt.« Sie verstummte.

Eine Weile sprach keine von ihnen. Marie und Lena starrten sie gebannt an. Sie war die Treppe heruntergekommen und redete wieder, was einem Wunder gleichkam. Marie als Ältere hatte nach dem Tod des Vaters wie selbstverständlich die Verantwortung übernommen. Ab diesem Tag war sie das Oberhaupt der Familie gewesen. Lena akzeptierte es ohne Widerworte. Der freche Wirbelwind war zu ihrer Verbündeten geworden, was guttat. An vielen Tagen hätte sie nicht gewusst, was sie ohne Lena getan hätte. Gemeinsam mit dem alten Kaspar, einem Schuster aus der Nachbarschaft, hatten sie eine Woche nach der Beerdigung den Laden und die Werkstatt ausgeräumt. Er hatte ihnen für das Werkzeug, die Maschinen und den restlichen Warenbestand einen guten Preis gemacht. Jedenfalls hatte er das gesagt. Ob es stimmte, konnte Marie nicht sagen. Womöglich hatte sie das Schlitzohr, wie ihn ihr Vater stets genannt hatte, ordentlich über den Tisch gezogen, aber das spielte jetzt keine Rolle mehr. Irgendwie musste es ja weitergehen. Ihre Ersparnisse waren mäßig und reichten kaum für das Nötigste. Inzwischen war auch Kaspars Geld beinahe aufgebraucht, weshalb Marie auf dem Markt und in den Geschäften handeln musste, was sie beschämte. Schnell hatte sich herumgesprochen, dass etwas nicht stimmte. Bei Nachbarn, Freunden, Mitschülern. Ganz allmählich waren sie zu zweifelhaften Mitgliedern der Gemeinschaft geworden, die es zu beobachten galt, und Marie wusste, was kommen könnte. Arme Kinder holte die Fürsorge. Sie kamen ins Waisenhaus und wurden, wenn es ganz schlimm kam, bei irgendwelchen Bauern verdingt. Marie dachte an die Kinder, die in den Sommerferien auf dem Nachbarhof ihrer Großmutter bei der Heuernte geholfen hatten. *Alles Verdingkinder*, hatte ihre Großmutter gesagt. Ihre Stimme hatte abwertend geklungen. Marie hatte wissen wollen, was es mit einem Verdingkind auf sich hatte. *Sie sind Waisen, Kinder von Huren, Nichtsnutzen und Faulenzern. Zum Arbeiten gerade gut genug. Halt dich von ihnen fern.* Die Worte ihrer Großmutter hatten hart geklungen, und Marie hatte sich nicht getraut, weiter nachzufragen. Noch vor wenigen Wochen hätte sie nicht einen Gedanken daran verschwendet, jemals selbst ein solches Kind zu werden. Heute jedoch sah die Welt anders aus. Ihr Vater war tot, und die Leute hatten über ihre Familie zu reden begonnen.

Doch an der Liebe zu ihrer Mutter gab es trotz deren Lethargie und Untätigkeit weder für Marie noch für Lena etwas zu rütteln. Mit Sicherheit würde irgendwann der temperamentvolle Mensch zurückkommen, der in Lina Flaucher steckte. Es brauchte nur Geduld.

Jetzt schien der Moment gekommen. Spät, am Ende zu spät, wie Marie befürchtete. Wann würden sie kommen und sie holen? Morgen schon? Vielleicht nächste Woche? Wie viel Zeit blieb, um Dinge zu erklären? Um fortzulaufen, es aufzuhalten? Sie schaute zu Lena, die ihre Hand nahm und sie fest drückte. Matteos unbändige Kraft lag in ihrem Blick, der Marie Mut machte. Nein, sie würden nicht aufgeben. Nicht jetzt, da endlich die ersehnte Veränderung eingetreten war.

Lina wandte sich um, sah ihre Mädchen eine Weile schweigend an und sagte dann: »Jetzt soll die Zeit der Trauer ein Ende haben.« Sie ging auf die beiden zu, blieb direkt vor ihnen stehen und holte den Brief vom Amt aus ihrer Rocktasche. In ihren Augen schimmerten Tränen, als sie im Flüsterton sagte: »Es tut mir so leid.«

In diesem Moment brachen alle Dämme. Marie und Lena sprangen gleichzeitig vom Tresen und umarmten ihre Mutter. Sie drückte die beiden fest an sich. »Was bin ich für ein dummer Mensch. Das wird er mir niemals vergeben.«

Marie spürte die Tränen ihrer Mutter auf der Wange und weinte ebenfalls. Es tat gut, in ihrem Arm zu liegen.

Die Anspannung der letzten Wochen loszulassen, endlich schwach sein zu dürfen. Eine Weile blieben sie eng umschlungen stehen, ohne ein Wort zu sagen. Nur das Rauschen des Regens erfüllte den Raum. Marie hätte diesen Moment am liebsten für die Ewigkeit festgehalten.

Lena war diejenige, die sich als Erste aus der Umarmung löste und mit einer für sie typischen Frage den wunderbaren Augenblick des Zueinanderfindens zerstörte.

»Was tun wir, wenn sie kommen?«

Lina ließ Marie los, blickte zu ihrer jüngeren Tochter und antwortete: »Ich weiß es nicht. Mit ihnen reden, ihnen alles erklären.«

»Wir öffnen einfach die Tür nicht, schließen ab und schieben die Kommode davor«, schlug Lena vor.

»Wenn es nur so einfach wäre«, erwiderte Lina. »Ich muss mich ihnen stellen.« Sie schlang die Arme um den Oberkörper und blickte wehmütig um sich. »Das Beste wird es sein, das Haus zu verkaufen. Fürs Erste könnten wir zu Frieda nach Luzern ziehen. Dann haben wir genug Geld, und niemand liegt der Fürsorge auf der Tasche. Ich kann mir Arbeit suchen. Irgendwie wird es schon gehen.« Sie blickte zu ihrer Ältesten, die nickte. Bern den Rücken kehren. Wie oft hatte sich Marie das in den letzten Wochen gewünscht. Fort von den Erinnerungen und irgendwo ein neues Leben anfangen.

Lena jedoch schien die Idee nicht zu schmecken.

»Zu Tante Frieda«, maulte sie. »Diesem alten Drachen.«

Frieda war zehn Jahre älter als Lina und humpelte. Sie zog das rechte Bein nach und hatte eine starke Verkrümmung der Wirbelsäule. Bernhard, ihr Mann, war auch keine

Schönheit. Früh waren ihm die Haare ausgefallen, weshalb er stets einen Hut trug. Eine hässliche Narbe von irgendeinem Unfall zierte seine Wange. Marie und Lena hatten die beiden zuletzt vor Jahren gesehen. Die Erinnerungen an das Zusammentreffen waren spärlich. Frieda hatte aus ihrer Ablehnung zu ihrer Schwester nie einen Hehl gemacht. Neid war es, der sich tief in ihre Seele gegraben hatte. Lina war das Ebenbild ihres Vaters, der aus dem Tessin stammte. Kräftiges Haar, olivfarbene Haut, Mandelaugen. Dazu hatte sie eine zarte Figur mit den Rundungen an den richtigen Stellen.

Frieda, nach der Mutter geraten, war eher stämmig, mit breitem Kreuz und dünnem aschblondem Haar. Kinder waren dem Paar verwehrt geblieben. Bernhard, der es mit Bankgeschäften zu einem bescheidenen Vermögen gebracht hatte, war schon vor einigen Jahren verstorben. Frieda waren das Haus und eine ausreichende Summe zum Leben geblieben. Zur Beerdigung ihres Schwagers war sie nicht aufgetaucht. Eine Beileidskarte war eingetroffen, mehr nicht.

»Vielleicht findet sich für den Anfang auch ein Zimmer«, ging Lina auf den berechtigten Einwand ihrer Tochter ein. »War nur ein Gedanke mit Frieda. Ist immerhin unsere Verwandtschaft. Obwohl ich mir tatsächlich nicht sicher bin, ob sie uns aufnehmen würde.«

»Lebt sie überhaupt noch?«, erkundigte sich Marie.

»Das würden wir erfahren.«

»Dann gäbe es was zu erben«, rief Lena und grinste breit.

»Das glaube ich weniger«, widersprach Lina sofort. »Wie

ich meine Schwester kenne, hat sie meinen Namen niemals in irgendein Testament geschrieben. Lieber vermacht sie ihr gesamtes Vermögen einem Straßenkater als ihrer Schwester.«

»Einem Straßenkater, was für eine Vorstellung.« Marie prustete los. »Der läuft dann wie der gestiefelte Kater durch Luzern und lädt die feinen Damen auf ein Glas Wein ein.«

Jetzt musste auch Lina schmunzeln. Es tat gut, sie lachen zu sehen, kam es Marie in den Sinn. Normal mit ihr zu sprechen – Pläne zu schmieden.

»Lasst uns nicht albern werden«, mahnte Lina. »Wir sollten besser nach oben gehen und überlegen, wie es weitergeht. Zuerst müssen wir einen Käufer für das Haus finden.«

»Was nicht schwer sein dürfte«, meinte Marie.

»Der Bürgler Anton hat mich schon zweimal auf dem Markt gefragt, ob wir das Haus verkaufen wollen. Er würde gern einen weiteren Krämerladen eröffnen, weil sein Geschäft so gut läuft.«

Lina wollte etwas erwidern, wurde jedoch durch das Öffnen der Tür unterbrochen.

Zwei Polizisten und eine blonde Frau in einem schwarzen Kostüm betraten mit ernsten Mienen den Laden. Marie wich erschrocken zurück. Instinktiv griff sie nach Lenas Hand.

»Lina Flaucher«, sprach die Blondine ihre Mutter scharf an.

»Ja«, sagte Lina und verschränkte die Arme vor der Brust.

»Ich habe Befehl, Ihre Kinder wegen Verwahrlosung ins Heim zu bringen.«

»Wer sagt so etwas?«, fragte Lina. Ihre Stimme klang vollkommen ruhig, ihre Miene war ausdruckslos. Sie wirkte auf sonderbare Weise respekteinflößend.

»Das tut nichts zur Sache. Sie wurden über unser Kommen in Kenntnis gesetzt. Sind die Mädchen fertig?«

»Nein, sind sie nicht und werden sie auch nicht sein.«

Die Augen der Blondine verengten sich zu schmalen Schlitzen.

»Das haben Sie nicht mehr zu entscheiden, Frau Flaucher. Die Mädchen stehen ab heute unter der Obhut der Fürsorge, also unter meiner Obhut.« Sie wandte sich an Marie und Lena.

»Geht eure Sachen holen.«

Marie und Lena dachten nicht daran.

»Wir sind nicht verwahrlost«, protestierte Lena. »Wie können Sie es wagen, so etwas zu sagen.«

Die Blondine ließ sich nicht beeindrucken. Solche Szenen erlebte sie nicht zum ersten Mal. Ihre Miene blieb unverändert kühl und unnahbar. Sie bedeutete den Polizisten mit einem Wink, sich um die Angelegenheit zu kümmern. Die beiden wollten auf die Mädchen zugehen und nach ihnen greifen, doch Lina stellte sich schützend vor sie und hob abwehrend die Hände.

»Jetzt hören Sie doch mit dem Unsinn auf. Das sind nichts als Verleumdungen. Meine Mädchen sind nicht verwahrlost. Ich bin Witwe geworden, wir haben getrauert. Bald schon werden wir das Haus verkaufen und bei meiner Schwester in Luzern ein neues Leben beginnen. Gleich morgen wäre ich aufs Amt gekommen, um Rechenschaft über unsere Lebensumstände abzulegen.«

Einer der Männer blickte kurz zu der blonden Frau, die den Kopf schüttelte. Es war offensichtlich, dass sie Lina kein Wort glaubte. Unsanft wurde sie zur Seite gestoßen, und die Männer stellten sich vor Marie und Lena.

»Ich nehme an, die Kammer der Mädchen ist oben.« Die Frau schaute Lina fragend an. Ihr Blick war eiskalt.

Lina erwiderte ihn, hielt ihm eine Weile mit erhobenem Haupt stand, dann senkte sie den Kopf und nickte. Es schien, als hätte sie aufgegeben, als wäre die Kraft von eben gewichen und sie erneut zur Wachspuppe erstarrt.

Marie konnte es nicht fassen. Ungläubig starrte sie ihre Mutter an. Einer der Polizisten umfasste ihren Oberarm und zerrte sie zur Treppe. Marie wehrte sich und schlug wild um sich, genau wie Lena, die lauthals schrie.

»Mama! So hör doch. Sie dürfen das nicht. Mama! Bitte! Mama!«

Doch es half nichts. Ihre Mutter blieb wie angewurzelt an ihrem Platz stehen. Die beiden wurden nach oben gezerrt und mussten unter Aufsicht in ihren Zimmern ihre Sachen zusammenpacken. Sie weinten nicht. Wut und Fassungslosigkeit waren es, die im Raum standen. Wie konnte ihre Mutter das Vorgehen dieser unbarmherzigen Frau billigen? Sie war doch aus ihrer Lethargie erwacht. Himmel, sie würden auch zu Frieda gehen, alles, nur nicht ins Heim müssen. Ihre Mutter musste es verhindern, noch einmal in aller Ruhe mit dieser Frau sprechen, um einen Aufschub bitten. Irgendeinen Weg musste es doch geben.

Als sie mit ihrem Gepäck in Händen wieder nach unten kamen, stand ihre Mutter mit hängenden Schultern neben dem Verkaufstresen. Marie riss sich von ihrem Bewacher los, stürzte auf sie zu, schüttelte sie.

»Du darfst das nicht zulassen. Hörst du! Du bist unsere Mutter. Wir lieben dich. Papa hätte das nicht gewollt. Sag doch was! Er hätte das nicht gewollt.«

Hinter ihr jaulte Lenas Bewacher auf und ließ sie los. Lena hatte ihn heftig in die Hand gebissen. Auch sie stürzte jetzt auf die Mutter zu und klammerte sich mit aller Macht an ihr fest.

Maries Worte hatten ihre Wirkung nicht verfehlt. Erneut kam Leben in Lina. Sie richtete sich auf, legte beschützend die Arme um ihre Kinder und wandte sich der blonden Frau zu, der vor Verblüffung der Mund offen stand. Plötzlich schien die eingeschüchterte Frau von eben verschwunden. Linas Stimme war fest, klang kein bisschen ängstlich.

»Das sind meine Mädchen«, sagte sie mit Nachdruck. »Ich bin ihre Mutter und trage die Verantwortung für sie und sonst niemand. Sie sollten sich was schämen, den Verleumdungen anderer mehr Glauben zu schenken als mir. Weder ich noch meine Mädchen leben in Armut, niemand ist hier verwahrlost. Ja, ich habe meinen Mann verloren. Aber auch als Witwe werde ich es schaffen, für meine Kinder zu sorgen. Darauf gebe ich Ihnen mein Wort. Das Wort einer ehrbaren Frau, die sich nie etwas zuschulden hat kommen lassen. Meine Mädchen werden jetzt ihre Sachen wieder nach oben bringen, und Sie verlassen auf der Stelle mein Haus.« Sie blickte der Frau direkt in die Augen.

Einen Moment herrschte absolute Stille im Raum. Es schien wie ein Machtkampf zwischen den beiden Frauen.

Der Gesichtsausdruck der Frau wurde milder, ihr Blick mitleidig, ihr Tonfall verständnisvoll.

»Wir wissen beide, dass das nicht geht. Ich habe den Anweisungen der Behörde Folge zu leisten. Machen Sie es mir doch nicht so schwer. Ich nehme die beiden jetzt mit, und Sie können morgen beim zuständigen Sachbearbeiter im Jugendamt vorsprechen. Gewiss wird sich ein Weg finden. Aber jetzt muss alles seine Richtigkeit haben. So leid es mir tut: Die Fürsorge für die beiden obliegt ab heute dem Amt.«

Lina schüttelte den Kopf, während sich Marie und Lena noch fester an sie klammerten.

»Niemals nehmen Sie sie jetzt mit. Hören Sie!« Ihre Stimme wurde laut, überschlug sich beinahe. »Das sind meine Kinder. Nirgendwo werde ich vorsprechen. Wir haben nichts verbrochen. Ich habe nur meinen Mann verloren, die Liebe meines Lebens, den Vater meiner Kinder.« Sie machte eine kurze Pause und fügte leise hinzu: »Nehmen Sie mir meine Mädchen nicht weg. Bitte.«

Sie begann zu weinen.

»Ich kann nicht anders«, erwiderte die Frau und nickte den beiden hinter der Gruppe stehenden Polizisten zu.

»Haben Sie nicht verstanden?«, begehrte Marie auf. »So verschwinden Sie doch endlich. Sehen Sie nicht, was Sie anrichten?«

Die Frau ignorierte ihre Worte, sah Marie nicht einmal an.

»Macht dem ein Ende«, sagte sie zu den beiden Polizisten und ging zum Ausgang. »Immer dasselbe Schmierentheater. Wie satt ich es habe.« Sie verließ den Raum.

Die Polizisten griffen nach Marie und Lena und zerrten sie grob von Lina fort, die ihnen folgte. Verzweifelt streckte Lena die Hand nach ihrer Mutter aus, wehrte sich Marie erneut gegen ihren Angreifer, kratzte, biss, schlug um sich. Doch es half alles nichts. Mit vereinten Kräften schafften die beiden Männer die Mädchen in einen Wagen, der vorm Hof bereitstand, und schlugen die Tür hinter ihnen zu.

»Nein, bitte nicht!«, hörte Marie die Stimme ihrer Mutter. »Das dürfen Sie nicht. So hören Sie doch. So lassen Sie uns doch reden.«

Der Wagen setzte sich in Bewegung. Marie und Lena sahen aus der Heckscheibe. Ihre Mutter stand verloren im Regen vor dem Haus, die Hände um den Körper geschlungen, ging sie in die Knie. Das Auto bog um eine Hausecke, und sie verschwand aus ihrem Blickfeld. Wütend schlug Marie mit der flachen Hand gegen die Scheibe und schrie: »Warum heute? Warum jetzt? Versteht ihr denn nicht? Gerade war doch alles wieder gut.«

*

Lena schaute auf das Taschentuch in ihrer Hand. Blutflecken waren darauf. Ihre Nase pochte. Der metallische Geschmack des Blutes lag auf ihrer Zunge, Tränen kullerten über ihre Wangen. Sie wollte nicht heulen, doch die verdammten Tränen hatten ihren eigenen Kopf. Sie stiegen in ihre Augen und purzelten über ihr Gesicht. Sie wischte sie fort und mit ihnen den blutigen Rotz, der noch immer aus ihrer Nase lief. Wer heulte, war der Verlierer. Nur die Schwachen weinten, diejenigen, die aufgaben. Doch sie würden nicht aufgeben. Weder sie noch Marie, die sie heute wohl wieder enttäuscht hatte. Marie hasste es, wenn ihre kleine Schwester über die Stränge schlug – was sie ohne Zweifel getan hatte. Aber manchmal musste sie einfach, ohne nachzudenken, reagieren und ihre Wut rauslassen. Auch wenn ihr die Ungeheuerlichkeit von heute Morgen eine blutige Nase und Arrest eingebracht hatte. Auf die Standpauke ihrer Schwester wartete sie noch. Sie hatte doch stillhalten sollen, so war es ausgemacht, auf ihr ständiges Nachfragen würden sie ohnehin keine Antworten bekommen. Im Gegenteil: Schwester Inocencia war beim letzten Mal wütend geworden und hatte Marie ins Gesicht geschlagen. Ein für alle Mal sollte es mit der Fragerei genug sein, hatte sie gesagt. An diesem Tag waren die beiden am Boden zerstört gewesen. Warum nur wollte ihnen in diesem Haus niemand zuhören? Das konnte, das durfte nicht sein. Gewiss hatte die Mutter bereits beim Amt vorgesprochen. Irgendwann würden sie eine Nachricht von ihr erhalten, oder sie würde kommen und sie abholen. An diesem Gedanken hielten sie unumstößlich fest. Bis dahin galt es, sich anzupassen, nicht aufzufallen, niemanden zu verärgern, auch wenn es schwerfiel. Aufsässige Kinder wurden nicht zurück nach Hause geschickt.

Lena hatte sich wirklich bemüht, obwohl Verzweiflung und Wut Tag für Tag in ihr brodelten und sie sich schwer damit tat, sich in den Alltag einzufügen und ihre Arbeit in der Wäscherei zu erledigen, gegen die sie sich anfangs verweigert hatte. Sie wollte doch zur Schule gehen, sie war doch immer gut gewesen, die Beste von allen. Wieso wollte das hier niemand hören? Nach einigen Stockhieben von Schwester Inocencia und dem guten Zureden von Marie hatte sie sich dann doch ans Bügelbrett neben Nina gestellt und sich mit dem rothaarigen Mädchen angefreundet. Vielleicht hätte sie es tatsächlich geschafft, sich anzupassen. Wäre da nicht dieser schreckliche Vorfall in der Waschküche gewesen.

Nina, ein blasses Mädchen, das Gesicht voller Sommersprossen, grüne Augen, unter denen dunkle Ringe lagen. Sie sah immer müde aus, weil sie jede Nacht weinte und beschlossen hatte, so lange nichts mehr zu essen und zu trinken, bis sie zurück zu ihrem Vater durfte, der sie brauchte, denn er war blind und fand sich ohne Hilfe nicht zurecht. Nina war seit vier Monaten im Heim. Einmal hätte sie vermittelt werden sollen, doch der Bauer hatte das klapperdürre Mädchen mit Armen so dünn wie Fahrradspeichen nicht haben wollen.

Nina, die die immergleiche, hübsche Melodie eines Kinderliedes summte, das Lena nicht kannte. Sie hatte ihr von ihrer Großmutter erzählt, der alten Vreni, die alle im Viertel liebten, die ihr die Mutter ersetzte, die im Kindbett gestorben war. Als der Vater immer weniger sehen konnte, arbeitete die alte Frau in der Weberei. Jeden Tag um fünf Uhr früh fing sie an, damit das Geld reichte und Nina zur Schule gehen konnte. Bis sie nicht mehr aus dem Bett hatte aufstehen können. Müde sei sie vom Leben, hatte der Arzt gesagt und war unverrichteter Dinge gegangen. Nina, die am selben Tag wie Lena Geburtstag hatte, was beiden gefiel.

Heute Morgen hatte sie nach ihrem Arm gegriffen und die Fingernägel hineingebohrt. Sie war in die Knie gegangen und zur Seite gekippt. Das klapperdürre Mädchen mit dem blinden Vater, der sich allein nicht zurechtfinden würde, war kurz darauf verstorben. Direkt vor Lena, auf dem Fußboden hatte das Herz des Mädchens einfach so zu schlagen aufgehört. Sie hatte sie angestarrt, mit ihren grünen, leblosen Augen. Speichel rann aus ihrem Mund. Da war die Wut in Lena aufgestiegen, hatte sich nicht aufhalten lassen. Sie war gerannt, aus dem Raum, den Flur hinunter und die Treppe nach oben. Es musste ein Ende haben. Nina hatte nicht hierhergehört. Marie und sie gehörten nicht hierher. Warum wollte das in diesem Haus niemand begreifen? Im Flur der Verwaltung war sie stehen geblieben. Braune Holztüren, wie an einer Schnur aufgereiht, Fenster gab es keine. Dieser Ort hatte etwas Respekteinflößendes an sich. Er war still, düster und roch muffig. Hierher waren sie an ihrem ersten Abend gebracht worden, hatten vor der Oberschwester erscheinen, ihre Namen nennen müssen. Einer faltigen Frau, die durch sie hindurchzublicken schien und kein Wort mit ihnen sprach, ihnen nicht zuhören wollte. Doch heute würde sie zuhören müssen, sie hatte ihr etwas zu sagen. Nina hatte ihren Kampf verloren, war daran zerbrochen, nicht heimkehren zu dürfen. Dieser Alptraum sollte hier und jetzt aufhören.

Gelungen war es ihr nicht.

Sie schlug mit dem Hinterkopf gegen die Wand und wischte sich erneut den blutigen Rotz von der Nase.

Ein Feigling war sie nie gewesen. Sie wusste sich zu verteidigen, war willensstark und konnte stur wie ein Esel sein. Zugleich war sie ehrgeizig und strebsam. *Der fleißigs-*

te Sturschädel, der mir jemals im Leben begegnet ist, hatte ihre Mutter einmal gesagt. Doch was nutzten einem Starrsinn und Mut, wenn man mit einer Wand zu reden schien? Zugegebenermaßen war die Sache etwas aus dem Ruder gelaufen. Oberschwester Hildegard war nicht gewillt, mit ihr zu sprechen, und verwies sie mit knappen Worten des Raumes, was Lena rasend gemacht hatte. Sie hatte noch lauter zu schreien begonnen, war um den Schreibtisch gelaufen und hatte ihr wütend ins Gesicht gespuckt. Keine Sekunde später hatte sie sich mit blutiger Nase auf dem Boden wiedergefunden. Alt und hager mochte diese Frau sein, doch sie hatte einen linken Haken, vor dem man sich in Acht nehmen musste.

Schwester Hildegard hatte gekreischt, als hätte sie ihr den Arm abgerissen. Mit abgerissenen Armen und dem dazugehörigen Geschrei kannte Lena sich aus. Leopold Müller, ein Weinhändler die Straße runter, hatte ein wahres Ungetüm von Köter als Wachhund gehalten – bis zu dem Tag, als das Monster dem zweijährigen Karli aus dem Nachbarhaus den Arm abgerissen hatte. Der Kleine war noch am selben Tag gestorben, auf dem Straßenpflaster, in den Armen seiner Mutter verblutet. Die Schreie des Jungen würde Lena niemals im Leben vergessen. Sie hallten von den Hauswänden wider, waren in jedes Zimmer, in jeden Hinterhof gedrungen. Bis der Junge für immer still und der elende Köter erschossen worden war.

Karli hatte alles Recht der Welt zum Schreien gehabt. Diese alte Hexe wegen des bisschen Spucke gewiss nicht.

Hände hatten nach ihr gegriffen, und sie war aus dem

Raum gezerrt und in die Arrestzelle geworfen worden. Krachend war die Tür ins Schloss gefallen. Das Klirren des Schlüsselbundes, Schritte, die sich entfernten – Stille.

Lena blickte aus dem vergitterten Fenster nach draußen. Ein Fleck blauer Himmel schimmerte zwischen den Wolken hervor, und ein Sonnenstrahl fiel durch die Gitterstäbe in ihren Schoß. Als wollte ihr Vater sie aufheitern, ihre Tränen trocknen und die Wut vertreiben, die noch immer in ihren Gliedern steckte. Sie streckte die Hand aus und schob sie in das helle Licht. Es wärmte ihre Haut und schien so freundlich. Sie zog die Nase hoch. Wenn ihr Vater jetzt hier wäre, würde er sein großes rot-weiß kariertes Taschentuch aus der Hosentasche ziehen und ihre Wangen trocknen. Wie er es immer getan hatte, egal, ob sie hingefallen war oder sich geprügelt hatte. Ja, selbst dann hatte er sie getröstet. Sein Mädchen war kein Feigling, sondern wusste sich zu verteidigen, was er respektierte.

Der Sonnenstrahl auf ihrer Hand tat gut und fühlte sich tröstend an.

Sich nähernde Schritte ließen sie aufblicken. Der Schlüssel wurde ins Schloss gesteckt, knarrend öffnete sich die Tür, und Marie betrat die winzige Kammer.

»Du hast zehn Minuten«, hörte sie Schwester Inocencia sagen, die nur kurz in den Raum blickte.

Die Tür schloss sich. Marie blieb schweigend vor ihr stehen. Lena wusste, was kommen würde. Vorhaltungen, was nur recht und billig war. Sie hatte es verdient, von Marie zurechtgewiesen zu werden. Am Ende würden sie aufgrund ihres Verhaltens niemals die geliebte Mutter wiedersehen. Sie hatte einmal zu viel über die Stränge geschlagen, es zu weit getrieben. Sie hasste sich dafür.

»Sie haben Nina nach Hause gebracht«, sagte Marie irgendwann leise und setzte sich neben Lena auf die Matratze. »Zu ihrem Vater.«

»Also hat sie es doch noch geschafft«, antwortete Lena leise. »Sie ist nach Hause gekommen.« Erneut stiegen ihr die Tränen in die Augen.

»Du hattest sie gern, nicht wahr?«

Lena nickte.

Marie hob die Hand und strich ihr zärtlich eine Haarsträhne aus der Stirn.

»Ich hab es vermasselt«, sagte Lena. »Niemals werden sie uns jetzt noch nach Hause gehen lassen.«

»Ich glaube nicht mehr daran, dass wir ihre Entscheidungen in irgendeiner Form beeinflussen können. Es ist egal, was wir tun oder nicht tun«, sagte Marie.

Ihre Stimme klang gleichgültig. Lena kannte diesen Tonfall. Marie hatte es akzeptiert. Sie hatte geahnt, dass dies irgendwann geschehen würde. Marie war die Ruhigere von ihnen, nahm Gegebenheiten schneller hin und konnte mit Veränderung besser umgehen. Lena hatte sie für ihre Geduld mit der Mutter bewundert. Wie oft hatte sie selbst sie angebrüllt, einmal hatte sie sogar ihren gefüllten Teller vor lauter Wut auf den Boden geworfen, so dass die Suppe an die Wände spritzte. Sie hatte den Anblick der stummen Frau nicht ertragen und nicht mitansehen wollen, wie ihre ältere Schwester mit einem Schlag hatte erwachsen werden müssen.

»Irgendwann beendet sie ihre Trauer.« Wie oft hatte Marie den Satz gesagt, den sie von Pfarrer Brucker hatte, der ab und an bei ihnen vorbeikam und nach dem Rechten sah. Dann saß er neben ihrer Mutter am Fenster und redete mit dem immer gleich klingenden Tonfall auf sie ein. Einmal in der Woche gingen sie zu ihm ins Pfarrhaus, wo Berta, seine Köchin, eine resolute Person mit dem Herz am rechten Fleck, ihnen etwas zu essen einpackte. Eingelegte Gurken, Marmelade, Kompott und frisch gebackenen Kuchen. Im Herbst hatten sie im Pfarrersgarten Äpfel ernten dürfen, die vielen Obstbäume trugen schwer an ihrer Last. Ganze Körbe hatten sie heimgetragen und im Keller neben den Kartoffeln eingelagert. Irgendwann hatte das Geld nur noch für das Notwendigste gereicht, und der lange, schneereiche Winter hatte an ihren Nerven gezehrt, so dass sie häufig stritten, oftmals wegen Nichtigkeiten.

»Nein«, begehrte Lena auf. »Wir dürfen nicht aufgeben. Nicht jetzt, wo Mama endlich wieder gesprochen hat. Sonst wäre doch alles umsonst gewesen, was wir in den letzten Monaten gemeinsam durchgestanden haben.«

»Wir wissen beide, dass die Karten seit unserer Ankunft im Heim neu gemischt worden sind«, antwortete Marie gelassen. »Es ist ein ungleicher Kampf geworden. David gegen Goliath, nur ohne Steinschleuder. In diesem Haus liegt nichts in unserer Macht. Nina hat es versucht. Sie ist daran gestorben, Lena.«

»Aber gerade wegen Nina müssen wir kämpfen«, erwiderte Lena. »Sie hat trotz allem an ihre Sache geglaubt. Ihr Versuch, dieser Hölle auf diese Weise zu entkommen, mag fehlgeschlagen sein, aber sie hat daran festgehalten, bis zum Schluss.«

»Bis sie tot auf dem Fußboden lag«, entgegnete Marie und griff nach Lenas Hand. »Wir werden uns an den Gedanken gewöhnen müssen, niemals wieder nach Hause zu kommen.«

»Das ist nicht wahr.« Lena riss sich los. »Mama wird etwas unternehmen.« Ihre Stimme klang trotzig. »Sie war bestimmt längst auf dem Amt und hat mit den Leuten geredet. Sie hat uns nicht vergessen und wird um uns kämpfen.«

»So wie sie all die Monate um uns gekämpft hat? In ihrer Trauer ist sie versunken und hat uns allein gelassen«, antwortete Marie. »Erst durch sie sind wir überhaupt in diese Lage geraten. Ich kann mir nicht vorstellen, dass sie das nötige Durchhaltevermögen für diesen Kampf besitzt. Wie soll sie das schaffen?« Marie sah ihr direkt in die Augen. Eine Weile schien es, als wollte Lena das alte Spielchen spielen. Wer zuerst wegsah, hatte verloren. Doch dann nickte sie.

»Du hast ja recht. Sie ist nicht wie Papa. Er hätte Himmel und Hölle in Bewegung gesetzt, um uns hier rauszubekommen.«

Marie nahm die Hand ihrer Schwester und drückte sie fest. »Dafür bist du so stark wie er. Wofür ich dich bewundere. Nina hat verdient, was du heute für sie getan hast. Wenn ich den Mut dazu gehabt hätte, hätte ich ebenso gespuckt.« Sie lächelte.

Auf Lenas Lippen breitete sich ein Grinsen aus. »Du hättest das Gesicht des verschrumpelten Apfels sehen sollen. Köstlich.«

Marie schüttelte den Kopf. Da war sie wieder: ihre geliebte Lena. Die kleine, starke Schwester, die sich nichts gefallen ließ und heute auf ihre Art einer Freundin die letzte Ehre erwiesen hatte. Die jetzt tapfer sein musste, denn sie hatte ihr etwas zu sagen. Sie räusperte sich.

»Da ist noch etwas.«

Maries veränderter Tonfall ließ Lena aufhorchen.

»Morgen früh werde ich fortgebracht.« Marie sah ihre Schwester nicht an, als sie mit leiser Stimme aussprach, was sie eben bei einem Gespräch mit der Oberschwester erfahren hatte.

»Aber ...«, setzte Lena an, doch Marie ließ sie nicht weiterreden.

»Eine Pflegefamilie aus Burgdorf will mich aufnehmen«, sagte sie. »Sie haben eine Gärtnerei. Mehr weiß ich nicht.«

Lena wurde es eiskalt, ihre Hände zitterten.

»Und was ist mit mir?«, fragte sie. »Sag mir, dass du hier bist, um mir zu erklären, dass ich mit dir kommen werde. Sag mir, dass wir gleich gemeinsam diese Zelle verlassen und unsere Sachen packen werden.« Sie griff nach Maries Hand und umklammerte sie fest. »Sie werden uns doch nicht trennen können, oder?«

Marie hob den Kopf, sah Lena direkt in die Augen und schüttelte den Kopf.

»Ich bin hier, um mich von dir zu verabschieden«, erwiderte sie mit leiser Stimme und begann zu weinen.

Lena hielt es nicht mehr auf der Matratze. Sie sprang auf, fing an, in der schmalen Zelle auf und ab zu laufen.

»Aber ... das geht nicht. Das dürfen sie nicht. Sie können uns nicht trennen. Wir gehören doch zusammen. Mama wollte zum Amt gehen, sie wollte etwas unternehmen. Gewiss ist alles ein Missverständnis. Sie meinen ein anderes Kind. Eine Verwechslung, ganz bestimmt wird es so sein. Wir gehören zusammen. Sie dürfen das nicht, die dürfen uns nicht trennen. Wir sollten doch nicht verdingt werden, keine Pflegeeltern bekommen. Das ist doch nicht richtig.« Sie blieb stehen und sah ihre Schwester an. »Mama hat sich doch bestimmt gekümmert, oder?«

Marie wusste nicht, was sie erwidern sollte. Sie wandte den Blick ab und gestand damit endgültig ihre Niederlage ein, wofür sie sich schämte. Ja, sie hatte aufgegeben und sich gefügt. Sie hatte nicht aufbegehrt und keine Widerworte gegeben. Sie hatte verstanden, dass sie diesen Kampf nicht gewinnen konnten. Bereits am Tag ihrer Abholung hatten sie ihn verloren. Darüber war sie sich heute Nachmittag endgültig klargeworden. Und auch Lena würde dies, trotz all ihres Starrsinns und ihrer Stärke, irgendwann begreifen und sich anpassen, auch wenn sie sich heute noch verweigerte.

Sie dachte an den Moment zurück, als Oberschwester Hildegard sie von ihrer Abreise in Kenntnis gesetzt hatte. Sie hatte zu zittern begonnen, und die sachlich klingenden Erklärungen der Oberschwester waren wie durch einen Nebel zu ihr durchgedrungen. Eine Pflegefamilie, eine Gärtnerei, in Burgdorf. Hatte ihre Mutter überhaupt jemals etwas unternommen? Verdammt noch mal, sie brauchten sie doch. Nun würde sie ihre Schwester verlieren. Sie durften ihr Lena nicht wegnehmen, durften sie nicht trennen. Bitte nicht. Vor lauter Verzweiflung hatte sie zu weinen begonnen und nach ihrer Mutter gefragt. Eine Antwort war ihr die Oberschwester schuldig geblieben. Selbst ihre Tränen schien die Heimleiterin nicht wahrzunehmen. Diese faltige alte Frau, die tat, als wäre man ein Nichts, ein Niemand, überhaupt nicht anwesend.

Erst als sie mehrfach nach Lena fragte, stimmte sie widerwillig zu, dass sie sich wenigstens verabschieden dürfe. Marie fing Lenas Blick auf. Eine Weile sahen sie einander schweigend an, dann ließ Lena die Schultern sinken.

»Deshalb haben sie dich also zu mir gelassen. Du sagst mir auf Wiedersehen«, flüsterte sie.

Marie nickte. Sie erhob sich und zog Lena in ihre Arme.

»Unsere Trennung ist bestimmt nur für kurze Zeit«, versuchte sie Lena und auch sich selbst zu trösten. »Wir können uns schreiben und telefonieren, uns bestimmt besuchen.«

In Lenas Augen schwammen Tränen. Sie wollte etwas erwidern, kam jedoch nicht mehr dazu. Die Tür öffnete sich, und Schwester Inocencias unerbittliche Stimme erklang: »Deine zehn Minuten sind um.«

Marie wollte sich aus der Umarmung lösen, doch Lena ließ es nicht zu.

»Nein, bitte. Nicht. Das darfst du nicht.« Wie eine Ertrinkende klammerte sie sich an ihrer Schwester fest. »Sie dürfen dich mir nicht wegnehmen. Bitte, geh nicht. Bleib hier. Ich tue alles. Ich entschuldige mich, ich lasse mich verprügeln, bleibe für immer in dieser Zelle, wenn sie mir dich nur nicht wegnehmen.« Ihre Stimme klang flehend, überschlug sich. Ein Weinkrampf erfasste ihren Körper. Schwester

Inocencia trennte Lena mit Gewalt von Marie und verpasste ihr eine schallende Ohrfeige. Unsanft schlug Lena mit dem Kopf gegen die Zellenwand und ließ die Arme sinken. Für einen Augenblick wurde ihr schwarz vor Augen. Sie sackte in sich zusammen und hörte Maries Stimme. Sie rief ihren Namen, jemand rüttelte an ihrer Schulter. Lena öffnete die Augen. Maries Gesicht war ganz nah vor dem ihren. Sie hob die Hand und berührte ihre Wange, küsste sie zärtlich. Dann verschwand sie aus ihrem Blickfeld, und die Zellentür fiel lautstark ins Schloss.

Später am Abend, längst war es dunkel geworden, lag Lena halb zugedeckt auf ihrer Matratze und starrte aus dem Fenster. Zu weinen hatte sie vor einer Weile aufgehört. Ihr Kopf dröhnte, Schlaf fand sie keinen. Noch immer fühlte sie Maries Gegenwart. Sie schloss die Augen und spürte in sich dem Geräusch ihres gleichmäßigen Atems nach, das sie so viele Jahre ihres Lebens jede Nacht begleitet hatte. Den Gedanken, die geliebte Schwester vielleicht niemals wiederzusehen, konnte und wollte sie nicht zulassen. Sie war doch der einzige Mensch auf dieser Welt, der ihr noch geblieben war. Gewiss war es eine Verwechslung. Anders konnte es nicht sein. Bestimmt würde sich morgen alles aufklären. Schwester Inocencia würde die Tür aufschließen, und Marie würde strahlend zu ihr kommen und ihr mitteilen, dass sie bleiben konnte. Und vielleicht würde sich doch noch alles zum Guten wenden, und sie konnten zurück zu ihrer geliebten Mutter. An diesem Gedanken galt es festzuhalten, dafür sollte sie beten. Allerdings hatte gerade das in der letzten

Zeit nicht wirklich funktioniert, obwohl sie von Nonnen umgeben waren. Nonnen, überlegte sie. Wie unterschiedlich diese doch sein konnten. In diesem Haus gab es nur alte Besen, die den ganzen Tag nichts Besseres zu tun zu haben schienen, als auf den Mädchen herumzuhacken. Wie anders war da Schwester Katharina, die einzige Nonne, die sie bisher näher gekannt hatte. Sie hatte sich in ihrem Viertel um Kranke und Alte gekümmert. Die junge Nonne mit den großen rehbraunen Augen und den langen Wimpern hatte stets Kaugummi für die Kinder in ihren Taschen gehabt, den sie großzügig verschenkte. Sie strahlte eine ganz besondere Art von Wärme aus. Ihre Mutter hatte ihr Antlitz irgendwann einmal mit dem der Madonna verglichen, die in einer kleinen Nische der Kirche über den Opferlichtern stand, von denen sie jeden Sonntag eines angezündet hatten. Niemals bekäme Schwester Katharina eine solche Sauertopfmiene wie Oberschwester Hildegard. Bis zu ihrem ersten Tag in diesem Heim hatte Lena geglaubt, alle Nonnen wären so liebevoll wie Schwester Katharina. Sie seufzte. Trotzdem sollte sie beten. Vielleicht ja das Vaterunser. Obwohl es ihre Wünsche nicht enthielt. Gewiss war es besser, den Herrgott direkt auf das Problem aufmerksam zu machen. Weiß der Himmel, wie oft er am Tag das Vaterunser hörte.

Sie faltete die Hände. Doch so recht wollten ihr die richtigen Worte nicht einfallen, denn sie hatte Hunger. Schon seit einer Weile knurrte ihr Magen lautstark. Zu essen hatte ihr niemand gebracht. Wahrscheinlich hatte es zum Abendbrot wieder die scheußliche Graupensuppe mit Brot gegeben, die sie kaum hinunterbrachte. Jetzt hätte sie sogar die gegessen, allein schon, um den trockenen Hals loszuwerden, der sie beinahe noch mehr quälte als der Hunger.

Sehnlichst wünschte sie sich plötzlich in den nüchternen Speisesaal mit den grellen Neonlampen an der Decke. Maries letztes Abendessen im Heim würde ohne ihre Schwester stattfinden. Der Platz neben ihr würde leer bleiben. Oder vielleicht säße Giulietta neben ihr. Der Gedanke versetzte ihr sonderbarerweise einen Stich, obwohl sie Giulietta mochte. Das etwas pummelige zehnjährige Mädchen mit der Stupsnase und dem schwarzen Lockenschopf, der sich nur schwer bändigen ließ, hatte sich kurz nach ihrer Ankunft im Heim, warum auch immer, an ihre Fersen gehängt. Schnell hatte sie die etwas eigenwillige Giulietta ins Herz geschlossen, und sie waren unzertrennlich geworden. Giulietta kannte nur das Heimleben. Als Neugeborenes war sie von ihrer Mutter in einem Weidenkorb vor einer Kirche ausgesetzt worden. Ihre Stimme hatte sonderbar teilnahmslos geklungen, als sie davon erzählte, als wäre es das Normalste der Welt, wie ein lästiges Übel vor einem Gotteshaus abgelegt zu werden.

Giulietta war eine Meisterin darin, in diesem Heim ohne Prügel zu überleben. Anders als viele andere Kinder weinte sie nie, sondern war stets fröhlich, was Lena an ihr liebte. Ihr großer Traum war es, irgendwann einmal mit einem lieben Ehemann und vielen Kindern in einem Haus am Genfer See zu leben, von dem sie eine Fotografie besaß. Vielleicht würde er tatsächlich eines Tages in Erfüllung gehen. Wer wusste das schon.

Das Leben lief nicht immer geradeaus, wie Lena in den letzten Monaten am eigenen Leib erfahren hatte müssen.

Es rannte gern mal zickzack, schlug Irrwege ein, ruderte zurück und erfand sich jeden Tag neu. Und wenn es irgendwann für Giulietta ein Haus am See erfinden würde, dann war das eben so. Ihr Blick wanderte zu dem vor dem Fenster liegenden Sternenhimmel. Wohin ihr Weg führen würde, wusste sie nicht mehr, ihr Leben war in einer Sackgasse steckengeblieben, aus der es kein Entrinnen zu geben schien. Vielleicht sollte sie einfach irgendwann verschwinden, so wie es Chasper eines Tages getan hatte.

Chasper, der stille Sohn des Gemüsehändlers Jöri, der mit ihnen in die Grundschule gegangen war. Chasper, der auf dem Heimweg immer ein Stück hinter ihnen lief und keinen Freund zu haben schien. Einmal hatte er den Arm in der Schlinge gehabt, das andere Mal eine Platzwunde über der Augenbraue, ein Veilchen, geschwollene Lippen. Sein Anblick war zum Gotterbarmen. Sein Vater soff und terrorisierte die gesamte Familie. Doch niemand mischte sich ein. Chasper war beileibe nicht der einzige Junge, der hin und wieder Prügel bezog. Ein guter Junge musste ab und an verprügelt werden, so sagte es Pauli, der im Nachbarhaus wohnte und früher öfter auf dem Hof mit ihnen gespielt hatte. Bis er zu alt dafür geworden war und seinem Vater im Laden, einer Buchbinderei, helfen musste. Das machte hart fürs Leben, damit er kein Feigling würde. Chasper, der immer ein Stück hinter ihnen lief bis zu dem Tag, als Lena sich umdrehte und feststellte, dass er verschwunden war. Einfach so. Gerade eben war er noch da gewesen. Sie wusste es ganz bestimmt. Er war für immer fortgeblieben und irgendwann in Vergessenheit geraten.

So könnte es auch bei ihr sein. Von einer auf die andere Sekunde verschwinden. Nur wohin? Was war aus Chasper geworden? War er dort glücklicher, wo er jetzt war?

Nicht zum ersten Mal in diesem Heim dachte sie übers Fortlaufen nach. Vor einer Weile hatte sie es schon einmal getan und war von Giulietta dabei ertappt worden.

»Ich weiß, worüber du nachdenkst«, hatte Giulietta damals in einem der Waschräume erklärt. Am Türrahmen hatte sie mit verschränkten Armen gelehnt und sie ernst angesehen.

»Ich kenne diesen Blick«, hatte sie gesagt. »Bist nicht die Erste, die so aussieht.« Sie hatte sich umgesehen, die Tür geschlossen und Lena bedeutet, ihr zu den Duschen zu folgen. Dort zeigte sie in die hinterste Ecke.

»Emma saß genau an dieser Stelle. Vollkommen angezogen. Und sie hat fürchterlich geschrien. An den Haaren ist sie von Schwester Inocencia hier reingezerrt und unter die Dusche gesetzt worden. Eiskalt hat sie sie abgeduscht, wie verrückt angebrüllt und auf sie eingeschlagen. Ich weiß nicht mehr, wie lange. Es muss eine Ewigkeit gewesen sein.« Giulietta schaute kurz zu ihr, dann wieder in die Ecke. »Eine Weile zuvor hat Emma genauso wie du dreingeblickt. Sie wollte auch abhauen. Alles, nur zu keinen Pflegeeltern kommen, nicht verdingt werden. Sämtliche Kinder in diesem Haus fürchten sich davor. Als Arbeitskraft verdingt, fremden Menschen für den Rest des Lebens ausgeliefert, der Besitz eines anderen sein. Was für eine gruselige Vorstellung. Emmas Schicksal glich dem euren. Der Vater gestorben, die Mutter Witwe, Verleumdungen, Gerede. Sie hat zu ihr zurückgewollt.« Giulietta hatte den Kopf geschüttelt. »Ich hab es ihr auszureden versucht, bisher sind noch alle geschnappt worden. Aus diesem Heim gibt es kein Entrinnen, und solltest du es doch nach draußen schaffen, fangen sie dich schnell wieder ein, und dann wird es noch schlimmer. Emma hat es trotzdem gewagt, mitten in der Nacht, als sie glaubte, alle würden schlafen. Doch dieses Haus schläft nie, schon gar nicht nachts. Sie hat es nicht einmal bis zum Ausgang geschafft. Nicht lange nach der Sache mit der Dusche hat sich Emma aus einem der oberen Fenster gestürzt. Sie war sofort tot.«

Giuliettas Worte hatten Lena tief getroffen. Der Gedanke an Flucht war nur kurz in ihr aufgekeimt. Nach diesem Gespräch war er schlagartig erloschen. Auch jetzt verwarf sie ihn wieder. Wie sollte sie auch fliehen können? Sie saß eingesperrt in einer Zelle, und morgen würde sie ihre Schwester verlieren. Und sie konnte nichts dagegen tun. Diese Erkenntnis traf sie mit voller Wucht. Es würde passieren, und sie konnte es nicht aufhalten. Marie und Giulietta hatten recht. Sie waren diesen Menschen mit Haut und Haaren ausgeliefert, und niemand würde kommen, um sie zu retten. Tränen stiegen in Lenas Augen, rannen über ihre Wangen und tropften auf das Kissen. Das Schluchzen brach sich Bahn, worüber sie irgendwann erschöpft einschlief.

Sie erwachte erst wieder, als es hell wurde, und brauchte einen Moment, um sich zu orientieren. Dämmerlicht lag im Raum. Vor dem Fenster hing grauer Nebel. Stimmen drangen von draußen zu ihr herein. Eine Autotür wurde zugeschlagen. Marie, schoss es ihr in den Kopf. Sie sprang auf, trat ans Fenster und blickte in den Hof hinunter, wo Marie gerade in ein Auto stieg. Fassungslos schaute Lena ihr dabei zu. Schwester Inocencia stand mit einer schmalen Frau vor der Tür, die einen grauen Mantel trug. Sie redeten, Händeschütteln, die Frau stieg nun ebenfalls ins Auto. Der Motor wurde gestartet, und der Wagen fuhr los. Er verließ den Hof und verschwand aus ihrem Blickfeld. Lena streckte sich, um ihn vielleicht noch auf der nahen Landstraße erblicken zu können, doch der Nebel war zu dicht. Sie sank in sich zusammen. Marie war fort, vielleicht für immer. Gedankenverloren blickte sie in den grauen Nebel.

Es war das Öffnen der Tür, das sie irgendwann wieder in die Realität zurückholte.

Schwester Inocencias Stimme klang wie immer ruppig.

»Raus mit dir. Du sollst zu Oberschwester Hildegard. Morgen früh wirst du auch abgeholt. Dem Herrn im Himmel sei Dank, werden wir dich aufmüpfiges Ding los.«

KAPITEL 3

Anna lehnte sich auf dem Gartensofa zurück, schlug die Beine übereinander und ließ sich von ihrem Sitznachbarn, der Jan hieß und aus Frankfurt kam, einen Frozen Margarita reichen. Eigentlich hatte sie gar nicht zu der Gartenparty ihres Chefs Thomas gehen wollen, der diese vermutlich nur deshalb jedes Jahr wieder veranstaltete, um seinen Mitarbeitern die wunderschöne, direkt am Zürichsee gelegene Villa vorzuführen.

Das altehrwürdige Gebäude glich eher einem kleinen Schlösschen und befand sich seit über einem Jahrhundert in Familienbesitz. Während Thomas als Investmentbanker seine eigenen Wege ging, leiteten seine Brüder Noah und Simon inzwischen das Familienunternehmen, eine renommierte Firma für Medizintechnik.

»Woher kennst du eigentlich den Gastgeber?«, erkundigte sich Jan, mit dem sie eben erst ins Gespräch gekommen war. Anna war noch unschlüssig, wie sie ihn fand. Er sah gut aus. Groß, blond, braungebrannt, Gucci-Sonnenbrille in den Haaren. Gut, ein bisschen viel Gel, erste Geheimratsecken. Aber er roch gut, nach einem herben Aftershave, wie sie es an Männern liebte. Sie beantwortete seine Frage mit einem Lächeln. »Dann haben wir ja etwas gemeinsam«, meinte er und schenkte ihr ein breites Grinsen, das ihr nicht sympathisch war. »Ich bin ebenfalls im Bankgeschäft.«

»Frankfurt …«, kam Anna noch einmal auf Jans Wohnort zu sprechen, »kann es sein, dass du bei der Deutschen Bank bist? Jan Becker?«

»Der bin ich«, bestätigte Jan.

»Dann hatten wir schon das Vergnügen«, stellte Anna fest. »Wenn auch nur kurz am Telefon. Es ging um ein großes Ding in China, oder? Volkmann ist mein Nachname.«

»Stimmt«, sagte er. »Die nette Telefondame.« Sein Tonfall hatte einen Unterton, der Anna überhaupt nicht gefiel. Sein begehrlicher Blick in ihr Dekolleté tat sein Übriges, ihn endgültig auf die Abschussliste zu setzen. Es hätte was werden können, dachte sie, um ein Lächeln bemüht, während sie mit ihm auf einen schönen Abend anstieß. Jan bemerkte seinen Fauxpas genauso wenig wie die Tatsache, dass sich Annas Aufmerksamkeit schlagartig auf eine andere Person richtete, die gerade den Raum betreten hatte und ihr Herz höherschlagen ließ. Es war Noah Simmens, der Bruder von Thomas, der sie wieder einmal aus dem Konzept brachte. Sie waren ein Paar gewesen, bis er vor fast zwei Jahren mit ihr Schluss gemacht hatte. Danach hatten sie noch eine On-off-Beziehung oder wie auch immer man es nennen wollte geführt. Beziehung war bei ihren sporadischen Treffen, die grundsätzlich im Bett endeten, eigentlich zu viel gesagt. Noch nie hatte Anna einen Mann getroffen, der sie so sehr durcheinanderbrachte wie Noah, was sie sich auch jetzt eingestehen musste. Er war der Grund gewesen, weshalb sie eigentlich gar nicht zu dem Fest hatte kommen wollen. Doch Sara hatte sie überzeugt, dass Noah vermutlich gar nicht auftauchen würde, und zum Mitkommen überredet. Anna hätte es besser wissen sollen. Jetzt saß sie hier und beobachtete mit Argusaugen, wie Noah seinen Bruder und dessen Verlobte Mia begrüßte. Er vermochte es einfach immer noch, sie in seinen Bann zu ziehen. In seinem dunkelbraunen, leicht welligen Haar saß eine Sonnenbrille, er trug eine leichte Baumwollhose, dazu ein passendes Poloshirt von Ralph Lauren, das die athletischen Konturen seines Körpers zur Geltung brachte. Doch wie immer waren das Hervorstechendste an ihm seine hellblau leuchtenden Augen.

»Ist das dort vorn nicht Noah Simmens, der Bruder von Thomas?«, erkundigte sich Jan. Anna bestätigte seine Vermutung knapp und stand auf.

»Sei mir nicht böse, Jan, aber ich muss an die frische Luft.«

Ohne seine Antwort abzuwarten, durchquerte sie den Raum und trat durch die weit geöffneten Flügel der Terrassentür nach draußen, wo sich das Partyvolk um den beleuchteten Pool tummelte. Sara unterhielt sich gerade lachend mit einer Kollegin aus der Buchhaltung, die eine ordentliche Achtmonatskugel vor sich herschob. Die sonst zierliche Frau sah aus, als würde sie beinah platzen.

»Erst neunte Woche«, schnappte Anna im Vorbeigehen auf. Sie musste hier weg, sich irgendetwas überlegen, vielleicht hatte sie Glück, und er hatte sie noch nicht gesehen. Sie beschloss, erst einmal ans Wasser zu gehen, wo sie freier atmen konnte und für sich war. Sie durchquerte den Garten und trat auf den verwaisten Holzsteg hinaus. Gewiss wäre es am besten, gleich nach Hause zu gehen, überlegte sie, während sie über den See blickte, der im Dämmerlicht des Sommerabends versank. Der milde Wind wehte Musik zu ihr herüber, die von einem vorbeifahrenden Schiff kam. Sie könnte sich hintenrum hinausschleichen und sich ein Taxi bestellen. Um sich selbst zu beruhigen, schloss sie für einen Moment die Augen und atmete tief durch. So konnte es doch nicht weitergehen. Noah hatte nur den Raum betreten. Er war einer ihrer Exfreunde, was galt das schon. Davon gab es einige, und es kam nicht selten vor, dass sie den einen oder anderen wiedersah. Doch bei keinem reagierte sie wie bei Noah. Alles, bloß nicht mit ihm reden, ihm gegenüberstehen, oder noch schlimmer, seine Nähe spüren müssen. Sonst würde sie erneut in diesem fürchterlichen Strudel der Gefühle landen, aus dem sie sich, auch mit der Hilfe von Markus, dem Klammeraffen, so mühevoll, aber erfolgreich befreit hatte.

»Hallo Anna«, drang plötzlich seine vertraute Stimme an ihr Ohr. Anna schloss die Augen, ihr Herzschlag beschleunigte sich, und in ihrem Magen begann es zu kribbeln. Wie hatte sie auch nur eine Sekunde annehmen können, er hätte sie nicht gesehen. Er trat hinter sie und legte die Arme auf ihre Schultern. Sie spürte seinen Atem an ihrem Hals, der vertraute Geruch seines Aftershaves umwehte ihre Nase. Sie bekam eine Gänsehaut.

»Ich hoffe, du bist nicht vor mir fortgelaufen.«

Anna kämpfte mit ihren Gefühlen, die ihr den Verstand rauben wollten. Sie müsste sich einfach nur umdrehen, dann würde er sie gewiss küssen, so wie er es immer tat. Lang, leidenschaftlich und anders, als jeder andere küsste. Sie bebte regelrecht. Jetzt nur nicht schwach werden, ermahnte sie sich in Gedanken. Noah war wie sie. Sie beide waren nicht für eine feste Beziehung geschaffen. Im Gegenteil: Sie waren verdammt gut darin, den anderen zu verletzen und mit dem Feuer zu spielen, auch wenn es weh tat.

Sie schüttelte seine Arme ab, machte einen Schritt von ihm weg.

»Wie kommst du auf die Idee?«

»Weil ich dich kenne.« Er trat neben sie. Eine Weile sagte niemand etwas. Die Spannung zwischen ihnen war beinah greifbar.

»Ich vermisse dich«, sagte er irgendwann und begann, mit seinem Zeigefinger von ihrem Handrücken über ihren Unterarm hinweg bis zur Schulter hinaufzustreichen. Annas Haut kribbelte.

»Du liebst mich noch immer, nicht wahr?«

Anna antwortete nichts, was ihm als Antwort zu genügen schien.

»Spielt das eine Rolle?«, fragte Anna mit gepresster Stimme.

»Nicht unbedingt«, erwiderte er.

Anna wandte den Kopf und sah ihm direkt in die Augen.

»Was waren wir, Noah? Was sind wir jetzt? Hast du mich jemals geliebt?«

Er beantwortete ihre Frage nicht. Anna schüttelte den Kopf. »Es ist wohl besser, wenn ich jetzt gehe.« Sie wollte an ihm vorbeitreten, doch er hielt sie zurück und zog sie in seine Arme. Ohne Widerstand ließ sie sich von ihm küssen und versank in seiner Umarmung. Wie hatte sie auch nur einen Moment annehmen können, dass es anders kommen würde? Schon als er den Raum betrat, hatte sie gewusst, wo dieser Abend enden würde. Sie ließ sich von ihm von der Terrasse und zu einem Seiteneingang des Hauses führen. Es ging eine Treppe nach oben, und sie landeten in seinen privaten Wohnräumen, die sich im zweiten Stock des Gebäudes befanden und Anna bereits mehr als vertraut waren. Er führte sie zum Schlafzimmer, wo er sie sanft aufs Bett drückte und ihr Kleid nach oben schob. Sie zog es über den Kopf, während er die Innenseite ihrer Schenkel zu küssen begann. Schnell kam er zu ihr und drang in sie ein. Anna passte sich seinem Rhythmus an. Sie genoss es, ihn zu spüren, seine Nähe, seine warme Haut, seine Leidenschaft. Sie schloss die Augen und ließ sich fallen, ganz und gar. Sollte doch morgen die Reue kommen, dachte sie. Jetzt fühlte es sich wunderschön an, und das war das Einzige, was zählte.

Als sie am nächsten Morgen die Augen öffnete, brauchte sie einen kurzen Augenblick, um zu realisieren, wo sie war. Als es ihr klarwurde, stöhnte sie auf. Wieder einmal war es passiert, dabei wusste sie doch, wie es enden würde. Wie sie dieses Zimmer verabscheute und zugleich liebte. Breites Boxspringbett, Flachbildfernseher an der gegenüberliegenden Wand, die Tür zum Ankleidezimmer war nur angelehnt. Er war längst fort, wie gewohnt. Nur sein Geruch war geblieben, klebte an ihrem Körper. Gewiss saß er schon wieder an seinem Schreibtisch in der Firma, wie jeden Tag, ob

Sonn- oder Feiertag. Ihn einen Workaholic zu nennen wäre noch untertrieben.

Anna setzte sich auf, strich sich eine Haarsträhne aus dem Gesicht und blickte auf den Fußboden, wo ihre Schuhe neben ihrem Kleid und ihrem Slip im Licht der zarten Sonnenstrahlen lagen, die durch die Jalousien in den Raum fielen. Sie hätte es besser wissen und nicht auf Sara hören sollen, die sie eigentlich nach Hause hätte bringen sollen. Da Sara jetzt keinen Alkohol mehr trinken durfte, war sie die perfekte Taxifahrerin. Gewiss hatte sie sich über ihr Verschwinden gewundert und sie gesucht. Oder auch nicht? Sara war nicht auf den Kopf gefallen und kannte ihren Hang zur Selbstzerstörung zur Genüge. Bestimmt würde sie später mit ihr schimpfen. Und sie hatte recht. Sie war so dumm gewesen. Noah war wie eine Droge für sie, mehr als seine Gegenwart brauchte es nicht, um sie außer Gefecht zu setzen.

»Keine Partys bei Thomas mehr«, murmelte sie, während sie aufstand, ihre Klamotten zusammensuchte und sich anzog. Sie wusste, dass gute Vorsätze allein nichts bringen würden. Noah hatte sie wieder am Haken. So schnell würde er auch dieses Mal nicht lockerlassen. Gewiss würde er heute oder morgen Abend vor ihrer Tür stehen, und sie ahnte schon, wie die Sache ausging. Sie brauchte also einen Schlachtplan. Irgendeine Idee, um es aufzuhalten, sonst würde es von neuem im Chaos enden. Vielleicht wusste Sara Rat, wie sich das Schlimmste verhindern ließ. Anna taperte ins Badezimmer, wusch sich die verwischte Wimperntusche aus dem Gesicht und band ihre Haare mit einem Haargummi zusammen. Jetzt sah sie einigermaßen annehmbar aus.

Zu Hause würde sie erst einmal duschen. Sie musste seinen Geruch loswerden, und zwar schleunigst. Wie ein unerwünschter Eindringling huschte sie durchs Treppenhaus und verließ das Haus durch die Vordertür. Erst als sie auf der Landstraße stand, dämmerte ihr, dass es gar nicht so einfach war, von hier aus nach Hause zu kommen – schon gar nicht in ihren mörderischen Highheels, die sie nur angezogen hatte, weil sie zu ihrem Kleid passten. Gab es in dieser Gegend überhaupt so etwas wie öffentliche Verkehrsmittel? Sie beschloss, die Schuhe auszuziehen, und lief barfuß die Straße hinunter, vorbei an abgeschotteten Villen und Kameras, die ihren unrühmlichen Abgang stumm verfolgten. Nachdem sie auf das bestimmt hundertste Kieselsteinchen getreten war und das Gefühl hatte, einem Hitzschlag nahe zu sein, erreichte sie endlich ein deutlich normaler aussehendes Wohngebiet und damit auch eine Bushaltestelle, die vor einem Zeitungskiosk in der Sonne lag. Mit ihr gemeinsam traf eine ältere Dame ein, die einen rot-weiß karierten Shoppingtrolley hinter sich herzog, sie kurz von oben bis unten musterte und dann anlächelte.

»Im Kiosk haben sie auch Kaffee. Dafür bleibt Ihnen genug Zeit, es dauert noch ein Weilchen, bis der Bus kommt.«

Anna bedankte sich mit einem verbindlichen Lächeln. Meine Güte, wie unmöglich musste sie aussehen, wenn die alte Dame ihr zuallererst erklärte, wo es hier Kaffee gab. Sie schob den Gedanken beiseite und betrat den winzigen Laden. Hinter der Theke stand ein Inder, der sie freundlich angrinste und ihr neben dem Kaffee die aktuelle Morgenzeitung unter die Nase hielt. Anna entschied sich, diese ebenfalls zu kaufen. Gewiss konnte es nicht schaden, ihr übernächtiges Gesicht hinter dem aktuellen Tagesgeschehen zu verstecken. Bald darauf fuhr der Bus vor und brachte sie zurück in die Stadt, wo sie in die Straßenbahn umsteigen konnte. Als sie zu Hause ankam, landete die Zeitung, in der sie eigentlich gar nicht gelesen hatte, auf dem Küchentisch. Sie ging ins Schlafzimmer, ließ sich komplett angezogen auf ihr Bett fallen und schloss die Augen. Vielleicht sollte sie doch erst ein wenig schlafen und dann duschen. Doch genau in dem Moment, als sie wegdämmerte, schreckte sie das Läuten des Telefons auf. Sie überlegte kurz, den Anrufbeantworter drangehen zu lassen, entschied sich dann jedoch dagegen.

Als sie abhob, drang Saras Stimme an ihr Ohr. Sie klang vorwurfsvoll. Was ihr einfiele. Schon wieder Noah, nicht wahr? Sie wollten doch heute brunchen, und nun saß sie allein im Café. Anna versuchte, die Wogen zu glätten, und versprach, so schnell wie möglich zu kommen. Als sie aufgelegt hatte, hielt sie für einen Moment den Hörer fest. Der Anrufbeantworter blinkte, gewiss war es wieder ihre Mutter, die wieder einmal über ihr Gipsbein klagen wollte. Sie unterließ es, auf die Abhörentaste zu drücken, sondern ging seufzend ins Bad, wo sie sich im Eiltempo bemühte, die Spuren der vergangenen Nacht zu beseitigen.

Keine zehn Minuten später verließ sie, in ein schlichtes dunkelblaues Sommerkleid gehüllt und mit noch leicht feuchten Haaren, in die sie ihre Sonnenbrille gesteckt hatte, die Wohnung und eilte zur Straßenbahn, die sie in die Stadtmitte beförderte, wo ihr Lieblingscafé lag.

Sara saß vor dem Café unter einem großen Sonnenschirm und empfing sie mit beleidigter Miene.

»Es tut mir so leid«, entschuldigte sich Anna noch einmal, setzte sich ihr gegenüber und orderte bei der vorbeilaufenden Bedienung einen Latte macchiato.

»Ehrlich gesagt habe ich schon damit gerechnet, dass du zu spät kommst. Noah also.«

Anna deutete ein Nicken an. Die Bedienung brachte die Bestellung.

»Und jetzt?«, fragte Sara.

»Wie immer.« Anna zuckte mit den Schultern. »Manchmal habe ich das Gefühl, dass es sich nie ändern wird. Wir ziehen uns magisch an und sind doch nicht füreinander geschaffen.« Sie löffelte den Milchschaum und musterte Sara genauer.

»Du siehst blass aus. Ist es die Übelkeit?«

»Nein, eigentlich nicht, mir ist nur bisschen schwindlig. Der kleine Wurm in mir heckt jeden Tag etwas Neues aus, um mir das Leben schwerzumachen.«

»Es kann auch am Wetter liegen«, meinte Anna. »Diese ständige Hitze macht sogar mir zu schaffen.«

»Ich habe das Gefühl, dir macht noch etwas ganz anderes zu schaffen«, entgegnete Sara. »Und damit meine ich nicht die Nacht mit Noah. Ich finde, du bist in der letzten Zeit ziemlich neben der Spur.«

Anna sah Sara überrascht an. Sie hatte nicht gedacht, dass ihre Freundin, die seit Wochen nur noch das Thema Schwangerschaft zu kennen schien, sie darauf ansprechen würde. Sie war tatsächlich neben der Spur, die Sache mit der Adoption ließ sie einfach nicht los. Immer wieder kreisten ihre Gedanken um dieses Thema. Inzwischen träumte sie sogar schon davon, ihrer richtigen Mutter zu begegnen, die sie herzlich in den Arm nahm und an sich drückte. Die Adoptionsunterlagen hatte sie an sich genommen, sie lagen nun auf ihrem Nachttisch. Anna konnte nicht mehr sagen, wie oft sie den Ordner inzwischen durchgeblättert hatte, um irgendeinen Anhaltspunkt über ihre Herkunft zu finden. Sie war in einem Ort namens Hindelbank geboren, den sie jedoch nicht kannte. Der Name ihrer richtigen Mutter fehlte in den Unterlagen. Sie hatte sogar überlegt, in dem Waisenhaus in Bern anzurufen, wo sie ihre Eltern abgeholt hatten, oder bei dem Ansprechpartner vom Jugendamt, der in den Unterlagen vermerkt war. Doch jedes Mal, wenn sie irgendeine Nummer ins Telefon getippt hatte, legte sie wieder auf. Wollte sie das wirklich? Es war doch gut so, wie es war. Vielleicht hatte ihre Mutter recht, und sie sollte die Vergangenheit ruhen lassen. Doch die Geister waren geweckt und schienen sie nicht mehr loszulassen.

Anna überlegte, ob sie Sara von der Adoption erzählen sollte. Bisher hatte sie mit niemandem über das Thema gesprochen. Sie nahm allen Mut zusammen.

»Ich wurde adoptiert.«

»Du wurdest – was?«, fragte Sara verdutzt.

»Adoptiert«, wiederholte Anna. »Ich weiß es noch nicht lange. Meine Eltern haben es mir nie gesagt. Neulich, als meine Mutter den Unfall hatte, bin ich im Büro meines Vaters zufällig auf die Unterlagen gestoßen.«

»Adoptiert«, wiederholte Sara.

»Genau, keine richtige Volkmann also.«

»Aber das geht doch gar nicht. Ich meine, du siehst deinem Vater echt ähnlich.«

»Das dachte ich auch. Ist wohl Zufall.«

Sara nickte. Einen Moment herrschte betretenes Schweigen.

Anna nippte an ihrem Kaffee. Es tat gut, es endlich laut auszusprechen. Immer wieder hatte sie in den letzten Wochen an die Worte ihrer Mutter gedacht. *Wir sind deine Eltern. Ein junges Mädchen, das überfordert war. Er war dein Vater, sonst niemand.* Nein, war er nicht. Sie war nicht die Anwaltstochter, sondern irgendjemand anderes. Doch wer war sie wirklich? Woher stammte sie? Wem ähnelte sie tatsächlich? Ihrer Mutter, ihrem Vater? Vielleicht waren sie noch irgendwo dort draußen und warteten auf sie.

»Also wenn ich so etwas erfahren würde«, begann Sara zögernd zu sprechen, »dann würde ich wissen wollen, wer meine richtige Mutter ist und weshalb sie mich weggegeben hat.«

»Meine Mutter meinte, sie wisse nicht, wer sie ist.«

»Jetzt erklärt sich auch, weshalb euer Verhältnis so schwierig war«, meinte Sara.

Anna nickte.

»Im Krankenhaus hat sie zum ersten Mal gesagt, dass sie mich liebt.« In Annas Augen traten Tränen. »Nach fast fünfunddreißig Jahren.«

»Ach Anna.« Sara lehnte sich vor und strich Anna tröstend über den Arm.

»Sie denkt, wir gehen einfach wieder zur Tagesordnung

über. Aber so einfach ist das nicht.« Anna wischte sich die Tränen aus den Augen.

»Vielleicht würde ich an ihrer Stelle dasselbe wollen«, erwiderte Sara und berührte ihren Bauch. »Nach so vielen Rückschlägen habe ich mir natürlich auch Gedanken über eine Adoption gemacht. Ein fremdes Kind aufzunehmen und zu lieben ist bestimmt eine Herausforderung. Wir hätten uns ihr gestellt. Doch ist es gewiss nicht leicht. Wann sagst du dem Kind, woher es wirklich stammt? Soll es überhaupt erfahren, dass es nicht auf die klassische Weise zur Familie gehört? Obwohl du es doch genauso liebst wie eine biologische Mutter? Deine Eltern haben dich als Kind angenommen und großgezogen. Also sind sie deine Familie. Die anderen Eltern wollten dich nicht haben und gaben dich weg, aus welchen Gründen auch immer.«

»Aber vielleicht wollte mich meine richtige Mama auch gar nicht fortgeben und konnte nur nicht anders. Ein junges, überfordertes Mädchen. Das hört sich schrecklich an. Ich muss immer daran denken, wie sie mich vielleicht vermisst.«

»Jetzt wirst du melodramatisch«, sagte Sara. »Vielleicht war es auch ganz anders, und sie war froh, dass sie dich los war. Ich meine, für so ein junges Mädchen in den Siebzigern war ein Kind doch eine Belastung. Am Ende ist ihr Typ abgehauen oder so etwas.«

»Daran habe ich auch schon gedacht.« Anna stützte seufzend die Hand aufs Kinn. »Vielleicht habe ich das Pech mit den Männern von ihr geerbt. Nur hatte ich das große Glück, mich nicht schwängern zu lassen.«

»Obwohl das von Noah gar nicht mal so schlimm wäre«, bemerkte Sara. »Arm wäre sein Kind gewiss nicht, unehelich hin oder her.«

Anna schnitt eine Grimasse, die Antwort genug war, und orderte bei der Bedienung ein Wasser. Genau in dem Moment tauchte Saras Mann Johannes auf, der sie fröhlich begrüßte, Sara einen Kuss auf die Wange gab, sich neben sie setzte und zärtlich den Arm um sie legte.

»Ich hatte gehofft, euch zwei noch hier anzutreffen«, sagte er. »Es gibt gute Neuigkeiten.« Er machte eine kurze Pause, um die Spannung zu heben, dann platzte er mit der Neuigkeit heraus. »Meine Versetzung nach Basel ist genehmigt worden. Wir können umziehen und uns vielleicht sogar auf deutscher Seite ein Haus mieten oder kaufen.« Seine Augen strahlten. Sara schaute ihn verdutzt an.

»Du hast deine Versetzung schon beantragt?«

»Ja, gleich nachdem du mir von der Schwangerschaft erzählt hast«, antwortete er. »Ich dachte, es würde ewig dauern, bis sie es genehmigen, aber zu unserem Glück ist gerade ein Kollege aus Basel weggegangen. Ist das nicht toll?«

»Ja schon, ich meine ...« Sara stockte. »So weit war ich noch gar nicht. Wir haben darüber gesprochen, aber doch nur vage. Ich meine ... meine Stellung bei der Bank und das alles ...« Sie kam ins Stottern.

»Dort könntest du doch mit dem Baby gar nicht mehr arbeiten«, entgegnete Johannes, dessen gute Stimmung durch Saras Reaktion einen sichtlichen Dämpfer erhalten hatte.

»Aber das muss ich doch selbst entscheiden«, erwiderte Sara.

Anna beschloss, sich zurückzuziehen. Hier schien gerade ein Ehestreit im Anflug zu sein, und diesem war sie in ihrem jetzigen Zustand beim besten Willen nicht gewachsen. Sie verabschiedete sich eilig von den beiden, legte einige Franken auf den Tisch und verließ das Café.

Als sie wenig später in der Straßenbahn nach Hause saß, machte sich erneut die Müdigkeit bemerkbar. Sie sollte wirklich ein wenig schlafen. Nach etwas Ruhe und einer Joggingrunde in den Abendstunden, wenn die Hitze etwas nachgelassen hatte, würde die Welt gewiss ganz anders aussehen. Doch als sie ihre Wohnung betrat, schlug ihr stickige Luft entgegen, und in ihr winziges Schlafzimmer fiel die Sonne durch das Dachfenster direkt auf ihr Bett. Sie hatte vergessen, das Fenster zu öffnen und den Rollladen zu schließen. Jetzt war es hier glühend heiß und an Schlaf nicht zu denken. Seufzend ging sie in die Küche, schenkte sich ein Glas Wasser ein und beschloss, sich mit ihrem Laptop auf ihre kleine Dachterrasse unter den Sonnenschirm zu setzen, wo ein leichter Luftzug für etwas Abkühlung sorgte. Erst stöberte sie willkürlich im Internet, doch immer wieder wanderten ihre Gedanken zu ihrer Adoption, bis sie beschloss, den Ort ihrer Geburt, Hindelbank, zu googeln. Es schlugen ihr mehrere Einträge entgegen, von denen ihr einer besonders ins Auge fiel. In dem Ort schien es ein Frauengefängnis zu geben. Sie öffnete einen Artikel, der im Frühjahr in einer Züricher Zeitung erschienen war. *Gebt mir mein Kind zurück* stand groß über dem Artikel, und das Bild einer älteren Frau war abgebildet. Anna stockte der

Atem, als sie den Artikel las. Die Behörden hatten dieser Frau ihre kleine Tochter entrissen und sie in einer Pflegefamilie untergebracht. Sie konnte nichts dagegen tun und war der Willkür der Obrigkeit komplett ausgeliefert. Als liederliches Mädchen wurde sie beschimpft, weil sie bei der Geburt des Kindes minderjährig und unverheiratet gewesen war. Anna lehnte sich zurück. Ein Frauengefängnis. War sie etwa dort zur Welt gekommen? War es ihrer Mutter genauso ergangen wie dieser Frau? Sie konnte es nicht fassen. Womöglich hoffte ihre Mutter wie die Frau aus dem Artikel auf ein Wiedersehen. Doch bis heute schien über das damalige Geschehen der Mantel des Schweigens ausgebreitet zu werden, jedenfalls stand es so in dem Artikel, der von einer Journalistin namens Claudia Retter verfasst worden war. Vielleicht sollte sie zu ihr Kontakt aufnehmen. Diese Frau hatte sich gewiss intensiv mit dem Thema beschäftigt und könnte ihr weiterhelfen. Anna zögerte nicht lange. Sie griff zum Telefon und wählte die Nummer der Zeitungsredaktion, die sie ebenfalls im Internet fand. Nach mehrmaligem Weiterverbinden landete sie tatsächlich bei Claudia Retter, mit der sie noch am Nachmittag ein Treffen vereinbarte.

KAPITEL 4

Lena packte ihre Schultasche langsam und bedächtig zusammen. Sie war einmal wieder die Letzte im Klassenzimmer. Allen anderen Kindern konnte es gar nicht schnell genug gehen, nach Hause zu kommen, nur ihr nicht. Herr Deubler, der Klassenlehrer, war auch noch da. Er war gerade damit fertig geworden, die Tafel abzuwischen, und lächelte Lena aufmunternd zu. Er war ein recht junger Lehrer, der öfter mal mit den Kindern scherzte, was ihr gefiel. Und er bemängelte nicht ihre Linkshändigkeit, womit der braunhaarige Mann mit der Nickelbrille sie sofort für sich eingenommen hatte.

Leider sah sie ihren Lehrer nicht sehr häufig, denn sie durfte nur unregelmäßig zur Schule gehen, je nach Tageslaune ihrer Ziehmutter, Almut Gerber. Obwohl das Wort Ziehmutter kaum zutreffend war; Aufsichtsperson, Drachen, Miststück hätte sie wohl schon eher beschrieben. Lena kannte inzwischen viele Ausdrücke für den Menschen, der ihr das Leben zur Hölle machte und vor dem sie sich regelrecht fürchtete. Angst war zu ihrem ständigen Begleiter geworden, seit sie an dem düsteren Herbsttag vor anderthalb Jahren im Schlepptau einer Betreuerin der Jugendfürsorge auf dem Bauernhof der Familie Gerber angekommen war.

Nachdem ihr Almut Gerber, die in diesem Haus eindeutig den Ton angab, schon beim ersten Widerwort eine schallende Ohrfeige verpasst hatte, war klar gewesen, woher auf diesem Anwesen der Wind wehte. Auch galt es, sich vor Utz, dem Sohn des Hauses, in Acht zu nehmen. Der Achtzehnjährige war aggressiv und leicht reizbar, verbrachte viel Zeit im Wirtshaus und mit immer neuen zweifelhaften Frauenpersonen. Schon mehrfach hatte ihn Lena dabei beobachtet, wie er mit einem Mädchen im Stall verschwunden war. Der Bauer, Bernhard Gerber, hatte einige Monate vor Lenas Ankunft einen Schlaganfall, seitdem war er halbseitig gelähmt und konnte kaum mehr sprechen. Meist lag er in seiner Kammer im Bett, manchmal, wenn Utz seinem Vater nach unten half, saß er in einem abgewetzten Lehnstuhl vor dem kleinen Fernseher in der Wohnstube und starrte auf das flimmernde Bild.

Der einzige Lichtblick für Lena war die Tochter des Hauses, Rainett. Obwohl diese es ebenfalls nicht leicht hatte. Rainett war auf dem geistigen Stand einer Fünfjährigen stehengeblieben. Trotzdem hatte Lena das dunkelhaarige Mädchen, das ihr sogar ein wenig ähnlich sah und nur ein Jahr älter war als sie, vom ersten Augenblick an ins Herz geschlossen. Sie teilten sich eine Kammer, und Rainett war mit der Zeit so etwas wie ihre Verbündete in diesem trostlosen Leben geworden, das fast ausschließlich aus harter Arbeit bestand. Ob Stall ausmisten, Obst ernten, Kisten schleppen, Heu machen, Holz hacken, den Ofen in der Küche anfeuern, Wäsche waschen und bügeln – die Bäuerin wurde nicht müde, Lena immer neue Arbeit aufzuhalsen. Und wehe ihr, sie erfüllte sie nicht zu vollster Zufriedenheit oder brauchte zu lange dafür, dann setzte es Ohrfeigen oder sogar Prügel mit dem Gürtel, der stets an einem Haken in der Wohnstube hing. Jeder Tag begann um fünf Uhr morgens und endete spät in der Nacht.

In den ersten Monaten nach ihrer Ankunft hatte Lena gar nicht zur Schule gehen dürfen. Erst als Herr Deubler gemeinsam mit dem Pfarrer eines Tages auf dem Hof aufgetaucht war und Almut ins Gewissen geredet hatte, durfte sie ab und an am Unterricht teilnehmen. Doch obwohl sie nur selten zur Schule ging, zeigte sie hervorragende Leistungen und war oftmals besser als ihre Klassenkameraden, die ihr wie Fremde vorkamen und ihr mit Ablehnung begegneten. Einmal hatte Herr Deubler ihr gesagt, dass sie das Zeug für die höhere Schule hätte. Doch er wusste so gut wie Lena, dass es niemals dazu käme. Sie war und blieb für immer das Verdingkind, das zum Arbeiten geholt worden war und dessen Bildung niemanden kümmerte.

»Komm doch mal zu mir, Lena«, sprach Herr Deubler sie nun an. Sie zuckte erschrocken zusammen, was er bemerkte. Sofort hob er beruhigend die Hände.

»Es ist nichts Schlimmes. Im Gegenteil.«

Lena atmete erleichtert auf, nahm ihre Tasche und trat vors Pult.

Der Lehrer griff nach dem Märchenbuch, in dem Lena heute während der Pause gelesen hatte. Sie hatte es bei Herrn Deubler auf dem Pult entdeckt und war davon wie gefangen gewesen – aus eben jenen Märchen hatte Marie ihr so oft vorgelesen. Besonders gern hatte Lena die Geschichte von Schneewittchen und den sieben Zwergen gehabt, aber auch die kleine Meerjungfrau von Hans Christian Andersen liebte sie sehr. Sie konnte gar nicht mehr sagen, wie oft sie Marie gebeten hatte, diese Geschichte vorzulesen.

»Ich habe dich von draußen dabei beobachtet, wie du in dem Buch geblättert hast.«

»Es tut mir leid, ich wollte nicht …«, setzte Lena an, sich zu entschuldigen. Es war nicht erlaubt, ohne zu fragen, Dinge vom Lehrerpult an sich zu nehmen.

»Du musst dich nicht entschuldigen«, beschwichtigte er. »Gefällt dir das Buch?«

»Ja, sehr sogar.« Lena senkte den Blick und fügte hinzu: »Wir hatten dieses Buch auch zu Hause.«

Herr Deubler lächelte.

»Ich würde es dir gern schenken.«

Lenas Augen wurden groß.

»Aber …«, stammelte sie.

»Kein Aber«, wiegelte er ab. »Ich freue mich, wenn ich dir eine Freude machen kann.« Er hielt ihr das Buch hin und suchte ihren Blick. Einige Sekunden sagte niemand etwas. Lena wusste, wie viel diese Geste zu bedeuten hatte, und das trieb ihr die Tränen in die Augen. Sie nahm es entgegen und bedankte sich.

»Ich hoffe, wir sehen uns morgen wieder«, fügte Herr Deubler hinzu und zwinkerte Lena aufmunternd zu.

»Das hoffe ich auch«, antwortete sie leise.

Herr Deubler tätschelte ihr noch einmal die Schulter, griff nach seiner Tasche und verließ eiligen Schrittes den Klassenraum. Lena blieb zurück und starrte ungläubig auf das

Märchenbuch, das nun ihr gehörte. Plötzlich glaubte sie Maries Stimme im Ohr zu haben, die sie so sehr vermisste, genauso wie ihre Nähe, ihre Ermahnungen, ihr Lachen, ihre Stärke und Beständigkeit. Als sie damals das Kinderheim verlassen hatte, bat sie Oberschwester Hildegard um Maries Adresse, damit sie ihr schreiben konnte. Doch die Oberschwester gab sie ihr nicht, ohne einen Grund dafür zu nennen. Stur war ihr zur Antwort gegeben worden, dass ein weiterer Kontakt der Geschwister nicht erwünscht sei. Lena hatte es kaum glauben können und erst zu weinen, dann zu betteln begonnen und dafür eine weitere Ohrfeige von Schwester Inocencia erhalten. Einmal hatte sie überlegt, Herrn Deubler zu fragen, ob er Erkundigungen einholen könnte, doch sie hatte den Gedanken verworfen. Aber nachdem er ihr dieses Geschenk gemacht hatte, fragte sie sich, ob sie ihn nicht doch fragen sollte. Einem Lehrer würden sie bei der Jugendfürsorge bestimmt Auskunft geben. Hoffnung regte sich in Lena. Es wäre so schön, endlich Nachricht von Marie zu erhalten, vielleicht sogar irgendwann wieder ihre Stimme zu hören.

Sie schlug das Märchenbuch auf und blätterte die bunt bedruckten Seiten durch. Schneewittchen und die böse Stiefmutter, Rotkäppchen und Hänsel und Gretel. Dazu die kleine Meerjungfrau, die sie so sehr liebte. Sie lächelte. Heute Abend würde sie Rainett aus dem Buch vorlesen. Bestimmt würde sie sich darüber freuen. Sie schlug es zu, verstaute es in der schäbigen Umhängetasche, die sie als Schultasche benutzte, und verließ das Klassenzimmer.

Auf dem Schulhof, der verlassen vor ihr lag, empfing sie

heller Sonnenschein, was ihre Stimmung zusätzlich hob. Tatsächlich schien der heutige Tag einer von den guten zu sein. Jedenfalls bis jetzt. Lena schlug den Weg nach Hause ein, der an Bauernhöfen, Kuh- und Pferdeweiden entlang aus dem kleinen Dorf Kobelwald hinausführte, das am Fuße des Alpsteingebirges im St. Galler Rheintal lag. Alles um sie herum blühte und grünte. Der alte Ferdi, den alle für ein bisschen verrückt hielten, kreuzte ihren Weg auf seinem Fahrrad. Der alte Mann, der stets einen grauen Schlapphut und eine hellbraune Latzhose trug und in einem kleinen Häuschen am Rand des Dorfes wohnte, grüßte sie freundlich. Lena grüßte mit einem Lächeln zurück und wünschte dem alten Mann einen schönen Tag. An der nächsten Wegbiegung folgte sie einem schmalen Feldweg, der kaum als solcher auszumachen war und mitten durchs Unterholz führte. Sie benutzte ihn als Abkürzung, da der Hauptweg einen gehörigen Umweg darstellte. Der schmale Weg zwischen den Bäumen führte an der Ruine Wichenstein vorbei, die an der Felswand Semelenberg lag und um die sich schaurige Legenden rankten. Es hieß, dass vor Hunderten von Jahren dort oben drei Raubritter gehaust hätten, die in der Gegend ihr Unwesen trieben. Nichts und niemand sei vor ihnen und ihren schrecklichen schwarzen Hunden sicher gewesen, so dass sich mit der Zeit die Reichtümer in der Burg anhäuften. Nach dem Tod der Raubritter habe der Teufel die Seelen der drei in die schwarzen Hunde gebannt, die seither einäugig in der Burg umgingen und Wanderer erschreckten. Nur wer schnell das Kreuzzeichen machte, könne sich vor ihren Angriffen schützen. Selbst wenn es eine

Legende war, mieden die Bewohner der umliegenden Dörfer die alte Höhlenburg.

Gleich unterhalb der Ruine lagen die Wichensteiner Weiher, auf denen sich stets Schwäne, Enten und andere Wasservögel tummelten. Aber auch jemand anderes trieb sich, wie sollte es auch anders sein, hier herum. Es war Rainett, die auf der Bank am Weiher saß und wie so oft auf Lena wartete. Hier am Wasser am Fuße der Ruine war Lenas und Rainetts Lieblingsplatz, hier fanden sie Momente der Ruhe. Rainett ging gar nicht zur Schule. Den lieben langen Tag wurde sie von Almut und Utz durch die Gegend gescheucht und zur Arbeit angehalten. Stall ausmisten, Kühe melken, Fußböden scheuern – die Liste ihrer Aufgaben war lang, und dazu gehörte auch das Vergrämen der Vögel im Sommer, die allzu gern die Kirschen von den Bäumen stahlen. Dann musste Rainett tagelang, bei jedem Wetter, mit einem Topf und einem Holzlöffel in Händen zwischen den Bäumen auf und ab laufen und eine Menge Krach machen, damit die Vögel fernblieben.

»Da bist du endlich«, begrüßte Rainett sie fröhlich und nahm ihre Hand.

Lena lächelte. Rainetts unbefangene Art tat ihr gut.

»Ja, da bin ich wieder. Stell dir vor: Heute habe ich etwas von Herrn Deubler geschenkt bekommen.« Sie holte das Märchenbuch aus ihrer Tasche und zeigte es Rainett. Mit leuchtenden Augen strich diese über den Einband, auf dem Schneewittchen mit den sieben Zwergen in bunten Farben abgebildet war. »Es ist ein Märchenbuch«, erklärte sie. »Es enthält ganz viele wunderbare Geschichten, aus denen ich dir abends vorlesen kann.« Sie nahm Rainett das Buch ab und schlug es auf. »Und es sind viele Bilder darin. Vom Froschkönig, dem Rotkäppchen und der kleinen Meerjungfrau.«

»Eine Meerjungfrau«, wiederholte Rainett mit einem Hauch von Ehrfurcht in der Stimme.

»Ja, eine Meerjungfrau. Warte, ich zeige sie dir.« Lena blätterte die Seiten durch, bis sie bei der Geschichte von Hans Christian Andersen angekommen war. »Siehst du, hier ist sie. Sieht sie nicht wunderschön aus?«

»Ja, das tut sie«, erwiderte Rainett mit strahlenden Augen.

»Wenn du magst, lese ich dir heute Abend das Märchen vor.«

»Nicht erst heute Abend«, maulte Rainett. »Wieso nicht gleich?« Sie deutete zur Bank.

Lena ahnte, dass hinter dieser Reaktion mehr als nur Ungeduld steckte.

»Es ist etwas vorgefallen, oder?«, fragte sie.

Rainett zog den Kopf ein, was zeigte, dass Lena mit ihrer Vermutung richtiglag.

Lena steckte das Märchenbuch zurück in ihre Tasche.

»Ach Rainett.« Sie legte liebevoll den Arm um das Mädchen und drückte es sanft an sich. »Du weißt doch, dass sie nur noch wütender wird, wenn du fortläufst.«

Rainett erwiderte nichts. Lena blickte über ihren Kopf hinweg den Feldweg hinunter und atmete tief durch. Gerade war es noch ein guter Tag gewesen. Es wäre einem Wunder gleichgekommen, wenn es so geblieben wäre.

»Komm. Wir gehen nach Hause.«

Rainett nickte wortlos, und sie setzten sich in Bewegung.

»Vielleicht können wir später wiederkommen, wenn sie ihr Nachmittagsschläfchen hält. So schlimm wird es schon nicht werden. Gewiss hat sie sich inzwischen beruhigt«, suchte Lena, sie zu beruhigen. Sie bemerkte Rainetts unsteten Blick, der Angst bedeutete. »Dann lese ich dir auch gern die Geschichte von der Meerjungfrau vor.«

»Nein«, erwiderte Rainett leise. »Wir sollten das Buch verstecken, damit sie es nicht findet. Sie nimmt es uns weg und macht es kaputt.«

»Dann heute Abend in der Kammer, ganz leise, damit uns niemand hört.«

Rainett lächelte.

»Dann haben wir jetzt ein Geheimnis.«

»Ja, das haben wir«, erwiderte Lena liebevoll und blickte zur Ruine Wichenstein hinüber. Rainett liebte Geheimnisse. Auch ihre Treffen in der Höhlenburg sollten eines bleiben. An diesem schaurig schönen Ort, von dem man eine herrliche Aussicht auf die Weiher und das umliegende Land hatte und den sie die meiste Zeit für sich allein hatten. Dort konnten sie sich in vergangene Zeiten träumen, Burgfräulein, Waldfeen und Prinzessinnen sein.

»Kommen wir später auch ohne das Buch wieder?«, fragte Rainett unsicher.

»Aber gewiss doch. Warum sollte es heute anders sein?«, erwiderte Lena mit einem Hauch von Traurigkeit in der Stimme. Niemals würde es wieder anders sein. Tage, Wochen, Monate, Jahreszeiten – die Zeit flog dahin, und es schien keinen Ausweg aus diesem Leben zu geben. Marie, wenn sie sie doch endlich wieder bei sich haben könnte. Oder die geliebte Mama. Hätte sie doch nur eher wieder zu sprechen begonnen. Lena wusste, dass es nichts brachte, ihr jetzt noch Vorwürfe zu machen. Doch all diesen Schlamassel hätte es nicht gegeben, wenn sie es geschafft hätte, für ihre beiden Töchter stark zu sein.

Der Feldweg machte eine Kurve, und der Bauernhof kam in Sicht. Ein weitläufiges Anwesen mit einem Haupthaus, Stallungen, umgeben von vielen Apfel-, Kirsch- und Zwetschgenbäumen. Wie immer, wenn sie auf den Hof zulief, beschleunigte sich Lenas Herzschlag. Sie spürte, dass auch Rainett sich versteifte. Lena nahm ihre Hand und drückte sie fest, während sie von einigen neugierigen Hühnern begrüßt wurden, die wie immer vor dem Wohnhaus herumliefen.

Tief durchatmend öffnete Lena die hölzerne Haustür, und die beiden betraten den düsteren Flur des Bauernhauses, in dem sie der Geruch von Hühnersuppe empfing. Roter Fliesenboden, weiß getünchte Wände mit einem leichten Grauschleier. Wenig Licht fiel durch die geöffnete Küchentür auf den Boden.

Langsam traten sie in die Küche, wo Almut am Herd stand, der mit Holz befeuert wurde, und in einem großen Topf rührte. Sie warf den beiden einen kurzen Blick zu, der alles sagte. Lena zog den Kopf ein.

»Hast sie also aufgegabelt«, sagte Almut ohne ein Wort der Begrüßung. »Immer diese Weglauferei. Wie ich das satthabe.« Rainett stand neben Lena wie zur Salzsäule erstarrt.

»Ich glaube, sie wollte mir nur entgegenlaufen«, versuchte Lena, Rainett zu verteidigen, und nahm ihre Hand.

Almut warf ihr einen bitterbösen Blick zu, während sie näher trat und direkt vor Rainett stehen blieb.

»Nein, das wollte sie nicht. Sie wollte ihrer Bestrafung entgehen. Nicht wahr, Rainett, das wolltest du doch? Du dummes Ding hast im Stall die Milchkannen umgeworfen, weshalb uns heute ein hübsches Sümmchen durch die Lappen gegangen ist.« Almuts Stimme hatte etwas Lauerndes. »Aber in diesem Haus entgeht niemand seiner Bestrafung, schon gar nicht durch Weglaufen.«

Rainett zitterte, noch immer hielt sie den Blick gesenkt.

»Sie hat es bestimmt nicht mit Absicht ...«, setzte Lena erneut an. Weiter kam sie nicht, denn im nächsten Moment hatte Almut ihr eine Ohrfeige verpasst.

»Habe ich mit dir geredet?«, blaffte sie sie an. »Den Ärger hätten wir nicht gehabt, wenn ich dich heute nicht in diese elende Schule geschickt hätte. Dieser bescheuerte Lehrer und der Pfarrer. Hätte ich mich von ihnen doch nur nicht einlullen lassen. Ein Verdingkind hat nichts in der Schule verloren, sondern ist zum Arbeiten da. Das war schon immer so und wird auch immer so bleiben. Wenn ich darüber nachdenke, ist es also gar nicht Rainetts Schuld, sondern deine. Wärst du hiergeblieben, wäre das Missgeschick nicht passiert. Also solltest du anstatt ihrer Prügel beziehen. Das wäre doch nur gerecht, oder?«

Lena senkte schweigend den Blick. Ihre Backe brannte, ihr Pulsschlag hämmerte am Hals, und in ihren Ohren begann es zu rauschen. Alles, nur keine Prügel mit dem Ledergürtel. Endlich taten die roten Striemen vom letzten Mal nicht mehr weh, als Utz meinte, er müsste sie halb totschlagen, weil eines der Schafe von der Weide ausgebüxt war und er ihr die Schuld dafür gegeben hatte. Er hatte so fest zugeschlagen, dass an einigen Stellen die Haut aufgesprungen war und sie geblutet hatte.

»Bitte nicht«, bettelte Rainett. »Es war wirklich nicht ihre Schuld. Nicht schlagen.«

Die Bäuerin blickte von Lena zu ihrer Tochter, dann schnaubte sie verächtlich und winkte ab. »Meinetwegen. Obwohl ihr es beide verdient hättet.« Sie hob drohend die Hand, was Lena zusammenzucken ließ. »Das Geld ist eh weg. Ab morgen bleibst du wieder auf dem Hof, Lena. Verdammte Schule. Und wenn der Lehrer im Dreieck springt, mir ist es egal. Arbeiten sollst du, nicht lesen oder schreiben.« Sie wandte sich von den Mädchen ab, begann von neuem, in dem Topf mit Hühnersuppe zu rühren, und fügte hinzu: »Trotzdem, Strafe muss sein. Den Rest des Tages gibt es nichts zu essen. Damit ihr lernt, euch anständig zu benehmen. Und jetzt geht mir aus den Augen, und seht zu, dass ihr den Kuhstall ausmistet.«

Das ließen sich die beiden nicht zweimal sagen. Hastig verließen sie den Raum. Während sich Rainett auf den Weg in den Stall machte, eilte Lena die Stufen nach oben und in ihre Kammer, um das Märchenbuch ganz hinten in dem alten Bauernschrank zu verstecken, den sie sich mit Rainett teilte, damit Almut es bloß nicht fände.

Dann lief auch sie in den Stall hinunter, um Rainett zur Hand zu gehen.

Als sie dort ankam, war diese jedoch nicht mit Ausmisten beschäftigt, sondern hielt ein kleines Kätzchen in Händen.

»Sieh mal, Lena, was ich gefunden habe«, rief sie ihr mit strahlenden Augen entgegen. Lena lächelte.

»Dann hat Katrina also endlich geworfen.« Die schwarz-weiß gefleckte Katze, eine von vieren, die auf dem Hof herumstreunten, war schon so dick gewesen, dass Lena Sorge hatte, sie könnte bald platzen.

»So niedlich«, sagte Lena und betrachtete das leise maunzende Häufchen Fell in Rainetts Hand.

»Sie hat noch vier bekommen.« Rainett deutete in eine Ecke hinter den Milchkannen, wohin sich Katrina anscheinend zur Geburt zurückgezogen hatte. Lena blickte hinter die Kannen und sah die Katze mit ihren Jungen. Einige der Kleinen hatten die Augen noch geschlossen, allesamt waren noch feucht hinter den Ohren. Lächelnd gratulierte Lena der Katze zur Geburt ihres Nachwuchses und nahm ebenfalls eines der Kleinen, das grau getigert war, in die Hand. Das winzige Bündel maunzte allerliebst. Rainett trat neben sie. Ihre Miene war plötzlich ernst.

»Wir müssen die Babys verstecken. Mama hat gesagt, sie wirft sie allesamt an die Wand, wenn sie auf der Welt sind.«

Erschrocken riss Lena die Augen auf.

»Das hat sie schon einmal gemacht, als Heidi Kinder gekriegt hat. Alle sechs hat sie erschlagen und in die Tonne geworfen«, fügte Rainett hinzu.

»Das dürfen wir auf keinen Fall zulassen«, antwortete Lena und blickte sich suchend um. »Aber wohin mit ihnen? Hier wird sie sie gewiss bald finden.«

»Vielleicht können wir sie in die alte Scheune hinter der Obstwiese bringen«, schlug Rainett vor. »Da geht keiner mehr hin.«

»Stimmt«, erwiderte Lena. »Die halb verfallene Scheune ist ein guter Platz, weit genug vom Hof weg. Dort kann Katrina ihre Kleinen ohne Sorge großziehen.« Sie streichelte der Katze über den Kopf und sagte zu ihr: »Jetzt warten wir nur noch ab, bis sie ihr Nachmittagsschläfchen hält, dann bringen wir dich und deine Babys rasch in Sicherheit. Du musst dir keine Sorgen machen.«

Später am Tag, es dämmerte bereits, beobachtete Lena, wie Almut gemeinsam mit Gerda, einer Magd, die an drei Tagen in der Woche zur Aushilfe aus dem Dorf kam, den Hof verließ. Wie immer donnerstags machte sich Almut auf den Weg zum Nachbarhof, wo sie mit ihrer Freundin Eni Baumgartner Karten spielte. Vor Gerda musste sie sich in Acht nehmen. Die blonde Mittvierzigerin, die gern und viel rauchte, war eine falsche Schlange. Lena hatte sie vom ersten Tag an nicht leiden können, was auf Gegenseitigkeit beruhte. Auch war Gerda schnell dabei, Ohrfeigen zu verteilen, wofür sie von Almut die ausdrückliche Erlaubnis hatte. Sie sollte nur ordentlich für Ordnung sagen, hatte Almut die Magd angewiesen, die, weiß der Himmel warum, bei der Bäuerin einen Stein im Brett hatte. Lena konnte nicht verstehen, warum, gerade Gerda war eine Großmeisterin darin, sich vor der Arbeit zu drücken. Der Einzige, der sie ab und an durch die Gegend scheuchte, war Beppo, ihr Knecht, der den beiden Frauen wenige Minuten später folgte. Er

lebte ebenfalls nicht auf dem Hof, sondern bei seiner geh-
behinderten Frau im Dorf, die er liebevoll versorgte. Er war
oft mürrisch und sprach nur wenig. Aber er konnte gut an-
packen und schenkte Lena und Rainett hin und wieder ein
kleines Lächeln. Sofern man das geringe Kräuseln seiner
Lippen als solches bezeichnen wollte. Lena glaubte manchmal, Traurigkeit in seinem Blick zu erkennen. Rainett hatte
ihr erzählt, dass er seine Frau über alles liebte und untröst-
lich darüber war, dass sie bei einem Unfall verletzt worden
war. Sein Schicksal erinnerte sie an das Ninas, weshalb Lena
sich Beppo verbunden fühlte, obwohl er noch nicht ein Wort
mit ihr geredet hatte.

»Jetzt fehlt nur noch Utz«, sagte Rainett, die neben Lena
am Fenster stand.

Lena nickte. Ihr Blick wanderte zu Utz' Motorrad, das neben den Stallungen stand.

»Er kommt bestimmt gleich.«

Utz fuhr jeden Abend ins Dorf, um sich beim Hofer, der
Dorfwirtschaft, mit seinen Freunden zu treffen. In der Regel kam er erst spätabends volltrunken zurück und wankte
in sein Bett, was er erst am späten Vormittag wieder verließ. Dann streunte er über den Hof, und man musste aufpassen, ihm nicht zu nahe zu kommen. Besonders in den
letzten Monaten hatte Lena das Gefühl, das sich sein Verhalten ihr gegenüber verändert hatte. Seine Blicke hatten etwas Begehrliches bekommen, was sie irritierte, obwohl sie
durchaus die Veränderungen an ihrem Körper registrierte.
Erste Rundungen waren zu erkennen, und sie hatte zum ersten Mal ihre Periode bekommen, was sie erschreckt hatte.

Allerdings war sie nicht ahnungslos gewesen. Marie hatte noch während ihrer Zeit zu Hause zum ersten Mal Besuch gehabt, und auch im Kinderheim waren einige der Mädchen schon so weit gewesen. Die Nonnen hatten sie daraufhin eingeschworen, sich bloß keinem Jungen zu nähern, denn nun könnten sie schwanger werden. Lena bemühte sich seitdem noch mehr, Utz aus dem Weg zu gehen. Auch achtete sie darauf, möglichst unauffällige Kleidung zu tragen, die meist aus einer grünen Latzhose, T-Shirt oder Pullover bestand. Nur wenn sie in die Schule ging, zog sie einen Rock oder ihr hübsch geblümtes Sommerkleid an, das ihr Marie vererbt hatte und das sie wie ihren Augapfel hütete.

»Da ist er auch schon«, sagte Rainett und deutete nach unten.

Utz verließ das Haus. Wie immer trug er seine Lederjacke, mit der er noch gedrungener wirkte, als er sowieso schon war. Er kam nach seiner Mutter. Hellbraunes Haar, ein breites Gesicht mit roten Wangen, kleine blaue Augen, ein Oberlippenbart, der struppig und ungepflegt wirkte. Fast immer stank er nach Zigaretten und Bier. Es war unfassbar, dass dieser Bursche tatsächlich der Bruder von Rainett sein sollte, die beiden glichen sich kein bisschen. Rainett schien eher nach dem Vater geraten zu sein. Klein, schmal, dunkles Haar, braune Augen. Vielleicht hatte sie ja auch ihr heiteres Gemüt von ihm geerbt. Lena würde es nicht erfahren. Bernhard Gerber sprach seit dem Schlaganfall nicht mehr. Der Mann, der in der Wohnstube freundlich von einer Fotografie an der Wand lächelte, war zum Schatten des Hauses und zu einer Belastung geworden, was Almut nicht müde wurde zu betonen. Jetzt musste sie sich um alles allein kümmern. Auch mit ihrem Sohn gab es oft Streit wegen der Trinkerei und der vielen Weibergeschichten. Ein anständiger Bauer sollte er sein und endlich Verantwortung übernehmen. Doch Utz dachte mal wieder nicht daran.

Die Mädchen beobachteten ihn dabei, wie er mit seinem Motorrad vom Hof fuhr, und atmeten erleichtert auf, als er hinter der Hausecke verschwunden war.

»Jetzt können wir zu den Kätzchen laufen«, rief Rainett freudig und klatschte in die Hände. Lena stimmte ihr zu und öffnete die Schranktür.

»Ich nehme auch das Märchenbuch mit. Wir können uns mit einer Decke ins Heu kuscheln, und ich lese uns wie versprochen die Geschichte von der kleinen Meerjungfrau vor.«

»Au ja«, freute sich Rainett. »Die Katzenkinder mögen bestimmt auch Märchen.«

Lena lächelte ob der naiven Bemerkung. Sie schloss die Schranktür, und die beiden verließen den Raum und kurz darauf das Haus. Lena holte noch rasch eine Laterne und eine Pferdedecke aus dem Stall, dann liefen sie kichernd über die Obstwiese zu der alten Scheune hinüber, über der ein atemberaubendes Abendrot das Ende des Tages verkündete.

In der Scheune herrschte Zwielicht. Die Kätzchen waren inzwischen etwas munterer geworden und hatten allesamt die Augen geöffnet. Eines von ihnen war sogar aus der Obstkiste gekrabbelt, in der sie der Katze mit ihren Kindern ein Lager aus Decken und Heu bereitet hatten. Jetzt kam es nicht mehr hinein und saß herzzerreißend maunzend vor der Kiste auf dem Boden. Lächelnd hob Lena das winzige schwarz- weiß gescheckte Fellbündel in die Höhe und setzte es zurück zu seinen Geschwistern. Eine Weile beschäftigten sich die beiden Mädchen mit den Kätzchen, dann setzten sie sich ins Heu, deckten sich mit der Pferdedecke zu, und Lena begann, im Licht der Stalllaterne die Geschichte von der kleinen Meerjungfrau vorzulesen. Rainett, die sich an sie gekuschelt hatte, lauschte still. Lena las die vertrauten Worte, die sie auswendig zu kennen schien. Erneut glaubte sie, Maries Stimme zu hören. Mehrfach hatte sie Mühe, die Tränen beim Lesen zurückzuhalten. Als das Märchen endete, schwiegen beide. Es lag eine sonderbare Stimmung in der Luft. Die kleine Meerjungfrau war nicht die Sorte Märchen, die für gute Laune sorgte, immerhin endete die Liebesgeschichte tragisch. Lena blätterte die Seite um. Das nächste Märchen war der Froschkönig. Sie wollte gerade vorschlagen, es vorzulesen, da legte Rainett ihre Hand auf Lenas.

»Bestimmt wirst du Marie wiedersehen.«

Überrascht schaute Lena sie an. Das Mädchen mochte etwas zurückgeblieben sein, doch sie hatte ein feines Gespür dafür, wenn es jemandem nicht gutging.

»Vielleicht, irgendwann«, antwortete Lena und drückte ihre Hand.

»Aber du wirst doch nicht fortgehen, oder? Ich meine, wenn du sie wiedersiehst, dann wirst du doch noch hier sein.«

»Wieso nicht«, erwiderte Lena, sich für ihre Lüge schämend. Wenn sie eines sicher wusste, dann dass sich Marie niemals auf diesen gottverdammten Hof verirren würde.

Sollte der Herrgott ein Wiedersehen vorgesehen haben, wofür sie jeden Abend betete, dann hoffentlich eines, das weit von diesem Ort und hoffentlich mit ihrer Mutter und Marie stattfand. Und ob sie dann zu Tante Frieda gehen würden, war Lena so was von egal. Sie würde bei zehn Tante Friedas einziehen, wenn sie nur von diesem Hof fortgehen könnte, auch wenn es Rainett das Herz bräche, was ihr, wenn sie ehrlich zu sich war, ein schlechtes Gewissen machte. Aber vielleicht schaffte es ja auch Rainett irgendwann, von hier fortzugehen. Der Wunsch schien utopisch, aber nicht unmöglich.

»Wollen wir den Froschkönig lesen?«, versuchte Lena, das Gespräch wieder auf die Märchen zu lenken.

»Ich glaube, sie schlägt mich irgendwann tot«, sagte Rainett, ohne auf Lenas Vorschlag einzugehen. Ihre sonderbar gleichgültig klingenden Worte versetzten Lena einen Stich.

»Das glaube ich nicht«, sagte sie beruhigend.

»Du bist doch ihre Tochter. Sein eigenes Kind schlägt man nicht tot.«

»Aber sie sagt, ich wäre eine Missgeburt. Und Missgeburten darf man totschlagen.«

»Du bist doch keine Missgeburt«, entrüstete sich Lena. »Du bist ein hübsches und sehr kluges Mädchen.«

»Du musst nicht lügen«, antwortete Rainett. »Ich weiß, dass ich dumm bin. Deshalb darf ich auch nicht zur Schule gehen. Obwohl ich es mir so sehr wünsche. Ich würde auch gern lesen lernen, dann könnte ich selbst all diese Geschichten in den Büchern lesen oder wenigstens die Schilder am Wegesrand, an den Häusern, ach, einfach alles. Aber eine Missgeburt geht nicht zur Schule.«

»Du bist nicht dumm«, erwiderte Lena mit Überzeugung. »In der Schule sind so viele Kinder, die auch nicht richtig lesen können, obwohl der Lehrer es ihnen ständig erklärt. Du würdest es gewiss viel schneller lernen.«

»Meinst du wirklich?«, fragte Rainett.

»Gewiss doch. Ich kann es dir beibringen.«

»Das würdest du tun?« Rainetts Augen begannen zu leuchten.

»Wenn du magst, können wir jetzt gleich anfangen.« Lena deutete auf das erste Wort im Text. »Ich bringe dir die Buchstaben bei, und dann versuchen wir es gemeinsam.«

»Oh, wie wunderbar. Ich lerne lesen.« Freudig klatschte Rainett in die Hände.

Lena lächelte.

»Lass uns mal sehen.« Sie deutete auf das erste Wort der Überschrift und begann, Rainett die einzelnen Buchstaben zu erklären. Die erste Seite versuchten sie gemeinsam zu lesen, doch Rainett verlor schnell das Interesse, weshalb Lena befand, dass es erst einmal genug mit den vielen Buchstaben und Wörtern war. Sie schlug vor, Rainett später das ABC aufzuschreiben, und würde ihr beibringen, ihren Namen zu schreiben. Sie las den Rest des Märchens vor und danach noch Schneewittchen, Rotkäppchen und Die Prinzessin auf der Erbse, worüber sie irgendwann einnickten.

Einige Stunden später war Lena diejenige, die als Erste erwachte. Erschrocken schoss sie in die Höhe und sah sich um. In dem wenigen Licht der Stalllaterne erschien die alte Scheune ihr plötzlich unheimlich. Der Wind hatte aufgefrischt und ließ es im Gebälk knarren. Lenas Blick fiel auf das Katzenkörbchen. Die kleinen Katzen hatten sich eng aneinandergekuschelt und schliefen bei ihrer Mutter. Hoffentlich würde Almut die Tiere nicht finden. Du liebe Güte, wie spät war es eigentlich? Vielleicht war Almut bereits von ihrem Kartenspiel zurückgekehrt und hatte ihr Fehlen bemerkt. Lena hatte jedes Zeitgefühl verloren. Rasch rüttelte sie Rainett wach, die verschlafen die Augen öffnete, irgendetwas Unverständliches grummelte und sich auf die andere Seite drehte.

»Nicht weiterschlafen, Rainett«, rief Lena und rüttelte erneut an ihrer Schulter. »Wir müssen zurück. Wir sind schon viel zu lange hier. Sonst werden wir noch erwischt. Hörst du, Rainett! Sie verprügelt uns dann wieder.«

Der letzte Satz half, und Rainett setzte sich auf. Sie brauchte einen Moment, um zu verstehen, wo sie war.

»Die Kätzchen, geht es ihnen gut?«

»Ja, alles in Ordnung«, erwiderte Lena und zupfe Rainett einige Halme aus dem Haar. »Sie schlafen. Komm. Lass uns rasch von hier verschwinden und zusehen, dass wir in unsere Betten kommen. Ich will lieber nicht darüber nachdenken, was deine Mutter mit uns anstellt, wenn sie uns hier draußen erwischt.«

Lena griff nach dem Märchenbuch, und sie verließen die Scheune. Eilig huschten sie über die Obstwiese zurück zum Hof, wo eine am Stall angebrachte Lampe für Licht sorgte. Genau in dem Moment, als sie an den Stallungen vorbeiliefen, bog Utz mit seinem Motorrad um die Ecke. Erschrocken wichen die beiden in den Schatten des Stalleingangs zurück, doch es war zu spät. Er hatte sie gesehen. Lenas

Herz begann, wie verrückt zu schlagen, und sie spürte, wie Rainett ihre Hand nahm. Sie zog sie mit sich in den hinteren Bereich des Stalls. Utz' Stimme, die gehässig klang, ließ die beiden erzittern.

»Da sieh mal einer an, wer hier noch durch die Gegend schleicht.« Er betrat den Stall und schaltete das Licht ein. Rainett und Lena huschten gerade durch den Hinterausgang in den Heustadel. Von dort aus konnten sie zurück auf den Innenhof gelangen und rasch zum Haus laufen, die Treppe nach oben, in ihre Kammer eilen und die Tür verriegeln. Doch Utz erriet ihren Plan und folgte ihnen nicht, sondern trat zurück auf den Innenhof, wo er sie am Eingang des Heustadels abfing. Die beiden wichen voller Angst vor ihm zurück. Er folgte ihnen.

»Die liebe Rainett und das Verdingkind. Ihr wisst, was Mutter mit euch beiden macht, wenn sie davon erfährt, dass ihr euch nachts hier draußen herumtreibt.« Sein Tonfall hatte etwas Bedrohliches.

»Was soll sie schon tun?«, entgegnete Lena, die sich wieder etwas gefangen hatte und Rainett hinter sich schob. Sie erkannte im Dämmerlicht nur die Umrisse von Utz, der direkt vor ihr im Eingang stand.

»Wir haben ein Geräusch gehört und wollten nach dem Rechten sehen.« Sie versuchte, ihrer Stimme einen festen Klang zu geben, was ihr nicht recht gelingen wollte. Gemeinsam mit Rainett wich sie einen weiteren Schritt zurück.

»Mag sein«, erwiderte Utz. »Aber ich könnte ihr eine andere Geschichte erzählen. Vielleicht, dass ihr abhauen wolltet.«

»Was sie dir nicht glauben wird.«

»O doch, sie wird mir glauben, das tut sie immer«, erwiderte er, machte blitzschnell einige Schritte auf die Mädchen zu, griff Lena grob am Arm und zog sie nah an sich heran.

Ihr Pulsschlag hämmerte wie verrückt am Hals. Er stank nach Bier und Zigaretten.

»Aber wenn du ein bisschen lieb zu mir bist, dann überlege ich es mir noch mal. Hübsche Titten sind dir gewachsen, klein und fest.« Er zog sie noch näher an sich heran und wollte sie küssen, doch Lena wandte den Kopf ab und versuchte, sich loszureißen.

»Nein, bitte nicht. Hör auf damit. Bitte.« Ekel stieg in ihr auf.

»Wieso nicht? Wird Zeit, dass dir aufsässigem Ding mal jemand zeigt, wo es langgeht.« Er drehte sich mit ihr gemeinsam um, drückte sie gegen die Wand und schob ihr mit aller Macht seine Zunge in den Mund. Lena wand sich, schrie und trat mit den Füßen um sich. »Rainett!«, rief sie immer wieder. Doch das Mädchen schien sich in Luft aufgelöst zu haben. Utz schob ihr grob die Hand unter den Rock und zwischen die Beine. Lena verfluchte sich dafür, heute nicht die Latzhose angezogen zu haben. Heiße Tränen schossen ihr in die Augen, während er seine Hose öffnete und sie zu Boden ins Heu drückte. Noch immer wehrte sie sich gegen ihn, doch ihre Kräfte schwanden. Himmel, sie war doch erst dreizehn Jahre alt. Doch plötzlich hörte sie Rainett laut schreien, und Utz sank leblos auf ihr zusammen.

Wie erstarrt blieb Lena liegen. Sein Körper wog schwer auf ihr, er stöhnte. Rainett tauchte direkt neben ihr auf. »Schnell, wir müssen hier weg«, flüsterte sie. Das ließ sich Lena nicht zweimal sagen. Mit vereinten Kräften schafften sie Utz von ihr herunter und eilten aus dem Heustall zum Haus zurück, wo sie in ihrer Kammer fest die Tür verriegelten. Helles Mondlicht fiel durch das Dachfenster in den winzigen Raum. Einen Moment blieb Lena an der Tür stehen, dann sank sie auf ihr Bett. Rainett setzte sich neben sie. Keine von beiden sagte ein Wort, konnte fassen, was eben geschehen war.

Irgendwann begann Lena zu schluchzen, erst leise, dann immer lauter. Sie schlang die Arme um den Körper, der Heulkrampf nahm sie gefangen. Rainett legte den Arm um sie, und gemeinsam sanken sie aufs Kissen.

»Marie«, sagte Lena. »Ich will zu Marie. Nach Hause, ich will doch nur nach Hause.« Immer wieder wiederholte sie diese Worte, bis ihre Stimme immer leiser wurde. Rainett streichelte ihre Schulter, sacht und zärtlich, und wiederholte irgendwann nur noch dieselbe Zeile des alten Kinderliedes: *Heile, heile Gänsje. Ist bald wieder gut.*

*

BURGDORF, JUNI 1971

Marie nahm eine letzte Margerite, um sie an dem Blumenkränzchen in ihren Händen zu befestigen. Wunderhübsch sah der Kopfschmuck aus, der aus kleinen rosafarbenen

Rosen, Kornblumen, Schleierkraut und Efeu bestand. Die kleine Charlotte hatte sich diese Blumen in der Gärtnerei am Vorabend ausgesucht, und Marie hatte ihr fest versprochen, ihr den schönsten Blumenkranz von allen daraus zu binden. Sie befestigte die Blüte zwischen dem Schleierkraut, entschloss sich, doch noch eine kleine Rose dazuzunehmen, und begutachtete dann ihr Werk von allen Seiten. Es war der gefühlt dreihundertste Kranz, den sie seit gestern gebunden hatte. Doch ihrer Meinung nach war er der schönste. Sie legte ihn neben den ihrigen, der anstatt der rosafarbenen weiße Rosen hatte.

»Das ist aber ein hübscher Kranz geworden«, lobte ihre Pflegemutter Alice Seematter ihre Arbeit und tätschelte ihr die Schulter. »Gewiss wird sich Charlotte darüber freuen. Willst du sie gleich wecken gehen? Ich hoffe, sie konnte wenigstens etwas Schlaf finden, so aufgeregt, wie sie gestern Abend war.«

»Sind wir das nicht alle?«, erwiderte Marie. »Auch ich bin es, obwohl ich dieses Jahr schon zum zweiten Mal an der Solätte teilnehmen werde.«

»Jedes Jahr sind alle vollkommen aus dem Häuschen«, erwiderte Alice mit einem Lächeln. »Unsere Solennität ist aber auch etwas Besonderes. Und für unsere Charlotte, die dieses Jahr zum ersten Mal im Umzug mitgehen darf, natürlich erst recht.«

Marie nickte. Für sie war die Solätte, das traditionelle Schulfest, das man hier alljährlich groß beging, etwas ganz Neues gewesen. Das Fest fand stets am letzten Montag des Monats Juni statt und wurde in Burgdorf bereits seit dem achtzehnten Jahrhundert gefeiert. Bei den großen Umzügen spielten Blumen eine große Rolle, weshalb die Solätte für ihre Pflegeeltern, die eine Gärtnerei besaßen, eines der wichtigsten Daten des Jahres darstellte. Zu diesem Anlass hatte Marie gelernt, was es bedeutete, Hunderte Kränzchen und Blumensträuße zu binden, mit denen die Schüler später durch die Straßen der Altstadt zur Stadtkirche laufen würden, wo ein feierlicher Gottesdienst stattfand. Einen weiteren Umzug würde es am Nachmittag geben, dann auch mit Unterstützung mehrerer Musikvereine aus der Region. Dafür waren die vielen Blumenbögen gedacht, die sie gestern mit der Hilfe mehrerer Frauen angefertigt hatten. Auch dieser Umzug führte durch die Oberstadt, endete jedoch auf dem Schützenmatt, einer Festwiese. Hier gäbe es dann sportliche Wettkämpfe, eine lustige Polonaise und viele andere Vergnügungen. Später am Abend würde noch lange in den Restaurants und Kneipen der Oberstadt gefeiert werden. Dann allerdings läge Charlotte, die kleine Tochter der Seematters, die in diesem Jahr zum ersten Mal als Schulkind an dem Umzug teilnehmen durfte, vermutlich tief schlafend in den Federn. Auch die Kleidung der Schüler war festgelegt. Traditionell trugen die Mädchen weiße Kleider, dazu Blumenkränze im Haar und Sträuße in den Händen. Die Jungen trugen weiße Hemden und schwarze Hosen. Hunderte Menschen würden heute in der Altstadt am Straßenrand stehen und den Kindern zuwinken.

Marie hatte sich schneller als gedacht bei ihrer Pflegefamilie eingelebt. Alice und Theo Seematter waren ein freundliches Ehepaar und Marie nicht ihr erstes Pflegekind. Ihre

Vorgängerin, ein Mädchen namens Susanne, hatte im letzten Jahr die Gärtnerei verlassen. So fehlte dem Familienbetrieb eine helfende Hand, weshalb sie sich entschieden hatten, erneut ein Mädchen aufzunehmen. Das Wort Verdingkind war hier noch kein einziges Mal gefallen. Marie durfte die Schule besuchen, machte in diesem Jahr ihren Realschulabschluss und würde danach voll im Betrieb mitarbeiten. Alice Seematter hatte Maries künstlerisches Talent erkannt und ihr eine Ausbildung zur Floristin angeboten, was Marie gern angenommen hatte.

Nun machte sie sich auf den Weg in eines der Nebengebäude, wo die Wohnung der Familie im ersten Stock über den Garagen lag. Sie hatte sogar ein eigenes Zimmer unter dem Dach. Eigentlich war es nur eine kleine Kammer, in die gerade so ein Schrank, ihr Bett und ein winziger Tisch mit Stuhl passten, aber es war ihr eigenes Reich, wohin sie sich zurückziehen konnte, und dafür war sie dankbar. Charlottes Zimmer lag neben dem Elternschlafzimmer im ersten Stock und hatte sogar einen Zugang zu der großen Dachterrasse, auf die man auch vom Wohnzimmer und der Küche gelangte.

Marie öffnete Charlottes Zimmertür und betrat den Raum, in den erste Sonnenstrahlen durch die Rollladenschlitze auf den Boden fielen. Charlotte lag schlafend in ihrem aus Eichenholz gefertigten Bett und hielt ihren Teddybär Seppl fest im Arm. Marie ging zum Fenster und zog den Rollladen hoch. Sofort flutete helles Sonnenlicht den Raum, was Charlotte jedoch nicht aufwachen ließ. Lächelnd setzte sich Marie neben die Kleine aufs Bett und rüttelte an ihrer Schulter.

»Charlotte, Liebes. Es wird Zeit. Und sieh nur, wie schön die Sonne heute scheint. Als hätte sie dieses Jahr gewusst, dass du dabei sein wirst.«

Marie wusste inzwischen, dass es am Tag der Solätte häufig regnete oder kühl war. Typisches Solättewetter sah nicht aus wie das heutige. Der Wetterbericht im Radio hatte vorhin beinah dreißig Grad angekündigt.

Charlotte öffnete die Augen, setzte sich ruckartig auf und blinzelte in die Sonne. Ihr blonder Lockenkopf war verwuschelt. Es würde eine Weile dauern, das widerspenstige Haar zu bändigen.

»Dann hat es also geklappt«, rief sie freudig, schob die Decke zur Seite und lief mit ihrem Teddy im Arm zum Fenster. »Seppl und ich haben gestern Abend noch einmal ganz fest gebetet, damit auch die Sonne scheint. Da hat der liebe Gott zugehört.«

»Ja, das hat er«, erwiderte Marie mit einem Lächeln. »Und dein Blumenkränzchen ist auch fertig. Du wirst wunderhübsch damit aussehen.«

»Und mit dem weißen Kleid.« Mit leuchtenden Augen deutete Charlotte auf das am Schrank hängende Sommerkleid, das Alice extra für diesen Anlass gemeinsam mit Charlotte in Bern gekauft hatte. »Wenn die Sonne scheint, brauche ich auch nicht die dumme Strickjacke darüber zu tragen«, fügte sie hinzu. Marie würde ebenfalls ein weißes Kleid tragen, das sie schon im Jahr zuvor anhatte. Es hatte Susanne gehört, die längst nicht mehr hineingepasst und es deshalb dagelassen hatte. Das Kleid gefiel ihr ausgesprochen gut, und es saß perfekt. Es war knielang, der Rock leicht ausgestellt und das Oberteil am Dekolleté mit einer Spitzenborte besetzt.

»Jetzt aber los«, mahnte Marie. »Sonst kommen wir zu spät. Wir müssen noch die Haare machen und frühstücken.«

Charlotte folgte Marie aus dem Zimmer in die Küche, wo heilloses Chaos herrschte. Überall standen Kaffeebecher, Marmeladengläser und Teller voller Krümel herum. Anscheinend schien die Damenmannschaft im Laden gerade gefrühstückt zu haben. Alice betrat hinter den beiden die Küche mit einem Tablett in Händen, auf dem sich noch mehr benutztes Geschirr stapelte.

»Guten Morgen, Charlotte«, begrüßte sie ihre Tochter mit einem Lächeln. »Was für ein Durcheinander. Aber heute ist das egal. Den Abwasch können wir später erledigen.« Sie zwinkerte den Mädchen zu, stellte das Tablett auf die Küchenarbeitsplatte und verließ den Raum. Marie machte sich in den Schränken auf die Suche nach einem Teller, fand jedoch keinen. Auch waren sämtliche Brotvorräte aufgebraucht.

»So war es im letzten Jahr auch«, schimpfte Charlotte los. »Ich kann doch nicht hungrig zur Solätte gehen.«

»Das musst du auch nicht«, erwiderte Marie und zauberte aus einem der Schränke eine Packung Frühstücksflocken.

»Milch und saubere Schüsseln gibt es auch noch.«

»Obwohl ich ja lieber Marmeladenbrot esse«, maulte Charlotte.

»Also wenn du die Flocken nicht magst, esse ich sie allein auf«, erwiderte Marie mit einem Lächeln.

»Nein, schon gut. Später gibt es eh noch Kuchen.«

»Stimmt«, erwiderte Marie. Der Kuchen gehörte ebenfalls zum Fest dazu. Traditionell waren es Käse- und Erdbeerkuchen, die sie aufgrund der vielen Arbeit mit den Blumen jedoch in der Bäckerei bestellt hatten. Die beiden beschlossen, auf der Terrasse zu essen, wo es sich auch Theo Seematter mit einer Zigarette im Schatten der ausgerollten Markise gemütlich gemacht hatte.

»Wen haben wir denn da?«, begrüßte er die beiden mit einem Lächeln. »Unsere beiden Solätte-Mädchen.« Er legte die Zigarette in einen Aschenbecher und begrüßte Charlotte mit einer Umarmung und einem Kuss.

»Du wirst wunderhübsch aussehen, meine Kleine«, sagte er voller Stolz.

»Marie aber auch«, sagte Charlotte und nahm ihre Hand, was Marie rührte.

»Aber gewiss doch«, erwiderte ihr Vater und klopfte Marie auf die Schulter. »Und sie wird dieses Jahr bereits verabschiedet. Im Sommer beginnst du ja deine Ausbildung bei uns. Deine Vorgängerin Susanne hat das großartig gemacht, aber ich denke, du wirst noch besser sein. Ich habe dich gestern beim Flechten der Kränze beobachtet. Du hast ein Händchen für Blumen. Es ist ein großes Glück, dass du zu uns gefunden hast.«

»Ja, das ist es«, antwortete Marie leise.

Theo Seematter hörte nicht den leichten Unterton von Traurigkeit, der in ihren Worten mitschwang. Über ein Jahr war es jetzt her, dass sie Lena gesehen hatte. In dieser schrecklichen Zelle, vor Verzweiflung weinend. Alice Seematter hatte schnell begriffen, wie sehr Marie unter der

Trennung von ihrer Schwester litt, weshalb sogar in Erwägung gezogen wurde, Lena ebenfalls zur Familie zu holen. Doch dann hörten sie, dass das Mädchen bereits einen Tag nach Marie das Heim verlassen hatte. Der Mitarbeiter von der Fürsorge hatte Lenas Adresse nicht herausgerückt. Ein Kontakt der Schwestern wäre von Seiten der anderen Pflegeeltern nicht erwünscht. Sie erfuhren nur, dass Lena in St. Gallen auf einem Bauernhof war.

Marie konnte das nicht verstehen. Weshalb sollte ihnen jemand den Kontakt verbieten? Sie waren doch Familie. Aber vielleicht würde sich Lena irgendwann bei ihr melden. Dafür betete sie jeden Sonntag im Gottesdienst, den sie stets gemeinsam mit der strenggläubigen Familie Seematter besuchte. Hoffentlich ging es Lena gut und sie war von ihrer Pflegefamilie genauso herzlich aufgenommen worden, wie sie selbst.

»Oje«, riss Charlotte Marie aus ihren Gedanken, und sie blickte auf. Das Mädchen hatte seine Frühstücksschale umgeworfen, und jetzt schwammen die Flocken in der Milch auf dem Tisch und tropften zu Boden.

»Mensch, Charlotte. Kannst du nicht aufpassen«, rief Marie und lief in die Küche, um ein Tuch zu holen.

»Das ist die Aufregung, Mädchen«, reagierte Theo Seematter gelassen und tätschelte seiner Tochter die Schulter.

»Vor meiner ersten Solätte wollte mir auch nichts gelingen.«

Marie kam zurück und wischte das Malheur auf.

»Ich wollte ja eh keine Frühstücksflocken«, sagte Charlotte. »Mit einem Marmeladenbrot wäre das nicht passiert.«

»Dann hättest du vermutlich deinen Kakao umgeworfen, so aufgeregt, wie du bist.« Marie wischte die restliche Milch vom Tisch. »Komm. Wir gehen uns jetzt fertig machen. Sonst schaffen wir es nicht mehr rechtzeitig.« Sie legte den Arm um Charlotte und führte sie von der Terrasse zurück ins Haus, wo sie Alice in die Arme liefen.

»Ich denke, den Rest bekommen unsere Damen im Laden auch allein hin. Gerade ist auch noch Vroni eingetroffen. Manchmal frage ich mich, was ich nur ohne sie machen würde.«

Die alte Vroni war eigentlich längst im Ruhestand, half jedoch gern aus, wenn Not am Mann war. Und zur Solätte war immer Not am Mann. In diesem Jahr ganz besonders. Charlotte würde das erste Mal mitlaufen, weshalb Alice und Theo selbstverständlich beim Umzug und dem Gottesdienst dabei sein wollten. Alice vergötterte ihre kleine Charlotte regelrecht und verzog sie nach Maries Meinung auch ein wenig. Jahrelang hatten Alice und Theo versucht, Eltern zu werden, doch es hatte nicht klappen wollen. Irgendwann hatten sie sich damit abgefunden und ihr Leben ohne Kinder eingerichtet, als sich Charlotte ankündigte. Der blonde Wirbelwind brachte seitdem alles gehörig durcheinander und setzte seinen Willen mit einer gehörigen Portion Eigensinn durch.

»Danke, dass du dich gekümmert hast«, wandte sich Alice Marie zu. »Aber ab jetzt übernehme ich. Niemals würde ich mir entgehen lassen, mein Mädchen für seine erste Solätte herauszuputzen.« Zärtlich streichelte sie Charlotte über die blonden Locken. Die Geste ließ Marie erneut wehmütig werden. Genau auf dieselbe Art und Weise hatte ihre Mutter ihr immer über ihren Kopf gestrichen. Sie fehlte ihr so. Vor einigen Monaten hatte sie sogar vor ihrem ehemaligen Zuhause in Bern gestanden. Das Haus war eingerüstet, die Mutter fort, wie sie von den Nachbarn erfuhr. Wohin sie gegangen war, konnte ihr niemand sagen. Keine Nachricht, kein Brief war hinterlassen worden. Nichts. Selbst bei der Fürsorge, die Marie am nächsten Tag anrief, wusste niemand etwas von einer neuen Adresse. Sie schien wie vom Erdboden verschluckt. Marie dachte daran, wie sie sie damals angeschrien, sie geschüttelt hatte. Wie ihre Mutter weinend am Grab ihres Vaters stand. Der Geruch des Regens an jenem schrecklichen Tag, das vertraute Geräusch der Türglocke. Die Trauer solle ein Ende haben, hatte sie gesagt. Doch sie würde niemals enden. Die Traurigkeit war zu einem ständigen Begleiter geworden, der tief in Maries Innerstem saß und sich immer wieder in ihre Gedanken schlich, sie nachts zum Weinen brachte. Dann war sie froh darüber, allein in ihrer Kammer zu liegen, damit niemand ihre Tränen sah.

Marie beobachtete, wie Alice ihre Tochter in ihr Zimmer führte, und machte sich dann auf den Weg in ihre Kammer, um sich für das Fest zurechtzumachen.

Später am Tag, längst waren die Umzüge und der offizielle Teil des Festes vorüber, saß Marie mit ihren Klassenkameradinnen Hanni und Erika in einem Bistro in der Altstadt. Um sie herum herrschte ausgelassene Stimmung. Inzwischen waren es nur noch die älteren oder ehemaligen Schüler, die unterwegs waren. Auch Charlotte war längst zu Hause. Irgendwann hatte sie ihren Kopf in Maries Schoß gelegt und war erschöpft eingeschlafen. Der Tag war für das kleine Mädchen aufregend gewesen. Erst der Umzug, dann der Gottesdienst, später noch der größere Umzug, die vielen Spiele auf der Festwiese. Unendlich viele Runden war sie mit dem Kettenkarussell gefahren, auch Marie war einige Male dabei gewesen. Theo hatte seine Tochter nach Hause getragen. Alice hatte Marie darauf eingeschworen, keine Dummheiten zu machen, und ihr erlaubt, ausnahmsweise erst um zehn zu Hause zu sein.

»Bei Bachers soll noch getanzt werden«, meinte Erika. »Wollen wir hingehen? Hier ist es langweilig.« Ihr Blick wanderte zum Nebentisch, wo sich einige Ehemalige lachend über ihre Schulzeit unterhielten, die schon einige Jahre zurückliegen musste.

»Wieso nicht?«, erwiderte Hanni. »Hier ist nichts mehr los. Was meinst du, Marie. Kommst du noch mit?«

»Gern«, antwortete Marie. »Tanzen hört sich gut an.«

Die drei bezahlten ihre Getränke und machten sich auf den Weg zu dem nahe gelegenen Gasthaus, in dem der große Saal leergeräumt worden war, damit die jungen Leute tanzen konnten. Es gab eine Kapelle, die die aktuellen Hits zum Besten gab.

Gerade wogte die Partygesellschaft zum Gassenhauer *Schön ist es auf der Welt zu sein* über die Tanzfläche. Die drei Mädels schlugen sich ins Getümmel und tanzten fröhlich mit. Als die Band eine Pause machte, holten sich die drei, vollkommen außer Atem, an der Bar Getränke und gesellten sich zu einigen ihrer Klassenkameraden.

»Darauf, dass die Schule bald endet«, rief ein Junge, der Nils hieß und aus der Oberstadt stammte.

»Für dich vielleicht«, entgegnete Andrin. Ein blonder Bursche, der arg mit Akne zu kämpfen hatte und eine Nickelbrille trug. »Für mich geht es weiter aufs Gymnasium. Mein Alter will, dass ich später in seine Kanzlei einsteige.« Er verdrehte die Augen. Jeder in der Klasse wusste, dass Andrin lieber Mathematiker oder Physiker werden wollte. Doch dem Vater waren die Berufswünsche seines Sohnes nur lästig und wurden als Spinnerei abgetan. Viele von Maries Klassenkameraden traf ein ähnliches Schicksal. Hanni würde ihre Ausbildung ebenfalls im elterlichen Betrieb, einer Metzgerei, machen müssen, da sie das einzige Kind war, blieb ihr nichts anderes übrig. Sie hatte schon versucht, Erika zu überreden, mit ihr zu tauschen. Doch davon wollten weder Erikas Eltern, die eine Apotheke führten, noch die ihren etwas wissen.

Die Kapelle beendete ihre Pause und begann *Is This The Way To Amarillo* zu spielen. Die Mädchen stürzten sich wieder auf die Tanzfläche und hopsten zu den Hits von Michael Holm, Tony Christie und den Bee Gees herum. Irgendwann näherte sich Marie ein dunkelhaariger Junge, den sie noch nie in Burgdorf gesehen hatte. Er tanzte immer wieder in ihre Nähe und nickte ihr lächelnd zu. In ihrem Magen begann es zu kribbeln. Er und auch das Spiel, das sie miteinander spielten, gefielen ihr. Immer wieder tanzten sie voneinander weg, nur um sich dann wieder anzunähern. Erika blieb das nicht verborgen, und sie stieß Marie in die Seite.

»Den hab ich hier noch nie gesehen. Kennst du ihn?«, fragte sie.

Marie schüttelte den Kopf.

Die Musiker machten erneut eine Pause, und die Mädchen verließen die Tanzfläche. Der junge Bursche folgte ihnen nicht, sondern hielt auf die Bar zu, wo er sich ein Bier bestellte. Marie ließ ihn nicht aus den Augen. Er begann sich mit einem jungen Mann zu unterhalten.

»Kennst du den dunkelhaarigen Typen dort drüben an der Bar?«, fragte Erika nun Hanni, um die Andrin inzwischen seinen Arm gelegt hatte. Dass die beiden zusammengehörten, war schon lange allen klar gewesen. Nur Hanni und Andrin, genauer gesagt: er hatte eine Weile gebraucht, um es zu begreifen. Hanni, die mit ihren rotblonden Locken und dem eng anliegenden weißen Kleid hübsch aussah, lächelte selig. Ihr Blick wanderte zur Bar, und sie schüttelte den Kopf. »Noch nie gesehen. Du etwa, Andrin?« Auch er verneinte.

»Keine Ahnung. Wäre aber nicht der erste Fremde, der sich zur Solätte hier herumtreibt. Viele Familien haben Gäste zum Fest.« Er zuckte mit den Schultern.

Die Musiker spielten jetzt etwas Langsameres. Hanni ließ die Chance nicht ungenutzt und zog Andrin auf die Tanzfläche. Zu den Klängen von Peter Maffays *Du* schwebten die Liebespaare übers Parkett und schienen alles um sich herum zu vergessen. Maries Blick wanderte erneut zur Bar hinüber, doch der dunkelhaarige Junge war verschwunden. Sie ließ ihren Blick über die Tanzfläche schweifen, aber auch dort war er nirgendwo zu sehen. Enttäuschung machte sich in ihr breit. Erika neben ihr wurde unruhig.

»Ich muss gehen. Ich soll um zehn zu Hause sein.«

»Dann komm ich mit«, sagte Marie und leerte ihre Cola in einem Zug. Die beiden blickten noch einmal zu Hanni, die eigentlich auch um zehn zu Hause sein sollte. Sie hatte die Arme um Andrin geschlungen und ihren Kopf an seine Schulter gelehnt. Ihre Augen waren geschlossen.

»Lassen wir sie«, sagte Erika. »Bestimmt wird Andrin sie später heimbringen.« Sie zwinkerte Marie grinsend zu, und die beiden verließen den Raum. Auf der Straße empfingen sie milde Luft und das dämmrige Licht eines schwindenden Sommertages. Hier trennten sich die Wege der Mädchen, die in entgegengesetzten Richtungen wohnten.

»Das war ein toller Tag«, sagte Erika plötzlich. »Ich hab es noch nie gesagt, aber ich finde es echt gut, dass du hier in Burgdorf bist.« Marie nickte. »Ich weiß, dass du es dir anders gewünscht hättest«, redete Erika weiter. »Ich meine, wegen deiner Schwester und so. Aber für mich bist du zu einer echten Freundin geworden. Das wollte ich nur mal loswerden.«

Marie war so gerührt, dass sie gar nicht wusste, was sie antworten sollte.

Einen Moment herrschte betretenes Schweigen, dann fing Erika an zu sprechen.

»Hast du eigentlich irgendwann einmal etwas von deiner Schwester gehört? Lena heißt sie, oder?«

Marie schüttelte den Kopf.

»Nein. Ich habe auch keine Adresse. Sie ist wohl in der Nähe von St. Gallen auf einem Bauernhof. Ihre Pflegefamilie will nicht, dass sie Kontakt zu mir hat. Ich hoffe so sehr, dass es ihr gutgeht.«

Erika nickte.

»Und deine Mutter?«

»Keine Ahnung. Sie ist fort. Keiner weiß, wohin sie gegangen ist. Es könnte sein, dass sie tot ist, und wir wissen es gar nicht.« Marie zuckte mit den Schultern, und plötzlich traten Tränen in ihre Augen, die sie wegzublinzeln versuchte.

»Es ist schrecklich, was mit eurer Familie geschehen ist.« Erikas Worte klangen wie eine Floskel.

Was wusste sie schon?, kam es Marie in den Sinn. Ihre Welt war nicht auseinandergebrochen. Sie lebte ihr Leben in der Apotheke ihrer Eltern, die sie eines Tages übernehmen würde. Sie musste nicht tagtäglich den Verlust ihrer Familie verarbeiten. Jedes Mal, wenn die Türglocke in der Gärtnerei läutete, erinnerte sie Marie an die Werkstatt ihres Vaters, obwohl ihr Klang ganz anders war. Dennoch glaubte Marie dann immer, den Geruch von Leder in der Nase zu spüren. Oftmals schloss sie die Augen und versuchte, sich das Gesicht ihres Vaters in Erinnerung zu rufen. Seine braunen Augen, das struppige braune Haar, sein Lächeln. Doch am meisten vermisste sie den Klang seiner Stimme, der so dunkel und beruhigend gewesen war. Er hatte so gesprochen, wie er war, ein besonnener, einfühlsamer Mann, der seine Familie über alles liebte. Und Marie hatte nicht einmal ein Bild von ihm. Als sie vor einigen Monaten vor ihrem eingerüsteten Elternhaus gestanden hatte, hatten ihr die Veränderung einen Schlag versetzt. Hier gab es keine Familie Flaucher mehr. Die Fassade bekam einen neuen Anstrich, alles war ausgeräumt worden. Leere Zimmer, die keine Geschichten mehr von ihren ehemaligen Bewohnern erzählten, ihr Leben schien ausgelöscht. Was aus ihren Sachen geworden war, vermochte keiner zu sagen. Marie sprach mit Nachbarn, ehemaligen Freunden, Wegbegleitern der Familie, die ihr beim Aufwachsen zugesehen hatten. Plötzlich erschienen sie ihr wie Fremde. Ihr Zuhause existierte nicht mehr. Selbst die Glocke über der Tür war fort. Irgendwann hatte ihre Pflegemutter Alice sie von dort weggeführt. Liebevoll legte sie den Arm um sie und schob sie durch Berns Straßen und Gassen. Sie stiegen in den Zug, der sie zurück nach Burgdorf brachte. Marie hatte am Fenster gesessen und die vorbeifliegenden Häuser betrachtet. An diesem Tag hatte sie beschlossen, niemals wieder in die Stadt ihrer Kindheit zurückzukehren, hatte beschlossen, ihre Mutter, diese ewige Sehnsucht nach ihr aufzugeben. Sie hatte ihre Töchter im Stich gelassen, und das hätte sie niemals tun dürfen. Nur an Lena wollte Marie festhalten. Irgendwann, so hoffte sie jedenfalls, würden sie einander wiedersehen.

»Es ist, wie es ist«, antwortete Marie, um einen gleichgültigen Ton bemüht. »Aber immerhin geht es mir hier gut. Ich hab es mit meiner Pflegefamilie gut getroffen. Das ist viel wert.«

»Ja, das stimmt. Obwohl ...« Erika verstummte abrupt.

»Was – obwohl?«, hakte Marie nach.

»Ach nichts. Nur Gerüchte ...«

»Raus mit der Sprache«, forderte Marie. »Was für Gerüchte?«

»Na, dass Susanne abgehauen sein soll, um zu heiraten. Sie war damals noch nicht volljährig, als sie und David heiraten wollten. Und die Seematters haben es ihr wohl nicht erlaubt. Du weißt doch, wie konservativ sie sein können. Besonders mit Alice soll es ein großes Zerwürfnis gegeben haben. Angeblich soll Susanne sogar schwanger gewesen sein. Aber das sind natürlich nur Gerüchte. Hanni meinte, die beiden seien nach Südfrankreich getürmt.«

Marie wusste nicht, was sie erwidern sollte. Diese Geschichte warf ein ganz neues Licht auf ihre Pflegefamilie.

»Allerdings wüsste ich nicht, wie mein Vater in solch einer Situation reagieren würde. Wahrscheinlich ähnlich wie die Seematters«, suchte Erika zu beschwichtigen.

Die nahe Stadtkirche begann zu läuten und unterbrach das Gespräch der beiden.

»Du meine Güte. Schon zehn«, rief Erika. »Vor lauter Plappern kommen wir zu spät nach Hause. Lass dich drücken, Liebes. Und mach dir keine Gedanken wegen Susanne. Sie hat eben den Bogen überspannt.«

Marie ging nicht auf Erikas Worte ein, sondern verabschiedete sich knapp. Auch sie war jetzt in Eile, denn sie hatte fest versprochen, pünktlich zu sein. Sie konnte nur hoffen, dass Alice und Theo bereits schlafen gegangen waren. Hastig bog sie in die Schulgasse ab und eilte an der Stadtverwaltung vorüber. Aus einigen Gaststätten und Restaurants, die sie passierte, schallte Musik nach draußen. Schülergruppen zogen an ihr vorüber, während sie in die Schmiedengasse einbog. Dort wurde es ruhiger, und schnell war Marie allein auf der Straße. Doch dann kamen ihr aus dem Kreuzgraben zwei junge Burschen entgegen, in die sie beinahe hineingerannt wäre.

»So passt doch auf«, schimpfte Marie.

Die beiden blieben stehen. Einer von ihnen, Marie erkannte ihn als Schüler des Gymnasiums, konnte sich jedoch nicht an seinen Namen erinnern, grinste sie breit an und musterte sie von oben bis unten.

»Sieh mal einer an, wer sich hier so ganz allein herumtreibt. Die hübsche Marie aus der Gärtnerei.«

»Du hast recht, Paul«, bestätigte der andere leicht lallend. »Hübsch sieht sie in ihrem weißen Kleid aus.«

Die beiden schwankten leicht. Alkoholgeruch schlug Marie entgegen. Sie wurde nervös.

»Nichts für ungut«, sagte sie. »Ist ja nichts passiert.« Sie wollte weitergehen, doch Paul hielt sie am Arm zurück. »Wer wird denn so schnell davonlaufen wollen? Magst noch auf ein Bierchen mitgehen? Wir zwei Hübschen geben Acht, dass dir nix passiert.«

»Nein, mag ich nicht«, entgegnete Marie und wollte sich losreißen. »Ich muss nach Hause.«

»Nach Hause muss sie, das Täubchen. Ja, dann … Aber bevor du gehst, gibst du mir noch einen Kuss, oder?« Er legte beide Arme um Marie und wollte sie an sich ziehen.

»Hör auf damit«, rief sie. »Du bist betrunken. Lass mich los.« Sie wandte den Kopf ab.

»Komm, Herzchen. Stell dich doch nicht so an.« Sein Griff wurde fester.

»Du bist wohl verrückt geworden«, war plötzlich eine weitere männliche Stimme zu hören, und Paul wurde ruckartig nach hinten gerissen. Er landete auf der Straße.

»Was soll das?«, rief er verdutzt. »Wer bist du? Misch

dich bloß nicht ein. Das sind unsere Angelegenheiten. Johannes, sag's ihm.« Doch Johannes sagte gar nichts mehr. Ihm drehte es gerade den Magen um, und er kotzte auf die Straße.

»Seht zu, dass ihr nach Hause kommt und euren Rausch ausschlaft, ihr Deppen«, sagte Maries unbekannter Retter und wandte sich dann ihr zu.

»Komm. Lass uns von hier verschwinden.«

Das ließ sich Marie nicht zweimal sagen. Er nahm sie bei der Hand und führte sie von den beiden weg die Straße hinunter. Erst ein ganzes Stück weiter fand Marie die Gelegenheit, ihn im Licht einer Straßenlaterne näher zu betrachten. Sie erkannte in ihm den Jungen von der Tanzfläche.

»Aber ich kenne dich«, sagte sie. »Ich meine, nicht wirklich. Beim Tanzen …«

»… hätte ich dich ansprechen sollen«, vollendete er ihren Satz. »Aber dann hat mich mein Freund abgelenkt, und ich verlor dich aus den Augen. Mein Name ist Reto.«

»Schön, dich kennenzulernen, Reto. Ich meine, so richtig. Ich bin Marie.« Was rede ich nur für einen Unsinn, fügte Marie in Gedanken hinzu. »Danke für deine Hilfe.«

»Das ist doch selbstverständlich. Ich würde dich gern nach Hause begleiten. Zu deinem Schutz, versteht sich. Ohne Hintergedanken, ich schwöre.« Er hob die Hände.

Marie nickte lächelnd. »Ich hab es nicht mehr weit.« Sie deutete nach vorn, wo im Licht einer Laterne der Parkplatz der Gärtnerei in Sicht kam.

»Also eine Frau, die sich mit Blumen auskennt«, sagte Reto.

»Ein wenig«, erwiderte Marie. »Ich lerne noch. Im Sommer beginne ich eine Ausbildung zur Floristin.«

»Was nicht die schlechteste Berufswahl in einer Stadt ist, in der es so ein großartiges Blumenfest wie das heutige gibt.«

Sie hatten das Haus erreicht und blieben davor stehen. Keiner von beiden sagte etwas. Marie fiel es schwer, sich von ihm zu verabschieden. Sie hätte hier ewig stehen bleiben und mit ihm über irgendetwas reden können. Als hätte er ihre Gedanken erraten, fragte er irgendwann: »Darf ich dich wiedersehen?«

Maries Herz machte einen Satz, und sie stimmte freudig zu.

»Vielleicht morgen? Wir könnten am Nachmittag Eis essen gehen.«

»Ich weiß nicht«, antwortete Marie unsicher. »Es gibt viel aufzuräumen.«

»Dann komme ich einfach vorbei, und wenn es nicht klappt, vielleicht übermorgen.« Er zwinkerte ihr zu.

»Das klingt gut«, erwiderte Marie. »Jetzt muss ich wirklich los. Ich sollte längst zu Hause sein. Und danke noch mal.« Sie nahm kurz seine Hand und drückte sie fest. Dann lief sie zum Haus, das sie durch einen Seiteneingang betrat. Beschwingt lief sie die Treppe ins Dachgeschoss nach oben. Tatsächlich schienen Alice und Theo bereits zu schlafen. Alles war still. In ihrer Dachkammer ließ sie sich freudig aufs Bett fallen und genoss das herrliche Kribbeln in ihrem Bauch, das ein Lächeln auf ihre Lippen zauberte und ihr das Gefühl vermittelte, vor lauter Glück zerspringen zu können.

Am nächsten Morgen war es Charlotte, die Marie weckte, indem sie in ihr Zimmer gerannt kam, sich freudig quietschend auf sie warf und sofort drauflosplapperte.

»Stell dir vor«, Marie. »Mama hat gesagt, weil wir gestern so gut mitgeholfen haben, dürfen wir heute den Tag blaumachen und ins Schwimmbad gehen. Ist das nicht toll? Nur du und ich, wir beide ganz allein.«

Marie, die das Gefühl hatte, erst vor einer Stunde eingeschlafen zu sein, murmelte etwas Unverständliches. Nun erschien auch Alice im Türrahmen, die Charlotte gefolgt war.

»Ich habe dir doch gesagt, dass Marie gewiss länger schlafen möchte. Immerhin ist heute schulfrei.«

»Aber das geht nicht«, erwiderte Charlotte. Sie sprang auf und schob die Vorhänge zur Seite. Helles Sonnenlicht fiel aufs Bett und ließ Marie blinzeln.

»Ist schon gut«, murmelte sie. »Ich bin wach. Gleich. Ganz sicher.«

»Wie schön. Dann können wir gleich los.« Charlotte klatschte in die Hände.

»Doch nicht um sieben Uhr morgens«, ermahnte Alice ihre Tochter nachsichtig lächelnd.

»Es ist erst sieben Uhr?«, erwiderte Marie.

»Nur der frühe Wurm fängt den Vogel«, entgegnete Charlotte energisch.

»Andersrum«, kommentierte Marie und setzte sich auf. An Schlaf war jetzt nicht mehr zu denken.

»Ich habe dich übrigens kommen hören«, wechselte Alice das Thema. »War nicht ganz zehn Uhr, oder?«

Marie senkte schuldbewusst den Blick.

»Aber fast.«

»Ist eben Solätte«, erwiderte Alice und winkte ab. »Da geht es nicht so genau. Ich geh wieder in den Laden runter und räume noch weiter auf. Wenn du magst, kannst du mir ein bisschen zur Hand gehen. Aber es ist ja noch früh am Tag.« Sie warf Charlotte einen kurzen Blick zu, den diese zu deuten wusste. Sie schloss ihr kleines Mündchen wieder und schluckte ihren Protest hinunter.

»Und heute Nachmittag könnt ihr gern ins Schwimmbad gehen. Es ist schon jetzt sehr warm draußen. Das wird bestimmt ein heißer Tag. Aber pass bitte gut auf Charlotte auf, damit sie uns bloß nicht untergeht.« Alice hob mahnend den Zeigefinger.

»Natürlich«, erwiderte Marie und stand endgültig auf. Nach einer kurzen Morgentoilette, während der Charlotte nicht von ihrer Seite wich, gönnte sich Marie ein Stück des vom Vortag übriggebliebenen Käsekuchens zum Frühstück und machte sich mit Charlotte im Schlepptau auf den Weg in den Laden. Dort angekommen, blieb sie abrupt in der Tür stehen. Ihr Blick war auf Theo gerichtet, der sich im Hof lachend mit einem jungen Mann unterhielt.

»Das ist unser neuer Lehrling, Reto Steiner«, sagte Alice. »Theo hat ihn gerade eingestellt. Ist das nicht toll?«

»Ja, das ist es«, murmelte Marie fassungslos.

KAPITEL 5

Anna saß an ihrem Schreibtisch und starrte aus dem Fenster. Ihr Kopf dröhnte, und längst konnte sie sich nicht mehr auf die Zahlen konzentrieren, die vor ihr auf dem Bildschirm flackerten. In dem Großraumbüro funktionierte die Klimaanlage mal wieder nicht richtig, und die Luft war stickig. Sara, die ihr gegenübersaß, hatte ihre Beine in eine Wasserschüssel unter dem Schreibtisch gestellt. Anna hatte überlegt, es ihr gleichzutun, es dann jedoch gelassen. Sie blickte auf ihre Armbanduhr. In einer halben Stunde konnte sie gehen. Das hatte sie mit Thomas vereinbart, der heute ausgesprochen schlechte Laune und sich in seinem Büro verkrochen hatte. Sie war mit Claudia Retter verabredet, die ihr den ersten Termin kurzfristig abgesagt hatte. Daraufhin hatte Anna sich gefragt, ob sie die Angelegenheit nicht auf sich beruhen lassen sollte. Doch so einfach war das nicht. Das Wort Hindelbank stand plötzlich im Raum und mit ihm viele andere Begriffe, die Anna vollkommen neu waren. Darunter auch das Wort Verdingkinder. Sie hatte gar nicht gewusst, dass es so etwas gegeben hatte. Im Internet fanden sich jede Menge Artikel zu dem Thema, es gab sogar einen Verein, der sich darum bemühte, dass die Betroffenen rehabilitiert und entschädigt wurden. Betroffen las sie davon, wie die Verdingkinder bis in die achtziger Jahre des letzten Jahrhunderts meist auf Bauernhöfen hatten hart arbeiten müssen. Viele waren misshandelt, gedemütigt worden, auch Vergewaltigungen waren vorgekommen. Ihre Lebensgeschichten und Gesichter verfolgten Anna bis in ihre Träume und raubten ihr den Schlaf. Und immer wieder tauchte in diesem Kontext der Begriff Hindelbank auf, der ihr inzwischen regelrecht Angst machte. Hindelbank war eine Gemeinde im Verwaltungskreis Emmental. Eigentlich nichts Besonderes. Die Menschen dort lebten von Ackerbau, Viehzucht und Obstbau. Und es gab ein berüchtigtes Frauengefängnis. Dort waren offensichtlich viele junge Frauen, die sich nicht den gesellschaftlichen Konventionen fügten, vom Amt »administrativ versorgt« worden. Noch so ein Begriff, den Anna verstehen lernen musste. Den meisten der Mädchen wurde vorgeworfen, sie wären aufmüpfig, stammten aus schlechten Verhältnissen, einige waren schwanger, aber nicht verheiratet. Die Liste der moralischen Vergehen war lang. Gerichtsverfahren hatte es gegen keine der Mädchen gegeben. Anscheinend waren die Mädchen der Willkür der Behörden schutzlos ausgeliefert gewesen. Anna fragte sich, ob ihre Mutter auch so ein Mädchen gewesen war. Und wenn ja, weshalb war sie in das Frauengefängnis gekommen? Wo waren ihre Eltern? Hatte sie überhaupt welche gehabt?

Anna stützte die Hand aufs Kinn und beobachtete, wie eine Gruppe Anzugträger aus dem Haus kam und an dem rechteckigen Wasserbassin vorüberlief, das in dem ansonsten schmucklosen, von den gläsernen Fronten der Häuser geprägten Innenhof lag. Wie in jedem Jahr hatte auch in diesem eine Entenmutter das Bassin als Aufzugsort gewählt. Doch seit dem Wochenende war die Ente mit ihren Küken verschwunden. Ein Brett, das den Kleinen beim Verlassen des Wassers half, und ein auf der Umrandung stehender Porzellanteller mit einigen Krümeln darauf erinnerten noch an ihre Anwesenheit.

Wie diese Claudia Retter wohl war?, überlegte Anna. Sie hatte die Frau gegoogelt, jedoch kein Bild von ihr gefunden. Nur ihre Artikel zu allen möglichen Themen.

»Und du denkst wirklich, er lässt dich heute eher gehen?«, riss Sara sie aus ihren Gedanken.

»Es war so abgesprochen. Ich hab noch einen wichtigen Termin, den ich ungern sausen lassen würde.«

»Was hast du vor?«

»Ist wegen meiner Mutter«, wich Anna der Frage aus. Sie wollte mit Sara nicht über Claudia Retter oder Hindelbank sprechen, sie wusste ja selbst noch nicht genau, was es damit auf sich hatte. Erst einmal musste sie mit der Journalistin reden, dann würde sie weitersehen.

»Wie geht es ihr?«, fragte Sara.

»Ganz gut. Sie ist ein wenig anstrengend. Aber der Gips kommt bald ab, und das mit dem Urlaub klappt bestimmt auch noch.«

Sara nickte schweigend.

»Was ist?«, fragte Anna.

»Das heute Nachmittag ist nicht wegen deiner Mutter«, sagte Sara.

Anna kam sich ertappt vor. Wie hatte sie auch nur annehmen können, sie könnte etwas vor Sara verbergen?

»Nein, das ist es nicht. Oder vielleicht doch«, gestand sie. »Es geht um meine wirkliche Mutter. Ich versuche, mehr über sie herauszufinden.«

Sara nickte.

»Das würde ich auch tun. Man will doch wissen, wo man herkommt.« Sie legte die Hand auf ihren Bauch und wollte noch etwas hinzufügen, wurde aber von lauten Stimmen im Flur unterbrochen, die Anna aufhorchen ließen. Eine von ihnen kannte sie nur zu gut. Noah.

Alarmiert blickte sie zu Sara.

»Was macht er hier?«

»Er ist sein Bruder.«

Anna zog eine Grimasse. »Ich muss hier weg. Noah kann ich heute unmöglich sehen.« Sie schaltete hastig ihren Computer aus, holte ihre Tasche unter dem Tisch hervor, warf ihr Handy hinein und verabschiedete sich mit einer kurzen Umarmung und dem Versprechen, später zu telefonieren, von Sara. Durch eine Zwischentür gelangte sie ins Nachbarbüro, wo sie an der verdutzt dreinblickenden Buchhalterin Sabine Kronhagen vorübereilte. Im hinteren Treppenhaus klackerten die Absätze ihrer hohen Sandalen auf den Stufen. Sie gelangte durch eine gläserne Tür in den Innenhof und beschleunigte ihre Schritte, obwohl die Riemchen drückten. Hohe Schuhe und gesunde Füße funktionierten einfach nicht zusammen. Aber zu dem dunkelblauen Kostüm passten sie hervorragend. Anna eilte zur nahen Straßenbahnhaltestelle. Sie hatte Glück. Gerade fuhr eine Bahn vor. Erleichtert nahm sie am Fenster Platz und sah auf die Uhr. Das Treffen mit Claudia Retter war erst in einer knappen Stunde. Sie hatten sich in einem Café in der Innenstadt verabredet. Sie könnte es noch schaffen, kurz nach Hause zu fahren, um sich umzuziehen. Kurze Shorts und ein T-Shirt würden ungezwungener wirken. Aber vielleicht trug Claudia Retter ja auch Kostüme und hohe Schuhe. Und dann wären Shorts und ein T-Shirt unpassend. Anna hatte wenig Ahnung davon, wie sich Journalisten kleideten. Sie blickte nachdenklich nach vorn. Wenn sie nach Hause wollte, müsste sie an der nächsten Haltestelle umsteigen. Anstatt der Shorts könnte es auch ein Sommerkleid sein. Schick, aber nicht zu übertrieben. Lieber Gott. Sonst machte sie doch auch nicht so viel Aufheben um ihre Kleidung. Sie sollte sich beruhigen. Sich jetzt noch umziehen würde zu viel Zeit kosten. Die Haltestelle kam in Sicht, und Anna blieb sitzen. Die Türen öffneten sich, eine Frau mit Kinderwagen stieg zu. Das Baby schrie in einer unangenehmen Tonlage. Die Bahn setzte sich wieder in Bewegung, und plötzlich klingelte Annas Handy. Sie fischte es aus ihrer Tasche und schaute auf das Display. Es war Claudia Retter. Sie würde ihr doch nicht schon wieder kurzfristig absagen? Anna nahm das Gespräch an. Die Verbindung war schlecht.

»Frau Retter«, sagte Anna und fing sich für ihren lauten Ton den missbilligenden Blick einer älteren Dame ein, die ihr gegenübersaß. »Ich höre Sie ganz schlecht. – Wie, den Termin vorverlegen? – Zu Ihnen. Wo wohnen Sie denn? – Zentralstraße, oberhalb der Taverne Vollmond. Gut. Ich weiß, wo das ist. – Zehn Minuten.« Sie legte auf. Dafür musste sie an der nächsten Haltestelle umsteigen.

Dankbar, den gestrengen Blicken der alten Dame und dem

Gebrüll des Babys zu entkommen, trat sie wenig später auf die Straße. Die 14er Straßenbahn, die kurz darauf vorfuhr, brachte sie in nur wenigen Minuten an ihr Ziel, die Zentralstraße. Bald darauf stand sie vor der Taverne Vollmond, die um diese Zeit noch geschlossen hatte. Der Anblick der Taverne, die im Erdgeschoss eines Mietshauses aus den dreißiger Jahren lag, ließ unschöne Erinnerungen wach werden. Sie war hier schon einmal gewesen, mit Noah, um mit seinen Freunden ein Fußballspiel zu sehen. In der gemütlichen Taverne hätte es ein schöner Abend werden können – wenn die Schweiz nicht verloren hätte und damit aus der WM geflogen wäre. Noah und seine Kumpel hatten sich danach betrunken, und sie hatten so sehr gestritten, dass sie allein nach Hause gelaufen war. Wieder Noah. Zurzeit schien er ihr überall zu begegnen. Es schien in dieser Stadt keinen Ort zu geben, an dem er nicht vor ihr auftauchte, an dem es keine Erinnerungen gab. Sie schob den Gedanken beiseite. Jetzt ging es nicht um Noah, sondern um ihre ganz eigene Vergangenheit, über die sie mehr herausfinden musste. Entschlossen ging sie auf die rot gestrichene Haustür zu, die neben dem Vollmond lag. Auf dem kleinen Klingelschild standen gleich drei Namen. Anscheinend schien Claudia Retter die Wohnung nicht allein zu bewohnen. Anna drückte auf die Klingel und wartete. Der Türsummer ertönte, und sie betrat das Treppenhaus, das einen heruntergekommenen Eindruck machte. Es roch muffig und war staubig. Ein Kinderwagen stand im Eingangsbereich. Sie musste in den dritten Stock. Einen Aufzug gab es nicht. Die hölzernen Treppenstufen knarrten unter ihren Füßen. Annas Pulsschlag beschleunigte sich mit jeder Stufe etwas mehr. Was würde sie bei Claudia Retter erfahren? Hindelbank, dachte sie erneut. Wäre sie doch niemals auf diese dummen Adoptionsunterlagen gestoßen. Dann würde sie jetzt ihr Leben weiterleben, ohne sich über solch schreckliche Dinge Gedanken machen zu müssen. Sie blieb auf einem Treppenabsatz stehen und blickte auf die Straße hinaus. Sie sah so alltäglich aus, wie sie im hellen Licht der Nachmittagssonne vor ihr lag. Alles schien wie immer zu sein, doch das war es nicht mehr. Ihre Welt, ihre Identität war durcheinandergeraten. Sie dachte an das letzte Mal, als sie mit ihrer Mutter gesprochen hatte. Sie hatte ihr nichts von ihren Nachforschungen erzählt, weil sie ihr mit ihrer Suche nach den eigenen Wurzeln nicht weh tun wollte. Wie würde ihre Mutter reagieren, wenn sie erfuhr, was hinter dem Begriff Hindelbank steckte? Oder wusste sie es bereits? Sie hatte sie adoptiert. Sie musste doch eine Ahnung haben, wo das Menschlein herkam, das sie aufziehen und lieben wollte. Oder war die Freude, endlich ein Kind zu bekommen, zu überwältigend gewesen, um Fragen zu stellen? Anna dachte an ihre Kindheit, an die oftmals unnahbar scheinende Mutter. An ihren Wunsch, geliebt zu werden. Ging es nicht heute auch noch darum? Sie lief dem Trugbild der perfekten Beziehung hinterher, dem sie vermutlich ohnehin niemals gerecht werden würde, weder in der Familie noch in der Liebe. Aber was war im Leben schon perfekt? Sie wandte sich vom Fenster ab und nahm die letzten Stufen.

Die Wohnungstür Claudia Retters war nur angelehnt. Anna schob sie vorsichtig auf und fragte: »Hallo?«

»Da sind Sie ja.« Eine kleine, kompakt wirkende Frau mit halblangem dunkelbraunem Haar kam mit einem Kaffeebecher in der Hand aus einem der Räume. »Kommen Sie rein.«

Anna betrat die Wohnung und wollte die Tür hinter sich zuziehen, die jedoch immer wieder aus dem Schloss sprang.

»Mit Kraft«, sagte Claudia Retter. »Ist bisschen verzogen, das alte Ding.« Sie ging an Anna vorbei und schlug die Tür kräftig zu. Jetzt blieb sie verschlossen.

»Folgen Sie mir.« Claudia deutete den Flur hinunter.

Anna nickte und stöckelte auf ihren Heels den schmalen Altbauflur entlang, in dem ziemliches Chaos herrschte. Unmengen von Schuhen stapelten sich vor Kommoden, auf denen allerlei Krimskrams lag, eine Stehlampe stand mitten im Flur, die sonderbarerweise brannte. Dazu experimentelle Bilder an den Wänden, die Farbkleckse in allen Farben und Formen auf sonderbare Art zierten. Claudia Retter, die sich Anna anhand ihrer Stimme komplett anders vorgestellt hatte, schien ihre Gedanken zu erraten.

»Die Bilder sind von meinem Mitbewohner Jonas Steiner. Er studiert Kunst und hat schon ein paar Preise gewonnen. Ich habe erst letzte Woche etwas über seine Vernissage geschrieben, die ein voller Erfolg war.« Sie betraten einen geräumigen, ebenfalls etwas chaotisch eingerichteten Raum. Eine hinter einem Vorhang liegende Matratze diente als Bett, ein Kleiderständer als Schrank. An dem vorhanglosen Fenster stand ein Schreibtisch. So viele Zettel, Bücherstapel und anderen Krimskrams hatte Anna noch nie auf einen Arbeitsplatz getürmt gesehen. Der veraltete Röhrenbildschirm war voller Klebezettel, die Tastatur irgendwohin verschwunden, und zwischen dem ganzen Durcheinander standen mehrere benutzte Kaffeebecher. Claudia Retter räumte einen Stapel Zeitschriften von einem abgewetzten braunen Sessel und bot Anna den Platz an.

»Sie sollten sich setzen. Mit den Schuhen ist Stehen bestimmt eine Qual.« Sie deutete auf Annas Füße. »Wie Ihr Weiber es schafft, auf solchen Tretern zu laufen ...« Sie biss sich auf die Zunge und verstummte.

Anna nahm Platz und sah Claudia Retter genauer an, die ein verwaschen aussehendes rotes Top und eine Siebenachteljeans trug und Augenbrauen wie dieser Finanzminister aus Bayern hatte, Anna überlegte, wie sein Name gewesen war. Für Frauen wie sie war sie natürlich eine Tussi. Rein äußerlich gesehen trennten sie Welten, vielleicht auch in anderen Punkten. Anna entdeckte eine gebrauchte Socke, die in dem Schlitz zwischen Polster und Lehne steckte, und wünschte sich schlagartig in ein Café.

Worauf hatte sie sich hier nur eingelassen? Sie bemühte sich um ein verbindliches Lächeln.

»In der Freizeit trage ich bevorzugt Sneaker. Aber die passen so schlecht zum Bürooutfit.«

»Bank, nehme ich an«, sagte Claudia Retter und setzte sich in ihren Bürostuhl.

Anna bejahte und fügte hinzu: »Investmentbereich.«

Claudia nickte. Einen Moment schwiegen beide. Eine sonderbare Art von Spannung hing im Raum. Anna veränderte ihre Sitzposition und schlug die Beine übereinander.

»Aber deswegen sind Sie nicht hier, sondern wegen meines Artikels über Hindelbank«, sagte Claudia Retter irgendwann. »Dann schießen Sie mal los, damit wir zum Punkt kommen.«

Anna spürte die Ablehnung, die ihr entgegenschlug. Waren es nur die Äußerlichkeiten, oder war da noch etwas anderes?

Claudia sah sie abwartend an.

Anna überlegte, ob sie dieser unhöflichen Person überhaupt ihre Adoptionsunterlagen zeigen sollte. Immerhin waren das sehr persönliche Dokumente. Doch von wem sonst sollte sie Antworten bekommen? Sie entschied sich also dafür und holte sie heraus.

»Ich bin, wie bereits am Telefon erwähnt, adoptiert worden. Und anscheinend bin ich in Hindelbank geboren. Jedenfalls steht es in meiner Geburtsurkunde.« Sie reichte diese Claudia Retter, die das Dokument überflog.

»Sieht so aus. Vermutlich im Frauengefängnis. Aber was soll ich mit dieser Information?« Sie gab Anna die Urkunde zurück.

»Ich dachte, Sie könnten mir helfen. Ich will mehr über meine wirkliche Mutter erfahren, und da Sie diesen Artikel darüber geschrieben haben … Ich meine, ich dachte …« Anna geriet ins Stocken, wofür sie sich innerlich verfluchte. Plötzlich fühlte sie sich wie ein dummes Schulmädchen.

»Sie dachten, ich könnte Ihnen bei der Suche nach Ihrer Mutter helfen?«, zog Claudia Retter die richtigen Schlüsse.

Anna nickte.

»Aber ich bin Journalistin und kein Detektivbüro.« Ihre

Stimme klang abweisend. »Den Artikel über Hindelbank hat mir mein ehemaliger Chef aufgebrummt, obwohl ich darüber gar nicht schreiben wollte. Gestern hat er mich rausgeworfen. Ich hab also gerade andere Sorgen.«

»Und weshalb haben Sie sich dann mit mir getroffen?«, fragte Anna.

»Weiß nicht.« Claudia Retter zuckte mit den Schultern. »Ich dachte, Sie hätten vielleicht eine gute Story, mit der ich punkten könnte. Die Sache mit den Verdingkindern kocht ja zurzeit immer wieder mal hoch. Aber nur eine Geburtsurkunde und nicht mehr – damit können wir nirgends landen.«

Anna wusste nicht, was sie sagen sollte. Jetzt war sie extra hierhergekommen und hatte das persönlichste Dokument ihres Lebens dieser Frau gezeigt. Und nun reagierte diese plötzlich so emotionslos und abweisend?

Claudia Retter stand auf.

»Ich müsste dann los. Vorstellungstermin.«

Anna nickte und erhob sich ebenfalls. In diesem Aufzug, kam ihr in den Sinn. Sie sprach den Gedanken jedoch nicht laut aus.

Als sie keine drei Minuten später wieder in dem muffig riechenden Treppenhaus stand, fühlte sie sich wie erschlagen. Ihr Blick fiel auf ihre Tasche. Ihre Vergangenheit wehrte sich wirklich erfolgreich gegen die Erkundung. Als wollte sie nicht entdeckt werden. Vielleicht wäre es doch besser, alles so zu belassen, wie es war. Sie war Anna Volkmann, die Tochter eines erfolgreichen Anwalts, und machte Karriere als Investmentbankerin. Halbwegs, jedenfalls.

Sie lief die Treppe nach unten, an der Taverne vorbei und zurück zur Straßenbahn. Auf dem Weg dorthin blieb sie vor einem Secondhandladen stehen, vor dem ein großer Korb mit Flipflops zum Spottpreis stand. Sie beschloss, welche zu kaufen. Das würde die Heimfahrt bedeutend erholsamer gestalten. Nach längerem Wühlen entschied sie sich für ein schlichtes Paar in Mintgrün. Sie betrat den Laden, wo sie von einer älteren Dame lächelnd begrüßt wurde.

»Können Sie das Preisschild abschneiden?«, fragte Anna. »Ich würde die Schuhe gern gleich anziehen.«

Die Frau nickte. Ihr Blick wanderte zu Annas Füßen, und ihre Augen leuchteten.

»Was für hübsche Sandalen. Zehn Zentimeter Absatz, oder? Die waren nicht billig. Das sehe ich auf den ersten Blick. Aber bei solchen Schuhen sollte man auch nicht sparen, sonst reiben die Riemchen. Ich spreche da aus Erfahrung. Ich tanze, Tango und Flamenco.« Sie zwinkerte Anna zu, die anscheinend überrascht wirkte, denn die Frau fügte hinzu: »Es reagieren alle wie Sie. Aber Leidenschaft für den Tanz kennt kein Alter.« Die Frau schnitt das Preisschild von den Schuhen und reichte sie Anna.

»Sicher nicht«, antwortete Anna, der die herzliche Art der Frau guttat. Sie sank auf einen Stuhl neben der Eingangstür und schlüpfte aus ihren Riemchenschuhen. Auf ihren Füßen hatten sich rote Striemen gebildet.

»Ist die Hitze«, kommentierte die Frau. »Da schwellen allen die Füße an. Wollen Sie eine Limonade? Hausgemacht.«

Anna nahm das Angebot dankend an. Sie beförderte die Heels in ihre Tasche, und während sie sich die Füße massierte, ließ sie ihren Blick durch den Raum schweifen. Das eine oder andere Sommerkleid sah sehr hübsch aus. Die Verkäuferin kam mit zwei Gläsern Limonade aus dem Hinterzimmer zurück, reichte eines Anna und leerte ihres in einem Zug.

Anna nippte an ihrem Glas und war positiv überrascht. Sie hatte zuckersüße Limo erwartet, doch diese Mischung schmeckte herrlich erfrischend und hatte nur eine leichte Süße.

»Ich mache die Limonade selbst. Mit frisch gepresstem Zitronensaft. Das Industriezeug kann ja keiner trinken«, erriet die Verkäuferin Annas Gedanken. Anna setzte an, das Getränk zu loben, kam jedoch nicht mehr dazu. Eine Person betrat den Laden, die sie nur allzu gut kannte. Es war Claudia Retter, die sofort drauflosredete.

»Mama, hast du …« Als sie Anna sah, verstummte sie.

»Grüezi, Claudia«, begrüßte die Verkäuferin ihre Tochter und sah von ihr zu Anna. »Ihr kennt euch?«

»Könnte man so sagen«, beantwortete Anna die Frage.

»Dann sind Sie die junge Frau, die sich wegen Hindelbank gemeldet hat«, zog die Verkäuferin die richtigen Schlüsse.

Anna nickte perplex.

»Mama, bitte.«

»Wieso ›Mama, bitte‹? Du wirst dich doch nicht etwa schlecht benommen haben? Nur weil dich Marc Reismann, dieser eingebildete Pinkel, vor die Tür gesetzt hat? Bloß weil er mit dieser Schlampe von der Konkurrenz schläft, musst du nicht unhöflich zu der jungen Frau sein. Sie war doch unhöflich zu Ihnen, oder?«, wandte sie sich an Anna, die perplex nickte. »Sie sehen dieser Schlampe, entschuldigen

Sie die Ausdrucksweise, leider ziemlich ähnlich. Ich habe Claudia schon immer gesagt, dass sie sich diesen Reismann aus dem Kopf schlagen soll. Aber sie will nicht hören. Der Mann ist bald fünfzig, zweimal geschieden und viel zu alt für sie. Jahrelang diese Schwärmerei, aus der ja doch nichts wird. Ist besser, wie es ist. Lieber ein Schrecken mit Ende als ein Ende ohne Schrecken. Das hat meine Mutter schon immer gesagt, und ich habe es beherzigt.«

»Mama, bitte«, versuchte Claudia Retter, ihre Mutter zu unterbrechen, doch diese redete unverdrossen weiter.

»Ich hab deinen Vater ja auch rausgeschmissen. Immer diese Sauferei in der Kneipe. Das hat nichts Gutes gebracht. Ohne ihn ging es uns besser.«

»Haben Sie einen Partner?«, fragte die Verkäuferin und sah auf Annas rechte Hand, an der der Ehering fehlte.

Anna wurde es jetzt zu viel. Sie stand abrupt auf, bedankte sich für die Limonade, verabschiedete sich mit einem verbindlichen Lächeln, irgendetwas von einem Termin murmelnd, und verließ fluchtartig den kleinen Laden.

An der Straßenbahnhaltestelle setzte sie sich, erleichtert darüber, dieser schwatzhaften Person entkommen zu sein, auf einen der Metallstühle und schlug die Beine übereinander. Die Flipflops passten kein bisschen zu ihrem Outfit. Grün und Blau schmückt die Sau, kam ihr das alte Sprichwort in den Sinn. Aber sie waren herrlich bequem, also was sollte es. Sie sah zum Laden zurück, den Claudia Retter gerade verließ. Sie sah in ihre Richtung und setzte sich in Bewegung. Anna blickte nach rechts. Doch die erlösende Bahn war nicht in Sicht. Wie hatte sie nur auf die Schnapsidee kommen und diese Frau, die mehr Probleme als sie selbst zu haben schien, besuchen können.

Nun kam Claudia Retter auf sie zu und setzte sich neben sie. Für einen Moment schwiegen beide.

»Es tut mir leid«, sagte die Journalistin irgendwann. »Es ist, ich meine …«

»Ich bin Typ Schlampe«, vollendete Anna ihren Satz.

Claudia Retter nickte mit betretener Miene.

Die Straßenbahn bog um die Ecke und hielt. Die Türen öffneten sich. Der Fahrer sah Anna abwartend an. Sie schüttelte den Kopf. Die Türen schlossen sich, die Bahn fuhr fort.

»Ihre Mutter würde sich bestens mit meiner verstehen«, sagte Anna, nachdem sich die Bahn entfernt hatte.

Claudia Retter grinste. »Wollen wir du sagen?«

Anna nickte, nannte ihren Vornamen und hielt Claudia die Hand hin, die diese ergriff.

»Also noch einmal von vorn?«

»Ja, noch einmal von vorn«, erwiderte die Journalistin.

»In einem Café?«, fragte Anna. »Ich gebe ein Eis aus.«

Claudia stimmte zu und wies die Straße hinunter. »Dort vorn ist eine Eisdiele. Ein Italiener, echt gut.«

»Na dann.« Die beiden standen auf und machten sich auf den Weg.

»Die Schuhe passen nicht zum Kleid«, sagte Claudia irgendwann.

»Aber sie sind bequem«, erwiderte Anna mit einem Augenzwinkern.

»Also doch keine Tussi«, antwortete Claudia.

»Nur ab und zu«, erwiderte Anna.

Sie erreichten die Eisdiele, suchten sich einen Platz im Schatten und orderten beide einen Eiskaffee bei der dunkelhaarigen Bedienung.

Als sie fort war, lenkte Claudia das Gespräch wieder zurück auf den Grund für Annas Besuch bei ihr.

»Hindelbank also«, sagte sie.

Anna nickte.

»Ich habe erst kürzlich von meiner Adoption erfahren und erste Nachforschungen angestellt.«

»Willst du das wirklich?«, fragte Claudia.

Anna wusste, was Claudia meinte. Hindelbank verbarg unschöne Dinge, Schicksale und Leid, so viel wusste sie schon jetzt. Doch in diesem Augenblick begriff sie endgültig, dass sie davor nicht würde fortlaufen können. Sie war nicht Anna Volkmann. Ihr Name war Regula gewesen, und vielleicht hatte die Frau, die sie geboren hatte, sie einst geliebt.

Anna nickte.

»Ja, ich will es. Mein Name war Regula. Und ich will wissen, wer die Frau war, die ihn mir gegeben hat.«

»Gut, dann werde ich dir helfen«, erwiderte Claudia.

»Obwohl du Journalistin und kein Privatdetektiv bist?«, entgegnete Anna scherzhaft.

»Sind Journalisten nicht immer auch Detektive? Und gerade hab ich Zeit, wie du dank meiner erzählfreudigen Mutter ja weißt, die zweifelsfrei meine richtige Mutter ist.« Claudia zog eine Grimasse.

»Also ich fand sie sehr nett. Und ihre Limonade ist köstlich.«

»Ja, das ist sie«, erwiderte Claudia. Die Bedienung brachte den Eiskaffee.

»Und wie sieht es mit deiner Zeit aus?«, fragte Claudia, während sie genüsslich die Sahne löffelte.

»Schlecht«, antwortete Anna ehrlich. »Erst im September hab ich eine Woche Urlaub. Und selbst die habe ich nur unter Vorbehalt bekommen. Ist gerade eine Menge los.«

Vor ihrem inneren Auge sah sie das Büro. Sie dachte an Noah und wie er heute im Büro aufgetaucht war. Sollte es immer so weitergehen? Noah und Anna, das zaudernde Pärchen, das einander nicht guttat. Der Workaholic und die Ivestmentbankerin, die mehr sein wollte. Was wollte sie eigentlich sein? Regula, kam ihr in den Sinn. Was wohl aus ihr geworden wäre, wenn sie sie geblieben wäre? Und wenn sie es beenden würde? Schon öfter hatte sie in den letzten Monaten daran gedacht, den Job zu kündigen. Es war die Gewohnheit, die sie bleiben ließ. Doch jetzt sah die Welt plötzlich anders aus. Etwas Neues war in ihr Leben getreten und nahm immer mehr Raum ein. Vielleicht war nun tatsächlich der Zeitpunkt für eine Veränderung gekommen.

»Aber ich könnte etwas einrichten«, sagte Anna zögernd.

»Das wäre gut«, erwiderte Claudia. »Detektivarbeit kostet Zeit, und alles lässt sich nicht von Zürich aus erledigen. Wir müssten dafür nach Hindelbank fahren.«

»Hindelbank«, wiederholte Anna. Das Wort löste Beklemmung in ihr aus, doch sie nickte. Es war an der Zeit. Regula war in ihr Leben getreten, und sie ließ sich nicht mehr zurückdrängen.

»Dann also nach Hindelbank«, sagte Anna. »Selbstverständlich komme ich für alle Kosten auf und bezahle dich für deine Arbeit. Ich weiß nur nicht, was ein journalistischer Detektiv so haben möchte.« Sie versuchte, scherzhaft zu klingen, was ihr misslang.

»Darüber werden wir uns schon einig«, erwiderte Claudia. »Aber tu mir den Gefallen, und lass das Bankeroutfit zu Hause.«

»Das verspreche ich«, erwiderte Anna mit einem Lächeln, und das Gefühl der Beklemmung verschwand. Jetzt musste sie sich nur noch überlegen, wie sie Thomas ihre Kündigungspläne mitteilen sollte.

Herzlich willkommen, Regula, dachte sie.

KAPITEL 6

Lena hängte einen weiteren Strohstern an einen der schnee-
bedeckten Zweige des kleinen Tannenbaums, den Rainett
dazu erwählt hatte, ihr Christbaum zu sein. Er stand vereinzelt auf einer kleinen Lichtung im Wald und sah sehr
hübsch aus. Wenn nur nicht die piksenden Nadeln wären,
vor denen sie selbst ihre Handschuhe nicht schützten. Aber
das war nicht wichtig. Die Freude über ihre Idee, einen
eigenen Weihnachtsbaum zu haben, überwog. Strohsterne
flechten hatte Lena in der Schule gelernt. Jetzt im Winter,
wo auf dem Hof weniger zu tun war, durfte sie regelmäßig
hingehen. Vielleicht lag es auch daran, dass der Lehrer Almut vor einigen Wochen noch einmal ins Gewissen geredet
hatte. Wenn Lena nicht regelmäßig in der Schule erschie-
ne, müsste er das Jugendamt informieren. Das wollte Almut
auf keinen Fall. Sonst käme das Amt noch auf die Idee, ihr
die billige Arbeitskraft wegzunehmen. Lena hatte zwischen-
zeitlich sogar überlegt, die Schule zu schwänzen, so dass der
Lehrer reagieren müsste und sie womöglich endlich von hier
wegkäme. Aber dann hatte sie es doch nicht getan. Rainett
würde allein zurückbleiben, und das brachte sie nicht übers
Herz. Wenn sie eines Tages von hier wegginge, würde sie
Rainett mitnehmen. In den letzten Monaten waren sie zu

einer Einheit verschmolzen. Sie waren Freundinnen, Verbündete, gaben aufeinander acht, und manchmal fühlte es sich ein wenig an, als wären sie Geschwister. Auch wegen ihrer äußerlichen Ähnlichkeit. Beide hatten sie dunkles Haar, dunkle Augen, dieselbe Statur. So wie Marie ihr ähnelte. Ihre Schwester. Lena hatte es bis heute nicht fertiggebracht, den Lehrer zu fragen, ob er Erkundigungen über sie einholen könnte. Sie traute sich einfach nicht. Warum, konnte sie nicht so genau sagen. Vielleicht lag es daran, dass sie seine Antwort bereits ahnte und nicht enttäuscht werden wollte. Herr Deubler war nett und freundlich zu ihr und setzte sich dafür ein, dass sie zur Schule gehen konnte. Mehr tat er jedoch nicht. Tagtäglich sah er über das Offensichtliche hinweg. Wie oft sie mit einem blauen Auge in der Schule gesessen hatte, konnte sie nicht mehr sagen. Über die anderen Misshandlungen wollte sie nicht reden. Und schon gar nicht darüber, was Utz mit ihr machte. Es war ihm zur Gewohnheit geworden, sie regelmäßig zu besuchen und sich mit Gewalt zu nehmen, was er wollte. Anfangs hatte sie sich gegen ihn gewehrt, doch nachdem er sie einmal fast bewusstlos geschlagen hatte, ließ sie ihn gewähren. Immer wieder hatte Rainett Versuche unternommen, ihr zu helfen. Daraufhin hatte er sie einmal die Treppe hinuntergeworfen, wobei sie sich den Arm gebrochen hatte. Seitdem hatte Rainett noch mehr Angst vor ihm und schien regelrecht zu erstarren, wenn er irgendwo auftauchte oder den Raum betrat.

Weihnachten würde auf dem Hof nicht gefeiert werden. Almut hielt das Fest für Geldverschwendung, und an Gott glaubte sie schon lange nicht mehr. Rainett kannte keinen

Weihnachtsbaum in der Stube, keine Geschenke und Plätzchen. Auf dem Hof war Weihnachten wie alle anderen Tage auch. Doch Rainett sollte in diesem Jahr ein Weihnachten haben dürfen. Das hatte sich Lena fest vorgenommen. Und einen Weihnachtsbaum, auch wenn dieser mitten im Wald stand und nicht in der warmen Stube und keine Lichter haben würde. Aber Strohsterne, die sie in den letzten Wochen im Licht einer Laterne in der Scheune gebastelt hatten. Im Strohsternebasteln war Rainett eine regelrechte Meisterin geworden. Sie war mit großer Begeisterung dabei, und auch Lena hatte die Stunden genossen, in denen sie flechtend im Heu saßen. Sie hatte Rainett auch Weihnachtslieder beigebracht. *Ihr Kinderlein, kommet, Stille Nacht, heilige Nacht* und *Leise rieselt der Schnee*. Auch jetzt begann Rainett wieder eines der Lieder zu singen. Es war *O Tannenbaum*. Sie sang die erste Strophe und geriet ins Stocken. Lena sprang ihr bei: »Wie treu sind deine Blätter«, sang sie weiter und wurde wehmütig. Sie dachte daran, wie sie früher den Baum geschmückt hatten. Mit der ganzen Familie. Ihr Vater hatte ihn immer bei demselben Verkäufer gekauft, der seinen Stand auf dem Weihnachtsmarkt auf dem Waisenhausplatz hatte. Er machte ihm stets einen guten Preis, denn Papa machte ihm die Schuhe. Meist waren es Fichten gewesen, und auch deren Nadeln hatten gepikst. Echte Kerzen, elektrische hatte er nicht gemocht. Rote Äpfel, Strohsterne und Holzfiguren. Die ganze Stube hatte nach dem Baum geduftet, und am Heiligabend, wenn alles im Lichtschein der Kerzen erstrahlte, hatte den Raum eine ganz besondere Atmosphäre des Friedens erfüllt.

»Leider haben wir hier keine Kerzen«, sagte Lena, was Rainett dazu brachte, ihr Lied zu unterbrechen.

»Aber in der Kirche haben sie welche. Und der Baum ist riesengroß. Es ist schön dort.«

»Ich weiß«, erwiderte Lena und fügte seufzend hinzu: »Aber wir werden nicht hingehen dürfen. Bis zur Kirche in Kobelwald ist es ein ganzes Stück zu laufen, und ...«

»Und wenn schon«, fiel Rainett ihr ins Wort. »Wir schleichen uns einfach fort. Mama muss es ja nicht wissen.«

»Und was ist, wenn wir gesehen werden? In der Kirche wird das ganze Dorf sein. Bestimmt wird es jemand Almut erzählen. Und dann?«

»Dann bleiben wir eben ganz hinten und setzen die Mützen auf. Oder wir schleichen uns zur Orgel hoch. Da sieht uns niemand. Und wir gehen erst wieder, wenn sie alle fort sind.«

Lena blieb skeptisch. Allerdings gefiel ihr der Gedanke, wenigstens den Gottesdienst zu erleben, der gewiss sehr feierlich sein würde. Und heute war einer ihrer guten Tage. So nannte sie diejenigen, in denen sie nicht diese seltsame Übelkeit plagte, die vor wenigen Wochen ihren Anfang genommen hatte. Plötzlich ertrug sie gewisse Gerüche nicht mehr. Besonders den von warmer Milch hielt sie kaum noch aus. Schon mehrfach hatte sie sich plötzlich übergeben müssen.

»Also gut. Wir gehen hin«, gab Lena nach. »Almut wird um diese Zeit sowieso schlafen, und Utz sitzt bestimmt beim Hofer im Hinterzimmer zum Kartenspielen. Der kennt ja auch kein Weihnachten. Wir müssen nur achtgeben, dass wir ihm nicht begegnen.«

»O ja, wir gehen«, Rainett klatschte freudig in die Hände. »Das wird bestimmt schön.«

»Und ich hab auch ein Geschenk für dich«, sagte Lena und holte das kleine Päckchen aus ihrer Jackentasche, das sie in den letzten Wochen unter ihrem Bett versteckt hatte. Es enthielt ein mehr als schäbiges Geschenk. Einen kleinen grauen Plüschhund, den sie auf dem Heimweg von der Schule auf der Straße gefunden hatte. Eines seiner Augen war locker gewesen. Mit der Hilfe von etwas Kleber hielt es jetzt aber wieder. Rainett sah das Päckchen, als Geschenkpapier hatte Zeitungspapier gedient, die Schleife bestand aus Bast, mit großen Augen an.

»Ein Geschenk. Für mich?«

»Für wen sonst«, erwiderte Lena mit einem Lächeln. »Oder siehst du hier sonst noch jemanden?«

Rainett sah sich um, was Lena zum Schmunzeln brachte. Als ob hinter ihr eine ganze Mannschaft Kinder stehen würde.

»Ist das vom Christkind?«, fragte Rainett.

»Bestimmt. Geschenke kommen doch vom Christkind, oder?«

»Und woher weißt du dann, dass es für mich ist?«

»Weil dein Name draufsteht«, sagte Lena und deutete auf einen dünnen Bleistiftschriftzug. Sie hatte geahnt, dass Rainett diese Frage stellen würde.

»Oh, dann ist es ja gut.« Sie nahm das Geschenk entgegen und betrachtete es strahlend von allen Seiten.

»Es ist so hübsch. Ich will es gar nicht öffnen.«

»Aber das Christkind will doch sehen, ob es dir gefällt.«

»Du denkst, es sieht mich jetzt?«

»Wieso nicht? Es ist doch das Christkind.«

Rainett öffnete die Schleife und wickelte vorsichtig das Zeitungspapier ab. Als der kleine Plüschhund zum Vorschein kam, wurden ihre Augen groß.

»Aber das ist ja ein Hündchen. Ist der süß.« Sie drückte das kleine Stofftier fest an sich.

»Der passt jetzt auf dich auf«, sagte Lena, der die Tränen in die Augen stiegen. Sie blinzelte sie rasch weg.

Rainett nickte freudig, doch dann wurde ihre Miene ernst.

»Aber was ist mit dir? Wo ist dein Geschenk?«

»Ich weiß nicht«, erwiderte Lena. »Vielleicht kommt es noch. Mir reicht für den Anfang schon der Baum. Ich finde ja, er ist hübsch geworden.«

»Ja, das ist er. Der schönste Baum im ganzen Wald«, sagte Rainett. »Den finden die Tiere bestimmt auch hübsch.«

»Ganz sicher«, antwortete Lena, der erneut eine Erinnerung an früher in den Sinn kam. Es war eine Geschichte, die ihnen ihre Mutter manchmal vorgelesen hatte. »Kennst du eigentlich das Märchen vom kleinen Tannenbaum? Es ist von Hans Christian Andersen.«

Rainett verneinte.

»Dann will ich es dir auf dem Heimweg erzählen«, sagte Lena. Rainett nickte begeistert. Sie liebte es, wenn Lena ihr Märchen erzählte oder ihr aus dem hübschen Buch mit den vielen bunten Bildern vorlas.

Sie verließen die Lichtung, und Lena begann, von dem kleinen Tannenbaum zu erzählen, der größer sein und ein

Weihnachtsbaum werden wollte und am Ende seines Lebens im Hof verbrannt wurde.

»Das passiert unserem Baum nicht«, sagte Rainett, während sie über die verschneite Obstwiese stapften. Es war klirrend kalt. Der Dezember hatte mild und mit viel Regen begonnen. Vor drei Tagen hatte das Wetter dann umgeschlagen, und es hatte fest zu schneien begonnen. Heute war der Himmel verhangen, und es herrschte klirrende Kälte. Perfektes Weihnachtswetter, wie Lena befand. Denn so war es schließlich in den Geschichten auch immer. Zu Weihnachten musste es weiß sein. Allerdings klappte das nicht immer. Oftmals gab es pünktlich zum Fest warmen Wind, und der zuvor gefallene Schnee taute. Ihrem Vater, der den Schnee geliebt hatte, hatte das immer missfallen. Stundenlang hatte er am Fenster in der Wohnstube stehen und dem Flockenwirbel zusehen können. Lena erinnerte sich noch gut daran, wie sie mit ihrer Schwester und ihren Freunden in den Gassen der Stadt Schneeballschlachten gemacht und im Hof sogar einen Schneemann gebaut hatten. Damals war das Leben so herrlich unbeschwert gewesen. Wie gern hätte sie mit Rainett einen Schneemann gebaut. Doch Almut würde sie für eine solche Faulheit, wie sie es bezeichnen würde, gewiss verprügeln. Das Einzige, was sie mit dem Schnee machen durften, war, ihn vom Hof zu schaufeln, was bei den Mengen, die in den letzten Tagen gefallen waren, Stunden gedauert hatte.

Sie erreichten das Haus. In der Küche brannte Licht. Sie traten in den Flur und hörten die Stimmen von Almut und Eni Baumgartner, die in letzter Zeit öfter zu Besuch kam.

»Lena, Rainett, seid ihr das?«, fragte Almut, wie immer mit ruppigem Unterton.

Lena und Rainett betraten den Raum, nachdem sie sich ausgezogen hatten.

»Wo habt ihr zwei euch wieder rumgetrieben?«, fragte Almut.

»Im Stall«, log Rainett.

Almut sah von Rainett zu Lena, die bekräftigend nickte.

»Meinetwegen«, erwiderte Almut, der durch Enis Besuch der Sinn wohl nicht nach Schimpfen stand. »Dann seht zu, dass ihr die Wäsche abnehmt. Die hängt schon seit drei Tagen und ist bestimmt steif gefroren. Sie muss aufgetaut, gebügelt und zusammengelegt werden.«

Lena und Rainett beeilten sich zu nicken und verließen hastig den Raum. Lena erhaschte beim Hinausgehen einen kurzen Blick auf den Tisch. Eni hatte Christstollen mitgebracht. So gern hätte sie ein Stück davon probiert. Aber niemals hätte sie es gewagt, danach zu fragen. Mit Grausen dachte Lena an die auf dem Herd stehende Kartoffelsuppe, die von gestern übrig und versalzen war. Vermutlich würden sie diese später vorgesetzt bekommen. Was für ein trauriges Weihnachtsessen.

Sie trat zurück in den Flur und schlüpfte erneut in ihre Jacke. Bernhards Stöhnen drang aus der Wohnstube nach draußen. Vermutlich saß er wieder in seinem Lehnstuhl am Fenster. Lena überlegte, ob sie zu ihm gehen und nachsehen sollte, ob alles in Ordnung war, und entschied sich dagegen. Sollte sich doch Almut um ihren Ehemann kümmern, anstatt in der Küche Stollen zu futtern. So wie sie die geizige

Frau kannte, hatte sie ihrem Mann gewiss nichts von dem weihnachtlichen Gebäck abgegeben. Lena schlüpfte in ihre Stiefel, zog die Jacke über und folgte Rainett über den Hof zum Stall hinüber.

Die Wäsche wurde dort auf dem Boden getrocknet. Heute waren es hauptsächlich Laken und Handtücher. Lena und Rainett sammelten sie ein, und während sie sie zusammenzulegen versuchten, bettelte Rainett erneut um eine Geschichte. Lena tat ihr den Gefallen und erzählte ihr die von dem Mädchen mit den Schwefelhölzern, die Rainett besonders gern mochte, obwohl sie am Schluss jedes Mal zu weinen begann, weil das kleine Mädchen erfror.

Als sie mit der Arbeit fertig waren, war es stockdunkel. Sie nahmen die Wäschekörbe und brachten sie ins Haus hinüber in das Zimmer neben der Wohnstube, das als Wäsche- und Bügelkammer diente. Dort gab es einen großen Schrank, Bügelbrett und Bügeleisen. Rasch machten sie sich daran, die Laken zu glätten. Lena bügelte, und Rainett legte zusammen. Aus der Stube drang Weihnachtsmusik zu ihnen herüber. Es war *Jingle Bells*, das gerade im Fernsehen gespielt wurde. Immerhin schienen andere Menschen Weihnachten zu feiern, dachte Lena traurig. Ihr Blick wanderte zum Fenster hinaus. Erneut hatte es zu schneien begonnen. Flocken wirbelten durch den Lichtkegel der am Stall hängenden Lampe. Zu Hause hätten sie jetzt alle um den großen Tisch beim Fondue gesessen, das es so nur am Heiligabend gab, genauso wie die Eistorte zum Nachtisch, die so herrlich nach Zimt schmeckte. Nach dem Essen waren sie durch die nächtlichen Gassen der Stadt zur Kirche gelaufen, was immer wunderschön gewesen war. Was wohl Marie gerade machte? Ob sie Weihnachten feiern durfte? Lena wünschte es ihr. Und Geschenke, einen Weihnachtsbaum, ein wenig Liebe. Die gehörte zu Weihnachten doch dazu. Marie sollte es gut haben, dort, wo sie war. Der Gedanke an ihre Schwester trieb Lena die Tränen in die Augen, und dieses Mal schaffte sie es nicht, sie wegzublinzeln. Eine von ihnen rollte über ihre Wange. Sie wischte sie schnell fort, doch Rainett hatte sie gesehen.

»Du denkst an Marie, oder?«, fragte sie.

Lena nickte. »Sie fehlt mir so sehr. Gerade jetzt zu Weihnachten. Ich weiß noch, wie wir vor der Bescherung immer in unserem Zimmer warten mussten, bis das Christkind gekommen war. Dann ertönte das Läuten einer kleinen Glocke. Bis dahin spielten wir ungeduldig Klatschspiele oder vertrieben uns die Zeit mit Abzählreimen. Die Minuten vergingen so langsam, dass wir glaubten, die Zeit würde stehenbleiben.«

»Klatschspiele?«, fragte Rainett.

»Du kennst keine Klatschspiele?«

Rainett senkte den Blick und schüttelte den Kopf.

»Dann wird es Zeit, dass du eins lernst.« Lena trat neben sie, drehte sie zu sich, hob die Hände und bedeutete Rainett, es ihr gleichzutun. Dann überlegte sie kurz, und los ging es.

>*Eine kleine Dickmadam*
Fuhr mal mit der Eisenbahn
Eisenbahn, die krachte
Dickmadam, die lachte

Lachte, bis der Schutzmann kam
Und sie mit zur Wache nahm
Auf der Wache wurd sie frech
Bauz, da hat sie eine wech«

Rainett gefiel der Reim, auch wenn sie Probleme hatte, rhythmisch dazu zu klatschen. Lena bewegte die Hände ganz langsam, doch Rainett schlug immer wieder auf die falsche Seite. Nach einigen Versuchen wurde es besser, und bald klappte es sogar fehlerfrei, was Rainetts Augen strahlen ließ.

»Das macht Spaß«, rief sie.

»Ich kenne noch mehr. Und beim nächsten Mal klatschen wir anders. Aber jetzt sollten wir zusehen, dass wir die Wäsche fertigmachen, sonst bekommen wir Ärger, und den können wir heute Abend nicht gebrauchen. Wenn wir Pech haben, sperrt uns Almut noch in die Kammer, und dann können wir uns den Gottesdienst abschminken.«

Rainett nickte und griff nach einem Handtuch, das inzwischen halbwegs aufgetaut war. Lena bügelte weiter die Laken. Sie lauschte auf den Fernseher, doch jetzt waren nur noch Stimmen und keine Weihnachtslieder mehr zu hören. Vermutlich die Nachrichten. Sie faltete das letzte Leintuch zusammen und legte es in den Wäscheschrank. Da sah sie Eni über den Hof laufen. Im nächsten Moment betrat Almut den Raum und sah sich um. Ihr Blick blieb an dem geöffneten Schrank hängen.

»Wir sind schon fertig«, sagte Rainett.

»Das seh ich«, erwiderte Almut. »Dann könnt ihr jetzt

den Stall ausmisten. Utz treibt sich mal wieder irgendwo herum, und die Viecher stehen im Dreck. Wenn ihr damit fertig seid, gibt es Essen. Ist ja noch Suppe da.« Sie verließ den Raum.

»Auch noch den Stall ausmisten«, jammerte Rainett. »Doofer Utz.«

Lena zuckte mit den Schultern. Sie mochte das Ausmisten auch nicht sonderlich, aber im Stall hatten sie wenigstens ihre Ruhe. Almut betrat diesen nur, wenn es unbedingt sein musste. Für die Viecher, wie sie die Kühe nannte, war Utz zuständig. Und wenn der sich nicht kümmerte, was andauernd vorkam, mussten eben sie ran. Lena war es sehr recht, dass er fortblieb, dann ließ er sie wenigstens in Ruhe. Wenn es nach ihr gegangen wäre, hätte er sich totsaufen können. Damit wäre ihnen allen geholfen.

»Komm schon. So schlimm ist es doch nicht«, sagte Lena zu Rainett. »Ich erzähle dir beim Ausmisten noch eine Geschichte. Wenn du magst, auch die Weihnachtsgeschichte. Sie ist etwas ganz Besonderes. Meine Mutter hat sie uns immer am Morgen des ersten Weihnachtstages vorgelesen.«

»Und du kannst sie auswendig?«, fragte Rainett verblüfft.

»Vielleicht nicht perfekt. Aber es wird reichen«, antwortete Lena und schloss die Schranktür.

Die beiden verließen den Raum und schlüpften im Flur wieder in ihre Jacken. Im Stall angekommen, griffen sie zu den Mistgabeln, und Lena begann, die Weihnachtsgeschichte zu erzählen, während sie das dreckige Stroh auf die Schubkarre luden und nach draußen beförderten. Sie genoss die Nähe der Tiere und tätschelte den Kühen liebevoll den Hals. Eines der Kätzchen, die alle überlebt hatten und jetzt über den Hof und durch die Nachbarschaft streunten, strich schnurrend um ihre Beine. Wenn Almut nicht so bösartig und Utz einfach nur ein netter Kerl wäre, dann könnte es hier schön sein, dachte Lena wehmütig, bückte sich und hob die Katze, Rainett hatte sie Mimi genannt, hoch. Und vielleicht könnte sie dann auch Kontakt mit Marie aufnehmen. Wenigstens Briefe schreiben oder hin und wieder telefonieren. Doch Almut wollte das nicht. Das hatte sie ihr unmissverständlich klargemacht. Weshalb, wusste Lena nicht. Sie war auf diesem Hof eine Gefangene. Wenn sie nicht so an Rainett hinge, wäre sie längst fortgelaufen. Fortlaufen, dachte sie und setzte die Katze zurück auf den Boden. Sie hatte mit Rainett im Herbst darüber gesprochen. Einfach so weggehen und ein neues Leben anfangen. Doch so leicht war das nicht. Im Kinderheim hatte sie erlebt, was mit denjenigen passierte, die fortliefen. Sie wurden geschnappt, zurückgebracht und noch schlechter als vorher behandelt. Einfach so ohne ein Ziel fortzulaufen, würde nichts bringen. Sie mussten sich vorher überlegen, wohin es gehen sollte. Sie brauchten Hilfe. Doch wie diese aussehen sollte, wusste Lena nicht. Sie setzte ihre Arbeit fort, und um ihre Traurigkeit zu überspielen, begann sie, *Ihr Kinderlein, kommet* zu singen. Rainett stimmte mit ein.

Als sie mit dem Ausmisten fertig waren, hatten sie eine ganze Palette Lieder gesungen. Es ging zurück über den Hof ins Haus und in die Küche, wo sie bereits von Almut erwartet wurden. Wortlos nahmen sie das Abendbrot ein. Dann setzte sich Almut wie immer zu Bernhard in die Stube vor den Fernseher, und Lena und Rainett kümmerten sich um den Abwasch. Danach verschwanden sie in ihr Zimmer. Jetzt galt es zu warten. Sie legten sich auf ihre Betten und deckten sich zu, denn hier oben war es bitterkalt. Eiszapfen hingen in den Zimmerecken, und an der Fensterscheibe hatte sich ein Meer von Eisblumen gebildet. Schon nach wenigen Minuten merkte Lena, wie sie wegdämmerte. Sie fühlte sich wie erschlagen, und auch die Übelkeit machte sich wieder bemerkbar. Die versalzene Suppe hatte ihrem Magen nicht gutgetan. Rainett hingegen schien glockenwach zu sein. Sie plapperte fröhlich vor sich hin und hatte beschlossen, nun Lena eine Geschichte zu erzählen. Darin ging es um die Tiere im Wald und um ein Kaninchen, das seine Eltern verloren hatte. Sie redete und redete. Irgendwann nahm Lena ihre Worte kaum noch wahr, und sie schlief ein. In ihrem Traum stand sie vor der Werkstatt ihres Vaters im Schneetreiben. Sie sah, wie ihre Familie drinnen einen Weihnachtsbaum schmückte. Ihre Schwester Marie hängte kleine rote Äpfel zwischen die Zweige, ihre Mutter holte funkelndes Lametta aus einer Schachtel. Holzfiguren und Strohsterne wurden verteilt, und ihr Vater brachte die Kerzen an. Sie wollte zu ihnen gehen, doch die Tür war verschlossen. Sie hämmerte dagegen, rüttelte an der Klinke, aber sie wollte sich einfach nicht öffnen lassen. Sie schrie und weinte und schlug gegen die Scheibe. Doch niemand schien sie wahrzunehmen.

»Lena, Lena.« Jemand rüttelte plötzlich an ihrer Schulter. »Lena, so wach doch auf.«

Lena öffnete die Augen und sah in Rainetts Gesicht.

»Du schreist ganz laut.«

Lena setzte sich auf. »Entschuldige. Ich habe geträumt.«

Rainett umarmte Lena.

»Es tut mir leid, dass du schreien musstest.«

Lena drückte Rainett ganz fest an sich und genoss die Wärme ihres Körpers. Immerhin sie war hier, was es erträglich machte. Sie löste sich aus der Umarmung und sah auf den kleinen Wecker, der auf ihrem Nachttisch stand.

»Oh, schon spät«, sagte sie. »Wir müssen los. Sonst verpassen wir den Gottesdienst.« Sie schob die Decke zurück und stand auf. »Bis zur Kirche ist es ein Stück zu laufen, am besten packen wir uns warm ein.«

Beide zogen zwei Pullover übereinander und die dicken Socken über die Füße. Wenigstens an Kleidung mangelte es nicht. Sie war zwar gebraucht, aber in Ordnung. Eni Baumgartner arbeitete hin und wieder aushilfsweise bei einer Kleiderkammer des Roten Kreuzes und zweigte für Almut Sachen ab. Ohne sie würden sie vermutlich in Sack und Asche herumlaufen, denn Almut würde einen Teufel tun und ihnen neue Kleidung kaufen. Lena holte ihren rot-weißen Schal aus dem Schrank, den ihr Marie gestrickt und zu ihrem letzten gemeinsamen Weihnachten geschenkt hatte. Marie konnte im Gegensatz zu ihr hervorragend stricken. Sie selbst ließ immer Maschen fallen, was hässliche Löcher verursachte. Marie hatte es immer wieder versucht, ihr das Stricken beizubringen, es dann jedoch aufgegeben. Lena wickelte den Schal wehmütig um den Hals. Er war ihr Heiligtum und lag eigentlich immer im Schrank. Für die Stallarbeit und das Schneeschippen auf dem Hof war er ihr zu schade. Da tat es der schäbige hellgrüne aus der Kleiderkammer. Aber jetzt, für die Kirche, sollte es der besondere Schal sein. Damit fühlte sie sich Marie näher.

Sie verließen auf Zehenspitzen die Kammer und schlichen die Treppe hinunter. Das Haus lag im Dunkeln. Wie erwartet, war Almut bereits schlafen gegangen. Im Treppenhaus schlüpften sie in ihre Stiefel und in die Jacken. Ganz vorsichtig drehte Lena den Schlüssel im Haustürschloss um. Die Tür knarrte leicht, als sie sie öffneten. Behutsam schloss Lena sie hinter sich und schloss von außen ab. Wenn sie es nicht tun würde, könnte Utz Verdacht schöpfen, der gewiss bald von seinem Kartenspiel heimkäme. Sie huschten leise kichernd vom Hof und die Straße hinunter.

Es hatte zu schneien aufgehört, und der Mond kam zwischen den Wolken hervor. Er tauchte die Wiesen und Wälder in fahles Licht und brachte den Schnee zum Funkeln. Lena war froh um das silberne Licht, denn sie hatten keine Taschenlampe dabei. Sie liefen die Straße hinunter und bogen bald darauf auf den Schleichweg ab, der an der Ruine Wichenstein hinter den laublosen Bäumen vorbeiführte. Auf dem Wichensteiner See hatte sich eine dünne Eisschicht gebildet. Wenn es so kalt bliebe, könnten sie bald darüberschlittern, auch wenn sie keine Schlittschuhe besaßen. In Bern hatte sie welche gehabt. Im Winter waren sie öfter auf die Eislaufbahn gegangen, so dass Lena richtig gut Schlittschuh laufen konnte. Marie hingegen hatte immer Probleme mit dem Gleichgewicht gehabt und war oft hingefallen. Doch Spaß hatte es ihnen trotzdem gemacht. Oftmals waren viele ihrer Klassenkameraden und Freunde da gewesen, die Lena ebenfalls vermisste. Von ihren Klassenkameraden hier kannte sie niemanden näher. Keiner wollte mit ihr, dem Verdingkind, zu tun haben, im Gegenteil, die Jungen bewarfen sie mit Steinen oder Schneebällen und scheuchten sie wie einen räudigen Hund fort. Nur eines der Mädchen, ihr Name war Barbara, war manchmal nett zu ihr. Du kannst ja nix dafür, hatte sie einmal zu Lena gesagt. Doch mehr als ein Lächeln und hin und wieder ein nettes Wort kamen auch von ihr nicht. Lena hatte sich daran gewöhnt, die Außenseiterin zu sein, die, obwohl sie immer wieder in der Schule fehlte, stets gute Leistungen zeigte.

Wehmütig dachte sie daran, wie stolz ihr Vater auf sie gewesen war. Sein kluges Mädchen hatte er sie immer genannt. Sie würde es weit bringen, hatte er gesagt. Und jetzt war sie hier, auf einem abgelegenen Bauernhof, wurde geschlagen und misshandelt, trug gebrauchte Kleider und ging unregelmäßig zur Schule. Und das alles nur, weil er gestorben und Mama in der Traurigkeit versunken war. Wenn sie sich doch nur besser gekümmert oder sie aus dem Heim geholt hätte. So lange hatten sie gehofft, dass sie kommen und sie aus diesem Alptraum befreien würde. Doch sie war nicht gekommen und schien verschwunden. Aber das konnte doch nicht sein. Eine Mutter durfte doch nicht einfach so verschwinden.

Sie erreichten die Straße nach Kobelwald, und die ersten Häuser kamen in Sicht. Hier waren bereits Gruppen von Kirchgängern unterwegs. Schnell zogen Lena und Rainett ihre Kapuzen über den Kopf und die Mützen tiefer ins Gesicht. Sie hielten Abstand zu der Gruppe vor ihnen. Lena erkannte die Gassers. Sie hatten am Dorfeingang einen großen Bauernhof, und der Sohn, Emil, ging mit ihr in dieselbe Klasse.

Weitere Kirchgänger tauchten auf, und Lenas Herzschlag beschleunigte sich. Was, wenn sie jetzt jemand erkennen würde? Sie bedeutete Rainett, langsamer zu laufen. Sie ließen sich zurückfallen und blieben im Schatten eines Hinterhofes stehen.

»Wir sollten warten, bis die meisten in der Kirche sind«, sagte Lena. »Dann ist es leichter, ungesehen auf die Empore zu schleichen.«

Rainett nickte. So beobachteten sie eine Weile, wie die Bewohner des Dorfes zur Kirche strömten, vor der ein mit einer Lichterkette geschmückter Tannenbaum stand, den Rainett bewundernd ansah.

»Sieht es nicht wunderschön aus? Die vielen Lichter und der glitzernde Schnee«, schwärmte sie.

Lena lächelte. Es war so schön mitanzusehen, wie Rainett sich freute. Jetzt begannen die Glocken zu läuten, was Lena daran hinderte, Rainett eine Antwort zu geben. Andächtig lauschte sie dem Geläut, das auch in Bern um diese Zeit hörbar gewesen war. *Süßer die Glocken nie klingen als zu der Weihnachtszeit.* Und vielleicht brachte das neue Jahr ja doch ein wenig Hoffnung, und sie könnte Marie wiedersehen. Das war ihr einziger Weihnachtswunsch. Die letzten Gottesdienstbesucher verschwanden nun im Inneren der Kirche, und als endgültig niemand mehr zu sehen war, verließen Rainett und Lena ihr Versteck. Mit klopfenden Herzen eilten sie über den Kirchhof, als wäre es ein

Verbrechen, die Weihnachtsmesse zu besuchen. Sie betraten die Kirche und huschten zu der schmalen, rechts des Eingangs liegenden Holzstiege, die auf die Empore führte. Wie vermutet, war diese leer. Nur der Orgelspieler saß an seinem Platz, doch der war weit genug von ihnen entfernt. Sie sanken auf die kleine Kirchenbank, die hier oben stand, und ließen den Blick durch das Kirchenschiff schweifen. Nur die Lampen im Altarraum brannten. Neben dem Altar standen zwei große mit Strohsternen und vielen Lichtern geschmückte Weihnachtsbäume, die Rainetts Augen zum Strahlen brachten.

»Sieh nur, wie hübsch«, flüsterte sie Lena zu. Sie wollte antworten, kam jedoch nicht mehr dazu. Das Orgelspiel setzte ein, und die Gemeinde erhob sich. Das erste Lied wurde gesungen. *Ehre sei Gott in der Höhe.* Unten im Kirchenschiff hatten Liedzettel ausgelegen, die hier oben natürlich fehlten. Bei diesem Lied war Lena nicht textsicher. Aber das war auch nicht so wichtig. Sie summte die Melodie mit und sog die Stimmung in sich auf. Der Duft von Tannengrün, vermischt mit dem von Weihrauch und Kerzenwachs, hing in der Luft. Lena atmete den vertrauten Geruch tief ein, schloss für einen Moment die Augen, und als die Gemeinde ihr Lied sang, wähnte sie sich in der Kirche in Bern, umgeben von ihrer Familie. Doch als das Lied zu Ende war und sie die Augen öffnete, holte sie die Realität wieder ein. Wie der Rest der Gemeinde setzten sie sich. Rainett verfolgte mit strahlenden Augen den Ablauf des Gottesdienstes, und sie lauschten der Weihnachtspredigt, die von Frieden und dem guten Miteinander der Menschen berichtete.

Der Pfarrer sollte mal zu ihnen auf den Hof kommen, dachte Lena missmutig. Doch sowohl bei Almut als auch bei Utz wäre vermutlich jede Mühe vergeblich. Zum Abschluss des Gottesdienstes wurde *Stille Nacht, heilige Nacht* gesungen. Dieses Lied konnte auch Rainett inzwischen ganz gut. Sie hielten einander an den Händen, als sie es sangen. Selbst das Licht am Altar war jetzt gedämmt worden, und die Kirche erstrahlte nur im Schein der Baumbeleuchtung und des Kerzenlichts. Es fühlte sich so herrlich geborgen an. Lena wünschte sich, das Lied würde niemals enden und sie könnten für immer hierbleiben. Doch dann endete das Lied mit den letzten Klängen der Orgel, und die Menschen strömten keine Minute später aus den Kirchenbänken. Es wurde sich gegenseitig frohe Weihnachten gewünscht, gedämpfte Stimmen drangen zu ihnen nach oben. Rainett setzte sich auf die Bank. Lena tat es ihr gleich. Stumm saßen sie nebeneinander und sahen auf die leuchtenden Christbäume. Die Stimmen unter ihnen wurden weniger. Hinter ihnen verließ der Organist seinen Arbeitsplatz.

»Es war so schön«, sagte Rainett irgendwann leise. »Das Schönste, was ich jemals im Leben hatte. Ich danke dir.« Sie nahm Lenas Hand und drückte sie fest. Lena wusste nicht, was sie antworten sollte. Rainetts Freude an den einfachen Dingen überwältigte sie jeden Tag aufs Neue.

»Es war gut, dass wir hergekommen sind«, antwortete sie mit einem Lächeln.

»Ja, das war es«, erwiderte Rainett.

»Nur müssen wir jetzt leider wieder zurückgehen.« Ganz bewusst sagte Lena nicht »nach Hause«, denn der Gerberhof war nicht ihr Zuhause. Das lag in Bern und war in ihrem Herzen. Zu ihrem Zuhause gehörten Marie und ihre Mutter, wo auch immer sie sein mochten. Und vielleicht dachten sie ja gerade in diesem Moment auch an sie.

Die beiden rissen sich von dem Anblick der leuchtenden Bäume los und liefen die kleine Treppe wieder nach unten. Das Kirchenschiff war nun leer. Nur der Mesner war noch anwesend, der gerade die Kerzen im Altarraum löschte. Sie zogen erneut ihre Kapuzen über und traten nach draußen, wo sie Flockenwirbel empfing. Auch der Kirchhof hatte sich geleert. Entfernt waren noch Stimmen zu hören, unweit von ihnen stand noch eine Menschengruppe beisammen. Sie huschten durch das Schneetreiben über den Kirchhof und schlugen den Rückweg ein. Auf der Straße war niemand mehr. Schnell ließen sie die letzten Häuser des Dorfes hinter sich. Ein Auto fuhr an ihnen vorüber und ließ sie zusammenzucken. Ein Stück weiter bogen sie in ihren Schleichweg ein. Es schneite jetzt immer heftiger, und der Wind trieb ihnen die Schneeflocken in die Augen. Lena hatte Probleme, den Weg zu sehen. Doch Rainett kannte ihn wie ihre Westentasche. Sie würde blind nach Hause finden, das wusste Lena. Sie griff nach Rainetts Hand, die diese fest drückte.

»Ich bring uns schon nach Hause«, sagte sie, und ihre Stimme klang fest.

Und so war es auch. Sie erreichten das Ende des Schleichweges und standen wieder auf der schmalen Landstraße, die zu ihrem Hof führte. Jetzt mussten sie nur noch unentdeckt am Haus von Eni Baumgartner vorbei. Dann würde alles gut werden. Das Haus selbst lag im Dunkeln. Doch plötzlich nahm Lena eine Bewegung auf dem Hof war. Ein heller Lichtstrahl flackerte auf und blendete sie.

»Wer ist da?«, rief Eni, was Lena erschrocken zusammenzucken ließ. »Aber das ist doch ...«

Mehr nahm Lena nicht mehr wahr, denn Rainett rannte los und zog sie mit sich. Sie liefen durch das Schneetreiben zum Hof, der verlassen dalag. Hastig zog Lena den Haustürschlüssel aus ihrer Jackentasche. Er fiel zu Boden, und sie hob ihn hektisch wieder auf. Mit zittrigen Händen steckte sie ihn ins Schloss, und die Tür öffnete sich. Ihr Herz schlug ihr bis zum Hals, als sie in den Flur huschten und die Tür leise hinter sich zudrückten. Jetzt noch schnell abschließen, dann war es geschafft. Doch gut war es nicht mehr. Das wussten sie beide. Eni Baumgartner zu begegnen war das Schlimmste, was ihnen hätte passieren können. Sie eilten die Treppe nach oben und schlossen die Tür hinter sich. Lena legte sogar den Riegel vor, was sie eigentlich gar nicht durften.

»Oje«, sagte Rainett und sank auf ihr Bett.

Lena nickte.

»Ein riesengroßes Oje sogar. Eni wird morgen früh bestimmt herkommen, um Almut von unserem nächtlichen Ausflug zu berichten.«

»Und wenn sie es doch nicht tut?«

»Aus welchem Grund sollte sie es nicht tun? Sie würde uns niemals einen Gefallen tun.«

»Und wenn wir ihr sagen, dass wir in der Kirche waren? Daran ist doch nichts Schlechtes. Und wir bitten sie freundlich, es Mama nicht zu sagen. Vielleicht hört sie auf uns. Immerhin ist Weihnachten, und anscheinend war sie auch im Gottesdienst.«

»Ich weiß nicht«, erwiderte Lena, die sich plötzlich völlig erschöpft fühlte. »Einen Versuch wäre es wert. Obwohl ich nicht zu viel Hoffnung hegen würde, dass sie den Mund hält.«

»Stimmt, sie ist eine Petze«, sagte Rainett missmutig und zog einen ihrer zwei Pullover über den Kopf. Lena zog sich nicht aus. Ihr war kalt. Sie beschloss, komplett angezogen unter die Decke zu schlüpfen.

»Wir werden sehen«, sagte sie, während Rainett die Nachttischlampe ausknipste. »Wir waren nur in der Kirche. Dafür wird sie uns schon nicht gleich verprügeln. Wenn wir Glück haben, läuft es nur auf eine Ohrfeige hinaus.«

»Und wenn sie uns eine Tracht Prügel verpasst, dann ist es eben so«, sagte Rainett. »Um nichts auf der Welt hätte ich den Gottesdienst verpassen wollen.«

Der letzte Satz klang selig.

»Ich auch nicht«, erwiderte Lena und spürte einen dicken Kloß in ihrem Hals aufsteigen. Der Abend an Rainetts Seite hatte ihr so viel gegeben, fast als wäre sie bei ihrer Familie gewesen, dachte sie und schlief wenige Minuten später erschöpft ein.

Am nächsten Morgen war es Rainett, die sie wach rüttelte.

»Komm, Lena. Wir müssen runter. Gleich wird es hell, und wir müssen nach den Kühen sehen.«

Lena krabbelte nur widerwillig unter ihrer warmen Decke hervor. Ihr Kopf dröhnte, und in ihrem Magen machte sich das gewohnt flaue Gefühl breit, das sie bereits kannte.

Wenn sie nur für ein Weilchen ruhig liegen bleiben könnte, dann wäre es gewiss wieder vergangen. Als sie die Treppe hinunterlief, verschlimmerte sich die Übelkeit. Kaffeeduft empfing sie im unteren Flur. Almut saß wie immer zu dieser Zeit am Küchentisch. Utz leistete ihr Gesellschaft. Was ihn so früh aus dem Bett getrieben hatte, ließ sich nur erahnen. Vermutlich war er wieder bei irgendeinem Mädchen gewesen und hatte sich in der Morgendämmerung davongemacht, damit er von den Eltern nicht erwischt wurde. Das kam öfter vor. Einmal war ein Vater sogar auf den Hof gekommen, um ihm den Kopf zurechtzurücken. Lena hoffte, dass er tatsächlich bei einem Mädchen gewesen war, denn dann würde er sie in Ruhe lassen.

»Da seid ihr ja endlich«, sagte Almut ohne einen Gruß. »Seht zu, dass ihr in den Stall kommt und euch kümmert. Utz ist auf der Straße ausgerutscht und humpelt. Also müsst ihr die Kühe versorgen und melken.«

Lena und Rainett nickten wortlos. Sie schlüpften in Schuhe und Jacken und liefen zum Stall hinüber. Dort empfing sie der übliche Stallgeruch, der Lena nicht gut bekam. Sie schluckte. Alles, nur nicht sich wieder übergeben müssen, dachte sie und griff entschlossen zu einer Mistgabel, die neben dem Eingang an der Wand lehnte. Diese dumme Übelkeit musste doch mal ein Ende haben. Sie folgte Rainett, die schon im nebenliegenden Heustall verschwunden war, in dem sie das Futter für den Winter lagerten. Doch dann hörte sie Stimmen auf dem Hof und hielt inne. Sie spähte zur Tür hinaus und sah Eni Baumgartner, die mit Almut an der Tür stand. Lena sah, wie sich Almuts Miene mit jedem Wort von

Eni mehr verfinsterte. Wie hatte sie nur annehmen können, diese Frau könnte ihre Klappe halten oder es ließe sich mit ihr reden. Lena wandte sich von der Tür ab. Die Übelkeit in ihr verstärkte sich, und plötzlich ließ es sich nicht mehr aufhalten. Schwallartig übergab sie sich. Sie würgte und spuckte. Tränen liefen über ihre Wangen. Genau in diesem Moment öffnete sich die Stalltür, und sie wurde herumgerissen. Almuts Worte prasselten nur so auf sie ein, genauso wie ihre Schläge, die sie überall an ihrem Körper spürte.

»Da kotzt sie schon wieder. Glaubst, ich hätte es nicht bemerkt. Du verdammte Schlampe, dummes Miststück. Wer war es? Wer hat dich geschwängert? Hurst im Dorf herum, was? Na warte. Das werde ich dir austreiben.«

Lena spürte ihre harten Schläge im Gesicht und auf ihren Schultern. »Herumtreiben tut ihr euch also. Na, das werde ich euch austreiben. Ein für alle Mal.«

Sie prügelte immer stärker auf Lena ein, die jetzt mit dem Rücken zur Wand stand und versuchte, die Schläge abzuwehren. Sie spürte den metallischen Geschmack von Blut auf ihren Lippen. Utz kam hinzu, der die Schreie seiner Mutter gehört hatte.

»Schwanger ist sie«, keifte sie in Richtung ihres Sohnes. »Diese Schlampe, gottverdammte Hure. Ich hab gleich gesagt, das wird nichts Gutes bringen. Elende Verdingkinder, wertloses Pack.«

Utz sah von seiner Mutter zu Lena, und dann begann auch er, auf sie einzuprügeln und sie zu beschimpfen. Lena rutschte zu Boden. Sie spürte die Schläge kaum noch. Utz trat ihr mehrfach in den Bauch.

Dann ertönte eine Stimme: »Lasst sie in Ruhe. Utz war es.«

Es war das erste Mal, seit Lena auf dem Hof war, dass Beppo Partei für sie ergriff. Lena glaubte, gleich bewusstlos zu werden, doch in diesem Moment hielt Utz endlich in der Bewegung inne. Almut sah ihn wie erstarrt an, dann verließ sie wortlos den Stall und schlug laut die Tür hinter sich zu. Beppo und Utz standen sich noch eine Weile gegenüber, dann ging auch Utz, Beschimpfungen auf Lena vor sich hin murmelnd.

Lena nahm seine Worte nicht mehr wahr. In ihrem Bauch hatte sich ein unsagbarer Schmerz ausgebreitet, der all die anderen Schmerzen ihres Körpers übertraf. Sie krümmte sich stöhnend zusammen und spürte, wie es zwischen ihren Beinen feucht wurde. Beppo bückte sich, nahm sie wortlos auf die Arme und trug sie zum Haus hinüber, wo er sie in ihrer Kammer aufs Bett legte.

Als er kurz darauf wortlos den Hof verließ, war es Rainett, die ihm nachblickte. Sie stand im Stall und lugte durch einen Türspalt hinaus. Sie wusste, dass Beppo, nachdem er das Wort gegen Almut erhoben hatte, nicht zurückkehren würde. Wäre er nicht gewesen, hätte ihr Bruder Lena bestimmt totgeschlagen. Sie überlegte, wie sie jetzt in die Kammer gelangen sollte, um nach Lena zu sehen. Vielleicht könnte sie hinten herumschleichen. Durch die Kellertür und den finsteren Kartoffelkeller laufen, den sie so sehr hasste, weil sie glaubte, dass es dort unten Gespenster gab. Aber heute musste sie den Geistern trotzen. Es war für Lena. Sie wandte sich von der Tür ab, verließ den Stall durch einen weiteren Eingang auf der Vorderseite, umrundete den Hof und lief die Kellertreppe hinunter. Zu ihrem Glück war die Kellertür nicht verschlossen. Im Kartoffelkeller beschleunigte sie ihre Schritte. Es war dunkel und roch muffig. Ihr Herz schlug ihr bis zum Hals, als sie die Stufen nach oben lief. Langsam öffnete sie die Tür und spähte in den Flur. Die Stimmen von Eni und Almut waren zu hören. Die beiden schienen in der Küche zu sitzen, was Rainett entgegenkam. Sie huschte rasch die Treppe hinauf und schlüpfte in ihre Kammer. Dort lag Lena im Bett. Sie blutete an der Lippe und der Augenbraue. Ihre Augen waren geschlossen.

»Lena«, rief Rainett. »Lena!« Sie trat neben sie und rüttelte an ihrer Schulter. »Lena, wach doch auf.« Doch Lena rührte sich nicht. Voller Panik legte Rainett die Hand auf Lenas Brustkorb. Er hob und senkte sich, was Rainett beruhigte. Sie überlegte einen Moment, dann beschloss sie, sich neben Lena ins Bett zu legen. Als sie Lena zur Seite rollte, bemerkte sie den roten Fleck auf der Decke und zuckte zurück. Was war das? Wieso blutete Lena zwischen den Beinen? Lena öffnete stöhnend die Augen.

»Es tut so weh«, sagte sie. »Hilf mir, Rainett.«

Rainett sah Lena vollkommen überfordert an. Wie sollte sie helfen? Sie beschloss, erst einmal dafür zu sorgen, dass das Blut wegkam. Im Schrank befanden sich Baumwollbinden, die sie erst vor einigen Tagen ausgewaschen hatte. Sie holte sie heraus und entkleidete Lena mühevoll. Ihre Unterhose war blutrot, und es lief noch immer Blut aus ihr heraus. Rainett bekam es mit der Angst zu tun. Es war bestimmt nicht gut, wenn jemand so stark blutete. Utz hatte

Lena in den Bauch getreten. Am Ende war sie verletzt. Lena brauchte einen Arzt. Doch den würde Almut gewiss nicht holen. Und wieso hatte sie sie als Hure beschimpft? Lena hatte doch nur gebrochen.

»Es ist überall Blut«, sagte Rainett.

»Ich weiß«, sagte Lena und begann zu weinen. »Ich wusste es doch nicht. Der Herrgott im Himmel möge mir verzeihen. Ich wusste es nicht.« Heiße Tränen rannen über ihre Wangen, und ein erneuter Bauchkrampf ließ sie sich zusammenkrümmen. Hilflos sah Rainett ihr dabei zu.

»Was wusstest du nicht?«

»Dass ein Kind in mir gewesen ist«, antwortete Lena, die nun begriff, was all das Blut zu bedeuten hatte und weshalb ihr übel gewesen war. Ihre Mutter hatte auch einmal ein Baby verloren. Sie war dabei gewesen, als es passierte.

Rainetts Augen wurden groß, und sie stammelte:

»Ein Kind?«

Lena nickte unter Tränen und krümmte sich erneut.

»Es wird bestimmt gut«, versuchte sie, Rainett und sich selbst zu beruhigen. »Gleich ist es vorbei. Bestimmt ist es das.« Und wenn nicht, fügte sie in Gedanken hinzu. Dann soll mich der Herrgott im Himmel endlich zu sich nehmen. Dann wäre ich wenigstens wieder bei meinem Vater, und all das hier hätte ein Ende.

*

Marie beobachtete mit einem Lächeln auf den Lippen, wie Reto den Holzbogen in die Plattform steckte und prüfte, ob die Kerzen alle in die Löcher passten. Es sollte der perfekte Lichterbaum werden. So hatte er es Charlotte, die noch in der Schule war, versprochen. Das hübsche Holzgestell war für das Lichterschwemmen in Ermensee gedacht, an dem die Seematters jedes Jahr teilnahmen. Das Dorf Ermensee lag eine Stunde Autofahrt von Burgdorf entfernt und war Alice Seematters Heimatort. Ihre Eltern lebten noch immer dort, und Alice, die als Kind schon am Lichterschwemmen teilgenommen hatte, bedeutete dieses Fest, das zu Ehren des heiligen Fridolin stattfand, viel. Auch Charlotte liebte es, denn es waren die Kinder, die die Lichterbäume und Schiffchen schwimmen ließen. So brach die gesamte Familie Seematter jedes Jahr am 6. März um die Mittagszeit nach Ermensee auf, selbstverständlich einen selbstgemachten Lichterbaum im Gepäck, der nach Einbruch der Dunkelheit den Aabach gemeinsam mit vielen anderen Lichterbäumen hinunterschwimmen würde.

Marie war im letzten Jahr zum ersten Mal dabei gewesen, und sie hatte den schönen Brauch, den es nur in Ermensee gab, sofort geliebt. Zwar hatte sie bis zu ihrer Ankunft in Burgdorf den heiligen Fridolin nicht gekannt, aber Alice hatte ihr erklärt, dass er ein Wandermönch gewesen sei, der sein Leben der Verbreitung des Christentums gewidmet habe. Der Brauch des Lichterschwemmens solle jedoch auch den Winter und den Bach besänftigen.

Alice betrat das Hinterzimmer des Ladens, in dem normalerweise Blumen gebunden und Gestecke angefertigt wurden, und lächelte, als sie sah, womit sich Marie und Reto beschäftigten.

»Ihr seid ja schon fast fertig«, sagte sie und trat näher. »Der ist aber schön geworden. Noch größer als der vom letzten Jahr. Und dann die hübschen Bögen. Er wird Charlotte gefallen.«

»Meinen Sie?«, fragte Reto unsicher. »Ich habe mich gefragt, ob ich nicht noch eine Plattform oben draufsetzen soll, damit er höher wird. Allerdings könnte er dann umkippen.«

»Um Himmels willen, nur das nicht«, entgegnete Alice. »Das ist uns vor zwei Jahren passiert. Da hat Theo den Baum zu hoch gebaut, und er ist, kurz nachdem wir ihn aufs Wasser gesetzt haben, zur Seite gekippt. Charlotte hat fürchterlich geweint, und der Abend war verdorben. Also: lieber etwas niedriger und dafür stabil. Wir können ja auf die oberste Plattform drei Kerzen setzen. Das sieht bestimmt hübsch aus.«

Reto nickte. »Dann bohre ich die Löcher vom letzten Brett nicht durch, sondern passe sie den Größen der Kerzen an. Und hier unten«, er deutete auf die Umrandung, »können wir sogar zehn Lichter unterbringen. Jeweils fünf auf den Bögen.«

»Wirklich gelungen. Ich glaube, so einen schönen Lichterbaum hatten wir noch nie«, sagte Alice. »Man darf es nicht laut sagen, aber Theo ist nicht gut in solchen Dingen. Er ist eher ein Mann fürs Grobe. Für ihn muss Holz größer sein.« Sie zwinkerte Reto zu, der wusste, was sie meinte.

Theo Seematter mochte keine Lichterbäume basteln können, doch mit Bäumen kannte er sich aus. Hinter der Gärtnerei betrieb er eine kleine Baumschule, und er konnte genau sagen, welche Sorte Baum wie schnell wachsen würde,
wo sie herkam und welche Eigenheiten sie hatte. Er war ein
Profi beim Weihnachtsbaumverkauf, beriet, schnitt zu und
erfüllte jeden Kundenwunsch. Überhaupt hatte er ein besonderes Talent im Umgang mit Pflanzen und betreute seit Jahren die städtischen Blumenbeete und Pflanzkübel. Über den
Winter hatte es nicht viel zu tun gegeben, doch das würde
sich bald wieder ändern. In wenigen Wochen würden sie die
vielen Frühblüher pflanzen, die im Gewächshaus jeden Tag
größer wurden und von Marie gehegt und gepflegt wurden.
Hyazinthen, Krokusse und Osterglocken. Reto und Marie
durften mit Theo ab und zu zum Großmarkt fahren, wo sie
lernten, worauf es beim Einkauf welcher Blumensorte zu
achten galt. Die riesengroße, mit unendlich vielen Blumen
ausgefüllte Halle beeindruckte Marie jedes Mal aufs Neue.
Mit leuchtenden Augen lief sie durch die Halle und bewunderte mal hier, mal dort die Blumen. Inzwischen gab es auch
hier Tulpen und Narzissen, meist aus Holland. Irgendwann
wollte Theo sie einmal dorthin auf einen der großen Märk-
te für Tulpen mitnehmen. Sie seien etwas Besonderes. Nach
dem Einkauf im Großmarkt hielten sie zur Mittagspause
immer an einem kleinen Imbiss, wo es leckeres Gulasch mit
hausgemachten Spätzle und eine nette Wirtin gab. Marie
liebte diese Fahrten, so konnte sie dem Getratsche der Ver-
käuferinnen im Laden entfliehen. Besonders ihre Kollegin
Elena ging ihr an manchen Tagen auf die Nerven. Sie kannte

in Burgdorf alles und jeden und wusste immer den neuesten Klatsch zu berichten.

»Machst du dann bitte noch den Sterbekranz für Hubers fertig«, wandte sich Alice an sie. »Annemarie wollte ihn gegen elf abholen. Wenn sie da war, machen wir zu und holen Charlotte von der Schule ab. Sie ist bestimmt schon ganz aufgeregt. Um eins gibt es bei meinen Eltern Mittagessen.« Ihr Blick blieb an Reto hängen, der gerade die Kerzen in die Lichterbögen steckte.

»Möchtest du vielleicht auch mitkommen, Reto? Ich weiß, du hättest normalerweise frei, aber wenn du den Lichterbaum schon gebaut hast, wäre es doch nett, ihn auch schwimmen sehen zu können.«

»Ich komme gern mit«, nahm Reto ihre Einladung an.

»Schön. Dann werde ich schnell bei meiner Mutter anrufen und ihr sagen, dass wir einen weiteren Gast haben. Du kannst gewiss im ehemaligen Zimmer meines Bruders schlafen, wir bleiben ja über Nacht. Wie passend, dass der sechste März in diesem Jahr auf einen Freitag fällt. Dann müssen wir nicht abends zurückfahren und können länger auf dem Fest bleiben.« Sie verließ den Raum. Marie sah zu Reto, der lächelte. Ihr wurde warm ums Herz. Sie freute sich, dass er mitkam. In den letzten Monaten waren sie gute Freunde geworden. Jedenfalls redete sie sich ein, dass sie das waren. In ihrem Inneren sah es nämlich anders aus. Ihr Pulsschlag beschleunigte sich jedes Mal, wenn er in ihre Nähe kam, und ihre Hände zitterten manchmal, was sie zu unterdrücken suchte. Elena hatte ihre Schwärmerei für Reto bemerkt und sie vor einer Weile an einem ruhigen Nachmittag im Laden zur Seite genommen. *Es bringt nichts Gutes, sich mit einem Kollegen einzulassen*, hatte sie gesagt. Nirgendwo waren Liebeleien am Arbeitsplatz gern gesehen. Bei ihrem letzten Arbeitgeber sei deshalb eine Frau rausgeworfen worden. Und noch dazu sei sie ein Pflegekind. *Halt dich von ihm fern*, klangen Marie noch ihre Worte im Ohr. Ein Pflegekind, kam es Marie jetzt wieder in den Sinn, während sie damit begann, die Rosenstiele für den Kranz zu kürzen. Wie sehr sie dieses Wort hasste. Aber immerhin war es besser als Verdingkind. Sie dachte an Lena. Wie es ihr wohl ging? Längst hatte sie es aufgegeben, Kontakt mit ihr aufnehmen zu wollen. Alice hatte mehrfach versucht, beim Jugendamt die Adresse von Lena zu erfragen. Doch sie war jedes Mal mit derselben Begründung abgewiesen worden. Kontakt der Geschwister sei nicht erwünscht. Marie war nach ihrem letzten Versuch wütend geworden. Am liebsten wäre sie in das Amt gefahren und hätte diese Leute angeschrien, die sie von ihrer Schwester trennten. Was verstand so ein Mensch schon von dem Kummer, den sie in sich trug? Dieser gottverdammte Schmerz, der sich ohne Vorwarnung anschlich und ihr die Tränen in die Augen trieb. So war es auch jetzt wieder. Sie stand mit den Rosen in den Händen da und spürte den dicken Kloß in ihrem Hals. Gleich würde sie heulen. Doch Reto sollte ihre Tränen nicht sehen. Er sollte nicht wissen, dass sie ein Pflegekind war, ein Verdingkind. Ein Mensch zweiter Klasse, irgendetwas zwischen den Welten, keinem zugehörig. Sie legte die Rose zurück auf die Arbeitsplatte, murmelte etwas von Toilette und verließ rasch den Raum. Im Laden angekommen, liefen die Tränen über ihre

Wangen. Sie rannte ins hintere Treppenhaus, die Stufen nach oben und flüchtete in ihr Zimmer, wo sie sich aufs Bett warf und ihrer Trauer freien Lauf ließ. Weinen, den Kummer aus sich herauslassen, dann würde es besser werden. Das hatte ihr Vater immer gesagt. *Wein ruhig. Und wenn du mit dem Weinen fertig bist, dann geht es leichter. Mit den Tränen geht ein Teil der Sorgen.* Doch dieser Kummer schien zu groß. So viele Tränen konnten gar nicht aus ihr heraus. Wie lange musste man weinen, bis ein verlorenes Leben wieder gut wurde? Bis man einen neuen Weg fand? Wenn es den überhaupt gab. Sie wusste, dass sie es mit den Seematters gut getroffen hatte. Dennoch wünschte sie sich jeden Morgen, wenn sie die Augen aufschlug, sie würde nicht auf die weiß getünchte Zimmerdecke mit der Papierlampe, sondern auf die vertrauten Dachbalken blicken, an denen sie sich früher so oft den Kopf gestoßen hatte. Hier würde keine Lena kommen, die ihr die Decke wegzog, wie sie es früher so oft getan hatte. Niemals wieder konnte sie ihre kleine Schwester in den Arm nehmen, mit ihr reden oder streiten. Und sie hatten oft gestritten, nur um im nächsten Moment wieder wie Pech und Schwefel zusammenzuhalten. Aber vielleicht würden sie sich eines Tages wiedersehen. Wenn sie erwachsen waren, konnte sie niemand mehr daran hindern, einander zu suchen. Doch bis dahin waren es noch so viele Jahre.

Sie öffnete ihre Nachttischschublade und holte die einzige Fotografie hervor, die sie von Lena und sich besaß. Das Foto hatte ihr Vater bei einem Ausflug an den See im Sommer aufgenommen. Sie trugen kurze Hosen und T-Shirts und hielten sich lachend im Arm. Mit den Fingerspitzen berührte Marie das Gesicht ihrer Schwester. Wie sehr sie einander doch ähnelten. Zwillinge, hätte man meinen können. Doch sie waren es nicht. Sie war die Ältere, diejenige, die stets die Verantwortung getragen hatte. *Pass auf deine Schwester auf*, hatte ihre Mama so oft zu ihr gesagt. Ja, sie hatte auf sie aufgepasst und in den Monaten nach dem Tod ihres Vaters alles dafür getan, dass es Lena gutging. Es war ihre Mutter gewesen, die damit aufgehört hatte, auf sie aufzupassen. Jetzt konnte sich Marie nicht mehr kümmern. Lena war fort, und sie konnte nur hoffen, dass es ihr, wo auch immer sie war, gutging.

Sie strich über die Lena auf dem Foto und sagte leise: »Du weißt, dass ich an dich denke, nicht wahr? Schwestern spüren so etwas. Ich vermisse dich.« Sie ließ die Hand sinken und fragte sich, wann die Fotografie aufgenommen worden war. Vor drei oder vier Jahren? Sie wirkten beide noch so kindlich. Lena hatte sich, ebenso wie sie selbst, gewiss verändert. Würde sie sie noch erkennen, wenn sie ihr in ein paar Jahren gegenüberstand? Oder wäre sie eine Fremde? Vielleicht. Ging das überhaupt? Konnten sich Geschwister fremd werden?

Zaghaftes Klopfen an ihrer Zimmertür war es, das sie zusammenzucken ließ und ihre Gedanken unterbrach.

»Marie? Bist du hier? Alice hat unten nach dir gesucht wegen des Kranzes. Wir müssen in einer Stunde los.« Es war Reto. Marie wischte hastig die Tränen ab.

»Ja, ja. Ich musste nur noch etwas nachsehen. Ich komme gleich.«

»Beeil dich. Bis gleich.« Retos Schritte entfernten sich.

Marie legte die Fotografie zurück in ihren Nachttisch und sah in den kleinen Spiegel, der ihrem Bett gegenüber an der Wand hing. Sie sah verheult aus. So konnte sie unmöglich hinuntergehen. Sie beschloss, sich schnell im Bad das Gesicht abzuwaschen. Sie öffnete die Tür und lief den Flur hinunter. Gerade, als sie im Bad verschwinden wollte, tauchte Alice auf. Sie blieb stehen und sah Marie für einen Moment an. »Du denkst an sie?«, fragte sie.

Marie nickte.

»Manchmal ist es so schwer ...« Sie sprach nicht weiter. Erneut schlichen sich Tränen in ihre Augen.

»Ich weiß«, erwiderte Alice. »Wir werden heute beim Lichterschwemmen für sie beten.«

Marie nickte. »Ich geh mir nur schnell das Gesicht waschen. Reto soll mich so nicht sehen.« Sie verschwand im Bad, schloss hastig die Tür hinter sich und schob den Riegel vor. Beten, dachte sie, während sie mit dem Rücken an der Tür lehnte, erneut die Tränen über ihre Wangen liefen und Wut in ihr aufstieg, die sie die Hände zu Fäusten ballen ließ. Das sagte Alice jedes Mal, wenn sie bemerkte, dass sie wegen Lena traurig war. Sie glaubte tatsächlich, dass sich mit Gebeten Probleme lösen ließen. Doch dieser Gott wollte ihr nicht helfen. Er hatte Marie den Vater genommen, hatte in all den Monaten, als sie zu Hause gekämpft hatte, nicht zugehört, sie im Kinderheim allein gelassen und ihr Lena genommen. Wieso sollte dieser grausame Gott, der ihnen das alles antat, jetzt plötzlich für etwas Gutes sorgen? Doch von diesen Zweifeln konnte sie der tiefgläubigen Alice nichts erzählen. Jeden Sonntag gingen sie gemeinsam zur

Kirche, und vor jeder Mahlzeit wurde gebetet. Alice zitierte im Alltag gern Bibelstellen, und im Wohnzimmer zündete sie jeden Abend eine Kerze vor dem Christuskreuz an. Es war besser, Alice nichts von ihrer inneren Zerrissenheit in Bezug auf Gott zu sagen. Diesen Kampf musste Marie allein ausfechten.

Sie atmete tief durch, ging zum Waschbecken, drehte das Wasser auf und füllte ihre Hände damit. Es war herrlich kalt. Sie wusch damit die Tränen von ihren heißen Wangen. Immer und immer wieder. So lange, bis die Wut in ihr abebbte und sie endgültig zu weinen aufhörte. Dann sah sie in den Spiegel. Im Neonlicht des Badezimmerspiegels wirkte sie blass, doch die Augen waren nicht mehr so gerötet.

»Heute ist ein guter Tag«, sagte sie laut. »Wir fahren nach Ermensee zum Lichterschwemmen. Und das wird schön.« Sie wiederholte die Sätze noch mehrere Male wie ein Mantra. Dann öffnete sie ihr Haar, bürstete es durch, flocht es zu einem Zopf und betrachtete sich erneut im Spiegel. Eine Haarsträhne war zu kurz, um in den Zopf zu passen, und fiel ihr in die Stirn, was ihr gefiel. Sie beschloss, noch etwas Puder aufzutragen. Schnell holte sie das kleine Döschen aus der Schublade des Waschtisches und schminkte die letzten Spuren ihrer Heulattacke weg. Dann verließ sie den Raum und setzte, während sie das Hinterzimmer des Ladens betrat, ein Lächeln auf.

Doch Reto war nicht da. Auch der Lichterbaum war fort. Vermutlich luden sie ihn gerade ins Auto. Marie trat zu ihrem halbfertigen Trauerkranz und machte weiter. In zwanzig Minuten käme die Kundin, und bis dahin sollte er fertig sein. Sie schaffte es gerade so. Genau in dem Moment, als Elena kam, um den Kranz nach vorn zu holen, hatte Marie die letzte Rose in das Bett aus Schleierkraut gesteckt. Elena nahm ihn mit und wies sie an, noch schnell aufzuräumen. Als ob Marie das nicht selbst wusste. Doch sie hielt den Mund. Seitdem Elena ihr klargemacht hatte, dass sie sich von Reto fernhalten solle, war ihr Verhältnis unterkühlt. Oder war es das nicht von Beginn an gewesen? Elena hielt nichts von Pflegekindern, das hatte Marie bei einem Gespräch zwischen ihr und einer Bekannten mitgekommen. *Sind doch alles liederliche und faule Menschen,* hatte sie gesagt. Sie könne nicht verstehen, dass Seematters immer wieder solche Mädchen zu sich nahmen. Nur wegen dieses Getues um die Nächstenliebe. Und wenn es dann schiefging, war das Geschrei groß.

Marie hatte versucht, nichts auf das Getratsche zu geben, doch die verletzenden Worte brodelten in ihr, und an manchen Tagen fiel es ihr schwer, die Wut auf Elena im Zaum und den Mund zu halten. Doch einen offenen Konflikt wollte sie auf jeden Fall vermeiden.

Sie räumte rasch den Arbeitstisch auf, stellte die übrig gebliebenen Rosen zurück in eine Vase und wischte den Tisch ab. Dann fegte sie noch kurz den Fußboden und verließ den Raum, um zu packen. Als sie Nachthemd, Wechselkleidung und ihren Kulturbeutel in eine Tasche geworfen hatte, lief sie die Treppe hinunter, zog ihre Jacke an und trat nach draußen, wo sie leichter Schneefall empfing. Vom Frühling war noch nichts zu spüren. Immer wieder schneite es, und die Nächte waren eisig. Aber vielleicht würde das Lichterschwemmen den Winter besänftigen und von dannen ziehen lassen. Ihr folgte Alice, die die Tür hinter ihnen zuzog. Gemeinsam liefen sie zum Auto, vor dem Theo und Reto warteten. Reto hatte seine Sachen aus seinem Zimmer geholt, das nicht weit von hier lag. Er wohnte in einem Wohnheim für Jugendliche, das von zwei älteren Damen geleitet wurde. Irgendwann hatte er Marie einmal erzählt, dass seine Eltern im Ausland seien, irgendwo in Afrika. Er war bei seiner Oma aufgewachsen, doch im letzten Jahr war diese verstorben, und er hatte nicht zu seinen Eltern gehen wollen. Das Land war ihm fremd, obwohl er schon ein paarmal dort war. Seine Oma war wohl daran schuld, dass er nun Gärtner lernte. Sie hatte einen kleinen Bauernhof mit Gemüsegarten und Obstbäumen gehabt. Er liebte es, den ganzen Tag draußen zu sein. Arbeit in einem Büro könne er sich nicht vorstellen. Er fragte Marie, wie es sie zu den Seematters verschlagen hatte. Sie hatte damit gerechnet, dass diese Frage irgendwann kommen würde, und war vorbereitet. Sie wäre die Tochter einer Cousine aus Zürich und wollte schon immer Floristin lernen. Die Lüge war ihr leicht über die Lippen gegangen, doch sie hinterließ einen bitteren Geschmack. Reto hatte es nicht verdient, belogen zu werden. Aber sie brachte es einfach nicht fertig, ihm die Wahrheit zu sagen.

Marie kletterte auf die Rückbank des hellblauen Volvo zu Reto, und es ging los. Maries Blick wanderte zum Schloss Burgdorf hinauf. Sie war bereits einige Male dort oben gewesen. Es machte ihr Spaß, durch die alten Gänge der Burganlage zu laufen und sich auszumalen, wie viele unterschiedliche Menschen hier in den Jahrhunderten vorbeigekommen waren. Burgfräulein, Schlossherren, Ritter, Dienstboten und Mägde. Vielleicht hatte sich einst eine märchenhafte Liebesgeschichte zwischen zwei Menschen, die ihre Welt nicht füreinander bestimmt hatte, dort oben abgespielt. Lena würde der Gedanke gefallen. Sie war schon immer die Phantasievollere von ihnen gewesen. Bestimmt hätte sie schon eine Geschichte ersonnen und sie in den schönsten Farben ausgemalt. Erneut spürte Marie, Tränen in den Augen aufsteigen. Sie blinzelte. Vielleicht hatte Lena dort, wo sie war, auch eine Burg und dachte sich immer neue Geschichten aus. Wenn sie einander wiedersahen, konnte sie ihr jede einzelne erzählen.

Sie erreichten die Schule. Gerade hatte der Unterricht geendet, und Unmengen von Kindern strömten nach draußen. Alice stieg aus, um Charlotte in Empfang zu nehmen, die fröhlich lächelnd auf das Auto zugelaufen kam. Charlotte wurde zwischen Reto und Marie in die Mitte gesetzt, und die Fahrt ging weiter. Schnell ließen sie Burgdorf hinter sich und fuhren durch die graue Schneelandschaft.

Charlotte plapperte neben Marie und erzählte alles Mögliche aus der Schule. Marie hörte ihr nur halbherzig zu. Sie lehnte den Kopf gegen die Scheibe, schloss die Augen und schlummerte ein. Als sie wieder aufwachte, fuhren sie bereits durch Ermensee. Das Dorf war klein, es hatte keine sechshundert Einwohner. Viele von ihnen waren in der Landwirtschaft tätig, einige pendelten aber auch nach Luzern zur Arbeit. Alices Eltern bewohnten ein altes, nahe dem Aabach gelegenes Bauernhaus. Früher waren auch sie Landwirte gewesen, aber seit einem Unfall des Vaters Kurt mit dem Traktor ging das nicht mehr. Bis zu seiner Rente hatte er dann in einer Firma für Landwirtschaftsgeräte in Luzern gearbeitet, und Alices Mutter Rita verkaufte in dem kleinen Hofladen Gemüse, Eier, hausgemachte Marmelade und Likör.

Der Wagen fuhr auf den Hof und hielt vor dem Bauernhaus, einem Fachwerkhaus, das bereits dreihundert Jahre alt war. Es besaß drei Stockwerke mit einem hübschen Giebel darauf. Die Fensterläden waren grün gestrichen, hie und da blätterte die Farbe bereits ab. Den nahen Stall nutzte der Nachbarbauer im Winter für seine Kühe. Im Herbst verkaufte Rita sogar Kürbisse in ihrem Laden, die sie in ihrem großen Gemüsegarten hinter dem Haus zog. So viele unterschiedliche Gemüse- und Kräutersorten wie dort hatte Marie, die auch schon im Sommer hier gewesen war, selten in einem Garten gesehen. Dazu kamen noch große Himbeer- und Johannisbeerbüsche, Sträucher mit Mirabellen und Schlehen und natürlich Apfel- und Kirschbäume. Aber nun lag der Garten unter einer hohen Schneedecke. Inzwischen hatte es zu schneien aufgehört, und es zeigte sich sogar ein wenig die Sonne. Sofort wirkte die Landschaft freundlicher.

Die Haustür öffnete sich, und Rita trat nach draußen, um sie zu begrüßen. Zuerst hob sie natürlich Charlotte in die Höhe, die sich übermütig in ihre Arme geworfen hatte. Dann kamen Alice und Theo an die Reihe. Reto wurde ebenfalls herzlich begrüßt. Nur Marie erhielt den üblichen reservierten Blick, den sie bereits kannte und der von Ritas geringer Meinung von Pflegekindern zeugte.

Dennoch grüßte Marie sie freundlich. Wieder einmal fragte sie sich, ob sie Rita einfach erzählen sollte, weshalb sie zum Pflegekind geworden war. Doch sie verwarf den Gedanken wieder. Rita würde ihr sowieso nicht zuhören, und sie wollte nicht für schlechte Stimmung sorgen. Sie betraten die Wohnstube, in der schon der Tisch gedeckt war. Es gab Wildschweinbraten, Knödel und Salat.

»Aber so ein großes Essen wäre doch gar nicht nötig gewesen«, sagte Alice und nahm mit einem Lächeln auf der Eckbank Platz.

»Für meine Liebsten nur das Beste«, erwiderte Rita, zwinkerte Charlotte zu und fügte hinzu: »Und zum Nachtisch gibt es Eis.« Charlottes Augen strahlten.

»Das Schwein hat der Jakob eigenhändig geschossen«, sagte Kurt und öffnete zwei Bierflaschen. Eine davon reichte er Theo, und sie stießen an. Beim Essen wurde viel geredet. Kurt berichtete von den Neuigkeiten aus dem Dorf, Theo erzählte, wie es mit dem Laden lief. Marie, die neben Charlotte auf der Eckbank saß, stocherte lustlos in ihrem Essen herum. Der Braten schmeckte hervorragend. Trotzdem bekam sie nichts hinunter. Sie wusste aber, dass sie die reichliche Portion aufessen musste, die ihr Rita auf den Teller geschaufelt hatte, alles andere wäre unhöflich. Also überwand sie sich und aß. Reto, der die meiste Zeit ebenfalls schwieg und nur hin und wieder eine ihm gestellte Frage beantwortete, nickte ihr aufmunternd zu. Er schien zu spüren, dass etwas in der Luft lag. Sie lächelte.

Wenig später wurden die Teller abgeräumt. Auf Maries waren Reste liegen geblieben, was ihr einen strengen Blick

Ritas einbrachte. Sie konnte sich schon denken, was in deren Kopf vorging. Als es um die Verteilung vom Eis ging, winkte Marie ab und bat darum, sich zurückziehen zu dürfen, was Alice ihr mit einem Lächeln gestattete.

Erleichtert verließ Marie den Raum und lief die Treppe ins Obergeschoss hinauf. Ihre winzige Schlafkammer teilte sie sich mit Charlotte. Marie setzte sich aufs Bett und kuschelte sich unter die auf dem Federbett liegende Wolldecke. Die kleine Kammer wurde wie alle Schlafräume im Haus nicht geheizt. Nur in der Küche und der Wohnstube war es warm. Eisblumen zierten das Fenster. Marie betrachtete sie eine Weile, dann entschloss sie sich, das Buch herauszuholen, das sie mitgebracht hatte. Einen Krimi von einem Autor namens Wolfgang Ecke, den ihr Hanni geliehen hatte, die ganz verrückt nach Kriminalgeschichten war. Sie hatte gerade angefangen zu lesen, als Charlotte in den Raum geschossen kam.

»Da bist du ja. Wollen wir Karten spielen? Mama ist zu ihrer Freundin Babsi ins Nachbarhaus gegangen, aber da will ich nicht hin, deren Söhne sind doof. Und Papa und Reto sind im Schuppen, weil Opas alter Traktor nicht anspringt. Sie wollen sehen, ob sie das wieder hinkriegen.«

»Und wo steckt deine Oma?«, fragte Marie, der nicht der Sinn nach einem Kartenspiel stand.

»Die räumt die Küche auf und will sich dann noch aufs Kanapee legen, damit sie später fit ist. Bitte. Mir ist soooo langweilig.« Charlotte sah sie so flehend an, dass Marie nachgab und ihr Buch zuklappte.

»Also gut. Was wollen wir spielen?«

»Mau-Mau. Und später noch Mikado oder Memory.«

»Na dann«, erwiderte Marie lächelnd. Hand in Hand gingen sie die Treppe hinunter und machten es sich mit einer Spielesammlung und dem Kartenspiel am Küchentisch gemütlich. Zuerst spielten sie einige Runden Mau-Mau. Hier war der Spielstand noch ausgeglichen. Bei Memory gewann dann durchgehend Charlotte, was Marie schon kannte. Bei Mikado, was sie zuletzt spielten, holte sie dann wieder auf. Als es dämmerte, betrat Alice die Küche. Sie lächelte, als sie die beiden sah.

»Hast du also doch noch ein Opfer gefunden, das mit dir spielt«, sagte sie zu ihrer Tochter. »Ihr solltet jetzt aber Schluss machen. In zwanzig Minuten wollen wir los. Oma ist gerade aufgestanden und macht sich frisch.« Sie wandte sich ihrer Tochter zu. »Und dich müssen wir warm anziehen. Es ist eiskalt draußen. Langsam sehne ich mich wirklich nach warmen Sonnenstrahlen.«

Marie stimmte ihr zu und räumte die Spiele zurück in den Schrank. Auch sie hatte genug von der Kälte. Es wurde Zeit, dass die Frühjahrsblüher aus dem Gewächshaus ihren Weg in die Blumenbeete und Gärten fanden. Sie wollte gerade nach oben gehen, um sich ebenfalls etwas Warmes unter ihre dunkelblaue Schlaghose zu ziehen, als die Männer aus dem Schuppen zurückkehrten und verkündeten, dass der Traktor repariert sei. Der Held des Tages war Reto, der nach langem Hin und Her den Fehler gefunden hatte.

»Jetzt schnurrt er wieder wie ein Kätzchen«, sagte Kurt freudig, rieb sich die Hände und blickte in die Runde. »Wollen wir los? Es ist schon dunkel.«

»Gleich«, antworteten Marie und Charlotte wie aus einem Mund, und Charlotte fügte hinzu: »Zuerst müssen wir noch die warmen Strümpfe anziehen, sonst bekommen wir eine Verkühlung.« Ihre Worte klangen so bestimmt, dass alle lachten.

»Dann aber schnell«, antwortete ihr Großvater. »Wir wollen doch nicht die Letzten am Bach sein.«

Zehn Minuten später trafen sich alle im Flur wieder. Marie trug jetzt einen dicken roten Strickpullover zu ihrer Schlaghose, der ihr an den Armen etwas zu lang war, was ihr aber entgegenkam, da sie ihre Handschuhe zu Hause vergessen hatte.

Schnell schlüpften alle in ihre Jacken. Charlotte bekam noch eine dicke Wollmütze mit Bommel aufgesetzt, dann ging es los. Draußen empfing sie frostige Luft. Der Himmel war aufgeklart, und die Sterne waren zu sehen. Sie holten den Lichterbaum aus dem Auto, dann ging es zum Bach hinunter, wo sich bereits viele Familien mit Kindern versammelt hatten und die ersten Lichterbäume zu Wasser gelassen wurden. Alice wurde von Bekannten und Freunden begrüßt und umarmt. Reto machte sich daran, die Kerzen am Lichterbaum zu entzünden.

»Oh, er ist so schön geworden«, rief Charlotte, als alle Kerzen brannten.

»Das finde ich auch«, erwiderte Kurt. »Und ich habe gehört, dass du das Prachtstück gebaut hast. Das hast du gut gemacht, mein Junge.« Er schlug Reto auf die Schulter. Mit Theos Hilfe setzten sie den Lichterbaum aufs Wasser, und

Lotte klatschte vor Freude in die Hände. Jetzt folgten sie dem Lichterbaum bis zur unteren Brücke. Es war ein prachtvoller Anblick mit den vielen Lichterbäumen auf dem Wasser. Diesmal sank Charlottes nicht. Er schwamm in der Mitte des Baches und drehte sich im Kreis. Sie erreichten die untere Brücke, wo sie von Reto erwartet wurden, der vorausgelaufen war. Gemeinsam mit ihm fischten sie den Lichterbaum wieder heraus, und Charlotte trug ihn zurück zum Ausgangspunkt. So ging es dreimal. Dann waren die Kerzen endgültig heruntergebrannt. Auch die anderen Lichterbäume hatten nun ausgedient. Jetzt kamen die jungen Männer zum Zug. Seit einigen Jahren war es Brauch, nach den Lichterbäumen auch brennende Strohballen den Bach hinunterschwimmen zu lassen. Sie machten sich daran, die Ballen zu entzünden, während es sich die anderen Dorfbewohner mit Bratwürstchen, Glühwein und Punsch gutgehen ließen. Marie und Reto beobachteten den weiteren Ablauf des Festes aus der Ferne. Sie waren auf der unteren Brücke stehen geblieben. Die ersten Strohballen trieben auf sie zu. Funken stoben in den Nachthimmel, und der Geruch des brennenden Strohs lag in der Luft.

»Ich mag diesen Brauch zum Austreiben des Winters«, sagte Reto neben ihr. »Er ist einfach schön, und niemand muss Angst haben. Früher, als ich noch im Lötschental lebte, war man von Maria Lichtmess bis zum Gigiszischtag vor ihnen nicht sicher.«

»Gigiszischtag?«, hakte Marie nach.

»Das ist der Dienstag vor Aschermittwoch. Bis dahin treiben die jungen Männer in dieser Gegend als unheimliche

Tschäggätta verkleidet ihr Unwesen. Einmal, da war ich gerade auf dem Heimweg vom Dorfladen, haben sie mich mit ihren gruseligen Masken so erschreckt, dass ich alle Einkäufe fallen ließ. Daraufhin hat mich die ...« Er verstummte. Erst nach einer Weile fuhr er fort. »Es tut mir leid«, sagte er. »Ich habe dich belogen. Es gibt keine Eltern in Afrika, und auch die Oma habe ich erfunden. Ich habe meine Mutter nie kennengelernt. Angeblich hat sie mich nicht haben wollen. Mein Vater ist schon vor meiner Geburt abgehauen. Mein ganzes Leben wurde ich nur weitergereicht. Ich war auf zahlreichen Bauernhöfen, um dort zu arbeiten. Oftmals bin ich fürchterlich verprügelt worden. Später bin ich immer wieder weggelaufen. Dann haben sie mich eingesperrt und ruhiggestellt. Mit irgendeinem Zeug haben sie mich vollgepumpt, damit ich still bin. Erst seitdem ich einen neuen Betreuer von der Fürsorge habe, geht es besser. Er hat mir den Platz im Wohnheim und die Lehrstelle bei den Seematters besorgt.« Er sah Marie an, die seine Ausführungen fassungslos mitanhörte. Sie sagte nichts. Schweigend wandte sie sich ab und spürte erneut die Tränen in den Augen. Lena, dachte sie, während sie einen der brennenden Strohballen dabei beobachtete, wie er näher trieb. Sie schaffte es nicht mehr, die Tränen zurückzuhalten.

»Marie«, sagte Reto. »Du weinst ja.« Er trat hinter sie und nahm sie in die Arme. Einfach so, als wäre es das Selbstverständlichste der Welt.

Marie lehnte sich dankbar gegen ihn. »Ich habe eine Schwester. Ihr Name ist Lena. Und ich darf sie nicht sehen.«

»Warum nicht?«, fragte Reto.

»Weil wir sind wie du«, antwortete Marie. »Auch ich habe gelogen, weil ich dachte …« Sie stockte und setzte neu an. »Weil ich mich schämte.«

Sie löste sich aus seiner Umarmung. Er antwortete nichts. Schweigend sahen sie einander an. Irgendwann hob er die Hand und wischte ihr eine Träne von der Wange.

»Erzählst du mir von Lena? Und von dir?«, fragte er. »Ich würde es gern wissen, denn weißt du … ich liebe dich. Seit dem ersten Moment, als ich dich sah, tu ich das.«

Marie nickte. Seine Lippen kamen näher und berührten die ihren. Er umarmte sie und drückte sie fest an sich. Marie wünschte in diesem Moment, er würde sie niemals wieder loslassen. Und ja, sie würde ihm von Lena erzählen. Von sich und ihrem Leben. Kein Verstecken, keine Lügen mehr.

KAPITEL 7

ZÜRICH, JULI 2008

Anna blieb abrupt stehen, als sie den Platzspitzbrunnen erreichte. Davor stand Noah. Wie hatte sie nur annehmen können, ihre Kündigung würde glattlaufen? Sie hatte sie Thomas heute Mittag gegeben. Er hatte sie nicht akzeptieren wollen und gefragt, was los sei. Sie war ihm die Antwort schuldig geblieben. Was sollte sie ihm auch sagen? Ich wurde adoptiert, bin irgendwer, mein Name war früher Regula. Es geht nicht mehr. Ich schlafe noch immer mit deinem Bruder, und so kann es nicht weitergehen. Sara, die heute zu Hause geblieben war, weil ihr das Wetter zu schaffen machte, wusste von ihrer Entscheidung und unterstützte sie. Sie selbst hatte ebenfalls gekündigt. Bereits in einem Monat stand der Umzug in einen direkt hinter der Schweizer Grenze gelegenen Ort in Deutschland an, dessen Namen sich Anna nicht merken konnte. Johannes und Sara hatten dort eine Doppelhaushälfte gekauft. Sara hatte ihr vor einer Weile Bilder von dem Haus gezeigt, das in einer friedlichen Einfamilienhaussiedlung, umgeben von Wiesen und Feldern, lag. Zum Bodensee war es nur ein Katzensprung. Sara sah so glücklich aus. Ihre Augen strahlten. Die anfänglichen Schwangerschaftsbeschwerden hatten sich in den letzten Wochen in Luft aufgelöst, und langsam begann sich unter ihrem Rock ein kleines Bäuchlein zu wölben, auf das sie ständig ihre Hände legte. Anna beneidete sie fast um ihr Glück, was sich sonderbar anfühlte. Bisher hatte sie sich nie Gedanken darüber gemacht, ob sie eine Familie gründen wollte oder nicht. Ihre Karriere war ihr stets wichtiger gewesen. Jedenfalls hatte sie sich das einzureden versucht. Doch längst wusste sie nicht mehr, wie der Aufstieg auf der Karriereleiter funktionieren sollte. Sie schien irgendwo in der Mitte festzuhängen und ins Schwanken zu geraten. Der Ehrgeiz, der sie ihr ganzes Leben lang angetrieben hatte, schwand und machte anderen Dingen Platz. Gefühlen, die sie schon seit langem unterdrückte und die durch die Ereignisse der letzten Wochen immer mehr Raum einnahmen. Und jetzt stand Noah vor ihr und sah sie einfach nur an. Vielleicht sollte sie mit ihm reden. Er war der einzige Mann, mit dem sie in ihrem Leben etwas, das sich echt angefühlt hatte, verbunden hatte. Das sie immer noch verband, wenn sie es genau nahm. Ob das Liebe war?

»Du weißt es also schon«, sagte Anna ohne ein Wort der Begrüßung.

Noah nickte.

»Er hat dich geschickt, oder?«, fragte Anna.

»Nein«, antwortete er. »Thomas wird es akzeptieren, weil ich ihm gesagt habe, dass er das tun soll.«

Anna sah Noah verwundert an.

»Reden?«, fragte er.

Anna kam sich ertappt vor. Wieso nur wusste dieser Mann immer, was in ihrem Inneren vorging?

»Ich bin zum Laufen hier«, entgegnete sie und deutete

zum nahen Drahtschmidlisteg, der über die Limmat auf die andere Seite zu ihrer Joggingstrecke führte.

»Dann lauf ich mit«, erwiderte er.

Er trug Jeans und T-Shirt, an den Füßen Sneaker. Einfache Freizeitkleidung, in der er umso umwerfender aussah.

Anna ergab sich in ihr Schicksal. Er würde sich sowieso nicht fortschicken lassen. Also stimmte sie zu, und sie liefen los. Über den Steg und auf den gewohnten Kloster-Fahr-Weg, den sie dreimal die Woche immer zu dieser Uhrzeit entlanglief. Das erste Stück schwiegen beide. Anna warf ihm ab und an einen Seitenblick zu. Würde sie ihm jemals entkommen? Was war es eigentlich, das sie für ihn empfand? Sie wusste die Antwort auf die Frage nicht. Aber gerade jetzt fühlte es sich gut an, dass er hier war und ihr das Gefühl vermittelte, nicht allein zu sein, denn das hatte sie in den letzten Tagen häufig gehabt. Besonders nachts war es schlimm, wenn sie in ihrem stickigen Schlafzimmer lag und grübelte. Oft war sie dann aufgestanden und auf die Terrasse gegangen. Einmal war ein Gewitter aufgezogen. Sie war trotzdem sitzen geblieben. Es hatte gegrummelt, gedonnert, wenige Regentropfen waren vom Himmel gefallen. Der böige Wind hatte die Schwüle vertrieben. Doch die Gedanken in ihrem Kopf hatte er nicht verjagen können. An diesem Abend hatte sie sich verletzlicher und einsamer gefühlt als je zuvor. So oft hatte sie sich gewünscht, mit jemandem reden zu können, der ihr wirklich zuhörte. Mit ihrer Mutter konnte sie das nicht. Ihr hatte sie nach wie vor nicht von ihren Nachforschungen erzählt. Sie wollte sie nicht kränken. Sie würde es tun, irgendwann, vielleicht wenn sie ihre wirkliche Mutter gefunden hatte. Wenn das überhaupt möglich war.

Auch Sara hatte sie ihren Besuch bei Claudia Retter verschwiegen. In einem Monat zog sie weg. In ihrem Leben kreiste alles nur noch um das Baby und den Umzug. Sie hätte gewiss keinen Sinn für diese Probleme, und so war Anna zum ersten Mal in ihrem Leben ihre Einsamkeit bewusst geworden. Es gab so viele Bekanntschaften, Menschen, mit denen sie abends ausging, Männer, mit denen es kurze Beziehungen gegeben hatte. Doch wahre Freunde gab es nicht. Jemanden, den man um vier Uhr nachts anrufen konnte und der kommen würde, um zuzuhören und zu trösten. Nur diesen einen Menschen schien es zu geben. Noah. Auch wenn sie es sich nicht eingestehen wollte. Ausgerechnet der, mit dem sie diese merkwürdige On-off-Beziehung verband, der Mann, der sie um den Verstand brachte, der unerreichbar und doch ganz nah schien. Er war ihretwegen gekommen.

Anna blieb stehen. Der Schweiß rann ihr den Rücken hinunter. Sie blickte auf die Limmat, auf der sich einige Enten und Schwäne tummelten. Eine Wolke verdeckte genau in diesem Moment die Sonne.

»Ich wurde adoptiert«, sagte sie.

»Ich weiß«, antwortete Noah.

Irritiert sah Anna ihn an.

»Sara hat es Thomas gesagt.«

»Sara hat – was?« Anna schnappte nach Luft. »Wie konnte sie nur ...«

»... dich verraten?«, vollendete er ihren Satz. »Thomas

hat sie, nachdem du gekündigt hattest, angerufen und gefragt, ob sie wüsste, was mit dir los ist.«

»Dann weiß es ja bald jeder«, echauffierte sich Anna. »Ja, ich wurde adoptiert. Ich bin nicht die Tochter des erfolgreichen Anwalts Johannes Volkmann, sondern wurde in einem Frauengefängnis als Tochter eines Mädchens geboren, das wohl moralisch sehr zweifelhaft, wenn nicht sogar eine Prostituierte war.« Ihre Stimme war laut geworden, und Tränen stiegen in ihre Augen.

Noah wollte sie in den Arm nehmen, doch sie ließ es nicht zu und schrie ihn an: »Jetzt bist du da. Warum? Weshalb jetzt? Wo wirst du morgen sein? Was ist das eigentlich zwischen uns? Ich weiß ja nicht einmal, wer ich selbst bin.« Sie lief davon, rannte am Ufer entlang, zurück über den Drahtschmidlisteg, vorbei am Platzspitzbrunnen und durch den kleinen Park zum Nationalmuseum. Sie hörte Noahs Stimme hinter sich. Immer wieder rief er ihren Namen und forderte sie auf, stehen zu bleiben. Doch sie lief weiter, die Museumsstraße hinunter und zur Straßenbahnhaltestelle, wo gerade eine Bahn einfuhr. Sie sprang hinein, und die Türen schlossen sich. Die Bahn setzte sich in Bewegung. Sie sah Noah am Straßenrand stehen. Ihr Herz schlug wie verrückt. Die Wut in ihr wich nur langsam und machte Niedergeschlagenheit Platz. Und nun? Nach Hause würde sie nicht fahren können. Dort würde er sie gewiss erwarten. Wo sollte sie sonst hin? Zu Sara? Nein, der konnte sie kaum mehr vertrauen. Wieso nur hatte sie Thomas gesagt, dass sie adoptiert war? So etwas Persönliches erzählte man doch nicht einfach einem Vorgesetzten. Anna lehnte den Kopf gegen die Fensterscheibe und beobachtete die vorbeiziehende Stadt. Kurz bevor die Bahn die Endstation erreichte, stieg sie aus.

Eine Weile irrte sie ziellos durch die Straßen. Irgendwann stand sie vor der Taverne Vollmond. Inzwischen hatte es sich zugezogen, und es grummelte bedrohlich. Sie nahm es kaum wahr. Sie starrte auf die rot gestrichene Holztür neben der Taverne. Claudia Retter. Anna sah nach rechts. Dort vorn lag der Secondhandladen ihrer Mutter. An dem Nachmittag war sie noch zuversichtlich gewesen, dass die Suche nach ihrer Vergangenheit ihr weiterhelfen würde. Aber dann hatte sie gekniffen, als Claudia Retter konkret werden wollte. Mehrfach hatte die Journalistin in den letzten Tagen versucht, sie zu erreichen. Doch Anna hatte sie auf dem Handy weggedrückt, ihre Anrufe nicht beantwortet. Regula stand im Raum. Sie ließ sich nicht aufhalten und hatte sie jetzt dazu gebracht, ihren Job zu kündigen. Anna wollte Antworten finden, Hindelbank und was sie dort über sich herausfinden würde machten ihr jedoch Angst. Der Ort löste in ihr eine sonderbare Beklemmung aus, die sie sich nicht erklären konnte. In den letzten beiden Wochen war sie davor weggelaufen, nun aber stand sie hier. Langsam ging sie auf die rote Tür zu. Sie atmete tief durch und drückte auf den Klingelknopf von Claudia Retter. Erst geschah nichts, dann ging der Türsummer. Anna betrat den Hausflur, in dem ihr der bereits vertraute muffige Geruch entgegenschlug. Sie stieg die Treppe hinauf. Je näher sie Claudia Retters Wohnungstür kam, desto langsamer wurde sie. Die letzten Stufen fühlte es sich an, als wären ihre Beine schwer wie Blei. In der

Wohnungstür stand ein junger blonder Mann, der ein gelbes Achselhemd mit unzähligen Farbklecksen darauf trug und sie erwartungsvoll ansah.

»Anna Volkmann, nehme ich an?«, sagte er, als sie vor ihm stand. »Sie hat dich schon gesehen.« Er schob die Tür auf. Anna betrat die Wohnung, in der das übliche Chaos herrschte.

»Jonas Steiner?«, sagte Anna ohne Grußwort.

»Genau der«, erwiderte er. Im nächsten Moment erleuchtete ein heller Blitz den Flur. Ihm folgte ein lauter Donnerschlag, der sie zusammenzucken ließ.

»Wird auch Zeit. Diese Schwüle ist ja kaum auszuhalten«, kommentierte Jonas den Beginn des Gewitters und deutete den Flur hinunter. »Sie ist in ihrem Zimmer.« Ohne ein weiteres Wort zu sagen, ließ er Anna stehen, verschwand in einem der Zimmer und schloss die Tür hinter sich.

Anna sah unsicher den Flur hinunter. Zwei Wochen hatte sie Claudia hingehalten. Was sollte sie jetzt sagen? Ein erneuter Blitz leuchtete auf, der darauf folgende Donnerschlag war so laut, dass der Raum zu beben schien. Anna entschloss sich, die Flucht nach vorn anzutreten. Weglaufen kam nicht in Frage und war aufgrund des Wetters ohnehin keine Alternative. Ihr Blick wanderte zum Küchenfenster, gegen das der aufkommende Sturm den Regen peitschte. Sie ging den Flur hinunter und blieb in der Tür von Claudias Zimmer stehen. Die Journalistin saß an ihrem Schreibtisch, ihr den Rücken zugewandt. Anna räusperte sich. »Hallo«, sagte sie leise.

»Jonas hat gesagt, dass du wiederkommen wirst«, erwiderte Claudia ohne ein Wort der Begrüßung. »Er meinte, du bräuchtest nur Zeit. Er jedenfalls würde sie an deiner Stelle brauchen.« Claudia verstummte und fügte nach einer kurzen Pause hinzu: »Ich vermutlich auch.« Sie drehte sich um und sah Anna an. »Du siehst echt scheiße aus.«

Anna nickte.

»Kann ich bei dir schlafen?«

Claudia zog eine Augenbraue in die Höhe.

»Ist wegen eines Kerls, oder?«

Anna deutete ein Nicken an.

»Reden?«, fragte Claudia.

Anna zuckte mit den Schultern.

»Pizza?«, fragte Claudia.

Jetzt lächelte Anna. Sie nickte und fügte hinzu: »Und Rotwein, viel, wenn möglich.«

»Das kriegen wir hin«, antwortete Claudia. »Und was noch?«

»Hindelbank«, sagte Anna.

»Das wollte ich hören«, antwortete Claudia. »Dann muss ich unseren morgigen Termin mit der Leiterin nicht absagen?«

»Was für einen Termin?«

»Das weißt du doch. Ich hab dir Datum und Uhrzeit vor einer Woche auf den Anrufbeantworter gesprochen«, erwiderte Claudia erstaunt. »Als ich noch davon ausging, dass du dich melden und an unsere Absprachen halten würdest.«

»Entschuldige«, erwiderte Anna.

»Schon okay. Jetzt bist du ja hier.«

»Ja, das bin ich«, erwiderte Anna und fügte in Gedanken hinzu: Und hier wird Noah mich nicht finden.

Claudia bestellt Pizza, auch für Jonas, der bei dem schlechten Licht sowieso nicht arbeiten konnte und sich mit zwei Flaschen Rotwein aus seinem Fundus zu ihnen gesellte. Er war schwul, wie Anna bereits vermutet hatte. Und auch er hatte so seine Probleme mit den Männern. Die Pizza kam, schnell waren die beiden Flaschen Rotwein geleert, und Anna hatte einen gehörigen Schwips. Sie lehnte den Kopf an Jonas' Schulter und schloss die Augen. Sie hörte noch Claudias Stimme, ihr Lachen, nach Regen riechende Luft zog in den Raum, dann war sie eingeschlafen.

Anna schlief unruhig. Sie träumte von Noah, der hinter Gittern saß, von Sara, die ein schreiendes Baby in Händen hielt und weinte. Als sie irgendwann hochschreckte, war es heller Tag, und die Sonne fiel durch das Fenster in den Raum. Sie hatte auf dem Küchensofa geschlafen. Ihr Blick fiel auf die leeren Flaschen auf dem Tisch, und sie stöhnte. Ihr Kopf dröhnte. Sie schloss die Augen wieder. Sie vertrug nichts mehr. Claudia betrat den Raum, in eine süßliche Parfümwolke gehüllt. Sie war in ein Handtuch gewickelt, und ihren Kopf zierte ein rosafarbener Frottierturm, der leichte Schräglage hatte.

»Guten Morgen«, flötete sie und schaltete das Radio ein. »Oh, das Lied mag ich«, sagte sie und drehte das Radio lauter. Gerade sang Kid Rock: »*Sipping whiskey out the bottle, not thinking 'bout tomorrow.*«

»Immer diese Sache mit dem Morgen«, kommentierte Anna den Text und richtete sich auf.

»Obwohl es gar kein Whiskey war, den wir getrunken haben«, sagte Claudia und stellte Anna einen Becher Kaffee hin. »Wir müssen uns beeilen. Es ist schon nach elf, und unser Termin in Hindelbank ist um zwei.«

»Um zwei schon.« Anna schoss in die Höhe. »Aber ... ich meine, ich habe ...«

»Nichts anzuziehen, ich weiß«, antwortete Claudia. »Weswegen ich vorhin bei meiner Mutter im Laden war. Sie hat mir ein Sommerkleid und Sandalen für dich mitgegeben. Ist so ein Maxiding mit Blumen. Mir wäre es zu lang, aber dir steht es bestimmt hervorragend.«

»Du hast mir ein Kleid besorgt?«

»Hängt im Flur. Du solltest aber vorher noch duschen. Siehst fertig aus. Wir haben sogar Gästezahnbürsten, findest du im Spiegelschrank oben rechts.«

»Gästezahnbürsten«, wiederholte Anna, nahm einen Schluck Kaffee und verzog das Gesicht. Stark bekam bei diesem Gebräu eine ganz neue Dimension.

»Und was ist, wenn ich einfach schnell nach Hause fahre und mich dort umziehe und dusche?«

»Und wenn da der Typ auf dich wartet? Sagtest du nicht, er hätte einen Schlüssel zu deiner Wohnung?«

»Ja, stimmt«, gestand Anna und fragte sich, was sie gestern alles erzählt hatte. »Aber Noah ist ein Workaholic. Er würde niemals den ganzen Tag in meiner Wohnung sitzen und auf mich warten.«

»Sag das nicht. Vielleicht sitzt er da mit seinem Laptop und seinem Handy. Heutzutage kann man doch überall arbeiten.«

»Na gut«, sagte Anna und fügte sich in ihr Schicksal. Etwas anderes blieb ihr auch gar nicht übrig. Es war Freitagmittag und der Beginn der Sommerferien, wie der Sprecher der Nachrichten im Radio gerade verkündete. Dadurch war Zürich bereits von den entsprechenden Staus umgeben. Zeit zum Heimfahren blieb nicht mehr.

Sie taperte ins Bad und bemühte sich, die dezente Unordnung zu übersehen, die in der länglich geschnittenen Nasszelle herrschte. Claudia hatte ihr immerhin ein frisches Handtuch zurechtgelegt. Anna kletterte also in die Dusche und stellte das Wasser an. Als sie sich gerade die Haare wusch, betrat Jonas das Badezimmer. Anna sah ihn mit weit aufgerissenen Augen an.

»Lass dich nicht stören«, sagte er seelenruhig. »Hat dir Claudia schon gesagt, dass ich heute euer Fahrer bin? Ich kenne ein paar Schleichwege. Damit umgehen wir die Autobahnen und werden pünktlich da sein.«

Anna nickte perplex. Noch immer hatte sie die Hände in ihren Haaren. Jonas putzte sich die Zähne, wobei er nuschelnd irgendetwas von seinem Opa erzählte und einem Ort namens Wengi. Nach einer Weile entspannte sich Anna und stellte die Brause wieder an, um sich den Schaum aus den Haaren zu spülen. Jonas war schwul. Und sicher wusste er, wie Frauen unbekleidet aussahen. Wieso sich also schämen. Gleich darauf verließ Jonas das Badezimmer mit den Worten, dass der alte Opel das Ding schon schaukeln würde. Anna schwante Übles. Sie kletterte aus der Dusche und trocknete sich ab. Dann schlüpfte sie in das geblümte Maxikleid, das ihr tatsächlich wie angegossen passte. Es besaß einen Gürtel an der Taille, und der Stoff war wunderbar weich. Claudias Mutter hatte einen guten Geschmack. Sie föhnte sich noch rasch die Haare und band sie zu einem Dutt hoch. In ihrer Handtasche fand sich ihr Puder, von dem sie noch einen Hauch auftrug. Sie musterte ihr Spiegelbild. So schlecht sah sie gar nicht aus. Man sah ihr den leichten Kater nicht an, und das war auch gut so. Immerhin stand ein wichtiger Termin an. Sie zupfte noch ein paar Strähnen aus dem Dutt, damit die Frisur nicht zu streng wirkte, dann ging sie zurück in die Küche, wo Jonas und Claudia einträchtig auf dem Sofa saßen und Marmeladenbrote aßen. Anna gesellte sich zu ihnen. Einen Kaffee und ein halbes Marmeladebrot später mahnte Claudia jedoch zum Aufbruch.

»Es wird Zeit, wir sollten aufbrechen.«

Jonas stand auf. Anna fielen erst jetzt die Klamotten auf, die er trug. Ein weißes Achselshirt voller Farbflecken, dazu eine abgeschnittene Jeans und Stoffturnschuhe, die Löcher aufwiesen.

»Keine Panik«, schien Jonas ihre Gedanken zu erraten. »Ich komme nicht mit rein. So ein Gefängnis ist nichts für eine künstlerische Seele wie meine.« Er grinst breit, was Anna zum Lächeln brachte. Jonas gefiel ihr. Er war ganz anders als die Männer, die sie kannte. Claudia hatte sich rasch umgezogen und trug jetzt eine beigefarbene Sommerhose und ein dunkelblaues Top dazu. Sie verließen die Wohnung und traten in einen Hinterhof, der von den Bewohnern der umliegenden Häuser als Parkplatz genutzt wurde. Jonas steuerte auf einen orangen Opel Manta zu.

»Das ist dein Auto?«, sagte Anna.

»Ja, Schätzchen. Ich hab ihn von meinem Opa übernommen und wieder flottgemacht. Eine echte Rarität.«

»Das bestimmt«, erwiderte Anna, die es kaum fassen konnte, dass sie in einem waschechten Opel Manta fahren würde. »Ich dachte, diese Autos wären für die Ewigkeit ausgestorben.«

»Aber Manta ist doch Kult. Und obwohl er schon seine Jahre auf dem Buckel hat, ist er zuverlässiger als manch moderne Kiste. Bei den Dingern braucht man inzwischen ja schon ein abgeschlossenes Ingenieurstudium, um eine Glühbirne auszutauschen.« Er schloss die Tür auf und klappte den Sitz zurück. Claudia war so freundlich und kletterte auf die Rückbank, Anna nahm auf dem Beifahrersitz Platz.

Es ging durch den dichten Innenstadtverkehr und Richtung A1, doch sie blieben nicht lange auf der Autobahn. Jonas lenkte den Wagen bereits nach wenigen Minuten auf eine Landstraße. Es ging durch kleine Dörfer und über schmale Straßen. Einmal fuhren sie sogar über einen Feldweg. Irgendwann schaltete Jonas Musik an, die so laut und dröhnend war, dass es Annas Kopf nicht guttat. Dann sang Jonas auch noch lautstark mit. Anna blickte hinter sich zu Claudia, die grinsend mit den Schultern zuckte. Wenn er nicht gesagt hätte, dass er schwul sei, hätte Anna es nicht geglaubt. Jonas schien ein gutes Beispiel dafür zu sein, wie viel man von Vorurteilen halten konnte.

Irgendwann ertrug Anna die Musik nicht mehr und drehte leiser, wofür sie von Jonas einen mahnenden Blick erhielt. Doch dann grinste er.

»Sorry, Mädels. Da sind die Rockerpferde mal wieder mit mir durchgegangen.«

»Schon in Ordnung«, sagte Claudia. »Ich mag den Sound ganz gern. Außer wenn du mitsingst ...«

Anna schmunzelte. Es war sonderbar, aber die Fahrt mit den beiden machte ihr Spaß, obwohl es nach Hindelbank ging. Zu dem Ort, der sie wochenlang bis in ihre Träume verfolgt hatte. Sie sah aus dem Fenster und genoss den Anblick der endlosen Weiden und Wiesen, die bis zum Horizont reichten.

Jonas hatte das Fenster heruntergekurbelt, und der Geruch von frisch gemähtem Gras wehte ins Auto. Die Sonne schien vom beinah wolkenlosen Himmel. Sie hätte ewig weiterfahren können.

»Dort ist es«, riss Jonas sie aus ihren Gedanken und deutete auf einen großen Gebäudekomplex. Er bog von der Hauptstraße links ab, und Anna spürte ihren schneller werdenden Pulsschlag. Das war es. Der Ort, an dem ihre Mutter einst gewesen war. An dem sie geboren wurde. Ein Frauengefängnis. Als sie darauf zufuhren, sahen sie das herrschaftlich wirkende Herrenhaus. Dahinter lagen die modernen Gebäude des Strafvollzugs auf einem umzäunten Gelände. Anna wusste durch ihre Recherchen, dass das Schloss im achtzehnten Jahrhundert von einem Reichsgrafen von Erlach erbaut worden war. Seit 1866 war das Schloss dann als Armenanstalt für Frauen durch den Staat Bern genutzt worden. Später erfolgte der Ausbau zur Arbeits- und Strafanstalt für Frauen.

»Wenn man es nur von dieser Seite sieht, könnte man meinen, es sei einfach das Anwesen einer adligen Familie«, sagte Claudia.

»Das ist es ja auch«, antwortete Anna. »Immerhin hat das Schloss ein Graf erbaut, der sogar darin gestorben ist. Was er wohl heute sagen würde, wenn er wüsste, dass sein Heim als Gefängnis genutzt wird?«

»Gewiss würde er sich im Grabe umdrehen«, erwiderte Jonas grinsend und parkte das Auto in einer kleinen Bucht neben der Straße. »Von hier aus müsst ihr ohne mich zurechtkommen, Mädels. Ich spaziere ein bisschen über die Felder und rauche eine.«

»Immer diese Sucht«, antwortete Claudia, während Jonas die Autotür aufmachte. »Eines Tages wirst du Krebs haben. Sag nicht, ich hätte dich nicht gewarnt.«

»Ach, irgendwann sterben wir doch alle«, erwiderte Jonas und fischte seine Zigarettenschachtel aus einem Seitenfach in der Tür.

Anna, die ebenfalls ausgestiegen war, nahm seine Worte kaum wahr. Sie hatte den Blick auf die vor ihr liegende Anstalt gerichtet. Nur wenige Meter von ihnen entfernt lag das Eingangstor. Wollte sie diesen Ort wirklich betreten? Jetzt könnte sie es noch aufhalten. Sie könnte wieder einsteigen und Jonas bitten, sie nach Hause zu bringen. Doch sie wusste, dass sie sich selbst belog. Jetzt gab es kein Zurück mehr. Sie war hier und brauchte Antworten. Claudia trat neben sie. Auch ihr Blick war auf den Eingang gerichtet. Sie hielt Anna eine Stofftasche hin, in der sich ihre Geburtsurkunde befand. Anna sah Claudia verdutzt an und fragte: »Woher …«

»Du hast sie bei mir liegen gelassen. Schon vergessen? Ich dachte, wir könnten sie hierbei gebrauchen.« Claudia lächelte.

»Ja, das denke ich auch«, erwiderte Anna.

»Bereit?«, fragte Claudia.

»Ich weiß nicht«, antwortete Anna ehrlich.

»Es ginge mir genauso«, erwiderte Claudia.

»Plötzlich wirkt es so real. Das Wort Hindelbank hat mit diesem Gebäude Gestalt angenommen.«

»Und die ist ausgerechnet ein Frauengefängnis.«

»Ja, leider«, antwortete Anna.

»Wollt ihr zwei Wurzeln schlagen oder endlich reingehen?«, fragte Jonas hinter ihnen. Anna wandte sich um. Er lehnte lässig an der Motorhaube und zündete sich eine Zigarette an. »Ich wollte so gegen fünf wieder in Zürich sein. Hab einen Termin mit einem Galeristen, der vielleicht meine Bilder ausstellen möchte. Also flott, Mädels. Oder ich fahre ohne euch wieder heim.«

»Wir gehen ja schon«, erwiderte Claudia, zog eine Grimasse und wandte sich Anna zu. »Du hast ihn gehört.«

Anna nickte. Jetzt war sie hier, also würde sie das auch durchziehen. Sie gingen zu dem Eingangstor und läuteten. Eine Stimme erkundigte sich durch einen Lautsprecher, wer geklingelt habe, und eine über ihnen hängende Kamera nahm sie ins Visier. Claudia erklärte ihr Anliegen. Es dauerte einen Moment, dann ging der Türsummer, und das Tor öffnete sich. Sie betraten das Gelände und liefen den bekiesten Weg Richtung Hauptgebäude. Eine junge Aufseherin kam ihnen entgegen und begrüßte sie mit einem freundlichen Lächeln.

»Frau Müller-Arnstetten erwartet Sie«, sagte sie und bedeutete den beiden, ihr zum Schloss zu folgen. Annas Blick wanderte in Richtung Gefängnisblock, während sie die Stufen hinaufliefen. Die vergitterten Fenster ließen sie erschauern. Hinter einem von ihnen hatte vermutlich ihre Mutter gesessen. Administrativ versorgt, ihrer Freiheit beraubt. Der Gedanke schmerzte. Sie betrat das Schloss. Im Inneren empfing sie eine Eingangshalle mit Stuck an den Decken. Ein großes Gemälde, es zeigte das Schloss in einer anderen Zeit, zierte eine Wand. Über eine steinerne Treppe gingen sie in den ersten Stock. Anna fühlte, wie ihre Hände feucht wurden, in ihren Ohren begann es zu rauschen. Im Obergeschoss empfing sie ebenfalls der Zauber vergangener Zeiten. Ein Kronleuchter hing von der Decke, Bilder des Reichsgrafen und seiner Gattin waren an den Wänden zu sehen. Die Aufseherin führte sie in einen mit Holz vertäfelten Raum, der das Büro der Anstaltsleiterin zu sein schien.

»Bitte nehmen Sie Platz«, sagte die Aufseherin, jedenfalls hielt Anna sie wegen ihrer Uniform dafür. »Frau Müller-Arnstetten wird gleich bei Ihnen sein. Möchten Sie etwas trinken? Kaffee, Wasser?«

Anna nahm das Angebot an und bat um ein Wasser. Claudia lehnte dankend ab. Die Frau entfernte sich. Hinter ihr fiel die Tür ins Schloss.

»Eine noble Hütte, was?«, sagte Claudia und ließ ihren Blick durch den Raum schweifen. »Die Adligen von damals haben gewusst, wie man lebt.«

»Vor allem, wie man teuer lebt«, konstatierte Anna. »Mich würde interessieren, weshalb das Schloss eine Armenanstalt und später eine Zwangsarbeitsanstalt wurde, aus der dann das Gefängnis hervorging. Der Reichsgraf hatte doch sicher Nachkommen. Schon sonderbar.«

»Vielleicht waren sie pleite und haben das Anwesen verkauft«, mutmaßte Claudia.

»Aber deshalb gleich ein Gefängnis darin einrichten?«, sagte Anna. Sie wollte noch etwas hinzufügen, wurde aber durch das Öffnen der Tür unterbrochen. Die Anstaltsleiterin Frau Müller-Arnstetten betrat den Raum und begrüßte sie mit einem Lächeln. Anna schätzte sie auf Anfang fünfzig. Die Frau trat hinter ihren Schreibtisch und setzte sich.

»Sie erinnern sich sicher an unser Telefonat«, sagte Claudia. »Wir würden gern mehr über eine junge Frau erfahren, die in Ihrem Gefängnis in den siebziger Jahren administrativ versorgt wurde, wie es heißt. Sie hat während ihres Aufenthalts ein Kind zur Welt gebracht.«

»Administrativ versorgt«, wiederholte die Anstaltsleiterin. »Was für ein schrecklicher Begriff. Diese Angelegenheit ist ein ganz dunkles Kapitel in der Geschichte unseres Landes. So ein Gefängnisaufenthalt brandmarkt einen Menschen doch für das ganze Leben, und diese Frauen saßen unschuldig hier ein. Das einzige Vergehen, das man ihnen vorwerfen kann, ist, dass sie sich zur damaligen Zeit nicht gesellschaftskonform verhalten haben. Aber das tun junge Leute nun einmal.« Sie schüttelte den Kopf. Einen Moment herrschte Schweigen.

»Ich wurde adoptiert«, sagte nun Anna. »Geboren wurde ich hier, doch leider steht der Name meiner Mutter nicht in der Geburtsurkunde. Ich hoffe sehr, dass Sie mir weiterhelfen können. Ich möchte meine Mutter unbedingt finden.« Anna holte mit zittrigen Fingern die Geburtsurkunde aus ihrer Tasche und reichte sie der Anstaltsleiterin über den Schreibtisch hinweg. Diese setzte eine Lesebrille auf und musterte das Dokument genauer.

»Jahrgang dreiundsiebzig. Aus der Zeit haben wir noch Akten im Archiv. Vielleicht haben wir Glück und finden etwas zu dem Vorgang. Wenn Sie möchten, können wir gemeinsam nachsehen.« Sie griff zum Telefon und wählte eine Nummer. In knappen Worten erklärte sie ihrer Gesprächspartnerin ihr Anliegen. Sie legte auf, erhob sich und bedeutete Anna und Claudia, ihr zu folgen.

Es ging erneut durch das hochherrschaftliche Treppenhaus in einen Seitenflügel des Anwesens, wo sie eine Treppe in den Keller hinunterstiegen. Hier verlor das Gebäude seinen herrschaftlichen Reiz. Die Gänge waren schlicht, weiß gestrichene Wände, Neonlampen an den Decken. Sie betraten einen großen Raum, in dem sich unendlich viele metallene Aktenschränke aneinanderreihten. Gegenüber der Eingangstür stand ein Schreibtisch, hinter dem eine ältere Frau mit kurzen grauen Haaren saß. Sie erhob sich nicht, als sie den Raum betraten, und sagte ohne Gruß mit harsch klingender Stimme: »Jahrgang dreiundsiebzig muss im Gang siebzehn sein.«

Frau Müller-Arnstetten bedankte sich mit einem Lächeln und ging durch die Reihen voraus. Staub lag in der Luft. Hier unten war es kühl, und Anna fröstelte leicht. Sie erreichten die angegebene Reihe, und die Anstaltsleiterin lief an den Akten vorüber. Hin und wieder zog sie eine von ihnen heraus, überflog ihren Inhalt und schob sie kopfschüttelnd wieder zurück.

»Es ist schwer, da wir keinen Namen haben«, hörte Anna sie murmeln. »Der Taufname Regula ist keine große Hilfe. Aber vielleicht finden wir hier etwas.« Sie zog eine Akte heraus und schlug sie auf. »Nein, das ist nur die Akte von Giulietta Geiger. Dass die überhaupt noch hier ist.«

»Giulietta Geiger«, wiederholte Claudia. »Das ist doch die Begründerin des Interessenvereins für die Verdingkinder, oder nicht? Sie war auch hier?«

»Ja, ganze drei Jahre lang. Von zweiundsiebzig an. Ein schwerer Fall. Sie war im Kinderheim in Bern aufgewachsen und auf einen Bauernhof verdingt worden, wo sie missbraucht wurde. Damals sah man das allerdings anders als heute, angeblich hätte sie den alten Bauern verführt, hieß es. Vielen der Mädchen erging es ähnlich. Sie wurden missbraucht und misshandelt und dafür noch als Huren beschimpft. Giulietta begann zu rebellieren. Hier steht, dass sie einmal die Einrichtung ihres Zimmers im Jugendheim kurz und klein geschlagen hat. Daraufhin wurde sie ruhiggestellt und nach Hindelbank gebracht.« Die Anstaltsleiterin schüttelte den Kopf, schob die Akte zurück in den Schrank und suchte weiter. »Ich dachte, ich hätte hier irgendwo eine Liste der Geburten. Von anderen Jahrgängen gibt es solche Aufzeichnungen. Ausgerechnet von dreiundsiebzig scheint sie zu fehlen. Es tut mir schrecklich leid, aber ich befürchte, ich kann Ihnen nicht weiterhelfen. Wenn wir wenigstens einen Nachnamen hätten. Leider fehlen inzwischen auch viele Akten, da sie oft von den Jugendämtern oder Behörden angefordert wurden. Weiß der Himmel, in welchen Archiven sie jetzt verstauben. Es tut mir leid, dass ich Ihnen nicht mehr sagen kann.«

»Wenigstens haben Sie es versucht«, antwortete Anna enttäuscht.

»Aber vielleicht kann Ihnen Giulietta Geiger weiterhelfen«, schlug die Anstaltsleiterin vor. »Sie war ja zur selben Zeit wie Ihre Mutter hier. Wenn Sie Glück haben, kann sie sich an sie erinnern. Eine schwangere junge Frau fällt doch auf. Womöglich kannten sie sich. Die Frauen arbeiten ja innerhalb der Anstalt, etwa in der Wäscherei oder der Küche. Es ist durchaus möglich, dass sie einander begegnet sind. Sie wohnt, soweit ich weiß, in Zürich.«

»Dann werden wir das versuchen«, erwiderte Claudia. »Trotzdem vielen Dank, dass Sie uns Ihre Zeit geschenkt haben.«

»Immer wieder gern«, erwiderte die Anstaltsleiterin. Sie verließen den Gang zwischen den Regalen, gingen an dem leeren Schreibtisch der Archivarin vorüber und die Treppe wieder nach oben. In der Eingangshalle des Schlosses verabschiedete sich Frau Müller-Arnstetten von ihnen.

»Ich hoffe, Sie werden Ihre Mutter finden.« Sie reichte ihr die Hand und nickte ihr aufmunternd zu. Anna spürte, dass die Worte der Frau nicht nur eine höfliche Floskel waren. Ihr schien wirklich etwas an dem Schicksal der Frauen zu liegen. »Und sollten Sie noch irgendwelche Fragen haben, zögern Sie nicht, sich bei mir zu melden«, fügte die Anstaltsleiterin hinzu.

Die beiden bedankten sich und verließen das Gebäude.

Draußen empfing sie heller Sonnenschein. Erneut wanderte Annas Blick zu den vergitterten Fenstern.

»Die jungen Mädchen haben hier zwischen verurteilten Verbrecherinnen gesessen, manche von ihnen sogar Mörderinnen. Das muss man sich mal vorstellen. Eingesperrt, ohne jede rechtliche Grundlage der Freiheit beraubt«, sagte Claudia und schüttelte den Kopf.

Anna beobachtete, wie sich eines der Fenster öffnete und eine dunkelhaarige Frau hinter den Gittern auftauchte. Sie sah in ihre Richtung. Vielleicht hatte ihre Mutter sogar in dieser Zelle gesessen, denselben Blick auf das herrschaftliche Schloss und über die gefällige Landschaft gehabt wie sie heute.

»Wollen wir los?«, riss Claudia sie aus ihren Gedanken. Anna nickte. Sie liefen zum Ausgang. Das Tor öffnete sich automatisch, nachdem sie auf einen Schalter gedrückt hatten. Jonas wartete im Auto auf sie. Er saß auf dem Beifahrersitz und hatte die Tür geöffnet. Eine alte Nummer von Bon Jovi lief.

»Und?«, fragte er.

Claudia schüttelte den Kopf.

»Wäre vermutlich auch zu einfach gewesen«, antwortete er, stand auf und schob den Sitz nach vorn, damit Claudia auf die Rückbank klettern konnte.

»Aber wir haben einen neuen Anhaltspunkt. Eine Frau namens Giulietta Geiger, die hier war, als Anna hier geboren wurde.«

»Von der hast du schon mal erzählt, oder?«, fragte Jonas.

»Richtig. Und sie wohnt praktischerweise in Zürich. Die Adresse kenne ich von meinen Nachforschungen für den Artikel. Das ist in der Nähe vom Rigiblick. Da können wir mit der Bahn hinauffahren.«

»Perfekt. Dann werfe ich euch an der Bahn raus und sehe zu, dass ich zu meinem Termin komme.«

»Meinst du nicht, wir sollten sie vorher anrufen und uns ankündigen?«, fragte Anna, die sich von Claudias Aktionismus überrumpelt fühlte.

»Würde ich ja gern«, entgegnete Claudia. »Aber mein Akku ist leer.« Sie hielt ihr Handy in die Höhe. »Und du hast kein Handy dabei.«

»Und ich halte nichts von den Dingern«, fügte Jonas hinzu und startete den Motor.

»Und wenn sie nicht zu Hause ist, haben wir Pech gehabt«, sagte Claudia. »Dann können wir später doch noch anrufen.«

Anna antwortete nichts. Sie dachte daran, wie sehr ihre Mutter unangemeldeten Besuch verabscheute. Leuten, die sie nicht kannte, öffnete sie grundsätzlich nicht die Tür. Könnten ja Diebe, Verbrecher oder die Zeugen Jehovas sein, die immer wieder mal durch die Wohnsiedlung streunten.

Die Rückfahrt nach Zürich verbrachten sie größtenteils schweigend. Diesmal nahm Jonas die Autobahn, auf der sich die Lage wieder beruhigt hatte. Er hatte es nun eilig, denn für den Termin mit dem Galeristen wollte er sich noch umziehen. Er setzte Claudia und Anna an der Talstation der Seilbahn Rigiblick ab, wünschte ihnen Glück und brauste davon.

Die beiden mussten nicht lange auf die Bahn warten. Die erste Seilbahn zum Rigiblick war bereits Ende des neunzehnten Jahrhunderts mit dem Ziel errichtet worden, den Stadtteil Oberstrass mit dem Naherholungsbereich Zürichberg zu verbinden. Auch heute noch war sie ein gern benutztes Verkehrsmittel der Stadt, wobei sie natürlich hauptsächlich für die Bergauffahrten genutzt wurde.

Sie stiegen an der Bergstation aus und wandten sich in Richtung der Susenbergstraße, in der Giulietta Geiger wohnte, wie Claudia wusste. Nur die Hausnummer hatte sie nicht mehr im Kopf. Entweder zehn oder siebzehn. Aber das würde sich finden. Sie liefen die Straße, die hauptsächlich von Einfamilienhäusern und größeren Villen gesäumt war, hinunter. Hier oben wohnten keine armen Bürger der Stadt. Bei Hausnummer zehn hatten sie Pech, bei der siebzehn sah es besser aus. Es war eine etwas kleinere Villa, um die Jahrhundertwende erbaut, schätzte Anna. Mit klopfendem Herzen folgte sie Claudia durch den Vorgarten, die nun beherzt auf die Klingel drückte. Sie warteten. Nichts geschah. Keine Schritte, keine Stimme durch die Sprechanlage ertönte. Gerade als Claudia ein zweites Mal klingeln wollte, kam eine Frau um die Hausecke. Sie war sehr schmal, und ihr dunkelbraunes Haar durchzogen erste graue Strähnen. Sie trug ein geblümtes Sommerkleid und Gartenhandschuhe.

»Ja, bitte?«

»Grüezi«, grüßte Claudia, um ein herzliches Lächeln bemüht. »Mein Name ist Claudia Retter, und das ist meine Freundin Anna Volkmann. Wir wollten Sie etwas fragen.

Aber wie ich sehe, kommen wir gerade ungelegen.« Sie deutete auf Giuliettas Gartenhandschuhe.

»Worum geht es?«, fragte Giulietta Geiger.

»Wir kommen gerade von Hindelbank, und dort …«

Die Miene Giuliettas verdüsterte sich.

»Darum also«, ließ sie Claudia nicht ausreden. »Sind Sie von der Presse?«

»Nein«, sagte Anna. »Wissen Sie, ich wurde adoptiert und bin nun auf der Suche nach meiner Mutter. Ich würde gern wissen, wer sie war. Ich wurde 1973 in Hindelbank geboren.«

Giulietta entspannte sich.

»Gut, folgen Sie mir. Ich wollte eh gerade Pause machen.« Auf der Terrasse standen einige Blumentöpfe, in die sie offensichtlich gerade frische Geranien gepflanzt hatte.

»Es ist ein wenig unordentlich«, sagte Giulietta und rückte den Sack mit der Blumenerde zur Seite. »Ich hatte nicht mit Besuch gerechnet. Das Gewitter neulich hat mir die ganzen Petunien ruiniert.« Sie schaffte auch noch eine Harke und eine Schaufel zur Seite, dann zog sie ihre Gartenhandschuhe aus und wischte sich eine Haarsträhne aus der Stirn. »Kann ich Ihnen etwas anbieten? Wasser oder einen Kaffee?«

Beide entschieden sich für den Kaffee. Giulietta Geiger nickte und verschwand im Haus. Anna und Claudia bewunderten unterdessen den hübschen Garten, in dem es sogar einen Seerosenteich gab.

»Hier oben lässt es sich leben«, sagte Claudia. »Ganz anders als unsere stickige Innenstadtbude.«

»Oder meine winzige Wohnung in Oerlikon«, fügte Anna hinzu.

Giulietta kam mit dem Kaffee zurück, und sie setzten sich unter den Sonnenschirm. Sogar Kekse gab es, die Claudia sofort probierte.

»Bitte haben Sie Verständnis, dass ich eben so genau nachfragte. Neulich war ein Journalist da, dem ich blauäugig meine Geschichte erzählte. Es stellte sich jedoch heraus, dass er ein Schmierfink war, und er hat viele Dinge völlig verzerrt und sehr negativ dargestellt.« Sie nippte an ihrem Kaffee und wandte sich Anna zu. »Sie sind also in Hindelbank geboren und adoptiert worden. Ich nehme an, diese Information ist Ihnen durch Zufall in die Hände gefallen?«

»Ja, das ist sie«, antwortete Anna, etwas verblüfft. »Ich wusste vor wenigen Monaten noch gar nicht, dass ich adoptiert wurde.« Anna holte ihre Geburtsurkunde heraus, reichte sie Giulietta und fügte hinzu: »Dieses Dokument habe ich in den Unterlagen meiner Eltern gefunden.«

»Ein Wunder, dass sie sie aufgehoben haben. Normalerweise verschwinden solche Dokumente für die Ewigkeit in den Kellern der Behörden oder werden sogar vernichtet.« Sie blickte auf das Datum und überlegte. »Viel kann ich dazu leider nicht sagen. Ich hatte damals große Schwierigkeiten mit den Aufseherinnen und wurde wochenlang ruhiggestellt. Aber ich erinnere mich an eine junge Frau, die schwanger war. Ich kannte sie von früher. Wir waren schon im selben Kinderheim in Bern. Sie ähneln ihr sogar.«

Anna horchte auf und blickte zu Claudia, die ein Nicken andeutete.

»Ich glaube, sie hieß Lena. Ja, richtig, Lena Flaucher. Ich erinnere mich gut an sie, weil sie es wagte, der Mutter Oberin ins Gesicht zu spucken. Sie könnte es sein. Kurz darauf wurde sie weggebracht.«

»Wissen Sie, wohin?«, fragte Anna.

»Es war ein Bauernhof, in Kobelwald. Gerberhof, glaube ich, hieß er.«

»Und da sind Sie sicher?«, fragte Claudia.

»Ja, doch. Es gab dort auch Obstanbau, Kirschen. Ich hätte selbst gern dorthin gewollt. Mir gefiel die Vorstellung, zwischen blühenden Kirschbäumen zu leben.« Sie schüttelte den Kopf. »Später kam ich tatsächlich zu einem Bauern, dann war es vorbei mit diesen romantischen Vorstellungen.« Sie winkte ab. »Was Lena Flaucher angeht, könnte Ihnen aber noch jemand anderes weiterhelfen.«

»Wer?«, fragte Anna.

»Der ehemalige Leiter von Hindelbank, Basil Kielholz«, antwortete Giulietta. »Er hat viele Akten aus jener Zeit in seinem Weinkeller aufgehoben, die eigentlich vernichtet werden sollten. Er wohnt in einem kleinen Dorf in der Nähe von Hindelbank. Vielleicht finden sich ja mit seiner Hilfe noch mehr Informationen.«

»Wir werden es versuchen«, antwortete Claudia und sah zu Anna, die nickte. Sie konnte es nicht fassen. Zum ersten Mal stand ein Name im Raum. Lena Flaucher. Was hatte diese Frau nach Hindelbank geführt? Und war sie tatsächlich ihre Mutter?

KAPITEL 8

»Wie lange dauert die Ewigkeit?«, fragte Lena in das leere Kirchenschiff hinein und starrte auf das über dem Altar hängende Christuskreuz. »Du bist Jesus. Du musst das doch wissen.« Sie sah die hölzerne Figur an, als könnte sie ihr antworten. Was sie jedoch nicht tat. Ganz anders als in dem Film, den sie neulich abends gesehen hatte, als sie Bernhard Gerber wieder einmal fütterte und nebenbei der Fernseher lief. Da sprach der Pfarrer Don Camillo mit Jesus, und der gab ihm Antwort. Aber das war eben ein Film. Trotzdem wünschte sich Lena, Jesus würde mit ihr sprechen, und er wusste mit Sicherheit eine Antwort auf ihre Frage. Wenn nicht er, wer sonst sollte wissen, wann man auf ein Ende der Ewigkeit hoffen durfte? So nämlich fühlte sich ihr Leben an – wie eine nie endende Abfolge des Schreckens, in der Monate, Wochen und Tage zu einem endlosen Ganzen verschwammen und die Lena von einst immer mehr verlosch. Längst gab es das kleine, sture Mädchen nicht mehr, das wenig auf Regeln gegeben und seinen Willen mit so großer Beharrlichkeit durchgesetzt hatte. Hier half es ihr nichts mehr, die Beste in irgendetwas zu sein, zu lernen, mehr über die Welt wissen zu wollen. Niemand sagte ihr, sie sei klug. Ob sie die linke oder rechte Hand nahm, interessierte keinen. Hier war sie das Verdingkind, wertlos, nur als Hure zu gebrauchen. Die Menschen, denen sie begegnete, sahen sie misstrauisch an, niemand sprach ein freundliches Wort mit ihr. In dieser Ewigkeit galt es irgendwie zu überleben. Obwohl sich Lena in der letzten Zeit immer öfter den Tod wünschte. Irgendwann würden Utz oder Almut sie doch ohnehin erschlagen. Dann wäre es wenigstens vorbei. Sie veränderte vorsichtig ihre Sitzposition und stöhnte leise auf. Die Striemen auf ihrem Rücken schmerzten noch immer, obwohl die Prügelattacke, diesmal war es Almut gewesen, die auf sie losgegangen war, schon beinahe eine Woche zurücklag. Drei Wochen hatte sie nach der Fehlgeburt gebraucht, um sich zu erholen. Einen Arzt hatte Almut nicht geholt. Rainett hatte sie und Gerda bei einem Gespräch belauscht. Am Ende kriege sie wegen der Sache keine Kinder vom Amt mehr. Wer sollte dann die ganze Arbeit machen?, hatte sie gesagt.

Doch was wäre, wenn sie starb? Würde Almut dann noch Kinder bekommen? Lena hatte den Gedanken nicht laut ausgesprochen, denn sie hatte Rainett nicht erschrecken wollen. Ungefähr eine Woche nach dem Abgang hatte Almut sie aus dem Bett gezerrt. Es sei jetzt vorbei mit dem Faulenzen, hatte sie gesagt und dabei zugesehen, wie Lena sich schwankend anzog. Dann hatte sie sie durch dichtes Schneetreiben zum Stall gescheucht. Dort war Lena nach nur wenigen Schritten zusammengebrochen. Erneut war es Beppo gewesen, der sie in ihr Zimmer getragen und aufs Bett gelegt hatte. Es kam einem Wunder gleich, dass er, nachdem er am Heiligabend dazwischengegangen war, noch auf dem

Hof war. Rainett vermutete, dass sich kein anderer Knecht fand und ihre Mutter ihn deswegen noch duldete. Irgendwer musste die Arbeit ja erledigen. Utz kümmerte sich inzwischen um gar nichts mehr und soff sich jeden Abend in der Kneipe um den Verstand. Rainett war stolz auf diese Formulierung, die sie in der Stadt beim Einkaufen aufgeschnappt hatte. Sie hörte sich so schön klug an. Obwohl sie nicht verstand, wie sich jemand um etwas saufen konnte.

Rainett bemühte sich, so oft wie möglich bei Lena zu sein. Sie brachte ihr zu trinken, flößte ihr Suppe ein und versuchte, sie mit Geschichten von ihrem Schmerz abzulenken, verlor jedoch immer wieder den Faden. Jede Nacht kletterte sie wie selbstverständlich neben Lena ins Bett und kuschelte sich an sie. Rainett blieb Lenas einziger Lichtblick in dieser Welt – in dieser niemals endenden Ewigkeit. Aber was war, wenn sie doch ein Ende finden könnte? Sie wünschte sich doch nur ein wenig Glück und ein Wiedersehen mit Marie und ihrer Mutter. Sie griff in ihre Jackentasche und holte das Foto von Marie heraus, das sie stets bei sich trug. Es war ein Porträtbild von ihr in Schwarzweiß. Lena wusste, dass das dunkle Haar ihrer Schwester im Sonnenlicht golden schimmerte. Ihre Augenfarbe dieselbe wie die ihrige war. Maries Lächeln war so vertraut. So sehr wünschte sich Lena, sie könnte ihre Stimme hören, wäre ihr nah. Wehmütig blickte Lena auf die Fotografie, dann hoch zum Kreuz. »Du als Sohn Gottes, du könntest mir ganz bestimmt von Marie erzählen – wenn du nur mit mir reden würdest. Du könntest mir sagen, wo sie ist, was sie macht, ob es ihr gutgeht und ob sie manchmal an mich denkt. Ich wünsche mir

so sehr, dass sie es besser getroffen hat als ich und sie glücklich sein darf.« Lenas Stimme wurde bei den letzten Worten leiser. Tränen traten in ihre Augen. Zärtlich berührte sie
Maries Antlitz auf dem Foto. »Wenn ich es schon nicht bin,
dann soll sie es wenigstens sein dürfen.«

»Wer soll glücklich sein dürfen?«, fragte plötzlich jemand
hinter Lena.

Erschrocken wandte sie sich um. Der Pfarrer trat mit
einem Lächeln auf den Lippen näher.

»Du bist Lena, nicht wahr? Du wohnst auf dem Gerberhof.«

Lena nickte. Ihre Miene verschloss sich.

»Darf ich mich zu dir setzen?«, fragte der Pfarrer. Er war
erst seit Februar in Kobelwald und für einen Pfarrer sehr
jung. Lena schätzte ihn auf Anfang dreißig. Sie hatte ihn
bisher nur wenige Male gesehen. In der Kirche war sie seit
dem verhängnisvollen Weihnachtsgottesdienst nicht mehr
gewesen.

Lena überlegte kurz, dann rückte sie ein Stück zur Seite.
Der Pfarrer nahm neben ihr Platz.

Eine Weile schwiegen beide, dann begann er, den Blick
auf das Christuskreuz gerichtet, zu sprechen.

»Manchmal wünsche auch ich mir, er würde mir Antwort
auf meine vielen Fragen geben. Doch dann überlege ich, ob
er mir die Antworten geben wird, die ich mir von ihm wünsche. Was denkst du?« Er sah Lena fragend an. Sie zuckte
mit den Schultern.

»Erzählst du mir von ihr?«, kam der Pfarrer nach einem
weiteren Moment des Schweigens auf Lenas Aussage von

eben zurück, die er ohne Zweifel mitangehört hatte. Er hatte im Dorf schon einiges über Lena gehört, das Verdingkind. In seiner letzten Gemeinde hatte es auch Verdingkinder gegeben. Drei an der Zahl, die auf den Bauernhöfen hart arbeiten hatten müssen. Einer von ihnen, ein Junge, hatte sich damals umgebracht. Er war erst vierzehn Jahre alt gewesen und hatte sich vor aller Augen auf dem Dorfplatz angezündet. Da waren sie dann alle reumütig gekommen und hatten Abbitte vor dem Grab des armen Kerls geleistet, der keinen anderen Ausweg mehr sah, als seinem Leben ein Ende zu setzen. Dieses Mal wollte er nicht mehr wegsehen. Diesen Kindern musste geholfen werden. Und der erste Schritt war, ihnen zuzuhören und ihre Sorgen ernst zu nehmen.

Lena sah auf Maries Bild, das sie noch immer in Händen hielt.

»Sie ist meine Schwester«, sagte sie leise. »Ihr Name ist Marie.«

»Sie sieht dir ähnlich«, antwortete der Pfarrer.

Lena nickte und blinzelte die erneut aufsteigenden Tränen weg.

»Wo ist sie?«, fragte der Pfarrer.

»Ich weiß es nicht«, antwortete Lena und fügte nach kurzer Pause hinzu: »Almut will nicht, dass wir Kontakt haben.«

»Aber warum nicht?«, fragte der Pfarrer ungläubig.

Lena zuckte mit den Schultern. »Fragen bringt nur Ärger. Dann nimmt sie den Gürtel und ...« Sie verstummte.

Der Pfarrer verstand.

»Sie schlägt dich.«

Lena nickte. »Und Rainett auch. Wissen Sie, sie ist nicht dumm. Sie braucht nur manchmal etwas länger, um Dinge zu begreifen. Wenn sie zur Schule gehen dürfte, dann könnte sie gewiss auch lesen lernen.«

»Rainett?«, hakte der Pfarrer verwundert nach.

Lena sah ihn irritiert an.

»Rainett Gerber. Die Tochter der Gerbers. Sie ist ein Jahr älter als ich. Dunkles Haar, ähnliche Größe und Statur. Wenn man es nicht besser wüsste, könnte man uns für Schwestern halten.«

»Ich habe sie noch nie gesehen«, antwortete der Pfarrer. »Ich dachte, es gäbe nur den Sohn Utz Gerber.«

»Aber er hat noch eine Schwester. Wir waren zu Weihnachten zusammen in der Kirche und haben Ihrer Predigt gelauscht. Es war so ein schöner Gottesdienst, doch dann ...«

»Was dann?«, hakte der Pfarrer nach.

»Wir hatten nicht die Erlaubnis herzukommen«, setzte Lena zu einer Erklärung an. »Almut feiert kein Weihnachten. Eni hat uns gesehen, und ...« Sie kam ins Stocken. Vor ihrem inneren Auge sah sie den Stallboden, auf dem sie gelegen hatte, spürte die harten Schläge von Almut und die Tritte von Utz. Sie fühlte den stechenden Schmerz in ihrem Unterleib, der sie hatte ohnmächtig werden lassen. Tränen der Verzweiflung stiegen in ihre Augen. »Ich hab es doch nicht gewusst«, brachte sie heraus. »Er ist immer wieder zu mir gekommen. Was hätte ich denn machen sollen? Wenn ich mich gewehrt hätte, hätte er mich totgeprügelt. Dieser

Schmerz war so schlimm. Ich dachte, sie bringen mich um. Ich dachte, jetzt musst du sterben.«

Der Pfarrer begriff, was Lena andeutete.

»Du warst schwanger?«

Lena nickte zaghaft. »Es ist weg. Sie haben es aus mir herausgeprügelt.«

Der Pfarrer sog scharf die Luft ein. Erneut herrschte Stille, die Lena nach einigen Minuten brach.

»Ich habe ihn gefragt, wie lange die Ewigkeit dauert«, sagte sie und deutete auf das Jesuskreuz. »Mit der Ewigkeit müsste er sich doch auskennen, oder?«

»Ich könnte etwas für dich tun«, ging der Pfarrer nicht auf Lenas Worte ein. »Bei der Fürsorge anrufen und ihnen von den Zuständen berichten. Dann kämst du von hier fort und die Gerbers würden niemals wieder ein Kind zugeteilt bekommen.«

»Und was ist mit Rainett?«, fragte Lena.

»Was soll mit ihr sein?«

»Ich kann sie nicht allein zurücklassen, sonst schlagen sie sie irgendwann tot. Weil sie dumm ist, zu nichts nütze, wie sie sagen. Das ist wie mit den kleinen Katzen. Die erschlagen sie auch.«

»Aber Rainett ist ihre Tochter. Ich denke nicht ...«

»Sie liegt gerade im Stall im Heu und schläft«, fiel Lena dem Pfarrer ins Wort. »Jedenfalls musste ich sie dort zurücklassen, weil Almut mich Einkäufe erledigen geschickt hat.« Sie deutete auf die Tasche neben sich. »Sie kann sich kaum rühren, denn gestern hat ihre Mutter sie verprügelt. Zuerst gab es Schläge ins Gesicht, dann hat sie den Gürtel genommen und damit auf sie eingeschlagen. Und das alles nur deshalb, weil sie beim Abwasch einen Teller hat fallen lassen. Einen einzigen Teller.«

Der Pfarrer nickte und antwortete: »Ich verstehe.«

»Nein, Sie verstehen nicht«, erwiderte Lena, lauter, als sie wollte. »Wir können dem nicht entfliehen. Es wird immer so weitergehen. Marie ist weit fort, unsere Mama auch, Papa ist tot. Ich will doch nur …« Sie brach ab. Was redete sie überhaupt? Er würde ihr nicht helfen und heuchelte nur Mitgefühl, weil er ein Pfarrer war. Was verstand dieser Mann schon vom Leben? Gar nichts. Niemand tat etwas. Alle sahen nur zu. Lena sprang auf, rannte zum Kirchentor, riss es auf und rannte davon.

Es nieselte und war kalt. Seit Tagen schon. Tief hängende Wolken malten die Landschaft düster, und es regnete viele Stunden am Tag. Bäche und Flüsse waren zu reißenden Strömen angeschwollen, auf den Feldern und Wiesen stand das Wasser. Als Lena den Dorfausgang erreichte, wurde der Nieselregen immer stärker. Es schüttete nun regelrecht. Lena hatte keinen Schirm dabei, einen Regenmantel besaß sie nicht. Schnell war sie vollkommen durchnässt und begann vor Kälte zu zittern. Der Regen lief über ihr Gesicht, tropfte von ihrem Haar und rann in ihren Nacken. Nun war es egal, wie nass sie war, dachte sie und lief an einer offenstehenden Scheune vorüber, in der sie sich hätte unterstellen können. Ein Stück weiter bog sie in den Schleichweg ein, der an den Wichensteiner Weihern und der Ruine vorbeiführte. Der Weg war matschig und zur Hälfte überspült von dem sonst winzigen Wasserlauf, der über die Ufer getreten und zu einem reißenden Bach geworden war. Sie hätte nicht mit dem Pfarrer reden sollen, dachte sie. Am besten wäre sie gar nicht erst in die Kirche gegangen. Was für eine dumme Idee. Jesus gab im wirklichen Leben keine Antworten. Und Gott hatte sie anscheinend vergessen. All ihre Gebete der letzten Monate waren nicht erhört worden. Vielleicht gab es Gott ja auch gar nicht. Wenn es ihn gäbe, würde er ihr doch helfen. Doch niemand half ihr. Niemals wieder würde sie Marie in die Arme schließen können oder ihre Stimme hören. Oder vielleicht doch irgendwann? Was wäre, wenn sie einfach fortliefe?

Der Schleichweg endete, und sie bog auf die Landstraße ab. Der Obsthof kam in Sicht, und sie blieb stehen. Einfach weiterlaufen und der Straße folgen. Durch Dörfer und Städte, zum Bus, zurück zum Bahnhof, um dort in einen Zug zu steigen, der weit weg fuhr. Doch wohin sollte sie fahren? Vielleicht zurück nach Bern. Gab es ihr Zuhause noch? Oder zu Tante Frieda nach Luzern? Nur leider wusste sie nicht, wo Tante Frieda in Luzern wohnte. Auch kannte sie ihren Nachnamen nicht. Sie war einfach Tante Frieda. Ein heftiger Windstoß ließ sie frösteln, bald würde es dunkel werden. Weglaufen war an einem Tag wie dem heutigen keine gute Idee. Außerdem hatte sie kein Geld für den Bus oder die Bahn. So etwas musste, wenn sie es tatsächlich wagte, gut geplant werden. Sie beschloss, zurück zum Haus zu gehen. Sie musste nach Rainett sehen und die Einkäufe abstellen. Almut wunderte sich gewiss schon, wo sie abgeblieben war. Aber dafür würde sich schon eine Ausrede finden. Sie lief zurück auf den Hof. Utz kam gerade aus dem Haus, als sie den Innenhof betrat. Er sah sie an, wobei sein Blick an ihrer völlig durchnässten Bluse hängenblieb.

»Wie eine getaufte Maus.«

Sein lüsterner Ausdruck ließ Lena zurückzucken. Er würde doch nicht …

Utz grinste süffisant, ging dann jedoch zu seinem unter einem Vordach stehenden Motorrad, setzte seinen Helm auf und fuhr ohne ein weiteres Wort durch die Pfützen davon. Wasser spritzte auf Lenas Hose. Erleichtert ließ sie die Schultern sinken, als er um die Ecke gebogen war und sich das Motorengeräusch entfernte. Seit ihrem Abgang hatte er sie nicht mehr angerührt. Doch was war, wenn er jetzt wieder damit begänne? Sie könnte erneut schwanger werden. Dann würde Almut sie bestimmt totschlagen. Sie wandte sich um und sah zur Straße. Und wenn sie doch wegliefe? Sie könnte es noch heute Abend tun. Almut bewahrte immer etwas Bargeld in einer Federschachtel auf, die auf dem Küchenregal neben der Küchendose stand. Es war nicht viel, aber für ein Zugticket würde es reichen. Erst einmal nur weg, dann könnte sie weitersehen.

Eine Bewegung am Scheunentor ließ sie aufblicken. Es war Rainett, die auf den Hof gehumpelt kam. Laufen konnte man es nicht nennen. Sie lächelte, als sie Lena sah.

»Da bist du ja wieder.«

»Ja, da bin ich«, antwortete Lena und verwarf ihre Überlegungen. Allein konnte sie nicht fortlaufen. Wenn, dann musste sie Rainett mitnehmen. Aber wohin sollte sie mit ihr gehen? Das Mädchen war lieb und nett, doch durch seine Begriffsstutzigkeit würde es schwierig werden. Sie konnte weder lesen noch schreiben und brauchte oftmals lange, um Fragen zu beantworten. Aber vielleicht könnte der Pfarrer Rainett helfen. Es gab Einrichtungen für Menschen wie sie. Gewiss würden sie es schaffen, Rainett das Lesen beizubringen. Und vielleicht könnte sie dann auch einen Beruf erlernen. Rainett besaß handwerkliches Geschick. Sie konnte gut basteln und sogar stricken. Darauf war Lena stolz. Denn sie hatte es ihr mit viel Geduld beigebracht.

»Mama hat nach dir gesucht«, sagte Rainett.

»Das dachte ich mir schon. Ich hatte mich im Dorf untergestellt, weil es arg geregnet hat.«

»Aber du bist nass«, sagte Rainett.

»Auf dem Rückweg fing es erneut zu schütten an.«

Die Tür zum Wohnhaus öffnete sich, und Almut sah heraus. Sie musste Lenas Stimme gehört haben.

»Da bist du endlich. Wo hast du dich nur wieder herumgetrieben?«

Lena wollte etwas erwidern, doch Almut ließ sie nicht zu Wort kommen. »Bring die Sachen ins Haus. Und dann sieh zu, dass du in den Stall kommst. Gerda, die dumme Ziege, ist heute nicht gekommen. Ihr Ischiasnerv. Immer dieselbe Leier.«

Almut verschwand wieder im Haus. Lena sah zu Rainett, die mit den Schultern zuckte. Sie folgten Almut, und Lena stellte die Einkäufe in die Küche. Dann lief sie rasch in ihr Zimmer, um sich umzuziehen. Die nassen Sachen würde sie in den Stall mitnehmen, dort konnten sie sie auf dem Boden über der Leine zum Trocknen hängen. Rainett begleitete sie nach oben, obwohl ihr das Treppensteigen nicht leichtfiel.

»Ich kann dir beim Ausmisten helfen«, bot sie an, während Lena einen trockenen Pullover überzog.

»Und was ist mit dem Küchendienst?«, fragte Lena. »Du bist doch heute dran.«

»Ich hasse Küchendienst«, erwiderte Rainett. »Alles mache ich zu langsam. Und ich schneide mich oft in den Finger. Dann schlägt sie mich, weil ich dumm bin.«

»Ich weiß«, antwortete Lena. »Ich würde ja sagen, wir tauschen, aber du kannst dich doch heute kaum bewegen. Da ist es besser, wenn ich die schwerere Stallarbeit übernehme und du das Kartoffelschälen. Später lese ich dir noch eine Geschichte vor. Was meinst du?«

»Also gut«, gab Rainett nach. »Zwei Geschichten – bitte. Die mit dem gestiefelten Kater und der Meerjungfrau.«

»Gern auch zwei Geschichten«, antwortete Lena mit einem Lächeln. Wie hatte sie auch nur einen Moment daran denken können, allein fortzulaufen? Wenn sie dieses Haus jemals verließe, dann würde sie Rainett mitnehmen. Die beiden gingen wieder nach unten, und Lena verschwand im Stall, während Rainett in der Küche das Gemüse für die Suppe putzte, die es heute Abend geben würde.

Beim Ausmisten musste Lena erneut an den Pfarrer denken. Vielleicht war sein Interesse an ihr doch keine Heuchelei gewesen. Er war freundlich zu ihr gewesen, was sie ihm hoch anrechnete. Sie hätte nicht so ruppig zu ihm sein sollen. Er hatte ihr angeboten, mit der Fürsorge zu sprechen. Das wäre doch ein Anfang. Sie sollte noch einmal mit ihm reden. Vielleicht sogar gemeinsam mit Rainett. Es wurde Zeit, dass er die unsichtbare Bewohnerin des Gerberhofes kennenlernte. Das dumme Mädchen, das niemals ins Dorf gehen durfte, weil sich seine Mutter für es schämte. Lena dachte daran, was Almut einmal zu ihr gesagt hatte, als sie fragte, ob Rainett sie zum Einkaufen ins Dorf begleiten dürfe. »Über das dumme Balg spotten sie alle. Da muss man sich ja schämen. Wäre besser, sie wäre nie geboren worden.«

Rainett hatte es trotzdem hin und wieder bis ins Dorf geschafft. Heimlich natürlich. Einmal, es war ein milder Herbsttag gewesen, hatte Lena sie einfach mitgenommen. Das trockene Laub hatte so herrlich unter ihren Füßen geraschelt, als sie den Schleichweg entlanggelaufen waren. Es duftete nach Erde und Blättern. Sie streichelten die Ziegen vom Bauer Bertli, die neugierig an den Zaun kamen. Rainett hielt ihre Hände in das klare Wasser des Dorfbrunnens und wusch sich damit lachend das Gesicht. Sie bewunderte die Gärten der Häuser und die vielen Waren in den Regalen des Krämerladens, den sie an diesem Tag anscheinend zum ersten Mal betreten hatte. Es schien, als wäre sie aus einem Gefängnis befreit worden. Die große weite Welt begann für Rainett hinter dem Wichensteiner Weiher und seiner Raubritterburg. Wie würde sie erst reagieren, wenn sie eine Stadt wie Bern sähe? Der Gedanke gefiel Lena. Rainett musste hier weg. Sie sollte die Welt außerhalb von Kobelwald kennenlernen. Und der Zufall brachte es sogar mit sich, dass sie morgen zum Pfarrer gehen konnten. Donnerstags ging Almut immer zu Eni auf einen Kaffee hinüber. Wenn Utz auch nicht da wäre, könnte es klappen. Sie hätten ungefähr drei Stunden Zeit. Das reichte, um ins Dorf zu kommen, mit dem Pfarrer zu reden und pünktlich zurück zu sein.

Zum ersten Mal seit langem schöpfte Lena Hoffnung, und sie summte eine Melodie, während sie den Mist nach draußen schaffte. Auch später, als sie Bernhard Gerber fütterte, war sie guter Dinge. Es lief ein komisches Theaterstück im Fernsehen, das Lena schmunzeln ließ. Ihr Alptraum von der Ewigkeit schien heute erste Risse bekommen zu haben, und vielleicht fiel er bald in sich zusammen. Darauf hoffte Lena.

Gemeinsam mit Rainett erledigte sie den Abwasch, dann gingen die beiden die Treppe nach oben, während Almut sich neben ihren Gatten auf das Sofa setzte, um ebenfalls fernzusehen. In ihrem Zimmer angekommen, löste Lena ihr Versprechen ein und las Rainett die Geschichte vom gestiefelten Kater vor. Am liebsten hätte sie Rainett von ihren Plänen, den Pfarrer zu besuchen, erzählt, doch das ging nicht. Das Mädchen war nicht gut darin, Geheimnisse für sich zu behalten. Nicht auszudenken, was geschehen würde, wenn Almut von der Sache Wind bekäme. Zuerst musste alles mit dem Pfarrer geklärt werden, dann galt es, Pläne zu schmieden, wie es weitergehen konnte. Es würde nicht leicht werden. Das wusste Lena. Aber vielleicht wäre es ein Ausweg.

Sie beendete das Märchen und sah zu Rainett hinüber, die heute in ihrem eigenen Bett lag. Sie war eingeschlafen. Wie friedlich sie aussieht, kam es Lena in den Sinn. Ein Lächeln umspielte Rainetts Lippen, ihr braunes Haar breitete sich über das Kissen aus. Ein wenig fühlte es sich an, als wären sie Schwestern. Der Gedanke ließ Lena erneut an Marie denken, und sie holte die Fotografie hervor.

»Wenn mein Plan gelingt«, murmelte sie leise, »werden wir uns endlich wiedersehen.« Sie gab der Marie auf dem

Foto einen Kuss, legte das Bild neben ihre Nachttischlampe, löschte das Licht und schlief ein.

Im Morgengrauen waren es das übliche laute Klopfen an die Tür und Almuts Stimme, die sie weckten. Lenas Blick wanderte zum Fenster. Es war noch immer grau, Regentropfen hingen an der Fensterscheibe. Rainett setzte sich auf und streckte sich gähnend.

»Guten Morgen.« Sie schenkte Lena ein Lächeln.

»Guten Morgen«, sagte Lena. »Es regnet noch immer.« Sie deutete zum Fenster.

»Dummes Wetter«, schimpfte Rainett. »Ich mag die Sonne lieber. Wo bleibt nur der Frühling?«

»Er wird schon noch kommen. Vielleicht klappt es heute schon.« Lena musste sich zurückhalten, Rainett nicht doch etwas von ihren Plänen zu verraten. Am besten wäre es, sie heute Nachmittag einfach mit ins Dorf zu nehmen und vor vollendete Tatsachen zu stellen. Sie standen auf, kleideten sich an und liefen in den Stall hinunter, um die Kühe zu melken. Als Lena die Stalltür öffnete, hörte sie von drinnen einen spitzen Schrei. Verwundert hielt sie in der Bewegung inne und sah Rainett an, die mit den Schultern zuckte. So hatte Almut noch nie geschrien. Es musste etwas passiert sein.

»Und jetzt?«, fragte Rainett.

»Ich weiß nicht«, antwortete Lena und zuckte mit den Schultern.

»Am besten, wir machen unsere Arbeit. Wird schon nichts Schlimmes sein. Vielleicht hat sie nur etwas fallen lassen und sich erschreckt.«

Doch im nächsten Moment kam Almut aus dem Haus gestürzt und lief vom Hof. Verdutzt schauten Lena und Rainett ihr nach.

»Sie will bestimmt zu Eni hinüber. Die hat ein Telefon«, sagte Rainett.

»Wollen wir nachsehen gehen?«, fragte Lena, die ahnte, was los sein könnte. Rainett nickte.

Sie liefen zum Haus zurück und langsam die Treppe nach oben. Vorsichtig lugten sie in die Kammer von Bernhard Gerber. Lena betrat den Raum und blieb neben dem Bett stehen. Bernhard Gerbers Blick war erstarrt. Sie bekreuzigte sich.

»Er ist tot«, sagte Rainett neben ihr.

Lena nickte. Rainett setzte sich neben ihren Vater aufs Bett, hob die Hand und strich ihm sanft über die Wange.

»Er war manchmal nett zu mir. Als ich klein war, durfte ich auf seinen Knien schaukeln. Das hat Spaß gemacht. Bei der Obsternte haben wir gesungen. Er war nur böse, wenn er zu viel getrunken hatte.«

Lena sagte nichts. Sie dachte daran, wie ihr Vater gestorben war. An einem kalten Wintertag war er gegangen. Und er war nicht nur manchmal nett zu ihr gewesen. Er war der beste und liebste Papa gewesen, den sich ein Mädchen nur wünschen konnte. Nicht einmal hatte er die Hand gegen sie oder Marie erhoben, selbst dann nicht, wenn er zu viel getrunken hatte. Was nur selten vorkam.

»Doch dann war er richtig böse«, sagte Rainett. »Ich hatte Angst vor ihm, mehr noch als vor Mama. Einmal dachte ich, er schlägt mich tot.« Sie sah Lena an, die nickte. Wie hätte es in diesem Haus auch anders sein können?

»Komm. Lass uns lieber in den Stall gehen. Almut wird bald zurückkommen, und sie sollte uns hier lieber nicht erwischen.« Rainett nickte, und die beiden verließen die Kammer. Im unteren Flur liefen sie Utz in die Arme, der sich nachts wieder irgendwo herumgetrieben hatte. Er stank nach Bier und Zigaretten, breitete lachend die Arme aus, umarmte Lena und drückte ihr einen Kuss auf den Mund.

»Was bist du aber hübsch«, lallte er. »Mama soll sich zum Teufel scheren mit ihrem Gerede. Wird Zeit, dass ich mir dich mal wieder vornehme.« Lena wehrte sich gegen ihn und wandte den Kopf ab. Doch sein Griff blieb fest. Er lockerte ihn erst, als Rainett sagte: »Der Vater ist tot.«

Utz sah sie erstaunt an.

»Wie tot?«

»Oben in der Kammer.«

Utz ließ von Lena ab und wankte die Treppe hinauf.

Lena ließ erleichtert die Schultern sinken.

»Komm. Lass uns verschwinden.« Sie nahm Lenas Hand, und die beiden verließen das Haus. Im Stall trafen sie auf Beppo, der bereits mit dem Melken begonnen hatte.

Lena holte rasch einen der Melkschemel, einen Eimer und begann mit der Arbeit. Den größten Teil der Milch würde in ein paar Stunden der Wagen von der Molkerei abholen. Einen kleinen Teil behielten sie für den Hausgebrauch. Es gab insgesamt zwanzig Kühe auf dem Hof. Drei Kälbchen standen in einem Nebenstall, doch das Vieh war nur ein Nebengeschäft. Den Großteil ihrer Einnahmen erzielten die Gerbers noch immer mit ihren Obstplantagen. Dieses Jahr jedoch sah es mit dem Obst schlecht aus. Im Februar war es warm geworden, und die Bäume hatten ausgetrieben, schon Mitte März blühten sie. Doch dann kam der Frost zurück, und es froren viele Blüten ab. Diese Wetterkapriolen hoben die Laune von Almut nicht sonderlich. Und jetzt noch der viele Regen, der alles verfaulen ließ.

Lena sagte Beppo, dass der Bauer tot war. Er nickte, antwortete jedoch nichts. Danach verrichteten sie schweigend ihre Arbeit. Später frühstückten Lena und Rainett allein in der Küche. Es lag eine sonderbare Art von Beklemmung im Raum. Lena nippte an ihrem Teebecher und beobachtete, wie Rainett Marmelade auf ihr Brot schmierte. Er hätte doch auch morgen sterben können, kam ihr in den Sinn. Oder nächste Woche, in einem Monat wäre noch besser gewesen. Dann wären sie vielleicht schon weg gewesen. Aber ausgerechnet heute hätte es nicht sein müssen. Sein Tod verhagelte ihr die Pläne mit dem Pfarrer. Almut würde heute Nachmittag sicher nicht zu Eni gehen, also konnten sie sich nicht ins Dorf schleichen. Sie stellte ihren Teebecher zurück auf den Tisch und erhob sich.

»Du hast nichts gegessen«, sagte Rainett und deutete auf Lenas unberührten Teller.

»Mir ist nicht danach«, sagte Lena und fing an, den Tisch abzuräumen. Rainett fragte: »Und was machen wir jetzt?«

»Was wir immer machen.«

»Aber er liegt tot in der Kammer.«

»Ändert das was?«

Rainett schüttelte den Kopf.

In diesem Moment öffnete sich die Haustür, und Almut trat in den Flur. Ihre Miene war finster.

»Ich nehme an, ihr neugierigen Bälger wisst es schon.«

Lena und Rainett sahen einander an. Sie trauten sich nicht, etwas zu sagen.

»Ist Utz da?«

»Oben«, antwortet Lena.

»Dieser nichtsnutzige Säufer. Geh hoch, und weck ihn, Lena. In einer Stunde kommt der Pfarrer mit dem Arzt.«

Lena horchte auf. Der Pfarrer kam zu ihnen. Das war gut. Vielleicht ergab sich ja ein Moment zum Reden. Doch Utz wecken gehen wollte sie nicht. Er könnte seiner Bemerkung von vorhin Taten folgen lassen. Hilfesuchend sah sie zu Rainett, die tatsächlich verstand, was sie von ihr wollte.

»Ich geh Utz wecken«, sagte sie.

Almut sah von ihr zu Lena und nickte. »Meinetwegen. Hauptsache, er bewegt seinen versoffenen Hintern aus dem Bett.«

Rainett verließ den Raum. Lena blieb unsicher an der Tür stehen. Almut sank auf einen Küchenstuhl und fischte eine Zigarettenschachtel aus ihrer Schürzentasche. Sie zündete sich eine Zigarette an und blies den Rauch in die Luft.

»Endlich ist er gestorben. Ich hätte ihn nicht heiraten sollen, diesen Idioten. Und das alles nur wegen Utz, dieses Trottels.« Sie blickte zu Lena. »Was schaust du so dämlich. Hast doch nicht etwa gedacht, ich hätte ihn geliebt. Liebe gibt es nur im Märchen. Aber was weißt du schon? Dreckiges Stück.« Sie wandte den Blick ab und zog an ihrer Zigarette.

Lena überlegte, ihr zum ersten Mal Konter zu geben. Es war Almuts Sohn, der in diesem Haus das Schwein war.

Doch das wusste diese Frau nur zu gut. Also verließ Lena wortlos den Raum und ging nach draußen, um die Hühner zu füttern. Es dauerte nicht lange, bis Rainett auftauchte.

»Utz ist wach und sitzt jetzt mit ihr in der Küche.«

Sie setzte sich auf einen umgedrehten Eimer und sah Lena dabei zu, wie sie das Futter ausstreute. Der Hühnerstall war ein alter, direkt neben der Hofeinfahrt gelegener Schuppen, zu dem eine umzäunte Wiese gehörte. Einige der Tiere scharrten dort draußen in den Pfützen herum, doch die meisten hatten begriffen, dass es Futter gab.

»Ich muss mit dir reden«, sagte Lena und stellte den Eimer zur Seite. Sie setzte sich neben Rainett ins Einstreu und sah sie eindringlich an.

»Ich habe einen Plan. Aber der muss ein Geheimnis bleiben. Du kannst doch Geheimnisse für dich behalten, oder?«

Rainett nickte.

»Es ist wichtig, Rainett«, bekräftigte Lena ihre Aussage. »Almut und Utz dürfen auf keinen Fall davon erfahren, sonst schlagen sie mich tot.«

»So schlimm ist das Geheimnis?«

»Nein, es ist nicht schlimm«, sagte Lena. »Für uns ist es sogar sehr gut. Aber Almut und Utz werden es nicht mögen. Wirst du es für dich behalten können?«

»Darf ich es Frau Ente erzählen?«

Lena lächelte. Frau Ente war Rainetts Kuscheltier. Von wem sie sie hatte, wusste sie nicht mehr. Aber ihr erzählte sie alles.

»Frau Ente wird bestimmt nichts weitererzählen. Sie kann schweigen wie ein Grab.«

»Das weiß ich«, erwiderte Lena, die langsam ungeduldig wurde. »Aber nur Frau Ente. Und sonst niemandem. Versprichst du es mir?«

»Ich verspreche es. Wenn du magst, schwöre ich auch.« Sie hob zwei Finger in die Höhe. »Das machen die manchmal im Fernsehen. Da hab ich es gesehen. Schwören ist noch viel besser als versprechen.«

»Also gut, meinetwegen auch schwören«, erwiderte Lena und sah nervös hinter sich.

»Ich habe gestern den neuen Pfarrer in der Kirche getroffen und mit ihm geredet. Er meinte, er könne etwas für uns tun. Der Fürsorge mitteilen, was hier für Zustände herrschen. Dann kämen wir hier weg.«

Rainett sah Lena verständnislos an und fragte:

»Zustände?«

»Na, dass wir immer geschlagen werden und Almut und Utz böse zu uns sind. Und das, was Utz macht …« Lena unterbrach sich. »Du weißt schon, was.«

»Und dann?«

Lena verdrehte die Augen.

»Die Fürsorge wird das nicht gern hören. Und dann werden sie uns von hier wegholen.«

»Und wohin gehen wir dann?«, fragte Rainett.

»Das weiß ich nicht«, antwortete Lena. »Irgendwohin, wo es besser ist, wo uns niemand mehr weh tut. Und gewiss könntest du dann auch in eine Schule gehen und lesen lernen. Das wäre doch wunderbar, oder?«

»Hm«, antwortete Rainett und sah zu Boden.

»Was hm?«, fragte Lena.

»Ist das dann in Kobelwald?«, fragte Rainett.

Lena sah sie verwundert an. »Sicher nicht. Weiter weg. Vielleicht fahren wir sogar mit der Bahn.«

»Mit einem richtigen Zug?« Rainetts Augen wurden groß.

»Ja, mit einem richtigen Zug«, erwiderte Lena. »Zu netten Menschen, die lieb zu uns sind.«

Rainett überlegte kurz.

»Und wirst du bei mir bleiben?«

Lena nickte, nahm Rainetts Hand und bat insgeheim um Vergebung für ihre Notlüge. Was die Fürsorge letztlich für sie entscheiden und wo sie hinkommen würden, lag natürlich nicht in ihrer Hand. Aber das musste Rainett nicht wissen.

»Aber sicher werde ich das. Ich lass dich nicht allein. Fest versprochen.«

»Dann ist das also jetzt unser Geheimnis.«

»Ja«, erwiderte Lena erleichtert und bemühte sich um ein Lächeln. Das war leichter als gedacht. Jetzt musste es nur noch gelingen, mit dem Pfarrer zu reden.

Um die Mittagszeit war es dann so weit. Lena und Rainett hielten sich im Wäschezimmer auf. Lena bügelte, während Rainett Handtücher faltete. Ungeduldig wanderten ihre Blicke immer wieder zum Fenster. Ein schwarzer Wagen fuhr auf den Hof, aus dem der Pfarrer und ein Mann in einem grauen Mantel ausstiegen, der einen schwarzen Koffer bei sich trug. Lena hielt ihn für den Arzt. Aus dem Flur waren Stimmen zu hören. Schritte auf der Treppe. Dann wurde es still. Lena sah zu Rainett, die damit aufgehört hatte, die Handtücher zu falten. Es dauerte eine Ewigkeit, bis erneut Schritte auf der Treppe zu hören waren. Es schien nur eine

Person zu sein. Lena lugte um die Ecke und sah den Pfarrer. Jetzt oder nie, dachte sie und machte auf sich aufmerksam. Der Pfarrer sah in ihre Richtung, und sie gab ihm ein Zeichen, zu ihr zu kommen. »Schnell, hier entlang«, zischte sie leise.

Er betrat das Wohnzimmer und die Wäschekammer, wo Rainett ihn schüchtern ansah.

Lena schloss hastig die Tür hinter ihnen.

»Wir haben nicht viel Zeit«, sagte sie. »Es tut mir leid, dass ich gestern einfach fortgelaufen bin. Das ist Rainett.«

Der Pfarrer nickte. Lena kam ohne Umschweife zum Punkt.

»Sie sagten, Sie könnten bei der Fürsorge anrufen und etwas für mich tun. Bitte, Sie müssen uns helfen. Auch Rainett muss hier weg. Sie erschlagen uns sonst noch.«

Der Pfarrer sah von Lena zu Rainett. Seine Miene war ernst.

»Das hatte ich sowieso vor. Ich habe mich gestern ein wenig im Dorf umgehört. Keiner wollte über euch reden. Nur die Verkäuferin vom Kramladen war gesprächig. Sie sagte, Rainett sei behindert. Und dann noch dieses Verdingkind, von dem man sich erzähle, dass Utz es geschwängert habe.« Er warf Lena einen kurzen Blick zu und fügte hinzu: »Er muss im Wirtshaus damit geprahlt haben.« Lena konnte nicht fassen, was sie hörte. Der Pfarrer sprach weiter: »Ich habe gestern noch mit einem Bekannten von mir telefoniert, der in einem Jugendheim in Altstätten arbeitet und mit Fällen wie dem deinigen vertraut ist, Lena. Er meinte, dass die Fürsorge gewiss sofort reagieren und dich fortholen wird. Eigentlich wollte ich längst anrufen, um diese untragbaren Zustände zu melden, aber dann ist der Todesfall dazwischengekommen. Wenn ich zurück bin, werde ich es gleich tun.« Er sah zu Rainett. »Und selbstverständlich kann ich mich auch für Rainett einsetzen. Auch sie kann unmöglich bleiben.«

»Sie dürfen es nicht erfahren«, sagte Rainett und legte die Hand auf den Arm des Pfarrers. »Es ist ein Geheimnis. Sie schlagen uns tot.« Eindringlich sah sie den Pfarrer an.

»Das werden sie nicht«, entgegnete er. »Ich werde mich darum kümmern. Fest versprochen. Es wird sich ein Weg finden, euch sicher von hier fortzubringen. Ich verspreche es.« Er nahm Rainetts Hand und drückte sie fest.

Lena nickte. Schritte auf der Treppe ließen sie aufhorchen.

»Sie sind fertig. Kommen Sie.«

Sie bedeutete dem Pfarrer, ihr zurück ins Wohnzimmer zu folgen. Als die anderen nach draußen traten, sagte sie: »Schnell. Sie können ja sagen, dass Sie noch die Toilette benutzt haben. Wir hören dann von Ihnen?«

Er nickte, und Lena lief ohne Gruß zurück zu Rainett ins Wäschezimmer. Gebannt beobachteten sie durch das Fenster, wie der Arzt mit Almut noch einige Worte wechselte und ihr sogar die Schulter tätschelte. Der Pfarrer kam hinzu und verabschiedete sich ebenfalls. Die beiden stiegen in den Wagen und fuhren davon.

»Und du denkst, es ist gut?«, fragte Rainett, nachdem das Auto außer Sicht war.

»Ja, das denke ich«, erwiderte Lena. »Es wird Zeit, dass wir von hier wegkommen.«

Am Nachmittag wurde Bernhard Gerber vom Bestatter abgeholt. Eine Aufbahrung im Haus hatte Almut nicht gewollt. Kurz nach dem Bestatter verließ Almut das Haus und kam nicht wieder. Wohin sie gegangen war, wussten weder Lena noch Rainett. Auch Utz verschwand zur gewohnten Zeit mit seinem Motorrad. Rainett und Lena kümmerten sich wie jeden Tag um die Tiere und erledigten die Hausarbeit. Am Vormittag war es für einige Stunden trocken geblieben, jetzt regnete es wieder.

»Wann sie wohl zurückkommt?«, fragte Rainett. Sie stand an der geöffneten Stalltür und blickte nach draußen. Inzwischen war es dunkel geworden. Erneut fiel Regen in die großen Pfützen auf dem Innenhof.

»Ich weiß es nicht«, antwortete Lena. »Vermutlich ist sie bei Eni. Wir sollten wie gewohnt in unsere Kammer gehen. Die Arbeit ist erledigt. Sie kann also nicht meckern.«

Rainett nickte und fragte: »Wie lange wird es dauern?«

Lena wusste, was sie meinte. »Das kann ich nicht sagen. Bestimmt einige Tage. Nächste Woche vielleicht. Morgen ist Samstag. Da arbeitet bei der Fürsorge gewiss niemand.«

»Ich fürchte mich davor.«

»Das musst du nicht«, erwiderte Lena und legte Rainett die Hand auf den Arm. »Es wird Zeit, dass die Welt dich kennenlernt. Und alle sollen wissen, dass du nicht dumm bist. Du bist nämlich etwas ganz Besonderes. Jemand, den man einfach gernhaben muss.«

Rainett lächelte.

»Ich hab dich auch gern.« Sie drückte Lena spontan einen Kuss auf die Wange und lief durch den Regen zum Haus.

Lena folgte ihr. In der Küche nahmen sie sich noch jede einen Apfel und einige Kekse, dann liefen sie in ihre Kammer.

»Wir kuscheln uns unter die Decke, und du liest mir aus dem Buch vor«, sagte Rainett und zog ihren Pullover über den Kopf.

»Aber nicht schon wieder die kleine Meerjungfrau«, antwortete Lena. »Vielleicht mal Dornröschen oder König Drosselbart.«

Lena öffnete die Schranktür und holte das Märchenbuch heraus, das wie immer in der hintersten Ecke versteckt war, damit Almut es nicht finden würde. Sie legte es aufs Bett und wollte gerade ihren Pullover ausziehen, als sie polternde Schritte auf der Treppe zusammenzucken ließen. Im nächsten Moment wurde die Tür aufgerissen. Almut stürmte in den Raum und begann sofort, laut schimpfend auf Lena einzuprügeln.

»Du undankbares Dreckstück. Da ist man gut zu dir und gibt dir ein Dach über dem Kopf, und dann so etwas. Hetzt den Pfarrer gegen mich auf. Und das heute, am Todestag meines Bernhards. Weggehen will das Fräulein und sich vor der Arbeit drücken. Lügen verbreiten, das geht. Und dann willst du mir auch noch Rainett wegnehmen. Mein eigen Fleisch und Blut. Aber du sollst mich kennenlernen.« Sie schlug immer fester auf Lena ein. Diese hob abwehrend die Hände in die Höhe und fiel rückwärts aufs Bett.

»Ich hätte dich niemals herholen sollen. Nutzlose Schlampe.« Lena trafen ihre harten Schläge überall auf ihren Körper. Sie hatte sich zusammengerollt, die Knie angezogen, die

Augen geschlossen und hielt die Hände vors Gesicht. Almut prügelte, blind vor Wut, immer weiter. Sie nahm auch das Märchenbuch zur Hand und schlug es Lena auf den Kopf. Ihre Schimpftirade verschwamm in Lenas Wahrnehmung immer mehr zu einem breiigen Singsang, schrill und laut. In ihren Ohren begann es zu rauschen. Nun war es so weit. Nun würde Almut sie erschlagen. Doch dann war plötzlich Rainetts laute Stimme zu hören, und Almut hielt inne. Sie fiel neben Lena aufs Bett, wo sie liegen blieb. Lena öffnete die Augen und sah verwirrt auf Almut, dann zu Rainett, die, einen kleinen Holzschemel in Händen, mit weit aufgerissenen Augen dastand. Almut bewegte sich stöhnend. Lena reagierte blitzschnell. Sie nahm Rainetts Hand und sagte: »Wir müssen hier weg.«

Die beiden eilten zum Zimmer hinaus, auf den Hof und die Straße und bis zu ihrem Schleichweg. Als sie auf der Höhe der Wichensteiner Weiher waren, blieben sie außer Atem stehen und blickten zurück.

»Und was nun?«, fragte Rainett und schlug die Hände um den Körper. Sie trug nur ihr Nachthemd und war barfuß. Lena blickte zurück. Es hatte zu regnen aufgehört. Der Mond kam zwischen den Wolken hervor und tauchte die Landschaft in fahles Licht. Sie musterte Rainett von oben bis unten.

»Wir können auf keinen Fall zurück. Sie schlägt uns tot. Aber in dem Aufzug kannst du unmöglich ins Dorf.« Sie überlegte kurz, dann fiel ihr etwas ein.

»Im Stall auf dem Boden hängen noch meine Kleider von neulich zum Trocknen. Ich könnte hinten herumschleichen und sie holen. Solange versteckst du dich oben in der Ruine.«

»Bei den bösen Hunden«, sagte Rainett und blickte Richtung Burgruine, die in der Dunkelheit nicht zu sehen war. »Ich weiß nicht.«

»Dann bleibst du eben hier und setzt dich auf die Bank am Weiher.« Lena wurde ungeduldig. »Schaffst du das? Ich laufe, so schnell ich kann, und bin gleich wieder bei dir.«

Rainett begann zu weinen, nickte jedoch.

Lena legte die Arme um sie und sah sie eindringlich an.

»Wir schaffen das, hörst du? Ich gehe nur schnell die trockenen Sachen holen, dann laufen wir zum Pfarrer. Er wird uns helfen. Du setzt dich jetzt hier auf die Bank und wartest auf mich. Ich bin gleich wieder bei dir, dann wird alles gut. Fest versprochen.«

Rainett nickte. Lena führte sie zu der Bank, die Gott sei Dank noch im Trockenen lag. Rainett setzte sich und zog die Beine an. Lena wiederholte noch einmal, dass sie sofort zurück wäre, dann rannte sie los. Als sie die Straße erreichte, spähte sie vorsichtig um die Ecke. Doch niemand war zu sehen. Sie huschte zurück zum Hof, betrat das Gelände über die Obstwiese und schlich von der anderen Seite zum Stall. Von dort aus gelangte sie über eine Leiter auf den Boden, wo ihre Kleider über der Leine hingen. Sie pflückte sie rasch herunter, griff sich ein Paar Schlappen, die auf dem Boden lagen, und wollte wieder gehen, doch dann vernahm sie Stimmen. Sie hielt in der Bewegung inne, schlich zu einem winzigen Fenster auf der anderen Seite und blickte in den Innenhof. Almut stand dort mit Utz. Mist. Warum musste er ausgerechnet heute so früh zurückkehren? Sonst soff er doch auch immer bis in die Morgenstunden.

»Du musst sie finden und zurückholen. Diese verdammten Weiber. Oh, wenn ich sie in die Finger bekomme. Die können was erleben.«

Lena wich vom Fenster zurück. Sie hatte genug gehört. Schnell eilte sie zum Hinterausgang, kletterte die Leiter hinunter und rannte über die Obstwiese zur Straße zurück, die sie eilig überquerte. Gerade noch rechtzeitig verschwand sie im Gebüsch. Der Scheinwerfer von Utz' Motorrad ließ sie erschrocken zusammenzucken. Als sich das Motorengeräusch entfernte, atmete sie erleichtert auf. Sie blickte zum Hof. Von Almut war nichts zu sehen. Trotzdem entschied sie, sich durch die Büsche und über das Feld zum Schleichweg durchzuschlagen. Als sie am Weiher eintraf, lag Rainett zitternd und mit den Zähnen klappernd auf der Bank. Lena half ihr beim Anziehen und berichtete, was sie auf dem Hof mitangehört hatte.

»Es könnte sein, dass er zum Pfarrer gefahren ist und uns dort sucht. Aber das Risiko müssen wir eingehen. Der Pfarrer ist der Einzige, der uns helfen kann.«

Sie zog Rainett den Pullover über den Kopf. Rainett weinte.

»Er wird uns erschlagen. Ganz sicher wird er das tun. Wir waren dumm. Wir hätten das nicht machen sollen. Sie bringen uns um. Ganz sicher. Sie bringen uns um.« Ihre Stimme klang panisch.

»Nein, das werden sie nicht«, sagte Lena und nahm Rainetts Hände in die ihren. Sie spürte ihren eigenen Pulsschlag und die Angst in sich. Doch jetzt durfte sie keine Schwäche zeigen. Sie musste stark sein. Für sich selbst und für Rainett, die es verdient hatte, dieser Hölle für immer zu entkommen.

»Wir schaffen das. Hörst du! Wir gehen jetzt zum Pfarrer, und er wird uns weiterhelfen.«

Rainett nickte. Noch immer zitterte sie vor Kälte.

»Komm.« Lena nahm Rainetts Hand, und die beiden liefen los.

Am Ende des Schleichwegs blickte sich Lena mit klopfendem Herzen um, doch niemand war zu sehen. Im Dorf angekommen, schlichen sie wie Straftäter durch die Straßen. Immer auf der Hut, Utz könnte ihnen irgendwo auflauern. Doch nichts passierte. Auch vor dem Pfarrhaus war sein Motorrad nicht zu sehen. Ein Fenster im Erdgeschoss war hell erleuchtet. Lena beschloss, durch den Garten zu laufen und von dort an die Scheibe zu klopfen. Wenn Utz die Eingangstür im Blick hätte, wäre dies der sicherste Weg, mit dem Pfarrer Kontakt aufzunehmen. Sie schlichen also durch den Garten, und Lena klopfte leise an die Scheibe. Der Pfarrer sah hoch. Sein Blick war skeptisch. Lena klopfte erneut. Jetzt erhob er sich, kam näher und erkannte sie. Er öffnete das Fenster, und Lena begann sofort im Flüsterton zu sprechen.

»Bitte, Sie müssen uns helfen. Almut hat davon erfahren, dass Sie die Fürsorge einschalten wollen. Sie schlägt uns tot.«

»Aber wie …«

»Das wissen wir nicht«, ließ Lena ihn nicht ausreden. »Bitte. Sie müssen uns helfen. Wir können nicht zurück. Utz sucht uns bereits.«

Der Pfarrer nickte mit ernster Miene.

»Ich lass euch ins Haus, dann sehen wir weiter.«

»Aber nicht die Vordertür. Utz könnte uns dort auflauern«, sagte Lena.

»Dann durch den Keller, gleich hier hinten«, erwiderte er, deutete nach rechts und schloss das Fenster.

Lena und Rainett wandten sich nach rechts und liefen die wenigen Stufen zu der Kellertür hinunter, die der Pfarrer nur eine Minute später öffnete. Schnell betraten sie das Gebäude, und der Pfarrer verriegelte die Tür hinter ihnen.

Er führte die beiden in die Wohnstube und bot warmen Tee an, den sie dankend annahmen. Nervös sah Lena immer wieder zum Fenster, während der Pfarrer den Tee aufbrühte.

»Was genau ist geschehen?«

»Sie ist vorhin in unsere Kammer gekommen und hat auf mich eingeprügelt. Irgendjemand muss ihr erzählt haben, dass Sie mit der Fürsorge sprechen wollen.«

»Aber das kann doch gar nicht sein«, erwiderte der Pfarrer. Ich war doch …« Er stockte. »Nein, war ich nicht. Die Tür stand offen, und meine Putzfrau Frau Haller war im Flur. Sie muss mein Telefonat belauscht haben.«

»Und die Haller ist mit Eni Baumgartner befreundet«, zog Lena die richtigen Schlüsse.

»Es tut mir leid. Ich hätte besser aufpassen sollen«, entschuldigte sich der Pfarrer. »Gleich morgen werde ich die Frau entlassen.«

»Das ist gut gemeint«, erwiderte Lena. »Aber uns wird es nicht weiterhelfen.«

Der Pfarrer nickte, stand auf und begann, im Raum auf und ab zu laufen.

»Hier könnte ihr nicht bleiben. Am besten wird es sein, ihr fahrt noch heute nach Altstätten zu meinem Bekannten. Ich rufe ihn gleich an. Hoffentlich erreiche ich ihn noch.« Er verließ den Raum. Lena sah zu Rainett. Sie war leichenblass. Ihr nasses Haar klebte an ihrer Stirn.

»Trink von dem Tee«, sagte sie und deutete auf die dampfende Tasse auf dem Tisch. »Es wird bestimmt alles gut werden.«

Aus dem Nebenzimmer war die Stimme des Pfarrers zu hören, was ihr Mut machte. Es schien, als hätte er seinen Bekannten erreicht. Wenige Minuten später kam er wieder zurück. Lena sah ihn hoffnungsvoll an.

»Mein Bekannter, sein Name ist Andreas Hofer, erwartet euch. Er hat noch ein freies Zimmer in einer Unterkunft für Jugendliche in Altstätten. Dort könnt ihr fürs Erste bleiben. Alles Weitere wird er dann in die Wege leiten.«

»Oh, haben Sie vielen Dank«, antwortete Lena erleichtert und sagte dann zu Rainett: »Hast du gehört? Es wird alles gut.«

»Ich würde euch gern selbst zu ihm nach Altstätten bringen oder wenigstens nach Oberriet zum Bus. Aber die Straße ist wegen Unterspülung gesperrt. Und in wenigen Minuten beginnt die Abendandacht. Zu Fuß müsstet ihr es gut zum Bus schaffen. Der Nachtbus fährt in einer halben Stunde. Ich gebe euch Geld für die Fahrkarten.« Er zückte sein Portemonnaie, nahm einige Scheine heraus, reichte sie Lena und fügte hinzu: »Ich weiß, Utz Gerber ist irgendwo dort draußen. Aber am Bus vermutet er euch mit Sicherheit nicht. Ihr könnt durch den Garten schleichen und seid dann gleich am Dorfausgang. Von dort ist es nur noch ein Katzensprung.«

Lena nickte. »Das schaffen wir schon. Nicht wahr, Rainett? Ich kenne einen Schleichweg nach Oberriet. Ein Stück hinter dem Pfarrhaus geht es am Bach entlang den Hügel runter, dann sind wir schon an der Haltestelle. Dort wird uns Utz niemals suchen.«

»Gut«, antwortete der Pfarrer und erhob sich. »Und seid mir nicht böse, wenn ich nichts mehr von mir hören lasse. In diesem Haus haben die Wände Ohren. Andreas Hofer wird jetzt die Verantwortung übernehmen. Er ist Sozialarbeiter des Kantons, bei ihm seid ihr in den besten Händen. Das verspreche ich euch.« Er bemühte sich um ein aufmunterndes Lächeln. Alle drei erhoben sich. Wenig später standen Lena und Rainett erneut im kalten Nieselregen.

»Komm«, sagte Lena und nahm Rainetts Hand. »Sonst fährt der Bus noch ohne uns ab.«

Die beiden durchquerten den Garten, liefen ein Stück die Dorfstraße entlang und bogen rechts in einen schmalen Feldweg ab. Dann erreichten sie den Bachlauf, der auf das Doppelte seiner normalen Breite angeschwollen war und eine reißende Strömung hatte. Der Weg war feucht und glitschig. Erneut kam der Mond zwischen den Wolken hervor und tauchte die Landschaft in fahles Licht. Sie liefen am Ufer des Baches entlang über Stock und Stein durch den Wald, denn der Feldweg stand unter Wasser.

Lenas Herz schlug ihr vor Aufregung bis zum Hals, und in ihren Ohren hatte es erneut zu rauschen begonnen. Immer wieder sah sie nervös hinter sich. Doch niemand war zu sehen. Oder war da doch etwas? Sie glaubte, Schritte zu hören. Das konnte nicht sein. Oder doch? Sie mussten schneller laufen, gleich würden sie auf freies Feld kommen und Oberriet schon sehen. Doch dann stand plötzlich eine Gestalt vor ihnen. Sie blieben abrupt stehen. Es war Utz. Erschrocken wichen Lena und Rainett zurück.

»Dachte ich mir doch, dass ihr nach Oberriet wollt. Ihr glaubt wohl, ihr könnt mich für dumm verkaufen, was? Aber nicht mit mir. Am Todestag des Vaters hetzt ihr den Pfarrer gegen uns auf. Seid ihr von Sinnen? Aber diese Flausen werden wir euch austreiben. Ein für alle Mal.« Er griff Lena am Arm und zog sie nah an sich heran. Sein Atem stank nach Bier und Rauch. Angeekelt wandte sie den Kopf zur Seite. »Ich hätte dich an Weihnachten im Stall erschlagen sollen. Dann wäre alles gut gewesen. Nach dir hätte sowieso keiner gefragt. Ich könnte dir auf der Stelle das Genick brechen und dich in den Bach werfen.«

Lena hörte seine Worte wie durch eine Wand. Sie war wie erstarrt. Er würde sie umbringen. Jetzt und hier, vor den Augen seiner Schwester, die er zurück auf den Hof schleppen würde, wo die Prügel ihres Lebens auf sie warteten. Doch das würde sie nicht zulassen. Dieses Mal würde er nicht gewinnen. So weit waren sie schon gekommen. Sie mussten diesen Bus erreichen. Koste es, was es wolle, das war ihr Weg in die Freiheit. Sie versuchte, sich aus seinem Griff zu befreien.

»Lass mich los, Utz. Es ist vorbei, das ist dir doch auch klar. Der Pfarrer weiß alles. Er hat die Fürsorge verständigt.

Lass uns gehen, bevor sie auf den Hof kommen und uns vor aller Augen abholen.« Sie wollte ihn abschütteln, doch er verstärkte seinen Griff. »Du sollst mich loslassen!«, rief sie und zerrte mit der anderen Hand an ihrem Arm. Doch er lachte nur.

»Da wehrt sich das Hühnchen. Wie niedlich.« Er schlug ihr mit voller Wucht ins Gesicht, und sie ging zu Boden.

»Du sollst sie loslassen«, mischte sich nun Rainett ein. Sie nahm all ihren Mut zusammen und schlug wie wild auf ihren Bruder ein. »Du bist böse. Lass sie in Ruhe. Verschwinde! Hörst du! Geh weg!«

Von dem Angriff überrascht, ließ Utz sie los. Rainett prügelte weiter wie von Sinnen auf ihn ein. Er wich zurück und hob abwehrend die Hände. Rainett schlug immer weiter. Sie schrie jetzt nur noch. Doch Utz erholte sich schnell vom Schrecken. Er holte aus und verpasste Rainett eine schallende Ohrfeige. Sie geriet ins Straucheln, stolperte über eine Wurzel und schlug mit dem Hinterkopf hart auf einem Felsblock auf, der am Ufer des Baches lag.

»Rainett, nein!«, rief Lena und stürzte zu ihr. Sie beugte sich über sie und suchte verzweifelt nach ihrem Pulsschlag am Hals. Doch sie konnte ihn nicht fühlen. Sie legte die Hand hinter Rainetts Kopf, um sie aufzurichten, zog sie jedoch gleich wieder heraus. Die Hand war voller Blut. Utz stand wie erstarrt neben ihr. Doch es dauerte nicht lange, bis er sich wieder gefangen hatte.

»Du Mörderin«, zischte er. »Du hast sie umgebracht.«

Lena sah ihn fassungslos an. »Aber das ist ...« Sie stockte und machte einen Schritt rückwärts.

»Wegen dir war sie hier. Wegen dir und deiner Flausen ist sie jetzt tot. Ich werde allen sagen, dass du meine Schwester getötet hast.«

»Aber du hast … Sie hat …« stammelte Lena.

Utz kam auf sie zu und wollte nach ihr greifen. Da drehte sich Lena um und lief los. Sie rannte und rannte, stolperte, fiel hin und rappelte sich wieder auf. Sie lief aus dem Wald, über ein freies Feld und erreichte vollkommen außer Atem die Bushaltestelle in Oberriet, wo just in diesem Moment der Bus hielt. Hastig sprang sie hinein, bezahlte bis Altstätten und sank mit klopfendem Herzen auf einen Platz am Fenster. Der Bus setzte sich in Bewegung, und in Lenas Augen traten Tränen. Rainetts Stimme hallte in ihrem Kopf. *Du bist böse.* Sie hob ihre Hand, an der noch immer Rainetts Blut klebte. Hastig wischte sie es an ihrer Jacke ab. Tränen traten ihr in die Augen. Seine Worte, sie waren in ihrem Kopf. *Wegen dir war sie hier! Du hast sie umgebracht!* Er hatte recht. Sie hätte niemals mit dem Pfarrer reden dürfen. Und nun war Rainett tot.

Ihr Innerstes verkrampfte sich. Sie weinte, bis sich die Stimme des Zweifels in ihr regte. Es stimmte, ihretwegen waren sie dort gewesen. Aber wenn Utz ihnen nicht aufgelauert hätte, wäre es nie zu dem Streit gekommen. Er hatte Rainett geschlagen. Seinetwegen war sie gefallen. Er war es, der die Schuld an ihrem Tod trug. Sie war keine Mörderin. Sie wollte Rainett retten. Verdammt noch mal, sie wollte, dass sie ein besseres Leben hatte. Und jetzt? Lena sah den Moment vor Augen, als sie gefallen war, hörte das fürchterliche Geräusch, als sie mit dem Kopf auf dem Fels aufgeschlagen war. Sie hob die Hand und blickte auf ihre blutverklebten Finger. Rainett hatte ihr so oft geholfen. Bei Almut, bei Utz. Und was hatte sie getan? Sie hatte sie einfach zurückgelassen und war fortgelaufen. Doch Rainett hätte es so gewollt. Ganz bestimmt. Lena lehnte den Kopf gegen die Scheibe, beobachtete die Regentropfen daran. Rainett hätte gewollt, dass sie glücklich ist. Sie erreichten Altstätten, und sie stieg aus dem Bus. Der Regen war wieder stärker geworden. Sie spürte es kaum. Sie blieb an der Haltestelle stehen und blickte auf die hübschen Häuser der Altstadt mit ihren hell erleuchteten Fenstern. Was sollte jetzt nur werden? Würde Utz seine Drohung wahr machen, und allen sagen, dass sie eine Mörderin war? Wem würden sie mehr glauben? Ihm oder ihr? Sie kannte die Antwort. Sie war das Verdingkind. Ihr würde niemand helfen. Vielleicht der Pfarrer, aber was würde sein Wort schon gegen das des halben Dorfes gelten?

Sie holte den Zettel mit der Adresse des Büros von Andreas Hofer aus ihrer Hosentasche. Eine Weile starrte sie die mit Kugelschreiber geschriebenen Zeilen nur an. Sollte sie wirklich dorthin gehen? Der Mann würde zwei Mädchen erwarten. Was sollte sie ihm sagen? Vielleicht wäre es besser, nicht bei ihm aufzutauchen. Doch wo sollte sie sonst hin? Sie könnte ihm sagen, was passiert war. Vielleicht würde er ihr glauben. Ein weiterer Bus kam und hielt an der Haltestelle. Zwei ältere Frauen stiegen aus, musterten sie neugierig und überquerten die Straße. Der Bus fuhr weiter. Zwei Autos kamen an Lena vorbei, aus einem dröhnte laute Musik. Lena stand noch immer an der Haltestelle. Irgendwann schlug die Kirchturmuhr dreimal. Viertel vor neun. Bald wäre der Sozialarbeiter weg. Sie musste sich entscheiden. Noch einmal sah sie auf die Adresse. Es war nicht weit von hier. Nur die Straße runter, im ersten Stock eines Hauses. Darunter lag ein Kurzwarengeschäft. So hatte es der Pfarrer beschrieben. Lena entschloss sich hinzugehen. Sie trottete die Straße hinunter und erreichte das Haus. Im ersten Stock brannte in einem der Fenster Licht. Er war also noch da. Sie trat an den seitlich des Ladengeschäfts befindlichen Hauseingang und blickte auf das Klingelschild. *Jugendbehörde* stand auf einem von ihnen geschrieben. In einem anderen Leben hatte sie Angst vor ihr gehabt. Sie sah Marie vor Augen, wie sie auf dem Verkaufstresen gesessen hatte. Ihre Mutter, die die Tür schloss. Auch damals hatte es geregnet. Marie. Sie fehlte ihr so.

Lena atmete tief durch, legte den Finger auf den Klingelknopf und läutete. Es dauerte keine Minute, bis der Türsummer ging. Sie betrat das Treppenhaus und machte Licht. Es roch muffig, nach Bohnerwachs vermischt mit Rauch und Essensgerüchen. Sie ging langsam die hölzerne Treppe hinauf. Die Stufen knarrten unter ihren Füßen.

Andreas Hofer stand in der Tür und lächelte. Lena schätzte ihn auf Mitte vierzig, vielleicht etwas jünger. Er hatte braunes Haar, seine Oberlippe zierte ein Schnauzer, und eine Brille lag auf seiner Nase.

»Da seid ihr ja endlich. Ich dachte schon, ihr kommt nicht mehr«, begrüßte er sie und reckte sich, um hinter Lena blicken zu können. »Wo ist deine Freundin?«

»Sie hat sich doch anders entschieden«, antwortete Lena, ohne groß nachzudenken.

»Gut«, erwiderte er. »Dann eben nur du.« Er hielt Lena die Tür auf, und sie betrat schüchtern die Büroräume.

»Normalerweise habe ich noch eine Kollegin«, erläuterte er und wies ihr den Weg in sein Büro, in dem zwei Schreibtische am Fenster einander gegenüber standen. »Aber sie ist krank.« Er setzte sich an seinen Schreibtisch und bot ihr an, auf dem Stuhl daneben Platz zu nehmen. Lena sank auf die Stuhlkante und faltete ihre zittrigen Hände im Schoß. »Ich hatte mir deinen Namen nicht notiert. Wie war er noch gleich?«, fragte er.

Lena überlegte kurz, dann antwortete sie: »Nina. Nina Bauer.« Einfach so war der Name ihrer rothaarigen Freundin von einst aus ihr herausgekommen.

Er schrieb ihn auf einen Zettel.

»Hast du einen Ausweis oder sonstige Papiere?«

Lena schüttelte den Kopf.

»Na, das wird sich finden«, erwiderte er. »Zur Not stellen wir neue Papiere aus. Pfarrer Sebald meinte, du seist misshandelt worden.« Lena nickte und senkte den Blick. Die Miene des Sozialarbeiters wurde ernst. »Du bist nicht das erste Kind deiner Art, dem das passiert. Jetzt ist es vorbei. Hier bist du gut aufgehoben. Das verspreche ich dir.« Er wollte seine Hand auf die ihre legen, doch sie zuckte zurück. Wie er das gesagt hatte. Kind deiner Art. Als wäre sie nicht normal. Kein richtiges Kind. Aber das war sie ja auch nicht mehr. Sie war das Verdingkind und dazu noch eine Lügnerin. In ihre Augen traten Tränen, die sie wegblinzelte. Der Mann sollte sie nicht weinen sehen.

Andreas Hofers Blick wurde mitleidig. Einen Moment

herrschte Stille. Dann öffnete er eine Schublade, holte einen leeren Aktenbogen heraus und begann, ihn auszufüllen. »Also: Dein Name ist Nina Bauer. Geboren am?« Er sah sie fragend an. Lena nannte ihr richtiges Geburtsdatum und den Geburtsort Bern. Darin sah sie nichts Unverfängliches, denn Nina Bauer hatte ja am selben Tag wie sie Geburtstag gehabt. Er notierte alles, stand auf und holte eine Sofortbildkamera aus einem Schrank.

»Jetzt machen wir noch ein Bild von dir für die Akte, dann sind wir für heute fertig.« Er hielt ihr die Kamera vors Gesicht, und es blitzte. Das Foto kam heraus. Er legte es auf den Aktenbogen.

»Ich habe schon eine Idee, wo wir dich längerfristig unterbringen könnten. In Winterthur gibt es ein Heim für junge Mädchen, das eine Freundin von mir leitet. Dort könntest du die Schule beenden und wärst gut aufgehoben. Erst letzte Woche habe ich mit ihr gesprochen, und sie meinte, gerade sei ein Platz frei geworden. In dem Heim wirst du es gut haben. Das verspreche ich dir.« Er nickte Lena aufmunternd zu. »Aber jetzt solltest du dich erst einmal ausruhen. Im Nebenzimmer gibt es eine Schlafmöglichkeit. Solltest du Hunger haben oder etwas trinken wollen, findest du etwas in unserer Teeküche.«

Sie betraten den Nebenraum, in dem sich zwei einfache Betten und ein Waschbecken befanden. Die orangen Vorhänge waren zugezogen. Unsicher blieb Lena mitten im Raum stehen.

»Ich bin dann weg. Meine Frau wartet auf mich. Eigentlich hätte ich schon längst bei ihr sein sollen.« Er lächelte, wünschte Lena eine gute Nacht und versprach, pünktlich um acht am nächsten Morgen wieder da zu sein. Lena nickte wortlos. Er verließ den Raum, und keine Minute später fiel die Wohnungstür ins Schloss. Lena sank aufs Bett und ließ ihren Blick durch die kleine Kammer schweifen. An dem zweiten Bett blieb er hängen. Dort sollte Rainett sitzen. Erneut stiegen Tränen in ihre Augen, und sie begann zu weinen.

»Es tut mir so leid«, flüsterte sie. »Du hättest doch nur glücklich sein sollen.« Sie legte sich seitlich auf die Bettdecke und begann die Geschichte der kleinen Meerjungfrau vor sich hin zu murmeln. Irgendwann schlief sie darüber ein.

*

BURGDORF, AUGUST 1972

Marie überquerte die Emme über die hölzerne Wynigenbrücke, die noch aus dem Mittelalter stammte, und schlug den Weg zur Gysnauflüe ein. Diese vier Sandsteinformationen überragten die Emme um fast sechzig Meter und galten mit der alten Zähringerfestung als Wahrzeichen Burgdorfs. Marie hatte dieser Ort, in dem sich noch eine alte Höhlenburg verbarg, schnell in seinen Bann gezogen. Von dort oben aus hatte man einen herrlichen Blick auf die Stadt und den Burgberg.

Sie erklomm den sich nach oben schlängelnden Hohlweg, der durch den Wald zum ersten Aussichtspunkt führte. Helles Sonnenlicht fiel durch die belaubten Bäume und malte Sonnenflecken auf den steinigen Weg, ein leichter Wind ließ die Blätter über ihr rauschen. Ihre Stimmung hob sich mit jedem Schritt. Als sie den ersten Aussichtspunkt der Felsen erreichte, blieb sie stehen und blickte auf Burgdorf. Der Himmel war wolkenlos, und die Hitze flirrte über der Stadt. Majestätisch thronte die Burganlage auf der gegenüberliegenden Seite, dahinter waren entfernt die noch immer weißen Gipfel eines Gebirgszuges zu sehen.

Seit bald drei Wochen war es nun schon heiß und trocken. Marie liebte das warme Wetter und die endlos scheinenden Sommertage. Rund um Burgdorf schienen goldene Kornfelder bis zum Horizont zu reichen, es duftete nach Heu und Sommerblumen, und in den lauen Nächten zirpten die Grillen. Es hätte der perfekte Sommer sein können, doch er war es nicht. Sie legte die Hand auf ihren Bauch und schluckte. Seit heute Mittag hatte sie Gewissheit. Sie war schwanger. Ihre Freundin Erika hatte ihr geholfen, einen Test machen zu lassen. Es war nicht leicht gewesen, diesen hinter dem Rücken ihres Vaters über die Apotheke in ein Labor zu schicken, doch sie hatte es hinbekommen. Das Ergebnis bestätigte, was Marie längst wusste und ihr den Schlaf raubte. Wie sollte es jetzt nur weitergehen? Sie wusste, dass sie es nicht mehr lange für sich behalten konnte. Wie Alice reagieren würde, wenn sie davon erfuhr, wollte sie sich lieber nicht ausmalen. Es hatte schon gereicht, wie sie auf ihre Liebesbeziehung zu Reto reagiert hatte. Ganze drei Wochen hatte es gedauert, bis sie es herausgefunden hatte. Besser gesagt war es Theo gewesen, der sie knutschend im Gewächshaus erwischt hatte. Daraufhin war Reto sofort entlassen worden, und Alice hatte ihr auf scheußlichste Art und Weise den Kopf gewaschen. Sie hatte ihr sogar damit gedroht, sie erneut der Fürsorge zu übergeben.

Seitdem war ihr Verhältnis schwierig. Alice hielt Charlotte bewusst von Marie fern, worunter die Kleine litt. Mit Argusaugen verfolgten Alice und Elena jeden ihrer Schritte. Sämtliche Freizeitaktivitäten waren eingeschränkt worden. Abends hatte sie um sieben Uhr zu Hause zu sein. Marie fühlte sich wie in einem Gefängnis. Trotzdem schaffte sie es, sich weiterhin mit Reto zu treffen. Er wohnte noch immer in dem Jugendheim und arbeitete jetzt bei einer Autowerkstatt.

Nichts und niemand würde sie auseinanderbringen. Das hatten sie sich geschworen. Marie liebte ihn mehr als alles andere auf der Welt. Reto war der einzige Halt in dieser Welt, der ihr geblieben war. Sie wandte sich um und blickte auf den schmalen Feldweg, der sich weiter durch den Wald schlängelte. Auch heute würde er wieder an ihrem geheimen Treffpunkt, der nahegelegenen Bartholomäus-Kapelle, auf sie warten. Sie wollte ihm von der Schwangerschaft berichten. Wie er wohl reagieren würde? Am Ende bekäme er Angst und ließe sie sitzen? Davor fürchtete sie sich mehr als alles andere, dann wäre sie endgültig allein. Aber sie musste es ihm sagen, schließlich war er der Vater des Kindes. Reto würde sie nicht verlassen, sprach sie sich in Gedanken Mut zu. So war er nicht. Und vielleicht wusste er eine Lösung für ihre Probleme.

Marie atmete tief durch, ging weiter und erreichte bald darauf die Bartholomäus-Kapelle, die friedlich im Wiesengrund vor ihr lag. Die kleine Kapelle mit dem winzigen Glockenturm über der hölzernen Eingangstür gehörte zu dem danebenliegenden Siechenhaus, das bis ins siebzehnte Jahrhundert als Pflegehaus für Aussätzige gedient hatte. Heute standen sowohl das bäuerlich anmutende Siechenhaus als auch die Kapelle unter Denkmalschutz. Reto saß wie immer auf der Rückseite der Kirche im Gras. Er lächelte, als sie näher trat. Wie gewohnt sorgte sein Anblick dafür, dass sich diese herrliche Wärme in ihr ausbreitete, die sie nur in seiner Nähe fühlte. Sie sank neben ihn ins Gras, wo sie einander mit einem langen Kuss begrüßten. Er schmeckte wie immer nach Zigaretten, roch nach Öl und Schweiß, was Marie jedoch nicht störte.

Er zog sie in seine Arme. Entspannt lehnte sie sich an ihn. Beide schwiegen. Marie genoss seine Nähe. Er hatte seine schweren Schuhe ausgezogen und war barfuß. Die blaue Arbeitshose hatte er hochgekrempelt. Sie wusste, was das zu bedeuten hatte.

»Bist du wieder im Fluss rumgelaufen«, sagte sie mit einem Lächeln und pflückte eine Kleeblume ab.

»Es ist so heiß. Da tut eine Abkühlung gut. Beinahe hätte ich einen Fisch gefangen.« Er grinste schelmisch. Sie lächelte.

»Irgendwann wirst du hineinfallen und pitschnass sein.«

»Bei der Hitze wäre das nicht das Schlechteste«, erwiderte er. »In der Werkstatt war es heute unerträglich.«

»In der Gärtnerei auch. Besonders im Gewächshaus ist es kaum auszuhalten.«

»Wie läuft es so? Sind sie wieder netter zu dir?«

»Unverändert«, erwiderte Marie. »Alice spricht nur das Notwendigste mit mir, und Elena triezt mich ständig. Theo redet gar nicht mehr mit mir. Manchmal kommt es mir so vor, als würde er durch mich hindurchblicken.«

»Vielleicht beruhigen sie sich bald wieder. Sie können dir doch nicht ewig böse sein.«

»Böse sein«, wiederholte Marie mit einem bitteren Unterton in der Stimme. »Warum? Weil wir uns lieben? Was ist falsch daran? Erika hat jetzt auch einen Freund. Einen Jungen aus der Oberstufe. Ihre Eltern mögen ihn. Sie dürfen sogar miteinander ausgehen.«

»Du weißt, dass du dich nicht mit Erika vergleichen kannst«, entgegnete Reto. »Sie ist nicht, was wir sind.«

»Ich weiß«, erwiderte Marie. Reto schlang seine Arme fester um sie und wollte sie küssen, doch sie rückte ein Stück von ihm ab. »Da ist noch etwas.« Sie spürte, wie sich in ihrem Hals ein dicker Kloß bildete. Gleich würde sie zu weinen anfangen. Trotzdem brachte sie den entscheidenden Satz über die Lippen. »Ich bin schwanger.«

Reto sah sie überrascht an.

»Du bist – was?«

»Schwanger.«

»Und das ist sicher?«, fragte er.

»Natürlich ist es das«, entgegnete Marie, der die Tränen in die Augen stiegen. »Erika hat einen Test machen lassen.«

»Erika«, wiederholte Reto. »Sie weiß es vor mir?«

»Ich wollte es dir erst sagen, wenn ich ganz sicher bin. Und sie arbeitet doch bei ihren Eltern in der Apotheke, und da kann sie …«

»Schon gut, schon gut«, unterbrach er sie, stand auf, begann, auf und ab zu laufen, und strich sich immer wieder nervös durchs Haar.

»Was machen wir nur? Wenn Alice und Theo es herausfinden, wird die Hölle losbrechen.« Er blieb stehen und sah Marie an.

»Ich weiß.«

»Wie lange bist du schon … Ich meine …«

»Siebte, achte Woche.«

»Also wird es noch eine Weile dauern, bis man es sieht.«

Marie nickte. »Schon. Allerdings plagt mich morgendliche Übelkeit. Elena wird langsam misstrauisch. Sie sieht mich oft komisch von der Seite an.«

»Dieses Biest«, seufzte Reto.

»Wir könnten es wegmachen und …«

»Nein, das kommt nicht in Frage«, ließ Reto sie nicht aussprechen. Er ging vor ihr in die Hocke, nahm ihre Hände in die seinen und sah sie eindringlich an. »Es ist unser Kind, und wir werden es nicht töten. Wir werden eine Lösung finden. Ich muss nur nachdenken. Ein paar Tage vielleicht. Mir fällt etwas ein. Das verspreche ich dir. Hörst du?« Er nahm sie in die Arme und drückte sie fest an sich. »Ich lass dich nicht allein. Wir kriegen das hin. Ich werde Vater. Und ein Vater hat sich um seine Familie zu kümmern.«

Jetzt begann Marie doch zu weinen. Vor Verzweiflung, aber auch vor Erleichterung. Wie hatte sie auch nur für einen Moment annehmen können, Reto würde sie wegen des Kindes nicht mehr lieben können? Seit jenem Abend am Bach in Ermensee waren sie zu einer Einheit verschmolzen, und nichts und niemand würde sie trennen. Und von nun an gab es ein kleines Wesen in ihrem Bauch, das ihre Zusammengehörigkeit noch untermauerte. Es brauchte Eltern, die für es da waren, die sich kümmern würden.

»Manchmal wünschte ich, ich könnte einfach fortlaufen«, sagte Marie.

»Vermutlich wäre das auch das Beste«, antwortete Reto.

Marie sah ihn erstaunt an. Er zuckte mit den Schultern.

»Die Seematters wollen dich doch sowieso nicht mehr bei sich haben, und auch mich hält hier nichts. Ich habe ein wenig Geld gespart. Es könnte für Zugtickets und einige Tage Unterbringung irgendwo reichen. Wir könnten nach Italien oder Südfrankreich fahren.«

»Aber wir sind noch nicht volljährig«, gab Marie zu bedenken. »Sie werden nach uns suchen lassen.«

»Wenn wir erst einmal raus aus der Schweiz sind, werden sie uns nur noch schwer finden. Wir könnten nach Florenz fahren, nach Rom oder Venedig. Oder noch besser, nach Sizilien. Weit weg von der Schweiz. Ich spreche ein wenig Italienisch, für den Anfang dürfte das reichen.«

»Aber wovon wollen wir dort leben?«

»Das wird sich finden. Ein tüchtiger Mann bekommt immer Arbeit.«

Er nahm Maries Hand. In seinen Augen lag plötzlich eine Begeisterung, die sie ansteckte.

»Willst du meine Frau werden, Marie Flaucher?«, fragte er aus heiterem Himmel.

Maries Augen wurden groß. Er lachte. »Ich weiß, es kommt überraschend. Aber du trägst mein Kind unter deinem Herzen. Da gehört es sich doch, dass wir Mann und Frau werden, oder?«

Marie nickte, und in ihr breitete sich erneut das warme Gefühl des Glücks aus.

»Ja«, sagte sie. »Ja, ich will deine Frau werden, Reto Lenzhofer.«

Er drückte sie fest an sich und küsste sie leidenschaftlich. Als sie sich wieder voneinander lösten, verschwand die Euphorie des Augenblicks jedoch schnell.

»Und was nun?«, fragte Marie.

»Wir verschwinden so schnell wie möglich. Am besten gleich morgen früh. Je schneller wir weg sind, desto besser ist es.«

»Und wie wollen wir das anstellen?«, fragte Marie, die sich überrumpelt fühlte.

»Wir könnten erst einmal mit der Bahn nach Bern fahren und von dort aus weiter nach Lugano. Gewiss findet sich dann eine Verbindung nach Mailand oder Rom. Bis Italien ist es von Lugano nur noch ein Katzensprung. Am besten wird es sein, wenn wir gleich zum Bahnhof gehen und nachsehen, wann der erste Zug fährt. Dann treffen wir uns morgen früh einfach dort.«

»Gut«, erwiderte Marie, der Retos überstürzte Aufbruchspläne nicht geheuer waren. Nach Italien. Rom, Florenz, bis nach Sizilien. All diese Städte und Orte kannte sie bisher nur aus dem Schulatlas oder von Bildern. Doch was war, wenn etwas schiefging? Sie wollte lieber nicht daran denken, was Alice dann mit ihr anstellen würde. Gewiss würde sie sie dann endgültig der Fürsorge übergeben. Was würde dann mit ihr geschehen? Sie sprach ihre Zweifel jedoch nicht laut aus. Reto hatte recht. Weglaufen war ihre einzige Option. Es war richtig, so schnell wie möglich von hier fortzukommen, denn ihre Schwangerschaft könnte jeden Tag auffliegen.

Reto zog Strümpfe und Schuhe an, krempelte seine Hose runter, und sie verließen Hand in Hand ihren vertrauten Treffpunkt. Als sie wieder auf dem Weg Richtung Gysnauflüe waren, blickte Marie wehmütig auf die kleine Kapelle zurück, die sie wohl niemals wiedersehen würde. Sie würde diesen Ort vermissen, der sie in den letzten Wochen vor neugierigen Blicken bewahrt hatte. Auch Burgdorf würde ihr fehlen. Der Ort war ihr, trotz der Widrigkeiten, die sie hierhergeführt hatten, Heimat geworden.

Die beiden folgten dem Pfad bergab und überquerten bald darauf erneut die Emme über die mittelalterliche Holzbrücke. Bis zum Bahnhof war es von hier aus nicht weit. Sie beschlossen, getrennt voneinander den Fahrplan zu studieren, falls sie noch jemand beobachtete, der sie kannte und die richtigen Schlüsse zog. Der erste Zug nach Bern sollte es sein. Marie betrat das Bahnhofsgebäude, in dem nur zwei Jugendliche, die sie nicht kannte, auf einer Wartebank saßen. Mit klopfendem Herzen suchte sie die Abfahrtszeit des Zuges heraus. Zehn vor fünf. Sie verließ den Bahnhof durch einen Seiteneingang und nahm aus dem Augenwinkel wahr, wie Reto hinter einer Litfaßsäule hervortrat und auf den Eingang zuging. Mit klopfenden Herzen lief sie durch die Gassen zurück zur Gärtnerei, die am heutigen Sonntag geschlossen hatte.

Als sie dort eintraf, stieg Charlotte gerade ins Auto. Sie winkte Marie fröhlich zu und rief laut: »Auf Wiedersehen. Bis in zwei Wochen. Ich richte der Oma Grüße von dir aus.«

Marie winkte zurück, und Wehmut machte sich in ihr breit. Vermutlich würde sie Charlotte nie wiedersehen. Sie hatte ganz vergessen, dass die Kleine heute zu ihrer Großmutter nach Ermensee gebracht wurde. Theo, der Marie wieder keines Blickes würdigte, setzte sich hinters Lenkrad, startete den Motor und lenkte den Wagen vom Hof.

Marie ging ins Haus, wo Alice auf der Dachterrasse stand und Wäsche aufhängte. Marie grüßte knapp und verschwand mit klopfendem Herzen in ihrem Zimmer. Am besten wäre, sich heute von ihr fernzuhalten. Alice hatte ein feines Gespür dafür, wenn etwas nicht stimmte. Es kam einem Wunder gleich, dass sie noch nicht herausgefunden hatte, dass Marie schwanger war. Allerdings wusste Alice nicht, dass sie sich noch immer mit Reto traf.

Marie betrat ihr Zimmer, wo ihr stickige Luft entgegenschlug. Sie öffnete das Fenster, was jedoch kaum half. Der Asphalt des Vorplatzes war aufgeheizt, die Luft flirrte vor Hitze, und das um fünf Uhr nachmittags. Es würde eine warme Nacht werden. Nun gut. Dann würde sie morgen früh am Bahnhof wenigstens nicht frieren. Zehn vor fünf, dachte Marie und setzte sich auf ihr Bett. Bis dahin schien es noch eine halbe Ewigkeit zu sein. Sie musste packen. Das würde sie in der Nacht erledigen. Ihr Blick fiel auf ihren Nachttischschrank. In der obersten Schublade lag die Fotografie von Lena und ihr. Sie nahm sie heraus und betrachtete ihre Schwester wehmütig. Ob sie sich jemals wiedersehen würden? Italien war weit fort. Bald schon würde sie auch nicht mehr Marie Flaucher, sondern Marie Lenzhofer heißen, und sie würde irgendwo in Sizilien, vielleicht sogar in einem Häuschen am Meer leben. Wie sollte Lena sie dort finden? Und Marie könnte auch nicht einfach nach ihr suchen, da sie ja fortgelaufen wäre. Der Gedanke, ihre geliebte Schwester zurückzulassen, schmerzte. Seitdem sie in Burgdorf war, klammerte sie sich an den Gedanken, irgendwann ihre Schwester wieder in die Arme schließen zu können. Doch nun schien ihr Wiedersehen in weite Ferne zu rücken.

»Wenn wir erwachsen sind, dann finden wir einander wieder. Das verspreche ich dir«, murmelte Marie. »Ich muss fortgehen, weißt du.« Eine Träne lief über ihre Wange. »Wenn du hier wärst, würdest du es verstehen. Ich vermisse dich so sehr. Manchmal träume ich von früher. Dann spielen wir Gummitwist im Hof oder laufen auf dem Heimweg von der Schule um die Wette. Du warst immer die Schnellere von uns beiden. Die Klügere, Lautere, der Sturkopf. Ich hoffe so sehr, dass es dir gutgeht.«

Die Tür zu ihrem Zimmer öffnete sich abrupt. Marie ließ erschrocken das Bild sinken. Alice schaute in den Raum. Zuerst war ihre Miene streng, doch als sie sah, dass Marie weinte, wurde ihr Blick milder.

»Du denkst mal wieder an deine Schwester«, sagte sie.

Marie nickte. »Sie fehlt mir so sehr.«

»Ich weiß«, erwiderte Alice. »Aber diese Leute von dem Bauernhof wollten nun mal keinen Kontakt der Geschwister.«

»Und wie es den Kindern dabei geht, ist ihm egal. Wir sind doch allen egal. Wir werden wie Verbrecher behandelt, bloß weil unser Vater gestorben ist und Mama darüber krank wurde. Was ist, wenn Theo morgen stirbt? Nehmen sie dir dann Charlotte weg, weil du traurig bist?«

»Du weißt, dass dieser Vergleich hinkt«, entgegnete Alice, wieder eine Spur kühler. »Und du bist ungerecht. Bei uns geht es dir gut. Wir bieten dir ein Heim und eine Ausbildung.«

Ja, wenn es nach deinen Regeln geht, dachte Marie, hütete sich jedoch, das laut auszusprechen. Wie sehr sie die Heuchelei dieser Frau inzwischen verabscheute.

»Du siehst blass aus«, wechselte Alice das Thema. »Möchtest du etwas trinken oder essen? Wir könnten uns einen Salat machen. Theo wird erst spätabends und – wie ich meine Mutter kenne – gut gesättigt zurückkommen.« Sie bemühte sich um ein Lächeln.

Marie zögerte kurz, dann stimmte sie zu. Alice schien auf Versöhnungskurs zu sein, und sie sollte besser mitspielen. Die beiden gingen in die Küche, wo sie gemeinsam einen Salat zubereiteten. Alice hatte das Radio angemacht, und Marie summte die Melodie mit. Sie deckten den Tisch im Schatten der Pergola auf der Terrasse. Beim Essen waren beide schweigsam. Alice war diejenige, die die angespannte Stille irgendwann brach.

»Ich weiß, dass du dich noch mit Reto triffst.«

Der Satz saß. Marie verschluckte sich am Wasser und begann zu husten.

»Du hast doch nicht ernsthaft angenommen, in einer

Stadt wie Burgdorf würde so etwas lange verborgen bleiben?«

Marie wusste nicht, was sie antworten sollte. Sie fühlte sich ertappt und wartete nur darauf, dass Alice den Rest auch noch wusste.

»Wir wissen beide, dass es so nicht geht, Marie. Solange du unter meiner Obhut stehst, dulde ich keine Techtelmechtel mit irgendwelchen Jungen. Es dauert noch eine Weile, bis du zwanzig bist und tun und lassen kannst, was du möchtest.« Sie sah Marie an, doch diese erwiderte den Blick nicht und hielt den Kopf gesenkt. In ihr brodelte es, und sie hatte alle Mühe, sich zurückzunehmen. Was bildete sich Alice ein, ihre Liebe zu Reto als Techtelmechtel zu bezeichnen? Sie wollten miteinander leben, und sie erwartete ein Kind von ihm. Allerdings wusste Alice davon nichts. Und sie würde es auch nicht mehr erfahren. Morgen um diese Zeit wären sie irgendwo in Italien – und frei.

Alice sprach weiter: »Ich werde morgen mit Retos Betreuer vom Amt reden. Vielleicht können wir erwirken, dass er in eine andere Stadt verlegt wird. Am besten gleich in einen anderen Kanton.« Marie sah noch immer zu Boden. »Ich weiß, du denkst, du liebst ihn. Aber das ist nur die Schwärmerei eines jungen Mädchens, die schnell vergehen wird. Und vielleicht passiert noch mehr, und er schwängert dich. Was für eine Schande das wäre. So etwas können wir unter keinen Umständen zulassen. Oder möchtest du in ganz Burgdorf als Flittchen gelten?«

Marie schüttelte den Kopf. In ihrem Hals hatte sich ein dicker Kloß gebildet, und sie hatte Mühe, die Tränen zurückzuhalten. Sie musste hier weg, dachte sie nur. Wie ein Mantra wiederholte sie diesen Satz immer wieder in Gedanken, während Alice ihr zum gefühlt hundertsten Mal die Geschichte ihrer ehemaligen Schulkameradin auftischte, die ledig schwanger geworden und von ihren Eltern verstoßen worden war. So oft könne sie gar nicht den Rosenkranz beten, um diese Schande wieder loszuwerden. Und der Vater des Kindes hatte sich selbstverständlich aus dem Staub gemacht.

Das Läuten des Telefons war es, das Marie von ihrem Gerede erlöste. Alice ging ins Haus, und Marie atmete erleichtert auf. Wenn sie noch einmal die Geschichte der Schulkameradin hören müsste, würde sie Alice vermutlich ins Gesicht springen. Das Mädchen konnte einem leidtun. Maries Vater hätte sie wegen einer Schwangerschaft nicht verstoßen. Er wäre nicht begeistert gewesen, hätte geschimpft, doch dann hätte er sich um sie gekümmert. Wir sind eine Familie, sagte er immer. Und eine Familie hält zusammen, auch wenn es mal schwer wird.

»Du hättest ihn gerngehabt, Papa«, murmelte Marie.

Alice kam auf die Terrasse zurück, um ihr mitzuteilen, dass sie auf einen Schwatz zur Nachbarin gehen würde. Sie bat Marie, den Abwasch zu erledigen und noch einmal den Laden durchzuwischen und die Blumen zu wässern, damit für den morgigen Start in die neue Woche auch alles seine Ordnung hatte. Dann verschwand sie.

Marie blieb noch eine Weile im Schatten sitzen. Von irgendwoher zog Grillgeruch herüber. Die Straße lag jetzt im Schatten der gegenüberliegenden Bäume. Morgen wäre sie in Italien. Der Gedanke fühlte sich unwirklich an. Wäre das tatsächlich die Lösung ihrer Probleme? Die Schweiz war ihre Heimat. Wollte sie diese wirklich, vielleicht für immer, verlassen? Sie könnten zurückkehren. Wenn sie volljährig waren, konnte ihnen die Fürsorge nichts mehr antun. Dann würde sie Lena wiedersehen, und nichts und niemand würde sie mehr trennen. Gemeinsam könnten sie dann ihre Mutter suchen. Wo sie nur war? Weshalb hatte sie sich nicht mehr gemeldet? Vielleicht war sie lange tot, und niemand hatte es ihnen gesagt. Aber das konnte doch nicht sein. Sie konnten ihnen doch nicht den Tod der eigenen Mutter vorenthalten. Sie musste noch leben.

Marie stand auf, räumte den Tisch ab und erledigte den Abwasch. Dann ging sie in den Laden hinunter und holte Wischmopp und Eimer aus der Abstellkammer. Heute würde sie diese Arbeit zum letzten Mal erledigen. Sie mochte es, im Laden allein zu sein. Der schwere Blumenduft in der Luft und die Stille hatten etwas Betörendes. Sie berührte die in einer Vase stehenden Sonnenblumen und Rosen, strich über das weiche Schleierkraut und betrachtete wehmütig die gebundenen Sommersträuße, die neben dem Eingang in einem Eimer steckten. Sie selbst hatte sie heute Vormittag angefertigt. Sie wäre gern Floristin geworden. Vielleicht hätte sie eines Tages sogar ihren eigenen Laden geführt. In Bern oder Zürich. Ein kleines Geschäft, das sie wunderschön dekoriert hätte, als Blumenmärchenland, in dem sich die Kundschaft wohl gefühlt hätte. Doch jetzt käme es wohl nicht mehr dazu. Sie legte die Hand auf ihren Bauch und lächelte. Bald schon wäre sie Mutter und hätte andere Aufgaben. Sie fragte sich, was da in ihr heranwuchs. Sie wusste nicht, warum, aber sie glaubte, es wäre ein Mädchen. Sie würde die Kleine Regula nach ihrer Großmutter väterlicherseits nennen. Sie hatte sie nicht kennengelernt, aber Papa hatte oft mit strahlenden Augen von ihr erzählt. Sie musste ein warmherziger und liebevoller Mensch gewesen sein, und genauso sollte ihre Regula werden. Etwas Besonderes.

Marie beendete ihre Arbeit und setzte sich mit einer Zitronenlimonade auf die Dachterrasse. Als es dämmerte, kam Alice zurück, die offensichtlich schlechte Laune hatte. Sie sagte etwas von schrecklichen Kopfschmerzen und dass sie sich hinlegen müsse. Das kannte Marie schon. Alice litt häufiger unter Migräneattacken, die plötzlich auftraten. Alice ahnte nicht, wie sehr sich Marie heute darüber freute, da die Migräne sie bis morgen früh außer Gefecht setzen würde.

Kurz nachdem Alice sich hingelegt hatte, rief Theo an. Er teilte ihr mit, dass er erst morgen früh zurückkommen würde, da er zu viel getrunken habe. Lächelnd legte Marie auf. Besser hätte sie es gar nicht treffen können. Bis morgen früh Leben ins Haus käme, war sie längst über alle Berge. Sie ging in ihr Zimmer und holte ihre Sporttasche aus dem Schrank, in die T-Shirts, Hosen, ein Sommerkleid und ihre Jacke wanderten. Dazu frische Wäsche. Ihr Blick fiel auf die dicken Strickpullover und langen Hosen im oberen Schrankfach. Diese würde sie in Sizilien gewiss nicht brauchen, also beschloss sie, sie hierzulassen. Zur Kleidung wanderte noch ihr Lieblingsbuch und natürlich Lenas Foto und Toilettenartikel, die sie bereits jetzt gefahrlos zusammenpacken konnte. Auch holte sie ihren Ausweis, den Theo im Büro in der untersten Schreibtischschublade verwahrte. Nun musste sie warten. Sie stellte ihren Wecker, löschte das Licht, legte sich aufs Bett und starrte an die Decke. Hin und wieder huschten die Lichter eines Autoscheinwerfers durch den Raum. Das Zirpen der Grillen war zu hören. Ihr Blick wanderte zur Uhr. Es war kurz nach zehn. Sie war glockenwach. Seufzend schaltete sie die Nachttischlampe wieder ein, griff zu einer neben dem Bett liegenden Illustrierten und blätterte darin. Es war eine Jugendzeitschrift. Chris Roberts zierte das Titelbild. Ihn und seine Lieder mochte sie. Als sie mit der Zeitung fertig war, holte sie eines ihrer Bücher vom Regal. Es war *Vom Winde verweht*. Nach einer Weile schlief sie über der Lektüre ein.

Das Piepen des Radioweckers war es, das sie einige Stunden später weckte. Sie schoss in die Höhe und blickte sich erschrocken um. Das Zimmer lag im grauen Dämmerlicht des heraufziehenden Morgens. Erstes Vogelgezwitscher drang von draußen herein. Hastig stellte sie den Wecker ab, sprang auf und schlüpfte in ihre Schuhe. Ihre Hände zitterten, als sie die Schnürsenkel band. »Es geht alles gut«, sprach sie sich selbst Mut zu. »Bald sitzt du mit Reto im Zug. Alice schläft, Theo und Charlotte sind fort. Es wird alles klappen.« Sie löste ihren Pferdeschwanz, kämmte ihr Haar und band es erneut zurück. Dann ließ sie ihren Blick noch einmal durch den Raum schweifen, atmete tief durch, griff nach ihrer Tasche und öffnete leise die Tür. In dem fensterlosen Flur war es dunkel. Sie schlich zur Treppe, die unter ihren Schritten knarrte. Unten angekommen, öffnete sie die Haustür, trat nach draußen und zog diese leise hinter sich zu. Wie eine Verbrecherin schlich sie sich fort, dachte sie, während sie hastig über den Hof eilte. Doch sie hatte nichts Unrechtes getan. Sie war nur verliebt und erwartete ein Kind von dem Mann, den sie liebte. Sie eilte durch die menschenleeren Straßen zum Bahnhof und atmete erleichtert auf, als sie Reto auf dem Bahnsteig entdeckte.

»Da bist du endlich«, sagte er und küsste sie zur Begrüßung nur knapp. Auch ihm war die Anspannung anzumerken. Wenige Minuten später fuhr der Zug ein. Das Abteil, in dem sie Platz nahmen, war leer. Sie setzten sich ans Fenster, und Marie beobachtete mit klopfendem Herzen, wie der Bahnhof von Burgdorf aus ihrem Sichtfeld verschwand. Jetzt gab es kein Zurück mehr. Reto, der ihr gegenübersaß, nahm ihre Hand und drückte sie fest.

Die Fahrt nach Bern verlief wortkarg. Marie beobachtete, wie die Sonne aufging und die Landschaft in goldenes Licht tauchte. Felder, Wiesen und Häuser sausten an ihr vorüber. Der Schaffner kam und kontrollierte die Fahrkarten. Er musterte sie und fragte: »Wo soll's denn hingehen?«

»Zu unseren Großeltern nach Lugano«, war Reto nicht um eine Lüge verlegen. »Geschwister also«, sagte er und sah zu Marie, die nickte. »Na dann. Gute Weiterreise.« Er verabschiedete sich knapp und verließ das Abteil.

Marie warf Reto einen kurzen Blick zu. »Geschwister also«, wiederholte sie mit einem Grinsen.

»Was sonst?«, entgegnete er und zuckte mit den Schultern. »Oder hätten wir ihm sagen sollen, dass wir ein Liebespaar sind, das gerade alles hinter sich lässt, um sich ein neues Leben aufzubauen?«

»Nein, natürlich nicht«, erwiderte Marie. »Ich lüge nur nicht gern.«

»Ich weiß«, antwortete er und wurde wieder ernst. »Aber in der nächsten Zeit wird uns nichts anderes übrig bleiben.«

Marie nickte. Er lächelte, schaute kurz zum Gang, ob sie beobachtet wurden, beugte sich zu ihr und gab ihr einen kurzen Kuss. »Du siehst heute Morgen übrigens ganz bezaubernd aus. Sollte ich es noch nicht erwähnt haben. Die hübscheste Schwester, die ein junger Mann wie ich haben kann.«

Marie gab ihm lachend einen Klaps.

Bald darauf sausten die ersten Vororte Berns an ihrem Fenster vorüber, und wenige Minuten später fuhren sie in den Bahnhof ein. Sie verließen den Zug, liefen den Bahnsteig hinunter und blieben vor dem großen Anzeigeschild stehen, das die Abfahrt der nächsten Züge auswies.

»Nach Lugano fährt in zehn Minuten eine Bahn«, stellte Reto fest. »Das klappt ja wunderbar.«

Die beiden gingen zu dem ausgewiesenen Gleis und suchten sich erneut einen Platz im Abteil. Dieses Mal bekamen sie Gesellschaft. Ein älteres Ehepaar setzte sich zu ihnen, was Marie missfiel, weil sie nun nicht mehr offen reden konnten. Nachdem der Zug abgefahren war, tischte Reto dem Ehepaar erneut die Geschwistergeschichte auf. Er berichtete von einem hübschen Bauernhaus, oberhalb des Luganer Sees gelegen. Von der herrlichen Aussicht und dem leckeren Essen seiner Großmutter. Wie konnte er nur so lügen, dachte Marie, die immer schweigsamer wurde. Sie saß mit dem Rücken in Fahrtrichtung, was ihrem Magen nicht bekam. Oder war es Regula, die sich bemerkbar machte? Sie lehnte den Kopf zur Seite und döste weg. Ein Schaffner kam und kontrollierte die Fahrscheine. Sie nahm es kaum wahr. Die herrliche Landschaft flog vor dem Fenster an ihr vorüber. Bergmassive, Wiesen und Weiden, idyllische Dörfer im Sonnenschein. Immer wieder hielt der Zug an. Die Anspannung der letzten Stunden forderte irgendwann ihren Tribut, und sie schlief ein. Als sie erwachte, war das Ehepaar verschwunden. Stattdessen saß eine Frau mittleren Alters im Abteil, die ihre Nase in ein Buch steckte. Marie streckte sich gähnend und blickte aus dem Fenster. Sie hatten die waldlosen Höhenzüge der Berge mit ihren tiefen Schluchten und funkelnden Gebirgsseen hinter sich gelassen und durchfuhren jetzt eine von sanften Hügeln geprägte Landschaft, die Marie mit ihrem satten Grün bezauberte. Sogar Wein wurde hier angebaut.

»Da bist du ja wieder«, sagte Reto mit einem Lächeln. »Wir sind gleich da.«

»Oh, habe ich so lange geschlafen?«, fragte Marie.

»Über eine Stunde. Die nette Dame hier meinte, wir könnten es durchaus schaffen, heute noch einen Zug nach Mailand zu erwischen. Und von dort aus fahren bis in die Abendstunden hinein Züge nach Rom.«

»Heute noch«, antwortete Marie und sah zu der Dame, die freundlich lächelte. Ihr schien Reto also nicht das Lügenmärchen von der Oma erzählt zu haben. Sie wollte etwas erwidern, wurde jedoch von der Durchsage unterbrochen, die den Luganer Bahnhof ankündigte. Die Frau verstaute ihr Buch in ihrer Tasche, schenkte Marie ein Lächeln und verließ das Abteil.

Die ersten Häuser von Lugano tauchten auf. Die Stadt sah ganz anders aus als Zürich oder Bern, viel südländischer. In den Gärten wuchsen Palmen, und an so mancher Hauswand rankten sich üppig blühende Bougainvilleen hinauf. Der Zug fuhr in den Bahnhof ein, und sie stiegen aus. Hier bekam die eben noch freundlich wirkende Stadt etwas Ernüchterndes. Marie nahm Retos Hand und klammerte sich regelrecht daran fest. Sie spürte ihren Herzschlag schneller werden. Lange würde es nun nicht mehr dauern, und sie wären in Italien. Reto schien kein bisschen nervös zu sein. Im Gegenteil. Er sprach von Mailand und Rom. Von dort aus würde es weiter nach Neapel gehen, dann nach Palermo, dem Ziel ihrer Reise. In der Bahnhofshalle studierten sie erneut den Abfahrtsplan. Ein Zug Richtung Mailand, der sogar das Endziel Rom hatte, würde in zwanzig Minuten fahren.

»Wir haben noch Zeit, um etwas zu essen zu kaufen«, sagte Reto. »Du hast doch bestimmt Hunger, oder? Ich zumindest habe einen Bärenhunger.« Ohne eine Antwort von ihr abzuwarten, nahm er sie an der Hand, und sie steuerten einen Imbiss an. Mit Proviant versorgt, machten sie sich auf den Weg zum Bahnsteig, wo in wenigen Minuten ihr Zug einfahren sollte. Sie trafen dort auf zwei Grenzbeamte. Die beiden Männer musterten sie kritisch und verlangten ihre Papiere.

Marie wühlte nervös in ihrer Tasche und fischte ihr Portemonnaie heraus. Es dauerte einen Moment, bis sie ihren Ausweis aus dem Fach gepfriemelt hatte. Derweil begutachtete einer der Beamten Retos Papiere. Marie reichte ihren Pass dem anderen Beamten, der ihn eingängig musterte. Dann sahen die beiden Beamten einander kurz an und nickten.

»Wir müssen Sie bitten, uns auf die Wache zu begleiten.«

Marie traf es wie ein Schlag ins Gesicht. Konnte es wirklich sein, dass Alice und Theo schon nach ihr suchten? Aber sie waren doch erst wenige Stunden weg. So schnell konnte das doch nicht gehen.

»Wieso?«, fragte Reto.

»Wir reden auf der Wache weiter«, erwiderte der Beamte. »Vielleicht ist es nur ein Missverständnis.«

»Aber dann ist unser Zug weg. Wir wollten heute noch nach Rom, und …«

»In einer Stunde fährt der nächste«, ließ der Beamte ihn nicht ausreden. »Es wird sich bestimmt alles klären.«

Reto ergab sich in sein Schicksal, und die beiden folgten dem Beamten zu der kleinen Polizeistation in der Bahnhofshalle. Der eine Beamte blieb bei ihnen in einem Warteraum, während der andere mitsamt ihren Ausweisen im Büro verschwand. Es dauerte nicht lange, bis seine Stimme gedämpft zu ihnen herüberdrang. Er telefonierte. Marie konnte sich schon denken, worum es ging. Wie hatten sie auch nur einen Moment annehmen können, auf diese Art abhauen zu können? Sie hätten trampen sollen, über die Grenze schleichen, sich zu Fuß irgendwie bis Mailand durchschlagen. Es war doch klar, dass am Bahnhof die Papiere kontrolliert wurden. Vermutlich war Alice in Burgdorf längst auf der Wache gewesen, um ihr Verschwinden zu melden.

Die Stimme des Beamten verstummte, und es dauerte keine Minute, bis er den Raum betrat und Maries Vermutung bestätigte.

»Marie Flaucher? Sie werden in Burgdorf gesucht. Ihre

Pflegemutter hat sie als abgängig gemeldet, und es liegt eine Suchanzeige vor.« Sein Blick blieb an Reto hängen. »Bei Ihnen ist es Ihr Jugendbetreuer. Die Reise ist für Sie beide beendet.« Seine Stimme hatte jede Freundlichkeit verloren. Sein Blick war kühl. Marie wusste, was er von ihnen dachte. Sie waren Pflegekinder, wertlose Personen ohne Rang in dieser Gesellschaft. Die trotzdem nicht frei sein durften. Wut stieg in ihr auf, und sie ballte die Fäuste, während Reto resigniert fragte: »Was passiert jetzt mit uns?«

»Es kommen Kollegen, die Sie noch heute nach Burgdorf zurückbringen werden. Wie es weitergeht, wird dort geklärt werden.« Er nickte seinem Kollegen zu und verließ den Raum. Marie spürte ihr Herz pochen. Sie würde Alice gegenübertreten müssen. Oder vielleicht auch nicht. Vermutlich wäre das sogar besser. Sonst müsste sie ihr die Schwangerschaft beichten. Vermutlich war es tatsächlich besser, woanders hinzukommen. Nur wohin? Sie wollte sich an Reto lehnen, der neben ihr saß. Doch der Beamte hielt sie mit einem Räuspern und einem strengen Blick davon ab und sagte ihr, sie solle auf der anderen Seite des Raumes Platz nehmen.

»Ich werde sie schon nicht gleich vögeln«, rutschte es Reto nun heraus. Der Beamte sah ihn überrascht an. Seine Augen verwandelten sich in schmale Schlitze.

»Wiederhole das.«

»Ich meine ja nur«, suchte Reto sich für seine Bemerkung zu rechtfertigen. »Wir sind einfach nur müde.«

»Das hättet ihr euch früher überlegen sollen. Einfach durchbrennen«, er schüttelte den Kopf, »aber von Bälgern

wie euch ist ja auch nichts anderes zu erwarten.« Sein Tonfall traf Marie wie ein Schlag. Was bildete sich dieser Mann
überhaupt ein, so abfällig über sie zu sprechen?

»Bälgern wie uns?«, wiederholte sie, stand auf und ging
einige Schritte auf den Polizisten zu. »Ich komme aus Bern.
Mein Vater war dort Schuster, und er führte seinen eigenen
Laden. Als er starb, ist meine Mutter erkrankt.« Ihr traten
Tränen in die Augen, während sie weitersprach. »Nur des-
halb wurden wir ihr weggenommen. Ich habe eine Schwes-
ter. Wir kamen ins Heim, zu Pflegeeltern, wir wurden zu
dem, was Sie ›Bälger‹ nennen, obwohl doch einfach nur
mein Vater gestorben ist, mehr nicht.« Sie weinte endgültig.
Der Polizist verzog keine Miene. Reto zog sie von ihm weg.
Sie setzten sich, und er legte demonstrativ den Arm um sie.
Dieses Mal trennte sie der Polizist nicht.

»Und wieso wolltet ihr nach Italien?«, fragte er nach einer
Weile. Marie sah ihn verwundert an.

»Weil wir frei sein wollten. Weil wir uns lieben und heiraten wollten«, antwortete Reto.

»Sie ist siebzehn«, entgegnete der Polizist. »Bisschen jung
für die Liebe und fürs Heiraten. Findest du nicht?«

Marie wollte etwas erwidern, kam jedoch nicht mehr
dazu, denn die Tür wurde erneut geöffnet und zwei Beamte betraten den Raum. Einer von ihnen blieb direkt vor ihr
stehen.

»Marie Flaucher?« Sie nickte. »Mitkommen.« Er zog sie
am Arm hoch und führte sie aus dem Raum.

Ehe Marie sich gegen die grobe Behandlung wehren konnte, war sie bereits durch eine Seitentür nach draußen ge-

bracht worden, wo ein Polizeiwagen bereitstand. Unsanft wurde sie auf den Rücksitz verfrachtet und die Autotür zugeschlagen. Auf dem Beifahrersitz saß ein Beamter, der sie keines Blickes würdigte. Dann sah Marie, wie Reto nach draußen gerannt kam, verfolgt von dem Polizisten aus dem Warteraum. Er lief auf das Auto zu, riss die Tür auf und rief: »Marie. Bitte, Marie. Wir sehen uns bald wieder. Ich verspreche es. Hörst du! Ich verspreche es. Es tut mir leid, Marie. Es tut mir leid.«

Er wurde von gleich zwei Beamten zurückgezogen, die Autotür erneut geschlossen. Der Polizist, der Marie geholt hatte, setzte sich hinters Steuer, murmelte etwas von unfassbarem Benehmen und startete den Motor. Marie wandte sich um und blickte durch die Rückscheibe. Doch Reto war nicht mehr zu sehen.

Die beiden Männer vor ihr begannen sich nach einer Weile zu unterhalten. Marie starrte aus dem Fenster. Die südländisch anmutenden Häuser zogen an ihr vorüber. Erneut sah sie zauberhafte Bougainvilleenbüsche und Palmen. Bald ließen sie die Stadt hinter sich und fuhren an Weinbergen vorüber, die sich an sanfte Hügel schmiegten. Sie war wie betäubt. Was sollte jetzt werden? Wohin brachten sie sie? Zurück zu den Seematters? Immerhin hatte Alice sie als vermisst gemeldet. So etwas machte man doch nur mit Menschen, an denen einem etwas lag. Was sie jetzt wohl mit Reto machten? Wo er in diesem Moment war? Sie lehnte den Kopf gegen die Scheibe und starrte nach draußen, ohne die Welt vor dem Fenster wahrzunehmen, die sich unablässig veränderte. Palmen und Weinberge verschwanden, und die Landschaft wurde gebirgiger, bald schon hatten sie die Baumgrenze hinter sich gelassen. Sie erreichten den Gotthardpass und überquerten die Schöllenenschlucht über die Teufelsbrücke, deren Name Marie nicht recht geheuer war. Sie erhaschte einen Blick auf den rauschenden Gebirgsbach, der sich unter ihnen seinen Weg ins Tal bahnte.

Irgendwann hielten sie in einem kleinen Ort an einem Imbiss. Marie wurde gefragt, ob sie Hunger habe. Sie verneinte. Die beiden Polizisten gönnten sich eine Zigarettenpause, aßen Bratwurst mit Pommes. Marie blieb im Auto sitzen und starrte auf die Häuser auf der anderen Straßenseite. Über ihnen ragte das Gebirgsmassiv in die Höhe. Wie spät es wohl war? Sie trug keine Uhr. Nach dem Stand der Sonne zu urteilen, bereits früher Abend. Die Fahrt ging weiter, und Marie döste irgendwann ein. Als sie erwachte, überzog den Himmel über den Bergen ein atemberaubendes Abendrot, das sie wehmütig werden ließ. Ein Straßenschild verkündete nur noch achtzig Kilometer bis Bern. Vermutlich hätten sie jetzt Mailand längst hinter sich gelassen und würden bald Rom erreichen. Die Ewige Stadt, wo sie vielleicht die Nacht verbracht hätten. Doch dieser Traum war vorbei. Sie wusste nicht einmal, ob sie Reto jemals wiedersehen würde. Gewiss würden sie ihnen den Kontakt verbieten. Genauso wie sie es mit ihr und Lena getan hatten. Ihr traten Tränen in die Augen, und sie holte die Fotografie von ihr aus ihrer Tasche. Zärtlich berührte sie das Gesicht ihrer Schwester, die auf dem Bild so fröhlich lächelte. Marie kam es vor, als wäre es in einem anderen Leben aufgenommen worden. In einem Leben, das Sicherheit und Geborgenheit versprach, in dem sie niemand als Bälger beschimpft hatte. Du wirst Tante, sagte Marie in Gedanken. Du wärst eine wunderbare Tante. Du würdest deiner Nichte nur Unsinn beibringen. Vielleicht hat sie ja deinen Sturschädel geerbt. Geht das überhaupt? Erbte man Eigenschaften von Tanten oder Onkeln? Vielleicht von Großeltern. Ihre Oma mütterlicherseits war ein sehr willensstarker Mensch gewesen. Stur wie ein Ochse, hatte ihr Vater oft gesagt. Vermutlich hatte Lena diese Eigenschaften von ihr geerbt. Es wäre schön, wenn das Kind in ihrem Leib etwas von der Durchsetzungskraft ihrer Schwester hätte. Das würde sie an sie erinnern. Marie berührte ihren Bauch. In wenigen Jahren sind wir volljährig, und dann werde ich dich finden, und du wirst sie kennenlernen, sagte sie in Gedanken.

Sie verließen bald darauf die Autobahn. Burgdorf war auf einem Straßenschild ausgewiesen, doch sie bogen in die andere Richtung ab, was Marie stutzig werden ließ.

»Wohin fahren wir?«, fragte sie. »Ich dachte, es geht zurück nach Burgdorf.«

»Falsch gedacht«, antwortete einer der Beamten schroff.

»Wohin fahren wir?«, wiederholte Marie ihre Frage.

»Das wirst du gleich sehen«, sagte der Beamte, der am Steuer saß. Marie wurde nervös, doch sie traute sich nicht, weiter nachzufragen. Wohin brachten sie die Männer?

Bald darauf durchquerten sie einen Ort. *Hindelbank* las Marie auf einem Schild. Den Namen hatte sie schon einmal gehört. Nur fiel ihr der Zusammenhang nicht mehr ein. Sie ließen den Ort hinter sich und folgten einer Landstraße. Es dauerte jedoch nicht lange, bis sie links abbogen. *Anstal-*

ten Hindelbank stand auf einem Hinweisschild geschrieben. Marie erstarrte. Das war ein Gefängnis. Daher war ihr der Ortsname ein Begriff. Ein Frauengefängnis, soweit sie wusste. O Gott, sie brachten sie in ein Gefängnis. Ihr wurde heiß und kalt. Aber sie war doch keine Verbrecherin. Sie hatte doch nur versucht, glücklich zu werden. Nach Italien zu reisen war doch keine Straftat. Maries Hände zitterten, während der Wagen am Eingangstor hielt und der Fahrer kurz mit dem Wachmann sprach. Dieser öffnete das Tor, und sie fuhren auf das Gelände. Marie konnte es nicht glauben. Fassungslos blickte sie auf die vergitterten Fenster des Gebäudes, vor dem sie hielten. Der Polizist stieg aus, öffnete ihre Tür und forderte sie auf auszusteigen.

»Aber … das kann nicht sein«, stammelte Marie, während sie aus dem Wagen stieg. »Hier muss … ein Fehler vorliegen. Ich bin doch keine Verbrecherin.« Der Mann ging nicht auf ihre Äußerung ein, sondern führte sie in das Gebäude, wo sie von einer älteren Frau in Schwesterntracht in Empfang genommen wurde. Sie führte Marie in einen kargen Raum, in dem ein Tisch und zwei Stühle standen.

»Hinsetzen«, befahl sie schroff.

»Das muss ein Missverständnis sein«, versuchte es Marie erneut. »Ich bin keine Verbrecherin. Ich wollte nur nach Italien reisen, mehr nicht.«

»Hinsetzen«, wiederholte die Frau mit grimmiger Miene. Marie gehorchte. Sie nahm auf dem Stuhl Platz, und die Frau verließ ohne ein weiteres Wort den Raum. Marie sah sich beklommen um. Die Wände waren grau gestrichen. Neonlicht sorgte für kaltes Licht. Das konnte doch nicht sein. Hindelbank war ein Gefängnis. Hierher kamen Diebe und Mörder. Sie hatte nichts verbrochen. Man kam doch nicht einfach so in ein Gefängnis. Es musste einen Prozess und eine Verurteilung geben. Es musste eine Verwechslung vorliegen. Anders konnte es nicht sein. Gewiss würde sich gleich alles aufklären.

Sie begann, mit den Fingernägeln auf den Tisch zu klopfen, und sah zum vergitterten Fenster. Der Hof wurde von Laternen erleuchtet, die am nahen Zaun angebracht waren. Das Auto der Polizisten stand noch am Eingangstor. Die Männer unterhielten sich mit dem Wachmann. Marie dachte an Reto. Wo sie ihn wohl hingebracht hatten?

Die Tür öffnete sich, und eine Frau in einem grauen Kostüm betrat den Raum. Sie begrüßte Marie mit Namen, legte eine braune Akte auf den Tisch und setzte sich ihr gegenüber.

»Marie Flaucher also.« Sie schlug die Akte auf und blätterte darin. »Sie sind also an der Grenze zu Italien in Begleitung eines jungen Mannes aufgegriffen worden.« Marie antwortete nicht. »Ihre Pflegemutter hat Sie heute Morgen bei der Polizei Burgdorf als abgängig gemeldet.«

»Das stimmt, aber ...«

Die Frau hob die Hand, was Marie zum Verstummen brachte.

»Sie hat sich weiterhin im Laufe des Tages bei der Jugendfürsorge in Burgdorf gemeldet und dort berichtet, dass die berechtigte Annahme bestehe, Sie seien schwanger. Stimmt diese Annahme?« Die Frau sah Marie an.

Marie senkte den Kopf und nickte. Die Worte der Frau trafen sie wie ein Schlag ins Gesicht. Es gab nur einen einzigen Menschen, der außer Reto und ihr selbst von der Schwangerschaft gewusst hatte. Erika. Wie hatte sie sie nur verraten können?

Die Miene der Frau wurde ernster.

»Nun gut«, sagte sie. »Sie werden nicht mehr zur Familie Seematter zurückkehren. Es werden Ihnen Aufmüpfigkeit gegen Ihren Vormund, sexuelle Verwahrlosung und Haltlosigkeit vorgeworfen. Der Familie Seematter ist es nicht mehr zuzumuten, sich weiterhin um Sie zu kümmern. Sie werden bis auf weiteres administrativ versorgt, was zur Folge hat, dass Sie hier im Haus untergebracht werden.«

»Aber ... das hier ist ein Gefängnis«, sagte Marie fassungslos. »Sie können mich doch nicht einsperren, nur weil ich mit meinem Verlobten nach Italien reisen wollte. Nicht, weil ich ein Kind erwarte.«

»Was wir können, entscheidet der Staat, da du minderjährig bist«, entgegnete die Frau trocken, die ohne Umschweife zum Du übergangen war. »Ich rate dir, dich gut zu benehmen. Bei guter Führung hast du vielleicht Glück und wirst in einem Jahr in ein Erziehungsheim versetzt.«

»In einem Jahr«, wiederholte Marie schockiert. »Und was ist mit meinem Kind? Ich meine, es hat doch ... Es braucht seinen Vater.«

»Was das Kind angeht, sprechen wir ein anderes Mal weiter.« Die Frau sah auf ihre Armbanduhr. »Es ist spät. Man wird dich jetzt in deine Zelle bringen. Und lass dir gesagt sein, dass es leichter ist, wenn du dich an die Regeln hältst. Es ist nicht angenehm, ruhiggestellt zu werden.« Sie erhob sich und klopfte an die Tür, die daraufhin geöffnet wurde.

Die Frau in Schwesterntracht trat hinter Marie und forderte sie auf, sie zu begleiten. Resigniert erhob sich Marie und verließ gemeinsam mit der Frau den Raum. Es ging die Treppe hinauf und einen düsteren Flur entlang, den graue Metalltüren säumten. Ihre Schritte quietschten auf dem Linoleumboden. Vor einer der Türen blieb die Frau stehen, öffnete sie und schob Marie grob hinein. Laut fiel die Tür hinter ihr ins Schloss und wurde abgeschlossen.

Marie war wie erstarrt. Mondlicht fiel durch das vergitterte Fenster aufs Bett, neben dem ein kleiner Nachttisch mit einer Lampe darauf stand. Karierte Bettwäsche, ein Tisch und ein Stuhl, eine Toilette und ein Waschbecken in der Ecke. Irgendjemand hatte ihre Tasche bereits hierhergebracht. Sie lag auf dem Tisch. Vermutlich war sie durchsucht worden. Sie konnte nicht fassen, was geschehen war, nicht verstehen. Langsam sank sie aufs Bett, und ein dicker Kloß breitete sich in ihrem Hals aus. *Administrativ versorgt.* Was für ein Begriff. *Sexuelle Verwahrlosung, Haltlosigkeit.* Sie war doch niemals aufmüpfig gegen Alice gewesen. Sie hatte sich doch nur verliebt. Reto. Ihr Innerstes krampfte sich zusammen. Sie begann zu schluchzen, zuerst leise, dann lauter. Sie sank aufs Bett und krümmte sich zusammen. Sie hatten doch nur zusammen sein wollen. Doch jetzt schien es, als hätten sie einander für immer verloren.

KAPITEL 9

Anna saß in der Straßenbahn und hörte Claudia zu, die regelrecht euphorisch ob der guten Neuigkeiten war. Jedenfalls waren es in ihren Augen gute Neuigkeiten. Den ganzen Weg von Giulietta Geigers Haus zurück ins Tal, den sie diesmal gelaufen waren, hatte sie geredet. Sie hatten einen Namen. Gewiss war diese Lena Flaucher Annas Mutter. Endlich gab es einen Anhaltspunkt. Sie mussten zu diesem Basil Kielholz, sicher würden sich dort die restlichen Puzzleteile finden. Anna selbst war einsilbig geblieben, was Giulietta nicht aufgefallen war.

»Wir sollten feiern«, sagte sie nun. »Mit Pizza und Rotwein. Jonas kommt bestimmt dazu.« Sie grinste. »Vielleicht hat er die Zusage für seine Ausstellung bekommen. Dann hätten wir noch einen Grund zum Feiern. Und morgen fährt er uns bestimmt in dieses kleine Nest. Wie hieß der Ort noch?« Sie sah Anna fragend an.

»Münchringen«, antwortete Anna. »Er wohnt dort im Renngässli zwei.«

»Richtig, Münchringen. Es soll nur einen Katzensprung von Hindelbank entfernt sein. Ist bestimmt ein rechtes Kuhkaff.« Sie grinste.

Anna nickte. Ihr dröhnte der Kopf. Ihr Blick wanderte

zum Himmel. Eine bedrohlich schwarze Wand hatte sich am Horizont aufgetürmt, die ein Gewitter ankündigte. Sie beobachtete, wie die Wolken die Sonne verdeckten und erste Windböen an den Ästen der Bäume zerrten. Plötzlich fühlte sie sich wie erschlagen und wollte nur noch nach Hause. Nach Feiern war ihr nicht zumute. Lena Flaucher. Sollte das tatsächlich ihre Mutter sein? Was, wenn sich Giulietta Geiger geirrt hatte? Wieso sollte sie dieser Frau glauben? Sie sagte, sie wäre damals immer wieder ruhiggestellt worden. Weiß der Himmel, welche Medikamente sie ihr gegeben hatten. Sie könnte Lena Flaucher auch mit einer anderen Frau verwechselt haben. Es war nur ein Name, eine vage Behauptung, mehr nicht. Sie ähnelte ihr. Was für eine Aussage. Sie ähnelte auch ihrem Vater. Oder jedenfalls dem Mann, den sie bis vor kurzem für diesen gehalten hatte. Was sollten sie also feiern? Einen Namen, der sich als völlig bedeutungslos für ihr Leben erweisen könnte?

Anna sah nach vorn. Gleich hielten sie an einer Station, an der sie in ihre Bahn nach Hause umsteigen konnte. Plötzlich wollte sie nur noch dorthin. Die Tür hinter sich zuziehen und allein sein. Sie hatte nichts zu feiern.

»Sei mir nicht böse, Claudia. Aber ich möchte nach Hause. Ich muss allein sein und nachdenken.« Sie hörte sich die Worte aussprechen und sah, wie Claudias Lächeln erstarb.

»Aber warum denn?«, fragte Claudia erstaunt. »Eben noch hast du dich so darüber gefreut, endlich einen Namen zu haben.«

»Ich bin einfach nur müde«, suchte Anna Zuflucht in einer Ausrede. »Es war alles ein bisschen viel heute. Nur eine Nacht ausschlafen. Morgen früh melde ich mich gleich bei dir, okay?«

»Und was ist, wenn dein Kerl wieder auftaucht?« Claudia klang verschnupft.

»Das wird er schon nicht.« Sie erreichten die Haltestelle, und Anna erhob sich. »Hier muss ich raus. Sei mir nicht böse. Aber ich brauche ein wenig Zeit für mich.« Sie berührte kurz Claudias Hand, dann verließ sie die Straßenbahn und trat unter das gläserne Vordach neben eine alte Frau, die sie müde anlächelte. Die Türen der Straßenbahn schlossen sich. Anna sah noch Claudias Gesicht an sich vorüberziehen. Dann atmete sie tief durch. Erleichterung verspürte sie keine. Wie eine Verräterin kam sie sich plötzlich vor. Wie ein Mensch, der einen anderen benutzt hatte.

Ihre Straßenbahn kam, und sie stieg ein. Während der Fahrt trieb der böige Wind die ersten Regentropfen an die Scheibe, Donnergrummeln war zu hören. Doch das große Unwetter blieb aus, und als sie in Oerlikon ausstieg und die Straße überquerte, wurde es bereits wieder heller. In dem engen Hausflur des Hinterhauses empfingen sie dämmriges Licht und der Geruch von Reinigungsmittel. Sie schloss die Tür zu ihrer Wohnung auf und betrat den winzigen Flur. Die Luft war abgestanden. Sie schlüpfte aus ihren Schuhen, ging in die Küche und öffnete die Terrassentür. Die von Regen geschwängerte Luft drang in den Raum. Sie blieb an der offenen Tür stehen und ließ ihren Blick über die Dächer schweifen. Erste Sonnenstrahlen schlichen sich durch die Wolkendecke und zauberten goldenes Licht. Anna lehnte sich gegen den Türrahmen.

Lena Flaucher, dachte sie. Ein Name, mehr nicht. Irgendein Mädchen, eine Vermutung. Sie dachte daran, was Giulietta Geiger gesagt hatte. Sie hatte auch dorthin gewollt, hatte es sich schön vorgestellt, auf einem Bauernhof zu leben. Doch dann kam die große Enttäuschung. Missbraucht, misshandelt, niemand hatte ihr glauben wollen. Was war, wenn Lena Flaucher ein ähnlich hartes Schicksal getroffen hatte? Was, wenn sie ihre Tochter sogar hasste? Sie war damals ein junges Mädchen gewesen, vielleicht ungewollt schwanger. Es könnte sein, dass sie wie Giulietta missbraucht worden war. Was, wenn Anna aus einer solchen Verbindung stammte? Wenn sie durch ihre Suche alte Wunden aufrisse? Könnte sie die Wahrheit ertragen, damit leben? Sie hatte doch eine Mutter. Zwar nicht ihre leibliche Mutter, aber was zählte das eigentlich? Sie war Anna Volkmann. In ihre Augen traten Tränen.

»Es fühlt sich an, als würde ich dich verraten, Papa«, sagte sie vor sich hin. »Oder vielleicht auch nicht. Ich weiß langsam nicht mehr, was ich tun soll.« Sie wurde durch das Läuten des Telefons unterbrochen.

Es war ihre Mutter.

»Anna. Wo warst du? Dein Freund Noah hat schon ein paarmal bei mir angerufen und gefragt, ob du hier seist. Er macht sich Sorgen um dich. Geht es dir gut? Was ist los? Und wieso eigentlich Noah? Ihr habt doch längst Schluss gemacht, oder?«

Die Stimme ihrer Mutter tat Anna gut, obwohl sie so hektisch klang. Und plötzlich überkam sie Sehnsucht, bei ihr zu sein. In ihrem Elternhaus mit der viel zu großen Küche, der stets offen stehenden Terrassentür, in ihrem Zimmer mit dem rosafarbenen Badezimmer. Sie wollte die Geborgenheit ihrer Kindheit spüren. Lena Flaucher, Giulietta Geiger, Hindelbank und all das wollte sie hinter sich lassen. Es war nicht wichtig. Sie sollte damit abschließen. Manche Geheimnisse sollten ungelöst bleiben.

»Kann ich zu dir kommen, Mama?«, fragte Anna.

Für einen Moment herrschte Stille auf der anderen Seite, dann fragte ihre Mutter: »Wie – zu mir? Jetzt?«

»Ja, jetzt. Wir könnten zusammen kochen, ein Glas Wein auf der Terrasse trinken.«

»Wenn du meinst.« Ines Volkmanns Stimme klang zögerlich. »Geht es dir wirklich gut?«

Die Frage brachte Anna zum Schmunzeln. Es war wirklich ungewöhnlich, dass sie so plötzlich zu ihrer Mutter wollte. Seit Papas Tod war sie nur selten zu Hause gewesen. Kurz zu Weihnachten, als der Unfall passierte. Sie sollte das ändern.

»Ja, mir geht es gut. Kann ich kommen?«

»Aber natürlich. Das weißt du doch«, erwiderte ihre Mutter. »Ich hab noch kalten Braten im Kühlschrank, dazu Toast und einen Salat?«

»Das hört sich wunderbar an. Ich fahre gleich los und bringe Wein mit.« Anna legte auf. Einen Moment behielt sie den Hörer noch in der Hand und sah auf das Anzeigenfeld, auf dem nun wieder die Uhrzeit stand. Es war Zeit, wieder im Hier und Jetzt anzukommen und die Vergangenheit ruhen zu lassen. Sie legte das Telefon zurück auf die Station, ging ins Schlafzimmer und zog das geblümte Sommerkleid aus. Nach einer kurzen Dusche schlüpfte sie in eine dunkelblaue Sommerhose und ein weißes T-Shirt. Dazu passten ihre weißen Slipper mit den silbernen Schleifchen. Ihr Haar trug sie offen. Es war noch leicht feucht und würde auf der Fahrt trocknen. Sie beförderte ihr Handy in ihre Handtasche, nahm eine Flasche Rotwein aus ihrem kleinen Fundus in der Küche und verließ ihre Wohnung. Ihr Auto parkte drei Straßen weiter. In dieser Gegend nach Feierabend einen Parkplatz zu bekommen, erwies sich stets als Spießrutenlauf. Vielleicht sollte sie aus Zürich wegziehen. Heimisch war sie in Oerlikon nie geworden. Sie könnte zurück nach Konstanz ziehen. Ihre Mutter würde sich freuen. Doch würde das gutgehen? Anna lenkte den Wagen auf die Straße und schaltete das Radio ein. Sie sollte nicht gleich sentimental werden. Keine drei Tage würde es dauern, bis sie zum ersten Mal mit ihrer Mutter stritt. Doch der Gedanke, nach Konstanz zu ziehen, ließ sie nicht mehr los. Ihr Umzug musste ja nicht gleichbedeutend mit einer Rückkehr in ihr Elternhaus sein. Sie könnte sich eine Stelle bei einer Bank suchen und eine Wohnung nehmen. Von Konstanz aus wäre es nicht weit zu Sara.

Sie fuhr auf die Autobahn. Ein Neuanfang in ihrer Heimatstadt. Vertrautes neu entdecken. Lange Spaziergänge am Bodensee machen, der ihr sowieso besser gefiel als der Zürichsee mit den vielen nach Geld stinkenden Villen, die sein Ufer säumten. Sie war damals so glücklich gewesen, als sie den Job als Investmentbankerin ergattert hatte und mit dem Traum der großen Karriere vor Augen aus der Provinzfiliale in die Bankenmetropole gezogen war. Wann hatte sich die Routine eingeschlichen? Zu welchem Zeitpunkt war die

Ernüchterung gekommen? Sie dachte an Noah. Sah ihn bei ihrer ersten Begegnung vor Augen. Es war bei ihrer ersten Weihnachtsfeier gewesen, die in einem direkt am Zürichsee gelegenen Restaurant stattgefunden hatte. Der reiche Bruder des Chefs, dem sie ihren lauwarmen Glühwein über die Hose gekippt hatte. Vielleicht wäre es besser gewesen, diese Affäre nicht einzugehen. Doch wie entzog man sich dieser besonderen Art von Anziehungskraft, die sie füreinander empfanden? Sie kannte die Antwort bis heute nicht. Sie überholte mehrere Lastwagen, schwenkte aber rasch wieder nach rechts, weil hinter ihr ein Mercedes aufblendete. Im Radio liefen die Nachrichten. Weiterhin schwülwarmes Wetter mit Gewitterneigung.

Am Platzspitz war sie regelrecht vor ihm geflohen. Sie ertrug es nicht, in seine Augen zu blicken, seine Nähe zu spüren. Er hatte ihre Mutter angerufen, machte sich Sorgen. Doch wo sollte der erneute Versuch einer Beziehung zu ihm enden? Der Workaholic und sein Anhang. Die ehemalige Investmentbankerin, die einst groß rauskommen wollte. Sie wusste, dass sie ihm Unrecht tat, doch für die Menschen in seiner Umgebung wäre sie kaum mehr als sein Betthäschen. Das Mädchen aus der Provinz, das sich hochgeschlafen hatte. Sie dachte an Sara. An ihre Babykugel, die leuchtenden Augen, in denen so viel Glück und Zufriedenheit zu sehen waren. Ob sie diese Art Glück wohl fände, wenn sie einen Schritt rückwärts machte? Ein für alle Mal sollte es mit dem Ehrgeiz zu Ende sein. Sie war doch schon jemand. Sie war Anna Volkmann, eine Bankfachwirtin, die ihren Abschluss mit hervorragenden Noten gemacht hatte und Berufserfahrung vorweisen konnte. Davon einmal abgesehen, war sie attraktiv. Schlank, dunkelhaarig, samtbraune Augen. Vielleicht würde sie bald wieder jemanden kennenlernen. Einen ganz normalen Mann, der nicht nur für seine Arbeit lebte und nicht ihren Chef zum Bruder hätte. Ganz leise nur, sie konnte es nicht verhindern, schlich sich jedoch eine Frage in ihre Überlegungen. Wer wäre sie heute, wenn sie Regula geblieben wäre? Sie schob den Gedanken beiseite. Dieser Name sollte keine Rolle für sie spielen, war kein Teil ihres Lebens. Sie drehte das Autoradio lauter, überholte den nächsten Lastwagen und drückte das Gaspedal durch. Immer schneller fuhr sie, rauschte regelrecht über die im Dämmerlicht liegende Autobahn und umklammerte das Lenkrad fest mit beiden Händen. Der Rausch der Geschwindigkeit betäubte ihre Gedanken. Regula sollte verschwinden. Sie war nicht real, hatte niemals existiert. Anna hatte ihren Platz eingenommen. Doch durfte sie das? Durfte das eine Ich das Leben eines anderen zerstören?

Sie nahm den Fuß vom Gaspedal, lenkte den Wagen wieder nach rechts und bald darauf auf einen Rastplatz. Dort stellte sie den Motor ab und starrte eine Weile schweigend auf die vorbeifahrenden Autos. Die Worte ihrer Mutter kamen ihr in den Sinn. Wir wurden in ein Zimmer mit Gitterbettchen geführt, und da lagst du. Dein Vater hat dich vom ersten Moment an geliebt. Sie schloss die Augen und malte sich diesen Raum aus. Weiße Gitterbetten, blau gestrichene Wände, schlichte Vorhänge an den Fenstern und weiß behaubte Schwestern, die sich um die Kleinen kümmerten, die allein zurückgeblieben waren. An diesem Tag war sie

Anna geworden, und Regula verschwand. Doch nun war Regula wiederaufgetaucht, und ihr wurde bewusst, dass sie sich dieses Mal nicht so leicht vertreiben lassen würde. Sie war ein Teil von ihr, steckte in ihr. Sie war ihre Vergangenheit, vielleicht auch ihre Zukunft. Plötzlich musste sie an etwas denken, was ihre Großmutter immer zu ihr gesagt hatte. »Nichts im Leben passiert grundlos. Der Herrgott denkt sich schon was dabei.« Sie lächelte bei der Erinnerung daran. Damals war sie sechzehn gewesen und hatte zum ersten Mal Liebeskummer gehabt. Die Großmutter war nur wenig später an einem Schlaganfall gestorben. Sie hatte sie gemocht, jedoch nur selten gesehen, weil ihre Mutter kein gutes Verhältnis zu ihr hatte. Anna bezeichnete sich nicht als sonderlich gläubig. Aber nun …

»Du hast vermutlich gewusst, dass ich adoptiert bin, Oma«, sagte sie. »Oder vielleicht auch nicht. Vielleicht haben sie dich auf dieselbe Art wie mich belogen. Auch du durftest Regula nicht kennenlernen.« Wut stieg in ihr auf. »Es wird verdammt noch mal Zeit herauszufinden, woher sie gekommen ist. Der Herrgott wird einen guten Grund dafür gehabt haben, mich die Adoptionsunterlagen finden zu lassen.«

Anna öffnete entschlossen ihre Tasche, holte ihr Handy heraus und wählte die Nummer ihrer Mutter. Sie hob bereits nach dem ersten Läuten ab.

»Es tut mir leid, Mama. Ich komme doch nicht. Manche Dinge passieren nicht grundlos, weißt du.«

Ihre Mutter antwortete etwas, das sie nicht mehr hörte, sie hatte schon aufgelegt. Es war richtig, sich der Vergangenheit zu stellen. Und sie würde sich Noah stellen. Auch er war nicht grundlos in ihr Leben getreten. Sie startete den Motor, fuhr zurück auf die Autobahn, nahm die nächste Ausfahrt, wendete und fuhr zurück nach Zürich.

Dort angekommen, steuerte sie Claudias Wohnung an. Sie hatte Glück und fand in der Nähe einen freien Parkplatz. Die Taverne hatte geöffnet, doch nur wenige Gäste saßen auf den Bierbänken davor. Unter ihnen Claudia und Jonas. Mit klopfendem Herzen ging Anna auf die beiden zu.

»Ist hier noch frei?«

Claudia sah sie überrascht an, dann rückte sie wortlos zur Seite. Anna setzte sich und bestellte bei der vorbeihuschenden Bedienung einen Margarita.

»Und?« Sie sah Jonas an. »Bekommst du die Ausstellung?«

Er schüttelte den Kopf.

»Dann eben beim nächsten Mal«, tröstete Anna. »Meine Oma sagte immer, nichts passiert grundlos. Den Herrgott erspar ich euch.«

»Ist auch besser so. Bin Atheist«, erwiderte Jonas trocken. »Obwohl ich denke, dass der Galerist einen Pakt mit dem Teufel geschlossen hat. Seine verdammte Gier wird ihn noch in die Hölle bringen. Der wollte eine Gebühr haben, ich sag dir …« Er winkte ab.

»Du wolltest davor weglaufen, oder?«, fragte Claudia.

Anna nickte. »Ich war schon fast in Konstanz.«

»Und wieso bist du jetzt hier?«, fragte Claudia. Ihre Stimme war kühl. Anna sah zu Jonas, der ein Schulterzucken andeutete.

»Weil Regula es nicht verdient hat, dass ich vor ihr davonlaufe«, antwortete Anna.

Die Bedienung brachte ihre Margarita und ließ Anna gleich bezahlen. Als sie wieder gegangen war, sprach Anna weiter. »Ich habe Angst bekommen. Was ist, wenn mich meine wirkliche Mutter gar nicht kennenlernen will? Wenn es ihr wie Giulietta ergangen ist? Wenn ich …« Sie sprach den Satz nicht zu Ende und verstummte.

»… wenn du das Ergebnis einer Vergewaltigung bist«, vollendete Claudia. Jonas' Augen wurden groß.

»Wir erklären es dir später«, sagte Claudia.

»Doch jetzt ist Regula nun einmal da«, sagte Anna. Sie begann an dem Cocktailstäbchen zu spielen, das in ihrem Glas steckte. »Und sie lässt sich nicht so leicht vertreiben. Schon gar nicht durch Weglaufen.«

Claudia nickte. »Ich kam mir heute Nachmittag echt veräppelt vor.«

»Entschuldige. Es kommt nicht wieder vor.«

»Ich an deiner Stelle hätte auch Angst davor«, sagte Jonas. »Weiß der Kuckuck, was du rausfinden wirst. Da kann man schon mal die Panik kriegen und abhauen.« Er nippte an seinem Caipirinha und fügte hinzu: »Allerdings habe ich schlechte Neuigkeiten wegen morgen für euch. Ich kann euch nicht fahren. Der Opel muss zur Inspektion. Ein Kumpel von mir konnte mich kurzfristig reinschieben, und er macht mir einen Sonderpreis. Als armer Künstler muss man solche Gelegenheiten wahrnehmen.«

»Kein Problem«, antwortete Anna mit einem Lächeln. »Ich bin mit meinem Wagen hier und kann selbst fahren.

Wenn du willst, können wir gleich nach dem Frühstück aufbrechen.« Sie sah Claudia an.

»Ich nehme an, du willst hier pennen?«

Anna nickte.

»Wegen des Typen?«

»Auch«, antwortete Anna. »Obwohl er heute Nacht vermutlich nicht mehr bei mir auftauchen wird. Das muss ich auch noch regeln. Irgendwann. Die Zeit wird kommen.«

»Die Sache mit dem Herrgott und der Oma«, konstatierte Jonas grinsend.

»So oder so ähnlich«, erwiderte Anna schmunzelnd.

»Und was ist, wenn Basil Kielholz keine Antworten für dich hat?«

»Ich weiß nicht«, erwiderte Anna. »Dann wird uns was Neues einfallen.«

Claudia nickte. Einen Moment schwiegen alle, dann nahm sie plötzlich Annas Hand und drückte sie fest. »Es ist schön, dass du wieder da bist. Anna, Regula, wer auch immer. Wir werden das Kind schon schaukeln, oder?«

Anna nickte gerührt. Zur Bekräftigung von Claudias Worten hob Jonas sein Glas. »Darauf lasst uns anstoßen. Prost.« Sie stießen lachend an und nahmen alle einen kräftigen Schluck. Der Margarita schmeckte süß und war eiskalt.

»Und jetzt trinken wir schnell aus und gehen schlafen«, fügte Claudia hinzu. »Immerhin wollen wir morgen Detektiv spielen. Und dafür müssen wir fit sein.«

Die anderen beiden stimmten nickend zu. Während sie die Gläser leerten, erzählte Jonas, was in der Galerie passiert war. Er imitierte den arroganten Inhaber so großartig, dass Claudia und Anna sich kaum halten konnten vor Lachen. Kichernd liefen sie bald darauf durchs Treppenhaus und putzten zu dritt im Bad Zähne.

Für die Nacht, die Anna erneut auf dem Küchensofa verbringen würde, bekam sie von Claudia ein verwaschenes Rammstein-T-Shirt, das aus ihren wilden Zeiten stammte, wie sie grinsend meinte.

Dann wurde rasch das Licht gelöscht. Eine Weile lauschte Anna noch den Stimmen, die von der Taverne zu ihr heraufdrangen, dann schlief sie ein.

Jonas war derjenige, der sie am nächsten Morgen weckte, indem er an ihrer Schulter rüttelte.

»Anna. Aufwachen. Anna.«

Anna öffnete die Augen. Sie brauchte einen Moment, um zu verstehen, wo sie war, dann setzte sie sich, guten Morgen murmelnd, auf. Ihr Blick wanderte zur Küchenuhr. Es war halb neun.

»Claudia geht es nicht gut«, sagte Jonas und deutete in den Flur. Würgegeräusche drangen aus dem Bad.

»Sie kotzt sich schon seit einer ganzen Weile die Seele aus dem Leib.« Seine Miene war ernst. »Ich denke nicht, dass ihr zwei Hübschen heute irgendwohin fahren werdet.«

»Ach du meine Güte.«

»Jepp. Ich war schon in der Apotheke und hab Medikamente geholt. Was gegen Übelkeit und so ein Elektrolytzeug. Willst du einen Kaffee?«

Anna nickte.

»Also werden wir heute wohl nicht nach Münchringen fahren«, sagte sie.

»Nehme ich an. Aber so eine Geschichte geht ja meist so schnell vorbei, wie sie gekommen ist. Bestimmt ist sie morgen wieder fit. Dieser Basil irgendwas wird euch schon nicht gleich weglaufen.« Er steckte zwei Toastscheiben in den Toaster und holte eine Schachtel Eier aus dem Kühlschrank.

»Jetzt mach ich uns erst einmal Frühstück, ohne was Anständiges im Magen kann so ein Tag nichts werden.« Er begann eine der Pfannen abzuspülen, die in der Spüle gelegen hatte. Anna nippte an ihrem Kaffee. Wie sollte sie ihm schonend beibringen, dass sie kein Rührei haben wollte? Sie war kein Frühstücksmensch. Vor zehn Uhr morgens bekam sie nichts hinunter. Und das würde sich heute nicht ändern. Die Würgegeräusche aus dem Bad verstärkten sich. Dazu kam ein beunruhigendes Stöhnen. Besorgt sah Anna in den Flur.

»Sollten wir nicht besser nach ihr sehen?«

»Warum?«, fragte Jonas. »Sie hängt über der Schüssel. Ist kein schöner Anblick. Wenn sie rauskommt, kriegt sie die Tabletten und Tee. Wenn das Zeug drinbleibt, sehen wir weiter.«

Anna nickte mit einem verbindlichen Lächeln. Sie musste hier weg. Sonst bekam sie auch noch diesen Virus. Wenn es denn einer war. Vielleicht hatte Claudia auch nur etwas Falsches gegessen. Bei dieser Hitze wurden Lebensmittel gern mal schlecht.

»Sei mir nicht böse, Jonas. Aber ich fahre lieber nach Hause.« Sie stellte die Kaffeetasse auf den Tisch und stand auf. »Wenn es Claudia besser geht, soll sie mich anrufen.«

»Wenn du meinst. Bleiben mehr Eier für mich.«

Anna ging in den Flur, überlegte kurz, sich bei Claudia zu verabschieden, unterließ es dann aber. Sie schlüpfte in ihre Slipper, nahm ihre Tasche und verließ die Wohnung. In ihrem Auto angekommen, überlegte sie, was sie jetzt machen sollte. Nach Hause fahren? Zu Sara? Sie kannte die Antwort.

Die Zeit zum Reden schien gekommen. Sie würde zu Noah fahren. Sie startete den Motor und lenkte ihn durch den Züricher Innenstadtverkehr Richtung Seeufer. Direkt vor Noahs Wohnung fand sie eine Parklücke. Er wohnte im ersten Stock eines Altbaus, direkt am Seeufer neben dem hübschen Kaffeemuseum. Häufig waren sie nach langen Spaziergängen dort gestrandet, um ein Tässchen zu trinken. Im Sommer hatten sie auf der Terrasse, im Winter in dem hübschen Erker gleich vorn links gesessen. Anna lächelte bei der Erinnerung daran. Damals hatte sich ihre Beziehung richtig angefühlt.

Ihr Blick wanderte zu seinen Fenstern hinauf. Sollte sie wirklich zu ihm gehen? Ja, sollte sie. Noah würde sich aus ihrem Leben genauso wenig vertreiben lassen wie Regula. Sie öffnete die Autotür und stieg aus. Als sie sich der Tür näherte, ging bereits der Summer. Er hatte sie längst gesehen. Sie betrat das Treppenhaus und lief die steinernen Stufen hinauf. Er stand, einen Kaffeebecher in Händen, in der Tür, seine Miene war ernst.

»Hallo Anna«, begrüßte er sie und sah ihr direkt in die Augen. Ihr Herzschlag beschleunigte sich. Sie grüßte zurück, und er trat zur Seite, um sie hereinzulassen. Sie fing den Geruch seines Aftershaves auf. Es roch herb, unaufdringlich. Genau so, wie sie es liebte. Sie ging ins Wohnzimmer. Die Wohnung war gemütlich und edel eingerichtet. Es gab eine offene Wohnküche und eine eigens für ihn angefertigte Sitzgruppe. Besonders der Tisch mit seiner massiven Platte aus Akazienholz mit den grauen Freischwingern war ein Hingucker. Mitten in dem geräumigen Wohnraum stand eine mit grauem Alcantara-Leder bezogene Wohnlandschaft. Von dort aus hatte man einen einzigartigen Blick auf den See. Ein großes Bücherregal nahm die Längsseite des Raumes ein. Helles Sonnenlicht flutete den Raum, die Terrassentür war geöffnet, und die Geräusche von draußen drangen herein.

»Möchtest du einen Kaffee?«, fragte er. Sie verneinte und bat um ein Wasser. Er schenkte ein Glas Wasser ein. Es herrschte eine sonderbare Art von Anspannung. Er stellte das Glas auf den Couchtisch und setzte sich Anna gegenüber in einen Sessel.

»Und?«

Anna wusste nicht, wie sie anfangen sollte. Auf der Fahrt hierher hatte sie sich so viele Erklärungen zurechtgelegt. Doch jetzt war ihr Kopf wie leergefegt. Sie griff nach dem Wasserglas. Ihre Hände zitterten so sehr, dass Wasser überschwappte und auf die Tischplatte tropfte. Und plötzlich war er neben ihr. Umfing ihre Hand und stellte behutsam das Glas zurück auf den Tisch. Sein Gesicht war ganz nah vor dem ihren, seine Lippen bei ihren. Er küsste sie. Sie versank wenig später in seiner Umarmung. Er drückte sie aufs Sofa und legte sich auf sie. Sie wollte es. Mehr als alles andere auf der Welt. Seine Nähe spüren, nicht nachdenken müssen. Sich endlich fallen lassen. Seine Hände wanderten unter ihr T-Shirt, er schob ihren BH nach oben. Streichelte ihre Brüste. Sie stöhnte auf. Hektisch öffnete er ihre Hose und zog sie nach unten. Als er kurz darauf in sie eindrang, schloss Anna die Augen und passte sich seinem Rhythmus an. Seine Stöße wurden fester, drängender. Sie krallte sich an ihm fest. Er stöhnte auf. Schweiß lief seinen Oberkörper hinunter. Er sank auf sie herab und küsste sie.

»Es ist so schön, dich hier zu haben. Ich hab mir Sorgen gemacht.«

Seine Worte holten Anna in die Wirklichkeit zurück. Sie öffnete die Augen.

»Ich weiß.«

Er rollte von ihr herunter. Und auf einmal, Anna war wie vor den Kopf gestoßen, war das Gefühl der Leidenschaft verflogen. Sie setzte sich auf und richtete ihren BH unter dem T-Shirt. Er zog sich ebenfalls wieder an und trat wortlos auf die Terrasse. Da ist er wieder, der Kater, dachte Anna. War es doch nur die Lust, die sie verband? Aber da war diese verdammte Anziehungskraft, die Sehnsucht nach seiner Nähe. Sie zog ihre Hose an und folgte ihm nach draußen. Er stand an dem steinernen Geländer und blickte auf den See. Sie trat neben ihn und überlegte, ob sie ihm von Regula erzählen sollte. Sie tat es nicht. Plötzlich hatte sie sogar das Gefühl, sie müsste Regula vor ihm beschützen. Vor dem Mann, der sie in ihren Bann gezogen hatte und den sie niemals ganz besitzen würde, wie ihr in diesem Moment schmerzlich bewusst wurde. Es war die Zeit gekommen, endgültig zu gehen. Er schien es ebenfalls zu spüren.

»Es ist, wie es ist, oder?«

Anna nickte.

»Wir werden es nicht ändern können.«

»Ich weiß«, antwortete er. »Es ist kompliziert.«

»Ich brauche jetzt etwas anderes«, sagte Anna. Sie wandte den Kopf und sah ihm in die Augen. Langsam hob sie die Hand und berührte seine Wange. »Es wird Zeit loszulassen. Für uns beide.«

Er nickte.

»Muss ich mir Sorgen machen?«

Sie schüttelte den Kopf.

»Freunde?«, fragte er.

»Du weißt …«

»Schon gut«, ließ er sie nicht ausreden.

»Es war schön«, sagte sie, drückte ihm einen Kuss auf die Wange und ging.

Als sie wieder in ihrem Auto saß, sah sie ihn im Rückspiegel noch immer an derselben Stelle stehen. Der Abschied schmerzte und tat gleichzeitig gut. Sie ließ den Motor an, fuhr aus der Parklücke und schlug den Rückweg nach Oerlikon ein.

Als sie zu Hause ankam, ließ sie sich auf ihr Bett fallen und schlief auf der Stelle ein.

Es war stürmisches Klingeln, das sie einige Stunden später weckte. Anna sprang aus dem Bett und eilte zur Sprechanlage. Es war Claudia. Verwundert drückte Anna auf den Türsummer. Claudia kam die Treppe nach oben. Sie war noch etwas blass um die Nase, lächelte aber.

»Ich hätte den Cocktail mit Sahne nicht trinken sollen«, sagte sie ohne ein Wort der Begrüßung. »Die war bestimmt schlecht.« Sie ging an Anna vorbei in die Wohnung und redete munter weiter: »Das hat Jonas auch gesagt. Dieses Elektrolytzeug aus der Apotheke hat wahre Wunder gebracht. Ein Glas davon, und es läuft alles wieder wie am Schnürchen. Wollen wir dann los?« Sie sah Anna fragend an.

Anna, die sich etwas überrumpelt fühlte, nickte.

»Ja, natürlich. Nach Münchringen, oder? Entschuldige. Ich habe geschlafen.«

»Siehst auch so aus. Obwohl«, Claudia musterte Anna genauer, »diese Art durchgewühlter Haare sieht mir eher nach einer ganz speziellen Art Begegnung aus.«

Anna kam sich ertappt vor und senkte den Blick.

»Ich liege richtig, oder?«

»Abschiedssex«, antwortete Anna knapp. »Es ist vorbei.«

Es entstand eine kurze Pause, dann sagte Anna: »Ich ziehe mich rasch um, bringe meiner Frisur in Ordnung, und dann können wir los. Möchtest du etwas trinken? Im Kühlschrank steht eine Flasche Wasser.«

Sie verschwand im Schlafzimmer. Auf dem Boden lag das geblümte Maxikleid. Sie hob es auf und beschloss, es anzuziehen. Sie streifte es über und verschwand im Bad. Einige Minuten später betrat sie die Küche, das Haar entwirrt und zurückgebunden, die Augen dezent geschminkt.

»Besser«, stellte Claudia mit einem Lächeln fest.

»Dann also los. Mal sehen, ob wir heute das Geheimnis um Lena Flaucher endlich gelöst bekommen.« Sie leerte ihr Wasserglas, und die beiden verließen die Wohnung.

Dieses Mal herrschte kein dichter Verkehr, weshalb ihnen Jonas' Schleichwege nach Hindelbank erspart blieben. Sie bogen jedoch nicht zu den Anstalten ab, sondern ein Stück weiter in eine schmale Landstraße, die zu dem kleinen Ort Münchringen führte. Dort empfing sie dörfliche Gemütlichkeit. Bauernhöfe, umringt von Obstbäumen und Viehweiden, eine Schar Hühner lief gackernd über die Hauptstraße und zwang Anna anzuhalten, bis die Tiere von einem kleinen Mädchen verscheucht wurden, das ihnen fröhlich zuwinkte.

»Was für eine Idylle«, frotzelte Claudia. »Ich glaube, hier kann man herrlich versauern.«

»Oder das schöne Landleben genießen«, antwortete Anna mit einem Lächeln und bog in das Renngässli ein, wo sie vor einem in die Jahre gekommenen Fachwerkhaus stehen blieb, das von einem großen Garten voller alter Bäume umgeben war. Besonders eine Kastanie neben der Eingangstür hatte beeindruckende Ausmaße.

»Ob der vor lauter Bäumen überhaupt noch was sieht?«, fragte Claudia, als sie ausstiegen und über die Straße liefen. »Und lass den Baum mal bei einem Gewitter aufs Dach fallen. Dann prost Mahlzeit, sag ich dir.«

Anna ging nicht auf ihre Worte ein. Sie war nervös. In ihrem Magen breitete sich ein flaues Gefühl aus, als sie das Gartentor öffnete und sie vor die weinrot gestrichene Haustür traten. Claudia drückte auf die Klingel. Es dauerte nicht lange, bis schlurfende Schritte zu hören waren. Ein älterer Herr öffnete und sah sie irritiert an.

»Ja?«

»Grüezi«, grüßte Claudia freundlich. »Sind Sie Basil Kielholz?«

Der Mann nickte.

»Uns schickt Giulietta Geiger.«

»Ah, ich verstehe. Es geht um einen Fall aus der Anstalt, oder?«

»Richtig. Mein Name ist Claudia Retter, das hier ist Anna Volkmann«, sie deutete auf Anna, »wir hoffen, wir kommen nicht ungelegen?«

»Nein, nein. Kommen Sie ruhig rein. Sie sind nicht die Ersten, die unverhofft vor meiner Tür stehen, um Erkundigungen einzuholen.« Er öffnete die Tür weiter, und die beiden betraten den düsteren Flur. Es ging durch eine weitere Tür in ein geräumiges Wohnzimmer, dessen Blickfang eindeutig der große blau gekachelte Ofen war. Eine Eckbank am Fenster lud zum Verweilen ein. Auf dem Tisch lagen Bücher und Zeitungen kreuz und quer. Eine Katze schlief auf einem Sessel, der neben der geöffneten Terrassentür stand.

»Möchten Sie etwas trinken?«, fragte Basil Kielholz.

»Ein Wasser wäre wunderbar«, sagte Anna. Ihre Stimme klang unsicher. Er nickte und holte zwei Wassergläser aus der Küche. »Am besten gehen wir nach draußen.« Er ließ Anna und Claudia auf die Terrasse treten und auf der hölzernen Bank an der Hauswand im Schatten Platz nehmen. Der Garten schien endlos groß zu sein. Es gab angelegte Blumenbeete, in denen jedoch zwischen Rosenstöcken und Sommerstauden das Unkraut wucherte.

»Um den Garten hat sich früher immer meine Frau gekümmert«, glaubte sich Basil Kielholz für die Unordnung entschuldigen zu müssen. »Aber seit sie nicht mehr da ist ...« Er stockte und fügte hinzu: »Mir fällt das Bücken schwer.«

»Mir gefällt es leicht verwildert sowieso besser«, sagte Claudia. »Ich war noch nie ein Fan von akkurat angelegten Beeten. So ist es doch viel hübscher.«

Der alte Mann nickte. »Aber Sie sind ja nicht gekommen, um mit mir über den Garten zu sprechen.«

»Nein«, antwortete Anna. »Ich bin auf der Suche nach meiner Mutter. Ich bin in Hindelbank im Jahr dreiundsiebzig geboren. Nur leider steht ihr Name nicht in den Unterlagen.«

»Was häufig vorkam«, erwiderte Kielholz. »Ich nehme an, Sie sind kurz nach Ihrer Geburt adoptiert worden?«

»Von einem Anwaltsehepaar aus Konstanz«, bestätigte Anna seine Aussage.

»Es wundert mich beinah, dass der Geburtsort in den Unterlagen stand. Oftmals fehlt sogar der. Haben Sie Ihre Geburtsurkunde von damals dabei?«

Anna nickte und reichte ihm die Kopie des Dokuments, die sich in ihrer Handtasche befunden hatte.

»Geboren Ende März dreiundsiebzig.« Der alte Mann schüttelte den Kopf. »Vermutlich waren Sie eines dieser bedauernswerten Geschöpfe, die wir der Mutter unmittelbar nach der Geburt weggenommen haben. Heute würde ich es als Kinderraub bezeichnen. Aber damals fühlten wir uns im Recht. Waren andere Zeiten mit anderen Ansichten. Was die Ungerechtigkeit natürlich nicht entschuldigen kann.« Er erhob sich seufzend. »Dann gehen wir mal nachsehen, ob sich

zu dem Fall noch Unterlagen finden lassen. Kommen Sie.«
Es ging zurück ins Wohnzimmer, durch den Flur und in den
Keller, der eine Art Gewölbe war.

»Das Haus hat früher einem Weinhändler gehört«, erklärte Kielholz, während er das Licht anschaltete. »Aber ich bin
kein Weintrinker.« Im kalten Licht einer Neonlampe standen metallene Aktenschränke in der Mitte des geräumigen
Raumes. Rechter Hand gab es einen Schreibtisch, auf dem
sich Akten und andere Papiere türmten.

»Sie wundern sich vermutlich, weshalb ich die Akten
aufbewahrt habe. Meine Frau hat mich dazu gebracht. Sie
sollten allesamt vernichtet werden. Das war kurz vor dem
Ende meiner Amtszeit. Sie meinte, dass wir das nicht zulassen dürften. Es kämen sicher Menschen, die Antworten
suchen würden. Sie hat stets verurteilt, wie mit den jungen
Mädchen umgegangen wurde. Und sie hatte recht – es kamen schon bald Menschen.« Er machte eine kurze Pause.
Anna glaubte eine Träne in seinem Augenwinkel zu erkennen. »Nun gut. Dreiundsiebzig also«, sagte er und ließ seinen Blick über die Aktenschränke schweifen. »Das müsste
im dritten Schrank sein.« Er ging an den Reihen entlang,
öffnete die Schubladen und begann, die Akten auf und ab
zu schieben. »Da wir keinen Namen Ihrer Mutter haben,
könnte es schwierig werden. Also müssen wir uns an die Geburtenlisten halten. Normalerweise wurden diese jährlich
festgehalten.« Er zog eine Akte heraus und schlug sie auf.
»Hier sind Geburtenlisten. Mal sehen, ob der richtige Jahrgang dabei ist.« Er blätterte die Seiten durch und murmelte: »Siebzig, fünfundsiebzig, neunundsechzig.« Anna trat

einen Schritt näher. Ihr Herz schlug ihr vor Aufregung bis zum Hals. Jetzt gleich würde er die Liste finden. Sie musste einfach hier sein.

»Nein, dreiundsiebzig fehlt. Es tut mir leid.« Er schüttelte den Kopf. »Und anderswo brauchen wir nicht zu suchen.«

»Vielleicht ja doch«, startete Claudia noch einen Versuch. »Es könnte sein, dass eine Lena Flaucher Annas Mutter ist. Diese Vermutung stellte Giulietta Geiger auf, als wir bei ihr waren. Sie glaubte, sich an sie erinnern zu können. Sie muss damals in Hindelbank gewesen sein.«

»Flaucher. Der Name sagt mir nichts. Aber das will nichts heißen. Mir als Leitung wurde ja nicht jeder Name zugetragen. Wollen wir mal nachsehen.« Er verstaute die Akte mit den Geburtenlisten wieder im Schrank und öffnete die Schublade darunter. »Hier sind die Akten der Insassen aus dem Jahrgang, die ich sichern konnte. Vielleicht haben wir Glück, und sie ist dabei.« Er suchte die Reihen durch, nahm die eine oder andere Akte heraus, schüttelte den Kopf und steckte sie zurück. Dann suchte er auch noch nach den Unterlagen der Jahrgänge davor und danach, doch er fand den Namen Flaucher nicht.

»Es tut mir leid«, sagte er. »Eine Akte von einer Lena Flaucher findet sich hier nicht. Das hat aber nur wenig zu sagen. Es kann durchaus sein, dass sie hier gewesen und ihre Unterlagen woanders hingekommen sind. Manche Frauen wurden später in weitere Erziehungsheime gebracht und ihre Unterlagen dorthin versendet. Ich wünschte, ich könnte Ihnen besser helfen.« Er zuckte mit den Schultern und schloss die Schublade. »Manchmal ist es wie die Suche nach der Nadel im Heuhaufen.«

Anna nickte enttäuscht. Auch Claudias Miene war betrübt.

»Trotzdem danke für Ihre Hilfe«, sagte sie.

»Keine Ursache. Vielleicht haben Sie ja noch woanders Glück.« Anna nickte. Gemeinsam verließen sie den Keller, und Anna und Claudia verabschiedeten sich im Flur von dem alten Herrn, der noch einen Satz sagte, der Anna mitten ins Herz traf.

»Sie sollten die Hoffnung nicht aufgeben. Nichts im Leben passiert grundlos. Wissen Sie.«

Anna nickte lächelnd und drückte die Hand des alten Mannes.

»Ja, da haben Sie recht.« Die beiden verabschiedeten sich endgültig von ihm und saßen keine Minute später wieder im Auto.

»Und nun?«, fragte Claudia.

»Jetzt fahren wir zurück nach Zürich und beenden unsere Suche«, antwortete Anna. Claudia sah sie irritiert an.

»Wie – beenden?«

»Es ist vorbei, Claudia. Wo sollen wir denn noch suchen? Die Akten des alten Herrn waren unser letzter Strohhalm.«

»Und was wird mit Regula?«

»Was soll mit ihr werden? Sie ist da, und das wird sie bleiben, auch wenn ihre Herkunft nicht gelüftet ist. Basil Kielholz hat recht. Nichts im Leben passiert grundlos. Oder wie mein Vater so schön zu sagen pflegte: Schließt sich eine Tür, öffnet sich eine andere.«

»Ich hasse Lebensweisheiten«, erwiderte Claudia grummelnd, während Anna den Motor startete. Anna wusste, was nun zu tun war. Gleich nach ihrer Rückkehr würde sie die Stellenanzeigen im Internet studieren und ihre Zukunft in Angriff nehmen. Und dass diese nicht in Zürich läge, stand für sie fest.

KAPITEL 10

Jetzt saß sie also hier, unter dem Vordach des Bahnhofs, und sah den Schneeflocken beim Fallen zu. Neben ihr stand ein brauner Lederkoffer, der bessere Tage gesehen hatte. Frau Lenzberger, die alte Dame, bei der sie in den letzten Wochen im Haushalt geholfen hatte, hatte ihn ihr geschenkt. Der Koffer hatte schon eine Menge erlebt. Er war in Paris, Mailand und in New York gewesen. Einst hatte er der Mutter von Frau Lenzberger gehört, war mit ihr jedoch nicht weit gekommen. Nur bis nach Franken, wo die Tante von Frau Lenzberger in einem winzigen Nest gelebt hatte. Frau Lenzberger hatte ihren Namen vergessen. So wie sie viele Dinge immer wieder vergaß. Sie lebte schon länger in ihrer eigenen Welt und liebte es, Geschichten zu erzählen. Und Lena hörte ihr zu. Sie setzte sich nach der Arbeit zu der alten Dame auf das Sofa mit den Häkeldecken, trank warmen Tee und lauschte ihren Geschichten aus einer anderen Zeit, in der der Koffer neben ihr noch durch die Welt reisen hatte dürfen und Gottlieb Lenzberger noch am Leben gewesen war.

Und jetzt war der Koffer, den ihr Frau Lenzberger mit den Worten »Brauch ich altes Mädchen nicht mehr« überlassen hatte, auf die nächste Reise gegangen. Nur nicht sonderlich weit. Von Winterthur, wo Lena in einem Erziehungsheim gelebt hatte, nach Kreuzlingen am Bodensee. Sie war über den Abschied vom Erziehungsheim nicht traurig gewesen, denn dort hatte ein strenges Regiment geherrscht. Wieder einmal waren es Nonnen gewesen, die ihr erklärt hatten, was sie zu tun oder zu lassen hätte. Zwar wurde manch eine von ihnen laut, aber sie schlugen die Mädchen wenigstens nicht. Manchmal wurden sie auch in ihre Zimmer eingeschlossen. Doch das war erträglich. Lena hatte in Winterthur wieder zur Schule gehen dürfen und ihren Abschluss gemacht. Der Mutter Oberin hatte sie ihre Arbeit bei Frau Lenzberger zu verdanken gehabt. Doch damit war es jetzt vorbei. Sie war aus dem Erziehungsheim ausgezogen und würde in einer Wohngemeinschaft des Sozialamtes leben. Morgen sollte sie sich im Hotel Goldener Stern in der Konstanzer Altstadt für eine Stelle als Zimmermädchen vorstellen. Der Kontakt war von Paula Renzi, ihrer Betreuerin von der Fürsorge, hergestellt worden. Paula hatte kurzes braunes Haar und eine dicke Brille auf der Nase, ohne die sie blind wie ein Maulwurf war. So hatte sie es scherzhaft ausgedrückt, als Lena zum ersten Mal neben ihrem Schreibtisch saß und ihr dabei zusah, wie sie in Akten blätterte und ständig »Hm, tja, ach, so ist das« von sich gegeben hatte. Damals war sie schrecklich nervös gewesen, aus Angst, die Lüge über ihre Identität könnte auffliegen. Doch diese Sorge war unbegründet gewesen. Der Zufall, dass die wahre Nina am selben Tag wie sie selbst in Bern geboren war, kam ihr zu Hilfe. Ihre Angaben die Geburt betreffend wurden geprüft, die Geburtsurkunde bei der zuständigen Behörde angefordert. Dass die wahre Nina Bauer längst tot war, schien niemandem aufzufallen.

Lena bekam einen neuen Ausweis ausgestellt, und die Sache war erledigt. Anfangs hatte sie sich mit dem Namen schwergetan, hatte nicht reagiert, wenn sie jemand rief. Doch das hatte sich mit der Zeit erledigt. Sie war nun Nina Bauer, geboren als Einzelkind in Bern. Als Einzelkind, wiederholte Lena in Gedanken. Die Lüge über ihre Identität hinderte sie daran, nach Marie zu suchen. Es verging kein Tag, an dem sie nicht an sie dachte. Oftmals versuchte sie, sich den Klang ihrer Stimme in Erinnerung zu rufen, doch es gelang ihr nicht mehr. Sie hatte ihre Schwester wohl für immer verloren. Lena Flaucher versteckte sich hinter Nina Bauer, denn sie galt als Mörderin. Und eine Nina Bauer konnte nicht nach Marie Flaucher fragen, ohne Aufmerksamkeit zu erregen.

Ein Auto hielt vor dem Bahnhof, und eine Frau mittleren Alters stieg aus, die auf sie zukam.

»Nina Bauer?«

Lena nickte und stand auf. Die Frau stellte sich als Birgit Lenbacher vor. Sie war blond, schlank und trug eine dunkelblaue Schlaghose, an deren Beinen Schnee klebte.

»Es tut mir schrecklich leid, dass ich so spät komme. Ein Telefonat hat mich aufgehalten«, entschuldigte sie sich. »Ich hoffe, du wartest noch nicht allzu lange. Und dann noch dieses Wetter. Das Auto musste ich ausgraben.« Sie öffnete die hintere Autotür und beförderte Frau Lenzbergers Koffer auf den Rücksitz. Lena nahm auf dem Beifahrersitz Platz. Birgit Lenbacher fuhr los und griff nach einer brennenden Zigarette, die in dem überfüllten Aschenbecher lag.

»Und dann dieser Verkehr«, redete sie munter weiter. »Vermutlich wären wir zu Fuß schneller gewesen.« Sie fuhren an Häusern und Geschäften vorüber. Menschen waren nur vereinzelt auf den Gehwegen zu sehen.

»Bei dem Wetter jagt man keinen Hund vor die Tür. Na ja, vielleicht diese nordischen Köter für die Schlitten. Wie heißen die noch gleich?«

»Huskys«, half Lena ihr auf die Sprünge.

»Richtig. Huskys. Die mögen die Kälte. Angeblich werden diese Tiere verrückt, wenn es warm ist.« Sie warf Lena einen Seitenblick zu und grinste.

»Ich rede wieder einmal zu viel, oder? Ich kann es einfach nicht ändern.« Sie hielten an einer roten Ampel. Birgit, die Biggi genannt werden wollte, sog genüsslich an ihrer Zigarette und blies eine Rauchwolke in die Luft. Lena mochte sie vom ersten Moment an. Biggi war herrlich unkonventionell und unterschied sich von allen, denen Lena im Zusammenhang mit der Fürsorge begegnet war. Doch sie blieb misstrauisch. Auch diese Biggi könnte einen Haken haben.

Sie erreichten das Haus, in dem die Wohngemeinschaft untergebracht war, und Biggi schimpfte los. »Sieh dir das an. Da hat mir doch glatt einer meinen Parkplatz weggenommen. Jetzt müssen wir einen neuen freischaufeln.« Sie stellte die Warnblinkanlage an und stieg aus. Verblüfft sah Lena ihr dabei zu, wie sie durch den Schnee zum Hauseingang stapfte, mit zwei Schneeschaufeln zurückkam und auf einen großen Schneehaufen direkt vor dem Eingang deutete. Darunter schien der auserwählte Parkplatz zu liegen. Lena stieg also aus und half schaufeln. Nach einer halben Stunde hatten sie es geschafft, und Biggi parkte den Wagen. Danach gingen sie ins Haus, und Lena sah zum ersten

Mal ihre neue Bleibe, die ihr auf den ersten Blick gefiel. Es gab drei Zimmer, in denen jeweils zwei Mädchen wohnten. Dazu Biggis Schlafzimmer und eine große Wohnküche, in der gerade zwei Mädchen, Biggi stellte sie als Isabell und Elli vor, das Mittagessen zubereiteten. Der Rest der Truppe war arbeiten. Ihre Zimmerkameradin war eine Gabi, die in einer Metzgerei eine Ausbildung zur Fleischereifachverkäuferin machte. Lena wurde das Bett neben der Tür zugeteilt. Auch die Hälfte des Kleiderschranks konnte sie nutzen. Magere zwei Fächer und eine kleine Schublade, die jedoch für ihre übersichtliche Garderobe ausreichten.

»Wenn du mit dem Auspacken fertig bist, kannst du zu uns in die Küche kommen und beim Schnippeln des Gemüses helfen. Heute gibt es Eintopf.« Biggi verließ den Raum, und Lena blieb allein.

Sie sah zum Fenster, neben dem Gabis ordentlich gemachtes Bett stand. Ein abgewetzter Teddybär lag darauf. Mädchen, die alte Teddys auf ihr Bett legten, waren bestimmt nett. Lena trat ans Fenster und sah nach draußen. Noch immer schneite es heftig. Biggis Auto hatte schon wieder einen weißen Überzug bekommen. Lena wandte sich vom Fenster ab und begann, ihre Tasche auszuräumen. Zwei Pullover, drei T-Shirts und eine weitere Schlaghose wanderten in den Schrank. Dazu kam noch ihre überschaubare Wäsche. Von ihrem ersten Gehalt würde sie sich einige neue Sachen kaufen müssen. Sie schloss die Schranktür, nahm ihren Toilettenbeutel und machte sich auf die Suche nach dem Badezimmer. Die weiß gekachelte Nasszelle, die nur ein winziges Fenster mit einer Milchglasscheibe, dafür aber eine

Badewanne hatte, war schnell gefunden. Immerhin lag die Toilette extra, wie sie bei ihrer Badezimmersuche bemerkt hatte. Als sie ihre Waschsachen verstaut hatte, ging sie in die Küche, wo das Radio dudelte. Im Takt der Musik wippend stand Biggi am Herd und sang lautstark den Text von *Es fährt ein Zug nach Nirgendwo* von Christian Anders in den schrägsten Tönen mit. Ihre neuen Mitbewohnerinnen saßen am Küchentisch und schnitten Gemüse. Eine von ihnen schenkte Lena ein Lächeln und bot ihr den Stuhl neben sich an. Lena nahm Platz. Ihr wurden ein Messer und ein Brettchen zugeschoben, und Lena begann mit ihrer Arbeit. Das Telefon im Flur läutete, worauf Biggi die Küche verließ.

»Du bist also Nina«, sagte eines der Mädchen, Isabell, wie Lena glaubte.

»Ja, Nina Bauer. Ich komme aus Winterthur.«

»Da kam ich auch her«, sagte die andere, Elli. »Ich hab diese Schwestern gehasst.«

»Ich kenne Schlimmeres«, erwiderte Lena. »Die Nonnen vom Berner Kinderheim sind im Gegensatz zu denen in Winterthur die reinsten Drachen.«

»Du warst schon in Bern im Heim?«, hakte Isabell nach. In ihrer Stimme lag etwas, das Lena aufhorchen ließ. Ein Unterton, der sie beunruhigte. Vor ihr musste sie sich in Acht nehmen.

»Das war meine erste Station.« Lena biss sich auf die Zunge. Beinahe hätte sie *unsere* gesagt. »Mein Vater war alt und blind und konnte sich nicht mehr um mich kümmern. Da hat die Fürsorge mich ins Heim gesteckt.«

»Meine Mutter war eine Prostituierte«, sagte Elli. »Sie hat mich nicht haben wollen, weshalb ich schon als Baby zu einer Pflegefamilie kam. Die Jahre darauf bin ich munter weitergereicht worden. Später galt ich als aufmüpfig und schwer erziehbar. In drei Erziehungsheimen hab ich eingesessen, bevor Biggi mich gerettet hat. Sie ist der Wahnsinn. Der liebste Mensch, der mir je begegnet ist. Du hast Glück, bei ihr gelandet zu sein.« Elli, die runde Pausbacken und rote Locken hatte, grinste.

Lena nickte und sah zu Isabell.

»Und du?«

»Was und ich?«, gab Isabell patzig zurück. »Wird das hier jetzt die große Vorstellungsrunde? Ich war hier und dort, bin immer schlecht behandelt, verhauen und vergewaltigt worden. Zufrieden?« Sie stand auf, warf das Messer auf den Tisch und verließ den Raum.

Verwirrt sah Lena ihr nach.

»Mach dir nichts draus«, sagte Elli. »Es liegt nicht an dir. Sie ist sauer, weil ihre Busenfreundin Ursula vorgestern ausgezogen ist. Sie hat geheiratet und wohnt jetzt mit ihrem Ehemann bei seinen Eltern.«

»Sie hatte einen Freund? Durfte sie das denn?«, fragte Lena verwundert. Während ihrer Zeit in Winterthur war es untersagt, Männer auch nur anzusehen. An eine offene Liebesbeziehung wäre nicht zu denken gewesen. Anders als einige andere Mädchen dort war Lena froh, sich über Beziehungen zu Männern keine Gedanken machen zu müssen. Davon hatte sie fürs Erste die Nase voll, woran sich so schnell auch nichts ändern würde.

»Natürlich durfte sie das. Obwohl auch hier bei Biggi feste Regeln gelten. Ausgehen nur bis zehn Uhr. Wer zu spät kommt, hat Hausarrest. Keine Männer auf den Zimmern, was eh nicht geht, denn wir schlafen ja zu zweit, und schön brav sein, bis wir unter der Haube sind. Schwangere Mädchen müssen die WG sofort verlassen.«

»Bis zehn Uhr?«, staunte Lena.

»Ich sagte doch, das hier ist das Paradies«, erwiderte Elli, schnitt sich im nächsten Moment in den Finger und schrie auf. »Verflucht. Vor lauter Plappern hab ich mir den halben Daumen abgeschnitten.«

Sie steckte den Finger in den Mund und verließ den Raum. Lena sah ihr nach. Ellis Worte verblüfften sie noch immer. Bis zehn Uhr abends ausgehen, und Liebesbeziehungen waren gestattet. Nicht, dass sie eine hätte haben wollen, aber immerhin. Sie schnitt die Kartoffeln klein und begann nun ihrerseits, die Melodie des im Radio laufenden Liedes mitzusummen. Wenige Minuten später kam Biggi zurück. Die Karotten wurden zu den angeschwitzten Zwiebeln in den Topf gekippt. Es folgten Lauch, Kartoffeln, Sellerie und ein Liter Brühe. Biggi würzte das Ganze mit Salz und Pfeffer und legte einen Deckel auf den Topf. »So, eine halbe Stunde köcheln, und wir können essen.« Sie sah sich in der Küche um. »Wo sind die anderen abgeblieben?«

»Wo Isabell ist, weiß ich nicht. Elli hat sich geschnitten.«

»Oh, verstehe. Na, das wird wieder.« Biggi winkte ab. »Mach dir keine Gedanken wegen Isabell. Sie braucht etwas Zeit. Ich geh nach Ellis Finger sehen. Du kannst ja schon mal die Unordnung beseitigen und den Tisch decken.« Sie verließ den Raum.

Lena säuberte den Tisch und fand nach kurzer Suche in dem weißen Küchenbuffet, das neben dem Tisch stand, Suppenteller und Besteck. Rasch deckte sie den Tisch für vier Personen. Gerade als sie fertig war, öffnete sich die Wohnungstür, und eine ihr unbekannte Stimme rief laut hallo.

Lena trat in den Flur. Ein Mädchen mit langen kastanienbraunen Haaren schälte sich gerade aus seinem Mantel und legte einen ellenlangen rot-grün geringelten Schal ab.

Was für ein hübsches Mädchen, dachte Lena. Die junge Frau sah sie verwundert an. Gerade als Lena sich vorstellen wollte, kam Biggi aus dem Badezimmer.

»Ruth, da bist du ja. Siehst ganz durchgefroren aus. Das ist aber auch ein Wetter da draußen.« Sie lachte auf und zeigte dabei ihre vorstehenden Zähne. »Darf ich dir unsere neue Mitbewohnerin Nina vorstellen?« Sie deutete auf Nina. »Nina, das ist Ruth. Sie arbeitet in dem Hotel als Zimmermädchen, in dem du dich morgen vorstellen wirst.«

»Wie schön. Unsere Verstärkung«, freute sich Ruth. »Wir können dich gut gebrauchen. Bei uns geht nämlich neuerdings der Kindervirus um – alle werden schwanger. Unsere Hausdame ist schon ganz verzweifelt.«

»Dann ist es ja gut«, meinte Biggi. Sie gingen in die Küche, und Ruth setzte sich an den Küchentisch, während Lena ein zusätzliches Gedeck aus dem Schrank holte und sich bei Biggi erkundigte, ob noch mehr Bewohner auftauchen würden. Sie verneinte schmunzelnd. »Die Zimmermädchen haben um vier Feierabend. Dafür müsst ihr armen Dinger auch am Sonntag ran. Ist eben Gastgewerbe.«

Ruth nickte und wollte etwas hinzufügen, doch Biggi ließ sie nicht zu Wort kommen.

»Ist es nicht schön, dass Nina jetzt hier ist und im selben Hotel arbeiten wird? Dann könnt ihr immer gemeinsam zur Arbeit fahren.«

Sowohl Nina als auch Ruth nickte, wobei Letztere zu bedenken gab, dass Nina erst einmal zwei Wochen zur Probe arbeiten müsse. Elli kehrte zurück und nahm am Tisch Platz, ihren Daumen zierte nun ein Pflaster. Ruth erkundigte sich bei Lena, ob sie Erfahrung im Hotel hätte. Lena verneinte, sagte jedoch, dass ihr harte Arbeit nicht fremd sei. Sie dachte an den harten Alltag auf dem Bauernhof. Im Gegensatz dazu hörte sich das Reinigen von Zimmern nicht gerade nach Schwerstarbeit an.

Biggi schnitt einige Scheiben Schwarzbrot ab und legte sie in einen Korb, dann wandte sie sich an Elli.

»Geh bitte, und hol Isabell. Sie soll mit der Schmollerei aufhören. Hier kann niemand etwas dafür, dass ihre geliebte Ursula geheiratet hat. Und Nina schon gar nicht.«

Elli gehorchte und verließ den Raum. Wenig später kehrte sie mit Isabell im Schlepptau zurück, die sich mit säuerlicher Miene auf ihren Platz setzte und den von Biggi ausgeteilten Eintopf zu essen begann.

»Das Gemüse könnte weicher sein«, sagte Biggi nach dem ersten Löffel. »Aber was soll's.« Sie lachte und wandte sich an Elli. »Denkst du, Herr Baumann ist morgen wieder so gesund, dass er den Laden aufmacht?«

»Ich will es hoffen«, erwiderte Elli.

Biggi wandte sich Nina zu. »Herr Baumann hat einen kleinen Baumarkt, und Elli arbeitet dort als Verkäuferin. Nur leider ist er krank, weshalb der Laden gerade geschlossen ist.«

»Obwohl ich ruhig ohne ihn hätte aufmachen können«, sagte Elli. »Aber der alte Sturschädel sieht das anders und traut es mir nicht zu. Da lässt er den Laden lieber zu. Und das schon seit über zwei Wochen.«

»In denen sie natürlich nichts bezahlt bekommt«, sagte Biggi. »Er zahlt nur die Stunden, die sie arbeitet. Vielleicht sollte ich mal bei ihm anrufen. So kann es doch nicht weitergehen.«

»Wollen wir heute Abend zum Kranzler gehen?«, fragte Ruth. »Dort wird getanzt.«

»Ausgehen, bei dem Wetter?«, fragte Biggi und zog eine Augenbraue in die Höhe.

»Wieso nicht? Zum Kranzler ist es doch nicht weit. Nur zwei Querstraßen weiter. Wenn du magst, kannst du ja mitkommen, Biggi. Dann müssen wir auch nicht um zehn zu Hause sein.«

Biggi sah von Ruth zu Elli und Isabell. Alle drei schauten sie flehend an. »Meinetwegen. Ihr wisst genau, wie ihr mich drankriegt. Bei Tanzmusik kann ich einfach nicht nein sagen. Aber Nina muss auch mitkommen.« Sie sah zu Lena, die perplex nickte und kaum fassen konnte, was sie da hörte. Biggi würde mit ihnen tanzen gehen.

Nach dem Essen kümmerten sich alle gemeinsam um den Abwasch. Danach ging Lena in ihr Zimmer und legte sich auf ihr Bett. Die vielen neuen Eindrücke musste sie erst einmal verarbeiten. Die letzten Jahre ihres Lebens war sie es gewohnt gewesen, wortlos zu gehorchen, in Unfreiheit zu leben, geschlagen und misshandelt zu werden. Die Angst war ihr täglicher Begleiter gewesen. Und nun? Könnte es wirklich sein, dass sie Glück haben sollte? Nun würden sie tanzen gehen. Sie konnte gar nicht tanzen. Manchmal, wenn die Bäuerin bei Eni Baumgartner gewesen war, hatten Rainett und sie in der Küche das Radio angemacht und waren zur Musik durch den Raum gesprungen, tanzen hatte man es nicht nennen können. Rainett. Sie fehlte ihr. Lena dachte daran, wie sie die kleinen Kätzchen gefunden und sie versteckt hatten. Einmal im Sommer waren sie mit nackten Füßen am Ufer des Weihers herumgelaufen und hatten Steine über die Wasseroberfläche hüpfen lassen. Wie sehr Rainetts Augen damals in der Christmette geleuchtet hatten. Ein wenig Glück in einer düsteren Welt. Vor der Lena sie nicht retten hatte können. Aus der sie selbst entkommen war, wofür sie einen hohen Preis zahlte. Lena Flaucher war fort und doch wieder nicht. Nina Bauer. Das klapperdürre Mädchen, das nichts mehr gegessen hatte, weil sie zu ihrem Vater zurückgewollt hatte. Einfach so war sie an jenem Tag neben ihr auf den Boden gesunken und gestorben. Wäre es anders gekommen, wenn Lena nicht zur Oberin gelaufen wäre? Vielleicht. Womöglich hätte sie mit Marie zusammenbleiben können.

Ihr traten Tränen in die Augen. Nina Bauer war auf dem Fußboden gestorben, Rainett war tot, ihre Schwester fort, der Vater lag auf dem Friedhof, und ihre Mutter – sie wusste es nicht. Es könnte sein, dass sie längst tot war. Sie würde es nicht mehr erfahren. Niemand würde Nina Bauer benachrichtigen, dass Lina Flaucher gestorben war. Doch sie sollte nicht zurückblicken. Sie war der Hölle des Gerberhofes entkommen, hatte die Schule abschließen dürfen und war hier gelandet, wo sie sich eine Zukunft aufbauen konnte.

Durch das Öffnen der Tür wurde Lena aus ihren Gedanken gerissen. Es war Elli.

»Kann ich mich zu dir setzen?«

»Klar doch«, antwortete Lena.

Elli betrat den Raum und setzte sich neben Lena aufs Bett. Sie hatte ein Strickzeug dabei. Ein Schal sollte es werden.

Die beiden begannen, sich über das Heim in Winterthur zu unterhalten, und tauschten Anekdoten aus. Elli hatte das Talent, Dinge komisch zu erzählen, die eigentlich gar nicht komisch waren, und brachte Lena zum Lachen. Irgendwann stand Lena auf und blickte nach draußen. Es schneite noch immer.

»Und ihr wollt heute Abend wirklich tanzen gehen?«, fragte sie skeptisch.

»Gewiss doch. Du wirst sehen: Das wird ein großer Spaß.«

Elli stand vom Bett auf und verkündete, noch ins Bad zu gehen, um sich hübsch zu machen. Vielleicht könnte sie es ja wie Ursula anstellen und den Mann fürs Leben finden, heiraten und Kinder kriegen. Sie grinste. Lena bemühte sich um ein Lächeln. Ihres hatte sie damals verloren. Sie schob den Gedanken beiseite, doch Elli hatte den Moment der Traurigkeit wahrgenommen.

»Hat man dir etwa …« Sie sprach den Satz nicht zu Ende.

»Nein, hat man nicht«, erwiderte Lena. Ihre Stimme klang schroff. Sie erinnerte sich daran, wie sie auf dem Stallboden gelegen hatte, fühlte den stechenden Schmerz in ihrem Unterleib. Sie hatte nicht verstanden, was mit ihr passierte, war zu jung gewesen, ein halbes Kind. Niemals hätte sie Utz' Kind behalten wollen.

Die Tür öffnete sich, und eine ihr unbekannte dunkelhaarige Frau betrat den Raum.

»Hallo Gabi«, begrüßte Elli sie. »Wir wollen nachher tanzen gehen. Willst du mitkommen?«

»Nein.« Gabi zog die Nase hoch. Ihr Gesicht sah verquollen aus. »Ich will nur noch ins Bett.« Ihr Blick blieb an Lena hängen. »Die Neue, nehme ich an?«

Lena nickte. »Das ist Nina«, stellte Elli sie vor, noch ehe sie ihren Namen nennen konnte. »Und stell dir vor, sie kommt auch aus Winterthur, genau wie ich.«

»Na prima«, antwortete Gabi und ließ sich rückwärts aufs Bett fallen. »Können wir morgen weiterreden? Und vielleicht das Licht ausmachen? Mein Kopf bringt mich um.«

Lena sah von Gabi zu Elli, die mit den Schultern zuckte und meinte: »Wir haben noch irgendwo Aspirin. Ich bring dir gleich eins.« Sie wandte sich an Lena. »Kannst dich bei uns im Zimmer umziehen. Isabell wird schon nichts dagegen haben.« Sie grinste.

Lena nahm das rote Shirt, das sie heute Abend zum Tanzen anziehen wollte, aus ihrem Schrank, löschte das Licht und folgte Elli aus dem Raum.

Bald darauf waren sie ausgehfertig. Der Tanzabend bei

Kranzler, einem Gasthof, wie Elli erklärte, begann um sieben Uhr. Auch Isabell kam mit, die sich Lena gegenüber noch immer kühl verhielt. Nur Biggi wollte doch lieber bei der kranken Gabi zu Hause bleiben. So zogen Elli, Isabell, Ruth und Lena allein los. Sie stapften kichernd durch den Schnee und erreichten bald darauf das Gasthaus Kranzler, wo bereits ausgelassene Stimmung herrschte. Ein DJ legte Platten auf. Elli und die anderen stürmten sogleich auf die Tanzfläche. Nur Lena blieb am Rand stehen. Sie war unsicher. Das bunte zuckende Licht, die laute Musik und die vielen Menschen erschreckten sie. Immer wieder wurde sie angerempelt, einmal sprach sie ein junger Mann an, was sie erschrocken zurückweichen ließ. Elli wollte sie auf die Tanzfläche ziehen, doch sie weigerte sich. Nach einer Weile begann es in ihrem Kopf zu dröhnen, und sie hatte das Gefühl, in dem von Zigarettenrauch geschwängerten Raum keine Luft mehr zu bekommen. Sie musste hier weg, lief zum Ausgang und schlüpfte rasch in ihren Mantel. Als sie den Gasthof verließ, geschah es. Sie rutschte auf einer eisigen Stelle aus und kam ins Straucheln. Doch jemand fing sie von hinten auf.

»Hoppla«, sagte eine männliche Stimme. »Ein fliegendes Mädchen.«

Lena stieg der Duft von herbem Rasierwasser in die Nase. Sie wandte sich um. Vor ihr stand ein braunhaariger junger Mann, der sie anlächelte. Was für schöne blaue Augen er hat, kam ihr in den Sinn. In ihrem Magen kribbelte es.

»Danke«, brachte sie heraus.

»Gern«, erwiderte er. »Du gehst schon?«

Lena nickte. Sein Blick brachte sie durcheinander. Unsicher schob sie eine Haarsträhne hinter ihr Ohr und nickte.

»Schade«, erwiderte er.

Lena wusste nicht, was sie antworten sollte, also nickte sie nur und verabschiedete sich schüchtern. Sie wandte sich rasch ab und lief schnellen Schrittes davon. Erst an der nächsten Straßenecke wurde sie langsamer und blieb nach Atem ringend stehen. Doch das herrliche Kribbeln in ihr war noch da. Mit einem Lächeln auf den Lippen ging sie weiter und erreichte bald darauf ihr neues Zuhause. Sie klingelte, weil sie keinen Schlüssel hatte. Biggi, die ihr öffnete, sah sie erstaunt an, nickte dann aber.

»Du warst noch nicht oft tanzen, was?«

Lena beantwortete ihre Frage nicht. Sie betrat die Wohnung, zog Schuhe und Jacke aus und verschwand mit der Ausrede, müde zu sein, in ihrem Zimmer. Dort legte sie sich komplett angezogen aufs Bett und genoss das herrliche Glücksgefühl in sich. Irgendwann schlief sie ein.

Am nächsten Morgen war es Gabi, die sie weckte. Besser gesagt, Gabis Wecker, der einen Höllenlärm machte. Gabi quälte sich trotz ihrer Erkältung zur Arbeit. Lena setzte sich auf. Ihr Blick fiel auf die Uhr. Es war halb sieben. Um acht musste sie im Hotel sein. Sie schälte sich aus ihrer Bettdecke, unter die sie irgendwann während der Nacht gekrabbelt sein musste, und blickte an sich hinab. Noch immer trug sie die dunkelblaue Schlaghose und das rote Shirt. Sie lächelte, und ein Hauch des schönen Kribbelns kehrte zurück. Heute würde bestimmt ein guter Tag werden. Sie wählte einen schlichten dunkelblauen Strickpullover und beigefarbene Hosen. Dann lief sie ins Bad, wo sich Isabell, Ruth und Elli um den besten Platz vorm Spiegel stritten. Lena beschloss, zuerst zu frühstücken. Der Duft von frischem Kaffee zog bereits aus der Küche in den Flur. Biggi stand, einen dampfenden Becher in der Hand, an der Arbeitsplatte und wünschte ihr guten Morgen. Lena entschied sich für Tee. Sie aß einen Toast und hörte den Nachrichten zu. Es gab ein Thema, das alle anderen Meldungen an diesem Morgen zu Randnotizen machte. Der Vietnamkrieg war zu Ende. Gestern hatten die USA und Nordvietnam einen Waffenstillstand unterzeichnet.

»Wurde auch Zeit, dass dieses Blutvergießen endlich ein Ende nimmt«, kommentierte Biggi die Meldung, während Ruth den Raum betrat, sich rasch einen Becher Tee einschenkte und zu Lena sagte: »Wir müssen gleich los. In fünf Minuten geht unser Bus rüber nach Konstanz. Und denk an den Ausweis. Wir müssen über die Grenze. Sie kontrollieren im Bus zwar nicht immer, aber manchmal schon.«

Richtig. Sie arbeiteten ja in Deutschland. Zum ersten Mal in ihrem Leben würde sie die Schweiz verlassen. Lena trank hastig ihren Tee aus, huschte ins Bad, absolvierte eine Katzenwäsche, band ihr Haar zusammen, holte ihre Tasche und schlüpfte in ihren Mantel. Noch rasch die Stiefel angezogen und die Mütze aufgesetzt. Es war schneidend kalt draußen. Die beiden verließen die Wohnung und eilten zur Bushaltestelle an der Straßenecke. Die Wolken hatten sich verzogen, und über ihnen kündigte ein klarer Himmel einen sonnigen Tag an. Der Bus kam, und sie stiegen ein. Lena sah aus dem Fenster. Häuser und Straßen zogen an ihr vorüber. Ein Müllauto stand am Straßenrand. Menschen liefen auf den Gehwegen, ein Mann räumte Schnee. Vor einer Bäckerei hatte sich eine lange Schlange gebildet. Der städtische Trubel gefiel ihr. Wie anders es hier war als in Kobelwald mit seinem kleinen Dorfladen und dem Kirchplatz, der meist wie leergefegt war. Selbst in Winterthur war es ruhiger gewesen. Allerdings hatte das Heim auch in einem Vorort gelegen. In der Stadt selbst war sie nie gewesen. Die vielen Menschen und Häuser erinnerten sie an Bern. Auch dort hatte stets Trubel geherrscht. Erst jetzt wurde ihr bewusst, wie sehr sie diese Lebendigkeit in der Abgeschiedenheit Kobelwalds vermisst hatte. Der Bus hielt an der Grenze, und zwei Zollbeamte stiegen ein, die hie und da jemanden nach seinen Papieren fragten. Auch Lena wurde von dem Mann um ihren Ausweis gebeten. Sie holte ihn aus ihrem Portemonnaie und reichte ihn dem Beamten mit klopfendem Herzen. Sie mochte das Dokument nicht, war es doch ein Abbild der Lüge ihres Lebens. Der Mann warf einen Blick darauf und gab ihn ihr zurück. Ruth schenkte er ein Lächeln und nickte. Man kannte einander. Der Großteil der Personen in diesem Bus waren um diese Uhrzeit Pendler. Die Fahrt wurde fortgesetzt, und sie erreichten die Altstadt von Konstanz, wo Ruth und Lena ausstiegen. Von der Haltestelle war es nicht weit bis zum Bodanplatz, wo das Hotel lag. Ruth begleitete Lena in das Büro der Inhaber, dann ging sie sich umziehen. Die Zimmermädchen trugen schlichte hellblaue Kleider, die stets im Hotel blieben. Die Leiterin des Hotels, Sabine Wollstedter, hatte schlechte Erfahrungen damit gemacht, dass die Mädchen die Kleider mitnahmen. Sie verschwanden oder wurden verwaschen. Also zogen sich die Mädchen vor Arbeitsbeginn um.

Lena wurde von der Sekretärin in Empfang genommen, die ein schlechtsitzendes braunes Tweedkostüm trug. Lena schätzte die Frau auf Mitte fünfzig. Sie trug ihr graues Haar hochgesteckt und hatte eine goldfarbene Brille an einer Kette um den Hals hängen. Kühl stellte sich ihr die Frau als Frau Grübeli vor. Sie kam hinter ihrem Schreibtisch hervor, klopfte an die Nebentür und öffnete diese, nachdem jemand »Ja bitte« gerufen hatte.

»Das neue Mädchen ist hier«, verkündete Frau Grübeli mit ernster Miene.

»Soll reinkommen«, erklang eine Frauenstimme. Schüchtern betrat Lena den Raum. Sie sah sich einer blonden Frau mittleren Alters gegenüber, die mit einem Kaffeebecher in den Händen am Fenster stand. Die Frau hatte einige Lachfalten um die Augen und den Mund und trug einen dunkelblauen Bleistiftrock mit einem weißen Rolli, der ihre schmale Taille betonte.

»Tritt näher«, sagte sie. »Du bist also Nina Bauer.« Sie duzte Lena, wobei ihre Stimme freundlich klang, ihr Lächeln hatte etwas Verbindliches. Lena trat näher. Sonderbarerweise hatte sie das Gefühl, als würde Frau Wollstedter durch sie hindurchblicken.

Die Hotelinhaberin begann, in einem Notizbuch zu blättern, schob einige Unterlagen zur Seite und fand in ihrem Kalender, wonach sie gesucht hatte. »Du wurdest mir von deiner Betreuerin im Jugendamt wärmstens ans Herz gelegt.« Jetzt endlich hob sie den Kopf. Ihre Augen taxierten Lena kurz von oben bis unten. »Sie sagten, du wärst fleißig und könntest gut mit Menschen. Stimmt das?«

»Wenn Frau Renzi das sagt«, erwiderte Lena schüchtern.

»Du sprichst sehr leise«, stellte Frau Wollstedter fest. »Selbstverständlich habe ich mich bei Frau Renzi nach deiner Herkunft erkundigt. Manche Mädchen deiner Sorte stammen ja aus äußerst zwielichtigen Verhältnissen. Sie versicherte mir, dass dies bei dir nicht so wäre. Sie berichtete etwas von einem kranken Vater, der sich nicht mehr kümmern konnte. Du stammst aus Bern, oder?«

Lena nickte wortlos. Mädchen deiner Sorte, dachte sie. Was für ein Ausdruck.

Frau Wollstedter sah sie einen Moment schweigend an, dann sagte sie: »Wir probieren es im Service mit dir. Seit letzter Woche haben wir nämlich durch einen Zufall schon ein neues Zimmermädchen. Ich möchte Frau Renzi aber nicht verärgern, indem ich ihr nach meiner Zusage nun doch eine Absage erteile. Und im Service ist mir gerade ein Mädchen ausgefallen.« Sie räusperte sich. »Hast du schon einmal im Service gearbeitet?«

Lena verneinte.

»Nicht schlimm. Georg, unser Oberkellner, wird dir alles zeigen. Heute wirst du gleich länger bleiben müssen. Eine Gesellschaft steht an, ein sechzigster Geburtstag. Dafür muss noch der große Saal dekoriert werden. Also, geh gleich an die Arbeit.« Sie wedelte mit den Armen. »Ich werde in deiner Unterbringung Bescheid geben, dass es später wird.« Damit schien das Gespräch für sie beendet. Sie griff nach dem Telefonhörer und wies Frau Grübeli an, dafür zu sorgen, dass Lena passend eingekleidet und zu Georg, dem Oberkellner, gebracht würde.

Lena verließ das Büro und wurde von Frau Grübeli durch die langen Gänge in eine Wäschekammer geführt. Dort erhielt sie eine weiße Bluse, schwarze Strümpfe und einen schwarzen Rock. Umziehen könne sie sich im Aufenthaltsraum der Zimmermädchen am Ende des Ganges, wies die Sekretärin sie an. Danach habe sie sich am Empfang zu melden. Frau Grübeli verließ die Wäschekammer, und die Tür fiel hinter ihr ins Schloss. Lena sah auf die Kleidungsstücke, die ihr die Sekretärin in die Hand gedrückt hatte. Dann also kein Zimmermädchen, sondern Service. Auch gut. Hauptsache, sie schickten sie nicht wieder fort. Zurück nach Winterthur wollte sie auf gar keinen Fall. Sie verließ die Wäschekammer und betrat den Aufenthaltsraum des weiblichen Personals, wo sie Ruth mit einer Zigarette am geöffneten Fenster traf. Hastig warf diese die Kippe nach draußen, schloss das Fenster und versuchte, den Rauch wegzuwedeln.

»Mensch, musst du mich so erschrecken. Ich dachte schon, du wärst die Wollstedter.« Ihr Blick fiel auf die Kleidungsstücke in Lenas Händen.

»Service«, sagte sie. »Na prost Mahlzeit. Die Bedienungen haben beschissene Arbeitszeiten. Da ist nix mit um vier Feierabend.«

»Sie haben schon ein anderes neues Mädchen«, sagte Lena.

»Ja, Else, die lahme Kuh«, erwiderte Ruth und verdrehte die Augen. »Angeblich hat sie Erfahrung. Ich frage mich nur, woher. Muss ein Schlafwagenbetrieb gewesen sein. Nun gut. Wir sehen uns später.« Sie verließ den Raum, und Lena zog sich um.

Wenig später stand sie dem Oberkellner Georg gegenüber. Er war ein großer Mann, Lena schätzte ihn auf über eins neunzig. Sein dunkles Haar hatte er zur Seite gekämmt, damit seine Halbglatze nicht so auffiel. Ein Schnauzer zierte seine Oberlippe, und seine Augenbrauen waren sehr dicht. Er lispelte leicht, was nicht zu seinem Äußeren passen wollte, schien jedoch nett zu sein. Zum Service zählten noch drei weitere Bedienungen und eine Aushilfe, die sich um das Frühstücksbuffet kümmerte. Georg erklärte Lena die wichtigsten Regeln. Zuallererst galt: Der Gast hat immer recht. Es folgten weitere Belehrungen: Volle und leere Gläser mit Tablett tragen, Fleisch- und Gemüseplatten von links vorlegen, die Küche wird nur zum Abgeben der Bons oder zum Abholen des Essens betreten, sonst bekäme man Ärger mit Simon, dem Koch. Sie habe immer Streichhölzer bei sich zu tragen. Make-up nur dezent. Den Gast niemals duzen. Die Liste war lang. Lena schwirrte von den vielen Anweisungen bald der Kopf. Georg bemerkte es irgendwann und sagte grinsend: »Wird schon. Ist noch keine Servicekraft vom Himmel gefallen. Jetzt saugst du erst einmal den großen Saal ab, und dann zeige ich dir, wie man die Tische eindeckt. Die Gäste kommen heute Nachmittag. Zuerst gibt es Kaffee und Kuchen, später ein warmes Buffet. Sogar Klaviermusik gibt es, und der Bursche war neulich schon mal da, der spielt richtig gut.«

Er drückte Lena den Staubsauger in die Hand und verließ den Raum. Lenas Blick fiel auf das Staubsaugermonster von

Vorwerk. Mit so einem Gerät hatte sie noch nie gesaugt. Nur gekehrt, gewischt oder Teppiche ausgeklopft. Wo schaltete man das nur ein? Sie suchte das Ding ab und entdeckte einen roten Schalter. Als sie daraufdrückte, passierte nichts. War es der falsche Schalter? Dann fiel ihr auf, dass der Stecker nicht in der Dose steckte. Ohne Strom konnte es wohl nicht funktionieren. Sie kam sich dumm vor. Gott sei Dank sah ihr niemand dabei zu, wie sie die Funktionsweise eines Staubsaugers erkundete. Sie steckte den Stecker in die Dose und drückte erneut auf den roten Knopf. Jetzt ging der Sauger an und machte einen Höllenlärm. Sie begann, den Sauger auf und ab zu schieben, wie sie es bei den Frauen in der Werbung gesehen hatte, rückte Stühle hin und her, saugte unter dem Tisch und auch unter dem Flügel, der in einer Nische am Fenster stand und noch abgestaubt werden musste, wie sie missbilligend feststellte. Gerade, als sie den Staubsauger ausstellte, kam Georg wieder in den Raum. Er hatte Tischtücher über dem Arm liegen und verkündete, dass es jetzt an der Zeit sei, die Tische einzudecken. Damit waren sie eine ganze Weile beschäftigt, immerhin erwarteten sie vierzig Gäste. Lena lernte, das Besteck an die richtige Stelle zu legen, Servietten zu falten, polierte Gläser und prüfte die kleinen Blumenbouquets, die ein Blumenladen aus der Nachbarschaft für den Anlass geliefert hatte. Zum Abschluss entstaubte sie noch den Flügel und stellte einen silbernen Kerzenständer darauf.

»Du lernst schnell«, lobte Georg. »Jetzt können die Gäste kommen. Vorher gönnen wir zwei uns noch ein Mittagssüppchen, und du erzählst mir von dir. Ich brenne darauf, zu erfahren, wo du herkommst. Hast du italienische Wurzeln? Vielleicht aus dem Tessin? Nenn mich ruhig neugierig«, er öffnete die Saaltür, und sie verließen den Raum, »ich stehe dazu.«

Er führte Lena in den Aufenthaltsraum, wo auf einem Herd ein großer Topf stand.

»Das ist Gulaschsuppe. Der Mittagstisch von gestern. Wenn wir Glück haben, bleibt etwas übrig, und wir dürfen die Reste futtern.« Er zwinkerte Lena zu, füllte zwei Schüsseln und stellte sie auf den Tisch. Sie setzten sich und bekamen bald Gesellschaft. Ein Küchenmädchen und eine weitere Servicekraft, sie war für das Restaurant zuständig, gesellten sich zu ihnen und schlangen in aller Eile ihre Suppe hinunter. Sie unterhielten sich über dies und das und würdigten Georg keines Blickes. Auch hielten sie es nicht für nötig, Lena richtig zu begrüßen, geschweige denn mit ihr zu sprechen. Als sie gegangen waren, sagte Georg: »Mach dir nichts draus. Ist sowieso besser, wenn du dich von denen fernhältst. Die tratschen zu viel.«

Nach ihrer Pause kümmerte sich Lena darum, das Kuchenbuffet vorzubereiten. Die Torten und Kuchen waren von einer Bäckerei gebracht worden. Für den Jubilar gab es eine doppelstöckige Sahnetorte mit sechzig Kerzen darauf. Dazu noch mehrere kleinere Kuchen und Torten.

Eine weitere Servicekraft, sie stellte sich als Julia vor, brachte Thermoskannen mit Kaffee und Tee. Georg rollte einen Servierwagen mit kalten Getränken in den Raum. Die Nachmittagssonne schien von draußen in den gelb gestrichenen Raum und zauberte ein freundliches Licht. Kurz bevor die Gäste eintrafen, tauchte der Klavierspieler auf – und sein Anblick ließ Lena erstarren. Es war der junge Mann vom Vorabend. Er erkannte sie ebenso und nickte ihr verschmitzt grinsend zu. Sabine Wollstedter begrüßte ihn. Sie war aus ihrem Büro heruntergekommen, um den Saal in Augenschein zu nehmen und die Gäste willkommen zu heißen. Diese erschienen wenige Minuten später, und das Fest nahm seinen Lauf. Die Kerzen auf der Torte wurden entzündet und ausgepustet, Kaffee und Kuchen verteilt, es wurde geredet und gelacht. Lena hatte alle Hände voll zu tun, die Tassen zu füllen, Getränke zu organisieren, Kuchen zu verteilen und Geschirr abzuräumen. Eine alte Dame, Lena schätzte sie auf über neunzig, kippte ihre Kaffeetasse gleich mehrfach um und entschuldigte sich jedes Mal herzzerreißend für das Malheur. Lena beteuerte mit einer Engelsgeduld, dass so etwas jedem passieren könne und es kein Problem sei. Schnell verschwanden die bösen Kaffeeflecken unter Stoffservietten, die sie regelmäßig austauschte. Der junge Mann am Klavier spielte hauptsächlich Swing, was sich der Jubilar gewünscht hatte.

Nach dem Kaffee wurden die Tische rasch abgeräumt, und das eine oder andere Pärchen schwofte nun durch den Raum. Lena sah immer wieder zu dem jungen Mann am Klavier, der ihre Blicke jedes Mal erwiderte. Sie spürte, wie ihr die Hitze in die Wangen stieg. Doch für mehr blieb keine Zeit. Sie hetzte unablässig durch den Raum, brachte Getränke, räumte leere Gläser ab und half bald darauf, die Tische für das Abendessen neu einzudecken und das Buffet anzurichten. Die Küche fuhr wahre Köstlichkeiten auf. Kalte

Platten mit Lachs und Käse. Tafelspitz und Herzoginkartoffeln. Verschiedene Salate, eine herrlich duftende Tomatensuppe. Lenas Magen knurrte beim Anblick der Köstlichkeiten.

Als endlich alle fertig, der letzte Tanz getanzt und der letzte Absacker getrunken waren, zeigte die Uhr über der Eingangstür zum Saal halb zwölf. Lena, ihre Kolleginnen und Georg beeilten sich aufzuräumen. Sie brachten das Geschirr in die Küche, wo das arme Spülmädchen sich der Herausforderung stellen würde. Die Gläser kamen zum Ausschank, und die Tischtücher landeten in der Wäschekammer. Georg verabschiedete sich von Lena, lobte sie für ihre Tüchtigkeit und wünschte ihr eine gute Nacht. Das andere Mädchen, deren Namen sich Lena nicht merken konnte, sie hieß Giselle oder Gisela, war bereits verschwunden. Ein letztes Mal betrat Lena den Saal, um noch einmal nach dem Rechten zu sehen. Nur noch eine Lampe am Fenster brannte. Der junge Mann saß wieder am Klavier. Dieses Mal spielte er jedoch keinen Swing, sondern ein trauriges Stück, das Lena bekannt vorkam. Sie konnte es nur nicht zuordnen und trat näher heran. Er hörte auf zu spielen.

»Ich hatte gehofft, dass du wiederkommst.«

Lena lächelte. Ihr Herz klopfte schnell.

»Wie heißt du eigentlich?«, fragte er.

Beinahe hätte sie ihren wirklichen Namen genannt, besann sich jedoch noch eines Besseren.

»Nina also. Mein Name ist Marcel.«

Ein hübscher Name, dachte Lena. Er passte zu ihm.

»Was hast du gerade gespielt?«, fragte sie.

»Filmmusik. Aus dem Film *Love Story*. Kennst du den nicht? Er lief vor zwei Jahren im Kino, war ein Riesenerfolg.«

Lena schüttelte den Kopf. Im Kino war sie noch nie gewesen. Doch das behielt sie besser für sich.

»Worum geht es in dem Film?«

»Um eine traurige Liebesgeschichte. Zwei sehr unterschiedliche junge Menschen verlieben sich, schaffen es, gegen alle Widerstände zusammenzukommen, aber am Ende stirbt sie an Leukämie.«

»Oh«, sagte Lena.

»Möchtest du es noch einmal hören?«, fragte er. Lena nickte. »Setz dich, du bist so viel gelaufen heute.« Er rückte auf dem Klavierhocker ein Stück zur Seite. Sie zögerte erst, dann nahm sie seine Aufforderung an und ließ sich neben ihn sinken. Er legte die Hände auf die Tasten und fing an zu spielen. Jetzt, wo sie die Geschichte des Filmes kannte, nahm sie die Tragik wahr, die die Melodie in sich trug, und lauschte ergriffen, bis Marcel sein Spiel beendete. Einen Moment lang sagte keiner von beiden etwas. Sie saßen einfach nur da.

Dann legte Marcel seine Hand auf Lenas Arm. Er wollte etwas sagen, kam jedoch nicht mehr dazu, denn Lena zuckte instinktiv zurück. Mit weit aufgerissenen Augen starrte sie ihn an. Da war sie wieder, die Angst in ihr. Sie sprang auf und lief aus dem Saal, durchquerte den Flur und rannte panisch nach draußen, wo sie leichter Schneefall und schneidend kalte Luft empfingen. Sie rannte die Straße hinunter und schlug den Weg zum Hafen ein. Erst als sie am Ufer des

Bodensees ankam, blieb sie stehen. Sie schlang die Arme um den Körper und begann zu schluchzen. Niemals würde ihre Vergangenheit sie loslassen. Utz, mit seinen Berührungen, seinem Geruch nach Schweiß und Bier, vor dem sie sich so geekelt hatte.

»Nina«, sagte plötzlich Marcel hinter ihr. Sie drehte sich nicht um. »Nina, es tut mir leid. Was ist los? Wieso bist du fortgelaufen?«

Nina wischte sich die Tränen von den Wangen.

»Es tut mir leid«, brachte sie heraus.

»Das muss es nicht«, erwiderte er. »Mir tut es leid. Ich wollte dich nicht erschrecken.«

Er trat neben sie, und sie blickten für eine Weile schweigend auf den See hinaus, in dem sich die Lichter der Hafenlaternen spiegelten. Immer mehr Schneeflocken fielen vom Himmel, und ein kühler Wind rüttelte an Lenas Rock. Sie fröstelte.

»Du frierst«, sagte Marcel. Er zog seine Jacke aus und legte sie über Lenas Schultern.

»Komm. Ich bringe dich nach Hause«, sagte er und legte behutsam den Arm um sie. »Wo wohnst du?«

Sie nannte die Adresse.

»Auf der Schweizer Seite also. Ich weiß, wo das ist.« Er führte sie vom Seeufer weg und durch die Straßen und Gassen der Stadt.

»Wie heißen die beiden Liebenden aus dem Film?«, fragte Lena irgendwann.

»Oliver und Jenny«, sagte Marcel.

»Erzählst du mir von ihnen?«

Er nickte und begann, ihr die Geschichte zu erzählen.

Als er endete, schwiegen sie beide. Lena war diejenige, die die Stille brach.

»Ich war noch nie im Kino.«

»Wirklich nicht?«, fragte er erstaunt. »Dann wird es aber Zeit.«

»Ich weiß nicht, ob das was für mich ist«, erwiderte sie und fügte mit leiser Stimme hinzu: »Womöglich laufe ich wieder davon.«

»Nein, das wirst du nicht«, antwortete er. Sie hatten jetzt das Haus der Wohngemeinschaft erreicht. Lena reichte ihm seine Jacke.

»Danke, dass du mich nach Hause gebracht hast.« Sie machte eine kurze Pause. »Es ist kompliziert.«

»Na und? Das ist das Leben doch immer, oder?« Er lächelte. »Es war mir ein Vergnügen, dich nach Hause zu bringen, Nina. Wollen wir bald ins Kino gehen?« Er sah sie fragend an.

Sie nickte.

Er lächelte, wich ein Stück zurück, verabschiedete sich mit einer scherzhaften Verbeugung und ging.

Lena sah ihm so lange nach, bis er nicht mehr zu sehen war, dann schlüpfte sie in den Hausflur und lief die Treppe hinauf. In ihr kribbelte es ganz wunderbar, und die traurige Melodie des Films *Love Story* begleitete sie bis in ihre Träume.

*

Marie saß auf dem Bett und sah durch das vergitterte Fenster nach draußen. Noch war es dunkel. Nur das Licht der Laternen erhellte die Dunkelheit. Gestern hatte es noch geschneit, jetzt regnete es, und ein böiger Wind trieb die Regentropfen gegen die Scheibe. Bald schon würde es hell werden, und der übliche Trott begänne. Ihr Blick fiel auf ihre schlafende Zimmergenossin. Magda Singer, die zwei Jahre älter als sie war. Blonde Locken, hohe Wangenknochen und strahlend blaue Augen. Anfangs war der Umgang mit ihr schwierig gewesen. Magda war schroff und abweisend. Doch mit der Zeit hatten sie sich angefreundet und viel geredet. Magda war bereits im Alter von einem Jahr in einem Kinderheim gelandet. Ihre Mutter war von ihrem Vater anschaffen geschickt worden. Als Kind einer Prostituierten war sie ihr ganzes Leben lang schikaniert worden. Sie konnte gar nicht sagen, wo es am schlimmsten gewesen war. Bei den Nonnen, die sie wegen eines Kinderstreichs an die Heizung ketteten. In einem weiteren Kinderheim, wo man sie im Waschzuber fast ertränkt hätte. Bei der Pflegefamilie in der Nähe von Luzern, wo sie der Vater missbrauchte und sie schwanger wurde. Irgendwann habe sie ihre Seele vom Körper getrennt, sagte sie. Sonst wäre sie kaputtgegangen. Die Vergewaltigung durch den Stiefvater glaubte ihr niemand. Sie kam in eine psychiatrische Klinik nach Münsingen. Angeblich gab es ein Gutachten, dass sie psychotisch wäre. Monatelang war sie mit Medikamenten vollgepumpt worden. Später kam sie in eine weitere Erziehungsanstalt in

Lutzenberg Als sie von dort weglief, wurde sie nach Hindelbank gebracht. Ihr einziger Halt in ihrem Leben, ihr Vater, der ihr oft Briefe schrieb, starb im Jahr zuvor. In Handschellen, wie eine Schwerverbrecherin, hatte sie weinend vor seinem Grab gestanden und ihn nach dem Warum gefragt. Warum war sie hier? Warum gab es sie überhaupt? Unter Tränen hatte sie Marie davon erzählt.

Marie indes erzählte ihr von Bern. Von der Werkstatt ihres Vaters, dem Geruch von Leder im Raum und der Glocke über der Tür, die sie manchmal noch in ihren Träumen hörte. Sie erzählte ihr von Lena, ihrer Schwester, die sie mehr als alles andere auf der Welt liebte und jeden Tag vermisste. Sie erzählte ihr von der Gärtnerei, von Reto, ihrem Fluchtversuch nach Italien und von ihrem Traum, am Meer zu leben.

»Das Meer«, hatte Magda wehmütig gesagt. »Das möchte ich auch gern einmal sehen. An einem Strand stehen und dem Rauschen der Wellen lauschen. Irgendwann sind wir frei. Eines Tages. Das weiß ich genau«, hatte sie gesagt. »Dann fahren wir hin.«

Marie lächelte bei dem Gedanken daran. Magdas Stimme hatte so entschlossen geklungen. Irgendwann sind wir frei, wiederholte sie in Gedanken. Ja, dann fahren wir hin. Ans Meer, wo die Wellen tosen und der Wind einem das Haar zerzaust. Und vielleicht würde dann Lena neben ihr stehen, und sie würden einander an den Händen halten. Sie spürte die Bewegung ihres Kindes in sich und legte die Hand auf ihren Bauch. Wenigstens Regula war noch bei ihr. Ihr kleines Mädchen, das sie bald in ihren Armen halten durfte.

Was mit Reto geschehen war, wo er sich aufhielt, wusste sie nicht. Sie konnte nur hoffen, dass es ihm gutging. Vielleicht saß er ebenso wie sie in einem Gefängnis und wartete auf die Freiheit. Sie vermisste ihn mit jeder Faser ihres Körpers. Oftmals schloss sie die Augen und versuchte, sich seine Stimme in Erinnerung zu rufen, den Geruch seiner Haut und die Wärme seiner Nähe. Sie dachte an ihre heimlichen Treffen bei der kleinen Kapelle, wie sie einander im hohen Gras liebten, nebeneinanderlagen und in den Himmel blickten, sich ihre Zukunft ausmalten. Der Traum zerplatzte jäh.

Das Deckenlicht flammte auf und blendete sie. Weckzeit. Gleich würde eine der Wärterinnen die Tür öffnen. Zimmerkontrolle, Frühstück und Arbeit in der Wäscherei, die Marie inzwischen schwerfiel. Das lange Stehen am Bügelbrett ließ ihren Rücken schmerzen. Jeden Tag konnte Regula zur Welt kommen. Doch niemand nahm auf sie Rücksicht. Sie war nicht die einzige Insassin, die ein Kind erwartete. Zwei andere Frauen waren ebenfalls schwanger. Eine von ihnen war eine verurteilte Mörderin. Stefanie Kachenbauer, die die Heißmangel bediente. Magda hatte ihr erzählt, dass sie ihrem Mann im Schlaf die Kehle durchgeschnitten habe, weil er sie brutal misshandelt hatte. Das Kind war ein letztes Andenken an ihn, das sie bald los wäre. Die Verzichtserklärung hatte sie längst unterschrieben. Marie hatten sie ebenfalls ein solches Dokument vorgelegt. Doch sie hatte sich geweigert, ihre Unterschrift unter den Text zu setzen, der besagte, dass sie Regula zur Adoption freigeben würde. Nichts und niemand würde ihr den kleinen Menschen unter ihrem Herzen wegnehmen. Regula war ihr und Retos Kind, und sie würden eine Familie sein.

Magda setzte sich auf, blinzelte in das helle Licht und grummelte etwas Unverständliches, das Marie als guten Morgen deutete. Im nächsten Moment öffnete sich die Tür, und eine Wärterin schaute in den Raum. Ihr Blick blieb an Marie hängen.

»Anziehen und mitkommen. Der Chef will dich sehen.« Marie sah sie erstaunt an. Was hatte das zu bedeuten? Die Wärterin gab ihr zehn Minuten zum Fertigmachen und ging weiter. Marie sah zu Magda, die nun hellwach zu sein schien.

»Vielleicht bringen sie dich ja in ein Krankenhaus wegen der Geburt. Oder du wirst komplett verlegt. Könnte doch sein.«

»Ich weiß nicht«, entgegnete Marie und stand auf. Sie schlüpfte aus ihrem Nachthemd und zog das weit geschnittene graue Arbeitskleid über, das ihr, trotz ihrer Schwangerschaft, viel zu groß war. Wie ein Sack hing es an ihr und ließ sie noch unförmiger aussehen, als sie sich fühlte. Aber das spielte in diesem Haus sowieso keine Rolle. Ob dünn, dick, schwarzhaarig oder blond, alle Frauen trugen graue Kleider, hatten Augenringe und waren blass wie der Tod. Marie putzte sich noch rasch die Zähne und bürstete ihr Haar, das sie zu einem Zopf flocht. Dann kam auch schon die Wärterin, die Magda ermahnte, sich endlich fertigzumachen, und Marie aus dem Raum führte. Es ging eine Treppe nach unten, durch lange, von Zellentüren gesäumte Gänge und auf den Hof hinaus. So schnell es mit dem dicken Bauch eben ging, hasteten sie durch den Regen zum Haupthaus hinüber. Dem Schloss Hindelbank, das, wie Marie inzwischen wusste, im achtzehnten Jahrhundert von einem Reichsgrafen erbaut worden war.

Der Direktor selbst war nicht anwesend, als sie in sein Büro kamen, sondern sein Stellvertreter Johann Geiger, der den Kopf nicht hob, als Marie vor seinem Schreibtisch auf einen Stuhl gesetzt wurde. Die Wärterin blieb neben ihr stehen. Geiger, ein kleiner Mann mit schütterem grauem Haar und Nickelbrille, blätterte in ihrer Akte.

»Wann soll das Kind kommen?«, fragte er und sah dabei nicht Marie sondern die Wärterin an.

»Kann jeden Tag so weit sein«, antwortete diese.

»Danke.« Er seufzte hörbar und wandte sich nun Marie zu.

»Wir haben heute Morgen einen Anruf aus einem Ort namens Kobelwald erhalten.« Marie richtete sich auf. In ihr schlug eine innere Stimme Alarm. Lena.

»Ihre Schwester, Lena Flaucher, wurde tot in einem See gefunden. Beziehungsweise die Überreste von ihr. Sie scheint dort schon länger gelegen zu haben. Laut den Angaben der Behörden«, er räusperte sich, »und der Befragung von Zeugen ist sie bereits im April letzten Jahres umgekommen. Jedenfalls wurde sie zu diesem Zeitpunkt zum letzten Mal im Ort gesehen.« Marie konnte nicht fassen, was sie da hörte. Seine Worte trafen sie wie ein Schlag ins Gesicht. Lena war tot. In ihren Ohren begann es zu rauschen. Geiger sprach weiter: »Wir wurden darüber informiert, dass heute Nachmittag um sechzehn Uhr ihre Beisetzung auf dem Friedhof in Kobelwald stattfindet. Diese Information kommt reichlich spät, wie ich finde, aber so ist das eben mit den Behörden. Manchmal mahlen die Mühlen langsam. Wir können Ihnen ermöglichen, daran teilzunehmen. Allerdings würde ich aufgrund Ihres Zustandes …« Weiter kam er nicht, denn Marie unterbrach ihn. Sie stand abrupt auf.

»Ich gehe hin.« Der Satz kam einfach so aus ihr heraus. Die Wärterin drückte sie zurück auf den Stuhl.

»Gut. Ich verstehe.« Der Mann sah kurz zu der Wärterin, die nickte. »Dann wird Sie jemand hinfahren. Sie werden um die Mittagszeit aufbrechen.« Das Gespräch schien damit beendet zu sein.

Die Wärterin zog sie vom Stuhl hoch und führte sie aus dem Raum. Es ging durch das mondäne Treppenhaus zurück in den Regen und in ihre Zelle, wo ihr Frühstück auf sie wartete. Eine Scheibe Schwarzbrot, etwas Marmelade, Margarine und Tee, der inzwischen kalt war. Magda, die mit dem Frühstück bereits fertig war, sah sie neugierig an. Als die Wärterin den Raum verlassen hatte, fragte sie: »Was ist los?«

»Meine Schwester ist tot.« Marie blieb mitten im Raum stehen. Sie fühlte sich wie betäubt.

»Wie – tot?«, hakte Magda nach.

Marie spürte einen dicken Kloß im Hals, und ihr Magen krampfte sich zusammen. Schlagartig wurde ihr übel. Geradeso schaffte sie es noch bis zum Mülleimer. Sie würgte und würgte. Tränen liefen über ihre Wangen und tropften von ihrer Nase. Und da passierte es. Es wurde nass zwischen ihren Beinen. Sie spürte die warme Flüssigkeit ihre Schenkel hinunterlaufen, wollte es aber nicht wahrhaben. Sie lehnte sich gegen die Wand, winkelte die Beine an und starrte auf die gegenüberliegende Zellenwand.

»Heute Nachmittag ist ihre Beerdigung. Ich soll hingebracht werden.«

»Was ist geschehen?«, fragte Magda, der sehr wohl die Pfütze auf dem Boden auffiel. Sie ahnte, was passiert war, sagte jedoch nichts.

»Sie haben sie in einem See gefunden. Angeblich ist sie schon im letzten April gestorben. Er sprach von Überresten, Zeugen und all solchem Kram.« Plötzlich durchfuhr ihren Rücken ein stechender Schmerz, und sie stöhnte auf.

»Großer Gott«, rief sie aus.

»Ich glaube, du fährst heute nirgendwo mehr hin«, sagte Magda trocken. »Deine Regula will heute wohl ausziehen.« Sie deutete auf die Pfütze unter Marie. »Dir ist die Fruchtblase geplatzt.«

Sie ging an Marie vorbei und rief nach der Wärterin, die sofort kam. »Das Kind kommt«, sagte sie. Die Wärterin nickte.

»Dann bringen wir sie auf die Krankenstation und holen die Hebamme.«

»Nein, es kann jetzt nicht kommen. Nicht heute, nicht jetzt. Ich muss doch zu Lenas Beerdigung.«

Ohne auf Maries Worte einzugehen, zerrten zwei Wärterinnen sie aus dem Raum und brachten sie zur Krankenstation, wo sie in ein Bett verfrachtet wurde.

»Aber das geht nicht«, jammerte sie. »Ich muss zu Lenas Beerdigung. Verstehen Sie nicht? Es geht um meine Schwester. Sie müssen das doch verstehen.« Sie klammerte sich am Arm der Frau fest und sah sie flehend an. »Sie ist doch alles, was mir noch geblieben ist.«

»Das hättest du dir überlegen sollen, bevor du dich hast schwängern lassen«, entgegnete die Frau schroff und schüttelte Maries Hand ab. »Jetzt will das Kind aus dir heraus, und du wirst heute nirgendwo hingehen.«

Die beiden verließen den Raum und schlossen die Tür hinter sich.

Marie hörte, wie der Schlüssel im Schloss umgedreht wurde. Verzweifelt begann sie zu weinen und stöhnte auf, als die nächste Wehe ihren Unterleib heimsuchte.

Sie rollte sich zur Seite, zog die Beine an und fasste an ihren Bauch, der sich hart anfühlte.

»Wieso musst du ausgerechnet jetzt auf die Welt wollen, Regula? Lena ist tot. Sie ist tot. Du solltest sie doch kennenlernen. Sie ist deine Tante. Die beste Tante der ganzen Welt.« Die Tränen liefen nur so aus ihren Augen und machten das Kissen nass. »Wir wollten einander doch wiedersehen. Wenn wir erwachsen sind, wollte ich dich finden. Ich wollte dir schreiben, dich anrufen, irgendetwas, deine Stimme hören.« Den letzten Satz sprach sie nur noch ganz leise. Eine erneute Wehe raubte ihr den Atem. Der Schmerz zog scheußlich vom Unterleib in ihren Rücken. Sie kniff die Augen zusammen, hielt die Luft an und begann zu zählen. Eins, zwei drei, gleich ist der Schmerz weg. Vier, fünf. Sie versuchte, Lenas Gesicht in sich heraufzubeschwören. Ihre hübschen braunen Augen, die dunklen Locken, ihre Nase zierten Sommersprossen. Die Wehe ebbte ab, und Marie entspannte sich wieder. Wie lange würde es dauern, bis die nächste kam?

Die Tür öffnete sich, und eine schwarzhaarige Frau betrat den Raum, gefolgt von einer Klosterschwester.

»Es ist also so weit«, sagte die Hebamme. »Na, dann holen wir das Kind mal auf die Welt.« Sie trat ans Bett und musterte Marie mit grimmiger Miene. »Wegen dir, Mädchen, haben sie mich aus dem Bett geklingelt. Hatte die letzten drei Tage eine komplizierte Hausgeburt. Also sieh zu, dass du das Kind schnell aus dir rausbringst, damit ich meinen Schlaf kriege.«

Sie stellte einen schwarzen Arztkoffer neben das Bett und wies die Schwester an, heißes Wasser und saubere Laken zu bringen. Dann wusch sie sich die Hände an dem in der Ecke befindlichen Waschbecken, trat ans Bett, zog Marie die Decke weg, spreizte ihre Beine und zog ihren feuchten Slip aus, an dem blutiger Schleim klebte.

»Den brauchst du jetzt eh nicht mehr«, sagte sie und warf ihn auf den Boden. Marie schämte sich, und sie fror. Sie blickte zur Decke, während die Hand der Frau in ihr Innerstes glitt.

»Vier Zentimeter«, sagte sie. »Wird wohl noch ein Weilchen dauern.« Die Schwester kam zurück, während sich die Hebamme erneut die Hände wusch.

»Ich geh wieder heim und leg mich aufs Ohr. Ruft mich in drei Stunden wieder«, sagte die Hebamme zu ihr und verließ den Raum.

Überrascht sah ihr die Schwester hinterher. Marie suchte in diesem Moment die nächste Wehe heim, und sie stöhnte auf. Die Schwester deckte sie zu, ermahnte sie, bloß nicht zu schreien, denn das störe die Ruhe der Station, und deutete auf einen Klingelknopf an der Wand für den Notfall. Dann verschwand auch sie. Marie hörte, wie der Schlüssel im Schloss umgedreht wurde. Wie sollte sie jetzt fortlaufen? Vier Zentimeter, was bedeutete das? Und wieso war die Hebamme wieder weggegangen? Es dauerte nur wenige Minuten, bis der Schmerz wiederkehrte. Sie hielt jedes Mal die Luft an, bis er vorüber war. Die Abstände wurden kürzer. Bald begann das scheußliche Ziehen im Unterleib alle zwei Minuten und ließ ihr kaum noch eine Atempause. Ihr Hals war trocken, doch sie getraute sich nicht zu läuten. Durst galt in den Augen der Schwester gewiss nicht als Notfall. Kurz darauf musste sie zur Toilette und entschied sich, doch zu läuten. Doch bis die Schwester endlich kam, hatte sie eingenässt, was ihr eine Schimpf-tirade einbrachte. Die Schwester stank nach Rauch. Marie konnte sich schon denken, wo sie die ganze Zeit über gewesen war. Von der Wäscherei aus hatte man einen guten Blick auf das Fenster des Schwesternzimmers. Dort standen die Nonnen gern, eine Zigarette nach der anderen rauchend, am Fenster. Die Schwester forderte Marie schroff zum Aufstehen auf, half ihr jedoch nicht hochzukommen. Marie schwitzte, ihr war schwindlig. Die nächste Wehe traf sie, und ihr Unterleib krampfte sich schmerzhaft zusammen. Sie klammerte sich an der Lehne eines Stuhles fest und stöhnte laut.

»Ja, ja, hab du nur schön Schmerzen«, sagte die Nonne, während sie das Bett bezog, ohne Mitleid. »Soll dich ruhig ärgern, das Kindchen. Das wird dir eine Lehre sein.« Sie entfernte das feuchte Laken, ersetzte es durch ein neues und breitete noch ein zusätzliches Laken in der Mitte des Bettes aus. Dann musterte sie Marie.

»Stöhnst ja dauerhaft. Ist wohl besser, ich ruf die Hebamme wieder an.«

Sie verließ mit der Schmutzwäsche in Händen den Raum und schloss erneut die Tür hinter sich. Marie wusste inzwischen nicht mehr, wo sie vor Schmerz hinsollte. Sie hielt noch immer die Stuhllehne umklammert, stöhnte und winselte. Irgendwann tauchte die Hebamme wieder auf, und sie wurde erneut aufs Bett gelegt. Wieder drang sie mit ihren Fingern in sie ein.

»Zehn Zentimeter«, sagte sie. »Ging ja schneller als gedacht. Dann wollen wir das Menschlein mal auf die Welt holen. Bei der nächsten Wehe presst du, solange es geht. Verstanden?« Marie nickte, obwohl sie nicht genau wusste, was sie tun sollte. Als die Wehe kam, wurde sie von der Krankenschwester nach vorn geschoben, und dann presste sie. Der Druck nach unten war so schlimm. Es fühlte sich an, als würde etwas in ihr zerbersten. Da schrie sie doch. Sie würde sterben. Hier und jetzt, bei der Geburt ihrer kleinen Regula.

»Hör mit der Schreierei auf«, rügte sie die Hebamme. »Als das Kind in dich reinkam, hast du gewiss auch nicht geschrien.«

Marie blieb nur eine kurze Atempause. Dann kehrte der Schmerz zurück, und sie presste erneut. Sie versuchte, all ihre Kraft in das Pressen zu legen. Es schien zu funktionieren. Die Hebamme sagte, der Kopf sei zu sehen. Noch einmal pressen, vielleicht zweimal, dann sei es da. Marie nahm all ihre Kraft zusammen. Sie dachte an Lena und an Reto. Es war ihr Baby, ihre kleine Regula, die sie gleich sehen und zum ersten Mal im Arm halten würde. Dafür lohnte es zu kämpfen.

»Noch einmal ganz fest pressen und dann nicht mehr«, wies die Hebamme sie an. Marie presste, und es traf sie zusätzlich zur Wehe ein stechender Schmerz, der ihr den Atem raubte.

»Sie ist gerissen«, sagte die Hebamme trocken und wies Marie an, nicht mehr zu pressen. Es ruckelte und brannte ein wenig, dann war es da. Die Hebamme hielt das Baby in die Höhe, dass sofort zu schreien begann.

»Ein Mädchen«, sagte sie. »Gesund und kräftig. Herzlich willkommen auf der Welt, kleines Fräulein.« Sie durchtrennte die Nabelschnur und reichte die Kleine der Klosterschwester, die sie in ein Tuch wickelte und sofort aus dem Raum trug. Marie sah ihr irritiert nach.

»Wohin geht sie?«, rief sie. »Sie soll zurückkommen. Ich will mein Kind halten. Es gehört mir. Meine Regula.« Sie wollte sich aufrappeln, wurde aber von der Hebamme zurückgehalten.

»Du wirst sie später sehen können«, sagte sie schroff. »Jetzt müssen wir erst einmal den Damm nähen. Bist ja komplett gerissen.«

Sie nähte den Damm ohne Betäubung, was Marie die Tränen in die Augen trieb. Danach wusch sie sich die Hände und erklärte, dass sie noch einmal nach dem Kind sehen und dann nach Hause gehen würde. Ohne Marie noch eines Blickes zu würdigen, verließ sie den Raum.

Eine andere Schwester tauchte auf und wechselte erneut die Bettwäsche. Marie fragte nach ihrem Kind, doch es gab keine Antwort. Sie wurde gewaschen und bekam ein frisches Nachthemd angezogen. Jetzt endlich erhielt sie auch etwas zu trinken und eine kleine Mahlzeit. Lauwarme Gemüsesuppe mit hartem Brot. Sie leerte gierig das Wasser, doch die Suppe aß sie nicht. Ihr Magen fühlte sich wie zugeschnürt an. Irgendwann kam die Schwester wieder, um das Geschirr abzuholen. Marie fragte nach ihrem Kind, erhielt jedoch wieder keine Antwort. Sie solle sich ausruhen. Mehr kam nicht über die Lippen der Schwester. Erneut wurde Marie eingeschlossen. Fassungslos starrte sie auf die Tür. Was ging hier vor sich? Sie wollte doch nur ihr Mädchen sehen. Sie kennenlernen und im Arm halten dürfen. Und wenn sie sie ihr wegnehmen würden? Aber das durften sie nicht. Sie hatte die Verzichtserklärung nicht unterschrieben. Sie würden eine Familie werden. Reto, Regula und sie. Ihr Blick fiel auf die über der Tür hängende Uhr. Es war kurz nach sechs. Vor dem Fenster dämmerte es bereits. Lenas Beerdigung war nun vorüber. Ob überhaupt jemand gekommen war? Womöglich war sie allein ihren letzten Weg gegangen. Ohne ihre Familie, ohne die Menschen, die sie liebte. Marie begann erneut zu weinen. Ihr Unterleib schmerzte, alles fühlte sich wund an, und die Neonlampe an der Decke begann, vor ihren Augen zu verschwimmen. Sie wollte doch nur ihr Kind im Arm halten. Ihr Gesicht bewundern, sie streicheln dürfen. War das zu viel verlangt? Sie hatte doch nichts getan. Das durften sie nicht machen. Sie setzte sich auf und schwang die Beine aus dem Bett. Schwindel ergriff sie. Einen Moment schloss sie die Augen, dann erhob sie sich und schwankte zur Tür. Sie klopfte dagegen und rief mit aller Kraft.

»Hallo! Hört mich da draußen jemand? Hallo? Ist da jemand. Ich will mein Kind haben. Bitte, bringt mir mein Kind.« Sie klopfte und hämmerte und wiederholte immer wieder diesen einen Satz. »Bitte, ich will mein Kind sehen.«

Nach einer Weile sank sie zu Boden, doch sie klopfte und rief weiter. Weinte und schrie. Irgendwann öffnete sich die Tür. Aber niemand brachte ihr das Kind. Sie wurde zurück ins Bett verfrachtet, der Raum drehte sich, ihr war übel. Sie spürte einen Stich in ihrem Arm, hörte die Stimme der Schwester, dann wurde alles dunkel um sie herum.

Die nächsten Wochen verschwanden im Nebel und in wirren Träumen. Sie sah Lena, wie sie durch den Regen tanzte, ging auf eine weiße Babywiege zu und hörte das Weinen eines Säuglings. Ihre Mutter drehte sich lachend zu ihr um, breitete die Arme aus und rief: »Die Zeit der Trauer ist vorbei.« Sie sah Gesichter vor Augen, spürte etwas Kaltes auf ihrer Lippe, hörte gedämpfte Stimmen. Sie glaubte zu verglühen, innerlich zu verbrennen. In wachen Momenten murmelte sie den Namen ihrer Tochter, wiederholte ihn immer wieder. »Regula, Regula, Regula.« Einmal schnappte sie das Wort Kindbettfieber auf. Die Stimme eines Mannes war zu hören. Manchmal glaubte sie Magdas Stimme zu erkennen. Irgendwann erlöste sie ein tiefer und traumloser

Schlaf, der sie in vollkommene Dunkelheit entführte und die Gesichter und Schatten vertrieb. Als sie daraus erwachte, saß Magda an ihrem Bett und lächelte sie an.

»Guten Morgen«, sagte sie. »Oder besser gesagt, guten Nachmittag.« Marie sah sich verwirrt um. Sie war nicht in dem kleinen Raum mit den zwei Betten, sondern in einem der beiden größeren Krankensäle. Durch das Fenster schien die Nachmittagssonne herein und malte Sonnenflecken auf ihre Bettdecke. Sie setzte sich langsam auf.

»Das Fieber ist schon vor ein, zwei Tagen gesunken«, sagte Magda. »Du hast geschlafen wie eine Tote.«

»Was machst du hier?«, fragte Marie.

»Ich durfte dich besuchen. Du hast nach mir gerufen, als es schlimm stand. Wenn der Tod vor der Tür steht, wird sogar die fieseste Gefängniswärterin barmherzig. Seitdem durfte ich jeden Nachmittag für eine Weile herkommen. Es ist schön, dich wieder unter den Lebenden zu sehen.« Sie lächelte. »Hast du Hunger?«

»Wo ist Regula?«, fragte Marie.

»Du solltest wirklich erst einmal etwas essen und wieder zu Kräften kommen«, wich Magda ihr aus.

»Ich will nichts essen«, entgegnete Marie. Sie sah zur offenen Tür, schob die Bettdecke zur Seite und wollte aufstehen. »Ich will sie sehen, sofort.«

»Mal langsam mit den jungen Pferden«, hielt Magda sie zurück. »Du kippst um, wenn du jetzt aufstehst. Gerade noch warst du dem Himmel näher als der Erde, und jetzt willst du hier schon wieder durch die Gegend laufen.«

»Ich will nur zu meinem Kind, mehr nicht. Sie ist doch

hier, oder? Sie liegt bestimmt in einem Nebenraum. Ich will sie sehen. Meine Regula soll mich endlich kennenlernen dürfen.«

»Nein, sie ist nicht hier«, rückte Magda nun doch mit der Sprache heraus.

Ihre Worte trafen Marie ins Mark.

»Wie – sie ist nicht hier?«, fragte sie.

»Sie haben sie kurz nach der Geburt weggebracht. Ich hab es vom Fenster der Wäscherei aus beobachtet.«

»Aber … Das kann nicht sein«, stammelte Marie.

»Ich habe keine Verzichtserklärung unterschrieben. Sie dürfen sie nicht wegbringen. Regula gehört mir. Sie muss hier bei mir bleiben.« Sie stand erneut auf, wehrte Magda mit erstaunlicher Kraft ab und wankte in den Flur, wo sie laut zu schreien begann. »Hört ihr? Ihr dürft sie mir nicht wegnehmen. Sie ist mein Kind. Mein Baby.« Ihre Stimme brach, und der Raum begann, sich vor ihren Augen zu drehen. Sie sank weinend in die Knie. Hände griffen nach ihr und packten sie zurück ins Bett. Sie erhielt eine Spritze, dämmerte weg, erwachte erst Stunden später. Dieses Mal saß niemand an ihrem Bett. Es war mitten in der Nacht, und helles Mondlicht fiel durch das Fenster auf den Linoleumboden.

Eine Patientin war mit ihr im Raum. Es war Gitti Hasselburger aus dem C-Trakt, die sich den Arm gebrochen zu haben schien. Langsam stand Marie auf und trat ans Fenster. Der Innenhof lag verlassen da. Magda hatte gesehen, wie Regula fortgebracht worden war. Einfach so hatten sie ihr Mädchen mitgenommen, irgendwohin, wo sie sie nicht finden konnte. Das durften sie nicht tun. Sie liebte sie doch. Ihr kleines Mädchen, dem sie Geschichten erzählen, das sie im Arm hatte halten wollen. Sie öffnete das Fenster und umklammerte mit den Händen die Gitterstäbe. Sie hatte nicht unterschrieben. Doch nun war sie allein. Lena war tot, Reto war ihr genommen worden, ihr Kind geraubt. Was sollte dieses elende Leben noch bringen? Sie umklammerte die Gitterstäbe immer fester, und Tränen stiegen ihr in die Augen. Wenn sie könnte, würde sie aus dem Fenster klettern, über den Hof laufen und den Zaun erklimmen. Regula suchen und finden. Doch sie konnte es nicht.

Sie ließ die Gitterstäbe los und wich vom Fenster zurück. Magda hatte gesagt, sie müsse die Seele vom Körper trennen, um nicht an ihrem Kummer zu zerbrechen. Vielleicht sollte sie das auch versuchen. Vielleicht war es nur so möglich, in dieser Hölle zu überleben. Irgendwann käme der Tag, an dem es vorbei war. Und vielleicht würde sie dann Regula wiedersehen. Sie schloss das Fenster. Langsam ging sie zu ihrem Bett zurück und legte sich wieder hin. Doch echten Schlaf fand sie nicht mehr.

Als die Sonne am nächsten Morgen den Raum flutete, wurde ihr mitgeteilt, dass sie in ihre Zelle zurückkehren könne und ihre Arbeit in der Wäscherei wieder aufnehmen müsse. Der Alltag zog ein. Marie fragte, ob sie das Grab ihrer Schwester besuchen könne, was ihr verweigert wurde. Antworten auf ihre Fragen nach Regula bekam sie keine. Magda verließ das Gefängnis noch im Sommer. Sie sollte in ein weiteres Erziehungsheim verlegt werden. Nur wenige Tage nach ihrem Auszug bekam Marie eine neue Zimmerkameradin, ein schüchternes rothaariges Mädchen, das nur wenig sprach und die meiste Zeit weinte.

Es wurde Herbst, es wurde Winter. Marie bemerkte es kaum. Der Frühling zog mit seinen bunten Farben ins Land, und durch ihr geöffnetes Zellenfenster drang Vogelzwitschern herein. Das rothaarige Mädchen verschwand, und sie bekam keine neue Mitbewohnerin mehr. Ende April war es dann so weit.

Sie wurde in einen der Besprechungsräume in der Verwaltung gerufen. Ein Sozialarbeiter teilte ihr mit, dass sie wegen guter Führung in eine betreute Wohngemeinschaft nach Luzern ziehen durfte. Bereits am nächsten Tag sollte sie Hindelbank verlassen.

Von dieser Neuigkeit wie elektrisiert, kehrte sie in die Wäscherei zurück, wo sie Stefanie in die Arme lief.

»Du darfst hier raus.«

Marie nickte. »Endlich. Vielleicht werde ich jetzt meine Regula wiedersehen.«

»Darauf solltest du lieber nicht hoffen«, antwortete Stefanie. »Bestimmt haben sie sie längst verschachert. Die hübschen Babys bekommen reiche Eltern, die sie verhätscheln. Du solltest froh darüber sein, wenn es so ist. Sie können ihr bestimmt ein besseres Leben bieten als du.« Ihre Stimme klang kalt.

»Aber ich bin ihre Mutter.«

»Ach.« Stefanie winkte ab. »Dem kleinen Schreihals ist es doch egal, wer ihm die Flasche gibt.«

In Marie stieg Wut auf. »Wie kannst du nur so gefühllos sein?«, schrie sie sie an. »Du bist selbst Mutter geworden, du weißt, wie es ist, ein Kind in sich zu tragen. Kein Geld, nichts kann dieses Band ersetzen.«

»Du weißt, dass du Unsinn redest«, entgegnete Stefanie. »Ich wollte dieses Kind in mir nicht und war froh, dass ich es nicht sehen musste. War angeblich ein strammer Junge.«

»So kann nur eine Mörderin von ihrem eigenen Kind reden«, entgegnete Marie kopfschüttelnd, drehte sich um und verließ den Raum. Sollten sie doch ihre Wäsche selbst bügeln. Sie würde packen. Morgen würde sie hier verschwinden und ein neues Leben beginnen. Und sie würde Regula finden und zu sich holen. Es musste doch irgendwo noch Gerechtigkeit geben.

Am nächsten Morgen war es so weit. Das Gittertor öffnete sich, und sie verließ auf dem Rücksitz eines dunkelblauen Wagens Hindelbank. Es war ein trüber Tag, und es regnete leicht. Der Wagen folgte einer Landstraße durch Ortschaften, die Marie kannte. Hasle und Rüegsauschachen. Sie lagen unweit von Burgdorf an der Emme, an der sie eine ganze Weile entlangfuhren. Sie dachte daran, wie oft sie diesen Fluss über die alte Wynigenbrücke überquert hatte und den Weg zur Gysnauflüe hinaufgelaufen war. Den gewundenen Pfad durch den Wald bergauf, um wenig später in das beschauliche Tal zu gelangen, in dem die Siechenkapelle lag, hinter der Reto stets auf sie gewartet hatte.

»Ich bin ja ein großer Freund des Emmentals mit seiner einmaligen schönen und vielfältigen Hügellandschaft«, sagte der Sozialarbeiter, der sie abgeholt hatte. Er hieß Werner

Steiner. »Selbst an einem solch grauen Tag wie dem heutigen hat diese Region etwas Besonderes. Warst du nicht ganz in der Nähe bei einer Pflegefamilie untergebracht? In Burgdorf, oder? Nettes Örtchen. Ich war da mal mit einem Bekannten bei einem Blumenfest. Wie heißt das noch gleich?«

»Solennität«, sagte Marie.

»Richtig. Es war ganz wunderbar. Ein hübscher Brauch. Bist du auch mitgegangen?«

»Ja«, erwiderte Marie einsilbig.

»In deiner Akte stand, dass du dort auch die Schule abgeschlossen hast«, redete der Mann weiter. Seine Stimme hatte etwas Melodisches an sich, klang warm und einfühlsam. Marie mochte sie irgendwie, obwohl sie gar nicht zu seinem Äußeren passen wollte. Er war groß und schlaksig, trug grüne Schlaghosen und eine braune Lederjacke dazu, die an den Armen zu kurz war. »Mittlerer Abschluss. Das ist sehr gut. In Luzern finden wir bestimmt eine Stelle oder einen Ausbildungsplatz für dich.«

Marie antwortete nicht. Eine Stelle, eine Ausbildung. Daran hatte sie gar nicht gedacht. Sie wollte nur Regula wiederhaben, Reto finden. Alles andere war ihr egal.

»In Luzern wartet übrigens noch eine Überraschung auf dich«, sagte der Mann. »Ich hätte sie gern mitgebracht, aber das ließ sich zeitlich nicht einrichten. Aber ich bin mir sicher, dass du dich sehr darüber freuen wirst.«

Eine Überraschung. Marie richtete sich auf.

»Was ist es? Sehe ich Regula wieder?«

»Welche Regula?«, fragte Steiner irritiert.

»Mein Kind. Mein Mädchen. Sie haben es mir weggenommen.«

»Oh, das. Es steht in den Akten.«

»Was steht in den Akten?«, hakte Marie nach.

»Das Kind ist adoptiert worden. Schon wenige Tage nach der Entbindung. Du hast ihr also einen Namen gegeben?«

»Aber … ich habe doch nichts unterschrieben. Keine Verzichtserklärung. Sie durften das nicht tun. Sie gehört mir. Sie ist mein Kind.«

»Dazu kann ich nichts sagen«, erwiderte er. »Es geht um etwas anderes. Aber ich denke, du wirst dich auch darüber freuen.«

»Aber Sie müssen etwas dazu sagen.« Marie ließ nicht locker. »Sie müssen etwas unternehmen. Man kann mir doch nicht einfach mein Kind wegnehmen.«

»Jetzt fahren wir erst einmal nach Luzern, und dort sehen wir weiter«, ließ sich der Sozialarbeiter nicht in die Ecke drängen. »Die Ankunft in deinem neuen Leben hat jetzt Vorrang. Mutter sein bedeutet, Verantwortung zu tragen. Aber du bist selbst noch ein Kind.« Seine Worte klangen bestimmt.

Marie hätte gern widersprochen, spürte jedoch, dass es keinen Sinn hatte. Schweigend lehnte sie sich zurück und sprach die restliche Fahrt kein Wort mehr. Werner Steiner schaltete das Radio ein. Als sie Luzern erreichten, lichteten sich die Wolken, die Sonne kam hervor. Marie gefiel die am Vierwaldstättersee gelegene Stadt auf den ersten Blick. Sie fuhren am Ufer der Reuss entlang, die hier in den See mündete. Besonders die große, mit Blumenkästen geschmückte Holzbrücke beeindruckte sie. Werner Steiner gab den Reiseleiter und wurde nicht müde, ihr mehr über die Stadt zu erzählen. Die Brücke hieß Kapellbrücke und war die älteste und mit über zweihundert Metern die zweitlängste überdachte Holzbrücke Europas, sie verband die durch die Reuss getrennte Alt- und Neustadt Luzerns. Marie solle bald einmal darüber laufen, in den Giebeln der Brücke befanden sich sehenswerte Gemälde. Der Wasserturm in der Nähe stammte aus dem Jahr 1300 und diente als Wachturm, Stadtarchiv und Schatzkammer. Aber auch ein Kerker und eine Folterkammer befanden sich darin. Die beiden Berggipfel, die sie sehen könne, seien der Pilatus und der Rigi.

Er lenkte den Wagen vom Flussufer weg, und es ging durch die schmalen Gassen der Altstadt. Dicht drängten sich die Häuser aneinander, die mit ihren vielen Giebeln und Erkern, manche von ihnen waren bunt bemalt, hübsch aussahen. Sie ließen die Altstadt hinter sich und kamen in eine Gegend mit modernen Häusern, die von großen Grünflächen umgeben waren. Vor einem von ihnen parkte Werner Steiner den Wagen.

»Wir sind da. Herzlich willkommen in der Bergstraße, die nun für einige Zeit dein Zuhause sein wird. Ich hoffe, es wird dir bei uns gefallen.« Er blickte zum Haus. »Wir werden erwartet.«

Marie folgte seinem Blick, und ihre Augen wurden groß. Reto kam die wenigen Stufen heruntergelaufen, die zum Hauseingang hinaufführten. Sie öffnete die Autotür und rannte ihm entgegen. Er breitete die Arme aus, fing sie auf und drückte sie fest an sich.

»Marie. Endlich.«

Sie klammerte sich wie eine Ertrinkende an ihm fest. Atmete seinen Geruch ein, spürte seine Bartstoppel an ihrer Wange. Er war hier. Reto war wieder da. Sie hatten einander wiedergefunden. Jetzt musste alles gut werden.

Und irgendwann würden sie auch ihr Kind wiederfinden. Sie durfte die Hoffnung darauf nicht aufgeben.

KAPITEL 11

Anna schlug nervös die Beine übereinander und sah sich in dem Besprechungsraum um, in den sie von einer Empfangs-dame geführt worden war. Vier klassische Konferenztische mit weißen Tischplatten waren auf dem grauen Teppich an-einandergestellt worden. Sie waren umgeben von einfachen Konferenzstühlen mit anthrazitfarbenen Bezügen. Den ge-diegenen Luxus, den die Büros in Zürich ausstrahlten, such-te man hier vergebens. Die kleine, in der Altstadt von Kon-stanz gelegene Bankfiliale gehörte nicht zu jener makellosen Welt, in der sie die letzten Jahre gearbeitet hatte. Hier gab es keine Spekulationen an den Aktienmärkten, keine Fonds und Handelsplätze in New York, Frankfurt oder London. Hier ging es ausschließlich um den kleinen Anleger von ne-benan. Jedenfalls stand es so in der Stellenbeschreibung der Anzeige, auf die sie sich beworben hatte. Betreuung im Be-reich Geldanlagen, Versicherung und Immobilienfinanzie-rung. Das klang nach einem einfachen und sicheren Job, der ihr Spaß machen könnte und feste Arbeitszeiten versprach, die sie bitter nötig hatte.

Vor ihr auf dem Tisch stand das übliche Arrangement für ein Bewerbungsgespräch. Zwei Kaffeetassen, umgedreht auf Untertellern, der Keksteller mit den vertrauten Sorten, zwei kleine Flaschen Mineralwasser und Gläser. Sie sah die Sekretärin vor Augen, wie sie die Sachen aufgebaut hatte. Akkurat in der Mitte des Tisches. Eines der Fenster war gekippt, trotzdem roch es sonderbar. Anna hatte den dunkelblauen Teppich in Verdacht. Ihr Handy summte in ihrer Tasche. Sie überlegte, es herauszuholen, ließ es dann jedoch bleiben. Es machte keinen guten Eindruck, wenn ein Bewerber am Handy herumspielte. Die Tür öffnete sich, und eine Frau in einem grauen Kostüm betrat den Raum. Ihr folgte ein Mann mittleren Alters, der groß wie ein Baum war. Anna erhob sich. Selbst mit ihren Heels reichte sie ihm gerade einmal bis zur Schulter. Er musste über zwei Meter groß sein, schätzte sie.

»Guten Tag, Frau Volkmann«, grüßte die Frau in dem grauen Kostüm, um ein Lächeln bemüht. Anna verspürte auf den ersten Blick einen Widerwillen. Sie war älter als sie, Mitte vierzig vielleicht. Sehr dünn, mit dürren Armen. Ihr blond gefärbtes Haar trug sie hochgesteckt, und ihr Make-up war etwas zu dick aufgetragen. Der Mann sah netter aus. Er hatte einen festen Händedruck und ein einnehmendes Lächeln. Die beiden setzten sich ihr gegenüber, und die Frau bot Anna etwas zu trinken an. Anna bat um ein Wasser, was ihr der Mann, er stellte sich als Benjamin Bacher vor, einschenkte. Benjamin, dachte Anna. Da hatten die Eltern ja etwas angerichtet. Der Mann sah wie eine Eiche aus und hieß Benjamin?

Die Frau hieß Barbara Staller. Auch nicht viel besser. Oder war sie zu kritisch? Sie fand an allem etwas auszusetzen. An dem Raum, am Tisch, den Keksen, den Vornamen. Auch der Blick nach draußen ließ zu wünschen übrig. Die meisten Fenster der Büros gingen nach hinten raus, wo ein schnöder Hinterhof lag, in dem es keinen einzigen grünen Strauch gab. Da war das Büro in Zürich ja noch besser gewesen. Dort hatte es wenigstens das Wasserbassin mit den Enten darin gegeben. Anna, reiß dich zusammen, ermahnte sie sich in Gedanken. Du hast dich auf diese Stelle beworben, also bemüh dich. Und eine Wohnung hast du auch in Aussicht. Gleich um die Ecke, zu einem Spottpreis. Größer und günstiger als die in Oerlikon. Drei Zimmer, mit Dachterrasse und Einbauküche und Blick auf den Bodensee. Besser ging es gar nicht.

»Sie haben also zuletzt in Zürich gearbeitet«, sagte die Frau mit spitzer Stimme. Sie blätterte noch immer in der Bewerbungsmappe und sah Anna nicht an.

»Ja, das habe ich«, antwortete Anna.

»Investmentbereich. Das ist schon etwas anderes als unsere Kundenbetreuung.«

»Kundenbetreuung in einer Bankfiliale habe ich auch schon gemacht.« Anna fühlte sich in die Ecke gedrängt. Wieso hatte die Schnepfe sie überhaupt zu dem Vorstellungsgespräch eingeladen, wenn sie jetzt so kritisch war?

»Ich sehe es. Sogar hier in Konstanz. Allerdings nur für ein Jahr.«

»Was doch schon ganz gut ist«, meldete sich die Eiche Benjamin jetzt zu Wort. »Und es kann bestimmt nicht schaden, wenn wir eine Mitarbeiterin im Haus haben, die sich am Aktienmarkt auskennt. Sie müssen nämlich wissen«, wandte er sich an Anna, »wir haben immer wieder mal Kunden, die nach anderen Möglichkeiten der Geldanlage fragen. Und dafür sind Sie doch Fachfrau. Die Finanzmärkte bieten so viele Möglichkeiten, nicht wahr?« Er schenkte ihr sein schönstes Zahnpastalächeln.

»Gewiss«, erwiderte Anna zögernd. »Gerade für Privatanleger gibt es viele Möglichkeiten, die weit über das gewohnte Sparbuch hinausgehen.«

»Unsere Kunden legen aber viel Wert auf Sicherheiten. Niemand möchte gern sein Geld verspekulieren«, wandte die Frau ein. Anna warf ihr einen finsteren Blick zu. Gerade hatte sich das Gespräch in eine gute Richtung gedreht. Doch der klapperdürre Besen wollte anscheinend keine neue Mitarbeiterin haben. Vermutlich hatte sie für den Posten längst eine Favoritin im Auge und wollte Anna nur loswerden.

»Dann also doch das Sparbuch mit den wenigen Prozent Zinsen oder ein Bausparvertrag, der den Mief des letzten Jahrtausends hinter sich herschleppt«, entgegnete Anna zynisch und wusste, dass sie es sich jetzt endgültig verscherzt hatte.

Die Frau zog eine Augenbraue in die Höhe, die Miene des Eichenbenjamins bekam etwas Hilfloses.

»Ist schon gut«, Anna hob abwehrend die Hände und griff nach ihrer auf dem Boden stehenden Tasche. »Ich gehe. Ich weiß zwar nicht, was hier gespielt wird und weshalb Sie beide dieses Gespräch mit mir führen, aber das ist mir ehrlich gesagt auch egal. Offensichtlich waren Sie von vornherein nicht daran interessiert, mich einzustellen. Ich wünsche einen schönen Tag.«

Die Frau klappte den Mund wieder zu, den sie gerade ge-öffnet hatte. Benjamin reagierte gar nicht. Anna stand auf, verließ den Raum und stöckelte den Flur auf dem blauen Synthetikteppich hinunter, der auch hier diesen sonderbaren Geruch verströmte. Als sie nach draußen trat, atmete sie erleichtert auf. Sie wollte weitergehen, doch dann hörte sie eine ihr wohlbekannte Stimme.

»Ist wohl nicht gut gelaufen, was?«

Anna wandte sich um. Claudia stand mit einem Kaffeebecher in der Hand vor ihr und grinste süffisant.

»Claudia. Was machst du hier?«, fragte Anna überrascht. »Und wie hast du mich überhaupt gefunden?«

»Ich hab deine Mutter gefragt.«

»Meine Mutter«, wiederholte Anna.

»Sie ist sehr nett.«

»Ja, wenn man davon absieht, dass sie äußerst schlecht gelaunt ist, weil ihre Südfrankreichreise nun doch noch ins Wasser gefallen ist und ihre Tochter sich wieder bei ihr einquartiert hat.«

»Ich bin ja nicht ihre Tochter«, entgegnete Claudia und warf einen kurzen Blick auf die Eingangstür der Bank-filiale.

»Sieht bieder aus. Passt nicht zu dir.«

»Und wenn doch? Was ist, wenn ›bieder‹ das neue ›chic‹ ist?«

Claudia warf ihr einen Blick zu, der alles sagte. Anna ließ die Schultern sinken.

»Läuft wohl nicht so gut mit dem Davonlaufen, was?«, fragte Claudia.

Anna schüttelte den Kopf.

»Dachte ich mir schon. Bei mir funktioniert es auch nicht.«

Anna sah Claudia verwundert an.

»Ich weiß, dass diese Geschichte mich nicht persönlich betrifft. Aber es ärgert mich. Ich mag keine halbfertigen Sachen. Und das hier ist halbfertig.«

Anna sah von Claudia zur Bankfiliale.

»Das hier ist nicht der richtige Ort, um darüber zu sprechen. Komm, lass uns zum See runtergehen. Aber vorher zieh ich noch die hier an.« Sie öffnete ihre Tasche und fischte die Flipflops heraus, die sie bei Claudias Mutter im Laden gekauft und sicherheitshalber eingesteckt hatte. Das neue Paar Highheels, das sie für den Termin angezogen hatte, war nur eine gewisse Zeit tragbar.

Claudia beobachtete amüsiert, wie Anna in die Flipflops schlüpfte und die Heels in ihre Tasche beförderte.

Wenige Minuten später überquerten sie die Bahngleise über eine schmale Fußgängerbrücke und schlenderten am Hafen und einem Aquarium vorüber, das zu einem Touristenmagnet der Stadt geworden war. Ein Stück weiter wurde es ruhiger. Sie ließen den Kreuzlinger Hafen hinter sich und gingen am Ufer des Sees entlang durch den Seeburgpark. Es war ein schöner, nicht zu heißer Tag. Ein angenehmer Wind wehte vom See über Land.

»Wie geht es Jonas?«, fragte Anna.

»Dem geht es super«, antwortete Claudia. »Wenigstens bei einem von uns geht es bergauf. Er hat einen Galeristen gefunden, der mit ihm eine Vernissage plant. Ende September soll sie stattfinden. Ich soll dich fragen, ob du auch kommen wirst.«

»Was für schöne Nachrichten. Natürlich komme ich. Und was macht bei dir die Jobsuche?«

»Nicht viel«, antwortete Claudia. »Ist ja auch Urlaubszeit. Im Moment halte ich mich mit ein paar Artikeln für ein kleines Regionalblatt über Wasser. Schreibe über Hühnerzucht, besuche Imker und berichte über die Sauberkeit von Schwimmbecken in Freibädern.«

»Spannend.«

Sie liefen weiter, und eine Weile sagte niemand etwas. Irgendwann blieb Anna stehen und warf ein paar Kieselsteine ins Wasser. Claudia hatte recht. Das Weglaufen wollte nicht recht funktionieren. Anna wusste selbst, dass sie im Moment überkritisch war, sie schlief schlecht und grübelte viel. Immer wieder holte sie ihre Geburtsurkunde heraus und starrte auf den Namen Regula. Was für eine Geschichte, was für ein Schicksal verbarg sich hinter diesem Namen? Woher kam sie wirklich? Einmal hatte sie versucht, mit ihrer Mutter darüber zu sprechen, hatte gehofft, mehr von ihr zu erfahren. Doch Ines Volkmann hatte abweisend reagiert. »Lass die Vergangenheit endlich ruhen«, hatte sie gesagt. »Dein Vater würde das nicht wollen. Du weißt, wie sehr er dich geliebt hat. Deine leibliche Mutter hat dich weggegeben. Was willst du da noch weiter wissen?« Ihre Worte schmerzten. Sie verurteilte einen Menschen, bevor sie die Hintergründe kannte. Anna beschloss, nicht mehr mit ihrer Mutter darüber zu reden, und auch sie selbst sollte mit der Grübelei aufhören.

Doch dieser Vorsatz wollte nicht gelingen, und jetzt stand auch noch Claudia neben ihr. Sie dachte an ein Gedicht, das sie im Schulunterricht auswendig hatte lernen müssen. »Der Zauberlehrling« von Goethe. Der wurde die Geister, die er gerufen hatte, auch nicht mehr los.

»Aber was können wir denn noch machen?«, fragte sie. »Wir haben doch schon alles versucht. Wir waren in Hindelbank, bei Giulietta Geiger und dem ehemaligen Leiter der Anstalt. Niemand konnte uns weiterhelfen. Wir stecken in einer Sackgasse.«

»Nicht ganz«, erwiderte Claudia. »Ich habe vor meiner Fahrt hierher noch einmal mit Giulietta Geiger gesprochen. Sie hatte doch davon gesprochen, dass diese Lena Flaucher auf einen Bauernhof gebracht wurde. Sie wusste sogar noch, wo der lag. In einem Ort namens Kobelwald auf den Gerberhof. Gewiss gibt es in dem Nest nicht viele Höfe, die so heißen. Wollen wir hinfahren? Vielleicht kann sich noch jemand an Lena erinnern. Es ist von hier aus nur etwas über eine Stunde.«

Anna sah Claudia erstaunt an.

»Und was ist, wenn diese Lena Flaucher gar nicht meine Mutter ist? Es könnte doch sein, dass wir einer falschen Erinnerung von Giulietta Geiger hinterherlaufen.«

»Wenn wir es nicht versuchen, werden wir es nie herausfinden«, sagte Claudia. »Komm schon. Gib dir einen Ruck. Dich lässt Regula doch auch nicht los.«

»Also gut. Dann lass uns fahren. Wo genau liegt Kobelwald überhaupt?«

»Im St. Galler Rheintal. Ist eine hübsche Gegend. Du solltest dich aber vorher noch umziehen. So ein Kostüm passt bestimmt nicht in diese ländliche Gegend.«

Anna sah an sich hinunter. Sie trug eine weiße Bluse und einen dunkelblauen Rock. Den Blazer hatte sie ausgezogen und über ihre Schulter gehängt. Wieder einmal passten die Flipflops nicht zum restlichen Outfit.

»Dann muss ich aber nach Hause fahren, und ich habe keine große Lust, meiner Mutter zu begegnen. Sie wird Fragen wegen deines Anrufes stellen.«

»Dann kaufst du dir eben schnell etwas«, schlug Claudia vor.

Anna stimmte zu, und die beiden machten sich zurück auf den Weg in die Innenstadt, wo Anna schnell fündig wurde. Es wurde ein dunkelgrünes, weiß gepunktetes Sommerkleid, zu dem sogar die Flipflops passten. Allerdings eigneten sich die nicht sonderlich gut zum Autofahren, weshalb sie noch ein Paar Ballerinas erwarb. An einer Eisdiele kauften sie sich ein Eis und schlenderten gemütlich die Einkaufsstraße bis zu dem Parkhaus, in dem Anna ihren Golf abgestellt hatte. Sie beförderte ihre Taschen und Tüten auf den Rücksitz, setzte sich hinters Steuer und bat Claudia, die Adresse in ihr Navi einzugeben. Schnell ließen sie Koblenz hinter sich, und Anna lenkte den Wagen auf die vorgegebene Route.

»Wie könnte es eigentlich weitergehen, wenn wir meine Mutter gefunden haben?«, fragte Anna nach einer Weile. »Ich meine, ich kann doch nicht einfach vor ihrer Tür auftauchen und sagen: Hallo Mama, ich bin es, Anna, die Regula, deine Tochter. Kennst du mich noch?«

»Wieso nicht?«, erwiderte Claudia und zuckte mit den Schultern. Anna überholte mehrere Wohnwagen.

»Urlaubszeit. Allesamt aus Holland«, bemerkte sie. »Was auch sonst.«

»Bringen dem Staat ordentlich Einnahmen mit den Mautgebühren«, konstatierte Claudia.

»Die auch ich bezahlen muss«, meinte Anna und seufzte. An ihre finanzielle Situation wollte sie lieber nicht denken. Diesen Monat bekam sie ihr Gehalt noch ausgezahlt. Dann war Schluss. Für die Wohnung in Oerlikon hatte sich noch kein Nachmieter gefunden, und ein weiteres Vorstellungsgespräch war nicht in Sicht. Wie lange würden ihre mageren Ersparnisse reichen? Vielleicht bis Oktober? Wenn sie bei ihrer Mutter wohnen blieb, noch etwas länger. Doch würden das ihre Nerven auf Dauer mitmachen?

»Ich könnte sie erst einmal anrufen«, kam Anna wieder auf die Suche nach ihrer Mutter zurück.

»Dann legt sie bestimmt auf«, meinte Claudia. »Jedenfalls würde ich an ihrer Stelle so reagieren. Es rufen doch heutzutage so viele Spinner an, die einen irgendwie betrügen wollen. Gerade alte Leute sind oft Opfer solcher Tricks.«

»So alt kann meine Mutter noch gar nicht sein«, gab Anna zu bedenken.

»Wenn sie damals siebzehn war, ist sie jetzt Anfang fünfzig.«

»Also viel zu jung, um an der geöffneten Tür einen Herzinfarkt zu bekommen«, bemerkte Claudia grinsend. »Und da kann sie wenigstens nicht vor uns weglaufen.«

»Aber sie kann uns die Tür vor der Nase zuknallen«, erwiderte Anna grinsend. Claudias Anwesenheit tat ihr gut. Es war schön, mit ihr herumzualbern, mit jemandem reden zu können, der sie verstand. Als hätte Claudia ihre Gedanken erraten, sagte sie plötzlich: »Ich hab dich vermisst, Tussi.«

»Ich dich auch, Chaosbiene«, antwortete Anna mit einem Lächeln. »Nur Jonas fehlt.«

Genau in diesem Moment wurde sich Anna klar darüber, was in ihrem Leben fehlte. Sie brauchte keinen biederen Job in einer Bankfiliale oder eine Dreizimmerwohnung mit Blick auf den Bodensee. Sie brauchte richtige Freunde. Menschen, die zuhörten und ehrlich zu ihr waren. Menschen, denen sie vertrauen konnte. All die Jahre hatte sie versucht, ein Teil einer Scheinwelt zu werden, die nur so vor Oberflächlichkeit und Egoismus strotzte. Selbst Sara hatte letztlich nur an sich selbst gedacht. Von Noah ganz zu schweigen. Es war richtig gewesen, zu gehen, dieses Leben hinter sich zu lassen. Und diesmal würde sie keinen Schritt zurück machen. Doch wohin sie der Weg in die Zukunft führen würde, wusste sie noch nicht. Ihr Blick wanderte in die Ferne. Erst einmal nach Kobelwald, vielleicht würde sie dort endlich die Antwort darauf finden, woher sie wirklich kam.

Bald darauf verließen sie die Autobahn und durchfuhren den beschaulichen Ort Oberriet, wo sie links auf eine kurvige Landstraße abbogen, die sich an Bauernhöfen, Wiesen und Feldern vorbei den Berg hinaufschlängelte. In Kobelwald angekommen, stoppte Anna den Wagen vor der hübschen Dorfkirche und sah Claudia fragend an.

»Und jetzt?«

Claudia sah aus dem Fenster.

»Keine Ahnung. Wir könnten jemanden fragen. Sonderlich groß ist das Nest ja nicht. Gewiss weiß jemand, wo wir den Gerberhof finden.«

Claudia ließ ihren Blick über den Platz schweifen. Und tatsächlich kam eine Frau mit einem Kinderwagen näher. Sie stieg aus, ging zu ihr hinüber und sprach kurz mit ihr. Als sie zurückkam, sah ihre Miene wenig erfreut aus.

»Sie weiß nichts von einem Gerberhof.«

»Na prima«, antwortete Anna. »Hab ich es doch gewusst. Giulietta hat sich verhört. Wahrscheinlich sind wir hier vollkommen falsch. Weiß der Kuckuck, wo diese Lena Flaucher gelandet ist. Vielleicht war sie nie hier.«

»Jetzt mach mal halblang«, suchte Claudia sie zu beruhigen. »Das Mädel war keine dreißig. Lena Flaucher war in den Siebzigern hier. Wir sollten jemand fragen, der älter ist.«

»Nur wen?« Annas Stimme klang hoffnungslos. »Hier ist doch niemand.«

Genau in diesem Moment öffnete sich die Kirche, und eine ältere Frau trat nach draußen, die einen Rollator vor sich herschob.

»Diese Dame vielleicht.« Claudia stieg erneut aus und lief zu der Frau hinüber, die ihr bereitwillig Auskunft gab und eifrig mit dem Arm in eine bestimmte Richtung deutete.

Mit einem breiten Grinsen auf den Lippen kehrte Claudia zum Wagen zurück und hielt den Daumen nach oben.

»Sie kennt den Gerberhof. Er liegt etwas außerhalb. Die Straße entlang, aus dem Dorf raus und hinter den Wichensteiner Weihern links. Wir können es gar nicht verfehlen.«

Anna nickte und startete den Motor. Ihr Herzschlag beschleunigte sich, als sie den Rückwärtsgang einlegte. Sollten sie tatsächlich Antworten bekommen? Sie folgten der Landstraße aus dem Ort und entdeckten linker Hand die Weiher, von denen die alte Frau gesprochen hatte. Ein Stück weiter bogen sie ab. Und tatsächlich sahen sie kurz darauf ein ländliches Anwesen, das von Obstbäumen umgeben war. Anna lenkte den Wagen auf den Innenhof, und sie stiegen aus. Auf dem Hof fuhr ein kleines Mädchen, Anna schätzte sie auf drei, mit einem Roller im Kreis.

»Hallo«, grüßte Anna das Mädchen freundlich. »Ist deine Mama zu Hause?«

Die Tür des Bauernhauses öffnete sich, und eine Frau trat heraus, die etwa so alt wie Anna war. Sie hatte ein Baby auf dem Arm, das an seinem Schnuller nuckelte und sie mit großen Augen ansah.

»Grüezi«, sagte sie. »Kann ich Ihnen weiterhelfen?«

Anna grüßte ebenfalls. »Sind wir hier auf dem Gerberhof?«

»Ja, das sind Sie. Aber eine Familie Gerber gibt es hier schon lange nicht mehr«, erwiderte die Frau. »Mein Mann und seine Familie wohnen hier schon seit Anfang der Achtziger.«

»So lange schon«, erwiderte Claudia, der man die Enttäuschung anhörte. Doch was hatten sie gedacht? Dass hier die Zeit stehengeblieben war und sie eine ältere Dame auf der Bank erwartete, um all ihre Fragen zu beantworten? Trotzdem fragte Claudia: »Von einer Lena Flaucher wissen Sie nichts, oder? Sie hat hier wohl für eine Weile gelebt.«

»Nein, dazu kann ich Ihnen leider keine Auskunft geben«, antwortete die Frau. »Es tut mir leid.«

Anna nickte.

»Entschuldigen Sie bitte, dass wir Sie gestört haben. Wir wünschen Ihnen noch einen schönen Tag.« Sie sah kurz zu Claudia, die sich ebenfalls verabschiedete, dann gingen sie zum Auto und fuhren vom Hof.

»Was für ein Reinfall«, sagte Claudia, während Anna die schmale Straße zurück nach Kobelwald nahm. »Die ganze Fahrt umsonst. Ich war der festen Überzeugung, dass wir hier Antworten finden würden. Und Hunger hab ich jetzt auch noch.«

»Da können wir Abhilfe schaffen«, sagte Anna. »Im Dorf gab es eine Gaststätte. Lass uns eine Pause machen und Kriegsrat halten. Irgendein Weg wird sich doch finden, um noch etwas herauszubekommen.«

Sie parkte das Auto vor dem Lokal, und die beiden betraten die Gaststube, die mit ihrem braunen Fliesenboden und dem verwohnten Mobiliar das Flair der Sechziger verbreitete. Es war eher eine Dorfkneipe. Neben einem grün gekachelten Ofen saß eine alte Frau mit Strickzeug, die, wie Anna vermutete, zum Haus gehörte. Weitere Gäste gab es nicht.

Die Wirtin, eine dunkelhaarige Mittvierzigerin, die hinter der Theke stand, grüßte sie wenig herzlich. Sie bestellten zwei Radler und setzten sich an einen Tisch am Fenster.

Die Wirtin brachte die Getränke und beantwortete Claudias Bitte um die Speisekarte mit dem Hinweis, dass die Küche erst um sechs aufmache, dann verschwand sie in einem Hinterzimmer.

»Na prima«, sagte Claudia. »Wir hätten gleich nach Oberriet fahren sollen. Dort hab ich eine Dönerbude gesehen.«

»Döner mag ich nicht«, erwiderte Anna. Sie ließ ihren Blick durch den Raum schweifen. »Der Laden erinnert mich an unser Vereinsheim von früher. Da sah es ähnlich aus.«

»Vereinsheim?«, fragte Claudia.

»Rudern. Hab ich aber nicht lange gemacht. Sogar die Stühle sind dieselben. Nur gab es bei uns keine Tischdecken.«

»Die mal gewaschen werden könnten«, stellte Claudia fest und deutete auf einen gelben Fleck in der Mitte der quadratischen Oberdecke, den die Blumenvase mit den künstlichen Blumen darin nicht ganz verdecken konnte.

»Was machen wir jetzt?«, fragte Anna. »Kobelwald war unser letzter Anhaltspunkt.«

»Vielleicht sollten wir noch mal zu Giulietta Geiger fahren«, schlug Claudia vor. »Es könnte doch sein, dass ihr noch mehr einfällt.«

»Ich weiß nicht«, entgegnete Anna. Sie stützte die Hand aufs Kinn und starrte auf die vielen Schwarzweißbilder, die an der gegenüberliegenden Wand hingen. Diese zeigten das Gasthaus in den verschiedensten Zeiten. Mal lag Schnee, mal standen Brautleute vor dem Eingang, auf einem Bild stand eine Schützengesellschaft. Es gab aber auch Bilder von Kobelwald und der Umgebung. Die Kirche war zu sehen, damals noch mit einem anderen Turm, ein Pferdefuhrwerk stand davor. Daneben gab es auch Bilder der Wichensteiner Weiher und einer Art Burgruine, die wohl in der Nähe lag. Die Fotografie eines Dorfladens, nach der Kleidung der davor stehenden Leute zu urteilen, in der Zeit des Ersten Weltkrieges aufgenommen. Eines der Bilder ließ Anna stutzig werden. War das nicht der Gerberhof? Sie stand auf und trat näher heran, um es genauer betrachten zu können.

»Sieh nur, Claudia«, sagte sie. »Das ist doch der Gerberhof. Da stehen Leute davor.« Sie betrachtete das Bild genauer. Und plötzlich weiteten sich ihre Augen. Neben einem massig wirkenden jungen Burschen stand ein schmales dunkelhaariges Mädchen, das ernst in die Kamera blickte. Anna hatte das Gefühl, in den Spiegel zu sehen, so sehr ähnelte sie ihr. Sie nahm das Bild von der Wand, ging damit zum Tisch und zeigte es Claudia.

»Sieh doch. Das Mädchen links. Sie sieht mir ähnlich. Könnte das nicht Lena Flaucher sein?«

Claudia betrachtete das Bild näher. »Schon möglich.«

»Das ist sie«, mischte sich plötzlich die alte Frau mit dem Strickzeug in das Gespräch ein. »Sie war Anfang der Siebziger das Verdingkind bei den Gerbers.«

»Und da sind Sie sich sicher?«, fragte Claudia.

Die Frau warf ihr einen kühlen Blick zu.

»Gewiss doch. Hin und wieder hab ich sie im Dorf gesehen.«

»Und ihr Name war Lena – Lena Flaucher?«, fragte Anna, die gar nicht glauben konnte, was sie hörte.

»Ich mag alt sein, aber im Kopf ist noch alles richtig«, antwortete die Alte. »Ihr Name war Lena. Ob Flaucher, weiß ich nicht. Almut hat sie immer eine Schlampe genannt, wie auch ihre Freundin, die Eni. Ich konnte die beiden nie leiden. Almut war eine schreckliche Person, und ihr Sohn

Utz war noch schlimmer. Ihre leibliche Tochter, die Rainett, hat sie ja von allen ferngehalten. Angeblich sei sie dumm gewesen. Ich hab sie nie zu Gesicht bekommen.«

»Und wo ist Rainett heute?«, fragte Claudia.

»Verschwunden, schon seit damals«, antwortete die Alte. »Beide Mädchen waren mit einem Mal weg. Almut hat eine Vermisstenanzeige aufgegeben und plötzlich so getan, als sei sie eine treusorgende Mutter. Erst Monate später hat man die Leiche von Lena gefunden. Angeblich ist sie im Bach ertrunken.«

»Sie ist tot?«, hakte Anna erschrocken nach.

»Angeblich. Sie liegt auf dem Dorffriedhof begraben. Aber ich glaub das nicht.«

»Wieso nicht?«, fragte Claudia.

»Na, weil der Utz einmal im Suff erzählt hat, dass Lena die kleine Rainett umgebracht hätte und abgehauen wäre. Er würde die Mörderin seiner Schwester irgendwann noch stellen, hatte er gesagt. Daher könnte es schon sein, dass es Rainett war, die sie gefunden haben. Viel war ja nicht mehr zu erkennen, damals, und die beiden ähnelten einander. Aber dass Lena die kleine Rainett umgebracht hat, kann ich nicht glauben«, fügte sie nach einer kurzen Pause hinzu. »Und dem Utz weine ich keine Träne nach. Er ist, noch bevor die Leiche gefunden wurde, mit seinem Motorrad verunglückt.«

Ungläubig schauten Anna und Claudia die alte Frau an. Lena war tot und dann wieder nicht. Was war damals nur passiert?

»Erzählst du wieder die alten Geschichten«, mischte sich

nun die Wirtin ein. Anna und Claudia hatten gar nicht bemerkt, dass sie den Raum betreten hatte. »Dieses Ammenmärchen von der verwechselten Toten.«

»Das ist kein Ammenmärchen«, verteidigte sich die Alte. »Wenn ihr wollt, könnt ihr zum alten Pfarrer gehen. Er war damals neu im Dorf und kannte Lena. Er hat ihr helfen wollen. Ist lange her.« Sie winkte ab. »Vielleicht kann er weiterhelfen. Er wohnt noch immer im Pfarrhaus, obwohl es längst einen Nachfolger gibt. So einen jungen, motivierten. Den mag ich nicht.«

»Jetzt ist es aber genug«, mischte sich erneut die Wirtin ein und wandte sich an Anna und Claudia. »Meine Mutter bringt gern Dinge durcheinander. Es war bestimmt Lena Flaucher, die sie damals gefunden haben. Ich kann mich auch noch an sie erinnern. Wir gingen zusammen zur Schule. Obwohl sie nur sporadisch kam und immer für sich blieb. Ich weiß noch genau, wie damals ihre Leiche gefunden wurde. War eine große Sache, und es gab viel Gerede. Almut kam nicht einmal zu ihrer Beerdigung. Lena war ja auch nur das Verdingkind.« Die Wirtin sah kurz zu ihrer Mutter. »Und der Utz hat im Suff viel geredet, was gelogen war.«

Anna sah zu der alten Frau. Einen verwirrten Eindruck machte sie nicht auf sie.

»Und was ist mit Almut Gerber passiert?«, fragte Claudia.

»Sie ist Ende der Siebziger an Bauchspeicheldrüsenkrebs gestorben«, beantwortete die Alte die Frage. »Der Hof stand eine ganze Weile leer, bis ihn die Familie Gasser übernommen hat.«

»Wieso wollen Sie das alles überhaupt wissen?«, fragte die Wirtin und musterte Claudia und Anna genauer.

»Weil sie ihre Mutter sucht«, sagte die Alte trocken.

Anna sah sie verwundert an.

»Wen? Rainett oder Lena Flaucher?«, fragte die Wirtin. »Ach du lieber Herrgott. Rainett, das dumme Mädel, wird sich doch nicht schwängern lassen haben? Irgendwo muss sie ja abgeblieben sein.« Sie musterte Anna genauer. »Dunkles Haar, könnte passen.«

»Also wenn du mich fragst, sieht sie eher wie das Verdingkind aus«, mischte sich erneut die Alte ein.

»Wie eine Tote. Dass ich nicht lache. Obwohl im Dorf ja damals das Gerücht umging, dass sie schwanger gewesen sein soll. Womöglich hat sie das Kind bekommen, und die alte Almut hat es weggegeben.«

Anna sah zu Claudia, die mit den Augen rollte.

»Wir gehen wohl besser«, sagte Anna und stand auf. »Vielen Dank für die Auskünfte.« Sie legte rasch einen Geldschein auf den Tisch und verließ mit Claudia im Eilschritt das Lokal.

»Du liebe Güte«, sagte Claudia auf der Straße. »Die zwei sind ja schlimmer als die Waschweiber in dem Kiosk bei mir um die Ecke.«

»Aber immerhin wissen wir jetzt mehr.«

»Ja, nämlich, dass Lena Flaucher auf dem Friedhof liegt. Wollen wir nachsehen, wo ihr Grab ist?«

»Ich weiß nicht«, antwortete Anna unsicher. Alles in ihr sträubte sich, vor dieses Grab zu treten und ihren Namen auf dem Stein zu lesen. Doch vielleicht stimmte die Geschichte der alten Frau, und es war nicht Lena, die dort beerdigt lag.

»Wir sollten mit dem alten Pfarrer reden«, sagte sie. »Vielleicht kann er uns weiterhelfen.«

Sie machten sich auf den Weg zum Pfarrhaus. Es war ein kleines, nahe der Kirche gelegenes Häuschen, das von einem hübschen Garten umgeben war. Nur leider öffnete ihnen auf ihr Klingeln niemand. Ein Schild am Eingang wies die Bürozeiten des Pfarrbüros aus. Dreimal die Woche vormittags.

»Und was jetzt?«, fragte Claudia.

Anna wollte antworten, kam jedoch nicht mehr dazu, denn ein älterer Herr kam um die Hausecke.

»Entschuldigen Sie bitte. Wenn ich im Garten bin, höre ich die Klingel nicht, und meine Haushälterin hat heute ihren freien Tag. Wie kann ich Ihnen helfen?«

»Sind Sie der Pfarrer dieser Gemeinde«, fragte Anna.

»War ich. Doch jetzt gibt es einen Nachfolger. Er wohnt unten in Oberriet. Ich kann Ihnen gern seine Adresse geben, wenn es etwas Wichtiges ist.«

»Nein, wir wollten zu Ihnen. Es geht um eine Angelegenheit, die einige Jahre zurückliegt. Sagt Ihnen der Name Lena Flaucher etwas?«

Die Miene des Pfarrers wurde ernst.

»Natürlich. Armes Mädchen. Das war damals ein großes Unglück. Ich habe sie beerdigt.«

»Können Sie uns von ihr erzählen?«

»Warum wollen Sie das wissen?«

Anna sah kurz zu Claudia, dann nahm sie allen Mut zusammen und antwortete: »Ich bin auf der Suche nach meiner Mutter.«

»Oh«, erwiderte er. »Nun gut. Dann kommen Sie doch zu mir in den Garten. Dort können wir ungestört reden. Haben Sie Durst? Ich habe gerade frische Limonade gemacht.«

»Das klingt wunderbar«, erwiderte Claudia.

Die beiden folgten dem Pfarrer in den Garten. Es gab eine überdachte Terrasse, auf der Gartenmöbel aus Teakholz standen. In einem kleinen Teich schwammen einige Goldfische, die von einer weiß-grau gefleckten Katze beäugt wurden.

»Mach dich fort, Burli«, scheuchte der Pfarrer die Katze weg. Sie ergriff die Flucht und verschwand in einem Gebüsch. »Er ist ein dummer Kater. Glaubt ernsthaft, er könnte die Fische erwischen. Schon zweimal ist er dabei in den Teich gefallen.« Er schüttelte den Kopf, bot Claudia und Anna an, Platz zu nehmen, und verschwand im Haus, um Gläser und die Limonade zu holen.

»Was für ein hübscher Garten«, sagte Anna.

»Mit einer großartigen Aussicht«, meinte Claudia. »Das dort unten muss Oberriet sein. Ich glaube, ich kann von hier aus sogar die Dönerbude erkennen.« Sie grinste, und Anna schüttelte den Kopf. »Wir werden gewiss bald etwas zu essen finden. Aber keinen Döner. Da streike ich.«

Der Pfarrer kam zurück. Schenkte Limonade ein, setzte sich und begann zu erzählen.

»Lena und Rainett. Das ist wohl die größte Schuld, die ich je auf meine Schultern geladen habe.«

»Weshalb?«, fragte Anna.

»Da muss ich etwas weiter ausholen«, sagte der Pfarrer. »Die beiden Mädchen hatten es nicht leicht auf dem Gerberhof. Almut und Utz haben sie scheußlich behandelt. Und Utz muss sich an Lena vergriffen haben. Sie hat mir gegenüber angedeutet, dass sie ein Kind verloren hatte. Mit Rainett hat sie sich angefreundet. Das Mädchen war im Dorf wie ein Schatten. Sie war geistig zurück, und deshalb behielt Almut sie auf dem Hof. Sie schämte sich für das dumme Kind.« Er schüttelte den Kopf.

»Ich nehme an, Sie wollten den beiden helfen«, sagte Claudia.

Der Pfarrer nickte. »Es war der Todestag von Bernhard Gerber, dem Vater der Familie, als mich die Mädchen um Hilfe baten. Sie waren so voller Angst. Weiß der Himmel, was sie alles durchgemacht hatten. Ich versprach zu helfen und stellte den Kontakt zu einem befreundeten Sozialarbeiter in Altstätten her. Leider hat mich wohl meine Putzfrau belauscht, und Almut erfuhr davon.« Er machte eine kurze Pause und trank einen Schluck Limonade, dann sprach er weiter. »Sie standen kurz vor der Abendandacht vor meiner Tür, waren vom Hof geflohen und völlig verängstigt, dass Almut sie totschlagen würde. Ich gab ihnen Geld für den Bus und schickte sie weg.«

»Wieso haben Sie sie fortgeschickt?«, hakte Anna nach.

Der Pfarrer warf ihr einen ernsten Blick zu. »Ich weiß, ich hätte sie niemals allein gehen lassen, sondern begleiten sollen. Allerdings war die Straße wegen Unterspülung gesperrt. Es hatte zuvor tagelang stark geregnet, und ich konnte sie nicht mit dem Auto bringen. Ich glaubte, es würde schon gutgehen. Monatelang hörte ich nichts und fragte auch nicht nach. Einige Tage nachdem die Mädchen gegangen waren, starb meine Schwester, woraufhin ich eine Zeitlang in Zürich war. Beerdigung und Verwandtenbesuche. Monate später wurde Lenas Leiche gefunden. Oder jedenfalls das, was von ihr noch übrig war. Ich rief daraufhin in Altstätten an, doch mein Bekannter war nicht mehr dort. Wie ich später erfuhr, hatte er einen Schlaganfall. Und das mit Mitte vierzig.« Der alte Pfarrer schüttelte den Kopf.

»Also könnte es durchaus möglich sein, dass die alte Wirtin recht hat und nicht Lena, sondern Rainett ums Leben gekommen ist«, sagte Claudia.

»Ach, die Geschichten der alten Vreni. Almut selbst hat Lena identifiziert. Und sie hätte doch ihr eigenes Kind erkannt.«

»Nach so vielen Monaten war vom eigenen Kind vielleicht nicht mehr viel zu erkennen«, meinte Claudia, wofür sie unter dem Tisch einen Rempler von Anna bekam.

»Nun gut«, sagte der Pfarrer. »War es das?«

»Fast«, antwortete Claudia. »Was für eine Art von Einrichtung war das in Altstätten?«

»Ein Büro der Jugendfürsorge. Nichts Großes. Ich kann Ihnen nicht sagen, ob es das heute noch gibt. Aber ich glaube, irgendwo habe ich noch die Adresse.«

»Könnten Sie uns die geben?«, fragte Claudia.

Er nickte und stand auf. »Gewiss doch. Aber erwarten Sie nicht zu viel.« Er ging ins Haus.

»Denkst du, was ich denke?«, wandte sich Claudia an Anna.

Anna nickte.

»Hier ist etwas faul. Und meine Journalistennase sagt mir, dass die alte Vreni recht hat. Wie heißt es so schön: Betrunkene und kleine Kinder sagen immer die Wahrheit. Und dieser Utz schien ja ein recht unliebsamer Zeitgenosse gewesen zu sein. Ich verwette meine rechte Hand darauf, dass er damals die Finger im Spiel hatte. Wer weiß, vielleicht hat er seine Schwester auf dem Gewissen.«

Anna wollte antworten, doch in diesem Moment kam der Pfarrer zurück und reichte Claudia einen Zettel.

»Sein Name war Andreas Hofer. Aber wie gesagt: Er hatte einen Schlaganfall. Ich denke nicht, dass er noch da ist. Vielleicht kann Ihnen ja jemand anderes weiterhelfen.«

Anna nahm den Zettel entgegen und bedankte sich. Wenig später verabschiedeten sich die beiden und verließen das Pfarrhaus.

»Armer Kerl«, sagte Claudia, als sie wieder im Auto saßen. »Ich an seiner Stelle würde mir auch Vorwürfe machen.«

»Ich weiß nicht«, antwortete Anna. »Mit dem Tod eines Menschen rechnet man ja nicht gleich. Aber es ist natürlich sehr traurig.«

Es dauerte nicht lange, bis sie den knapp zehn Kilometer entfernten Nachbarort Altstätten erreichten. Das Büro sollte in der Innenstadt liegen, die mit ihren teilweise bemalten Altstadthäusern Gemütlichkeit ausstrahlte. Anna parkte den Wagen, und keine Minute später standen sie vor der angegebenen Adresse. Doch hier gab es kein Büro der Fürsorge mehr.

»Das wäre ja auch zu einfach gewesen«, sagte Anna seufzend.

»Und was nun?«

»Fragen.« Claudia deutete auf eine geöffnete Reinigung, die im Erdgeschoss des Hauses lag. »Vielleicht kann uns ja jemand Auskunft geben, wohin das Büro verlegt wurde.«

Sie betraten die Reinigung, in der eine ältere, thailändisch aussehende Frau sie mit einem Lächeln begrüßte.

Anna trug ihr Anliegen vor, und die Frau nickte.

»Die von der Fürsorge sind vor fünf Jahren ins Rathaus umgezogen. Das ist nicht weit von hier. Einfach die Straße runter und dann rechts.«

Anna bedankte sich für die Auskunft, und die beiden machten sich auf den Weg zum Rathaus. Dort hatten sie Glück. Donnerstagnachmittag war bis achtzehn Uhr geöffnet. Ihnen blieben noch zehn Minuten. Hoffnungsvoll erkundigten sie sich bei der Empfangsdame, einer grauhaarigen Frau mit Hornbrille, nach Andreas Hofer.

»Ach, das ist unser alter Sozialarbeiter. Da muss ich fragen, ob der da ist«, antwortete die Frau. »Wissen Sie, er arbeitet nur noch aushilfsweise bei uns. Daheim fällt ihm sonst die Decke auf den Kopf, sagt er immer.« Sie nahm einen Telefonhörer ab, tippte eine Nummer ein, stellte ihre Frage, nickte und legte auf.

»Sie haben Glück. Gerade heute ist er anwesend. Zweiter Stock, dritte Tür links. Zimmer Nummer hundertsiebenundzwanzig.«

Anna und Claudia atmeten auf. Das war ja einfacher als gedacht.

Während sie das Treppenhaus hinaufstiegen, spürte Anna ihren schneller werdenden Herzschlag. Sie dachte an die Worte des Pfarrers. Lena Flaucher war tot. Die Alte meinte, sie würde ihr ähneln. Die Gedanken wirbelten plötzlich nur so durch ihren Kopf. Sie erreichten den zweiten Stock und folgten einem Hinweisschild in den rechten Gang. Vor Zimmer Nummer 127 blieben sie stehen. Anna sah zu Claudia, die ihr zunickte. Claudia klopfte an, und nach einem »Herein« öffneten sie die Tür und betraten den Raum. In dem Büro standen zwei gegenüberliegende Schreibtische am Fenster. Die üblichen PCs darauf, eine Zimmerpflanze auf der Fensterbank, Aktenschränke an den Wänden.

»Oh, Damenbesuch kurz vor Feierabend«, sagte der ältere Herr am Schreibtisch und bat Anna und Claudia, näher zu treten und auf den beiden Besucherstühlen Platz zu nehmen.

»Wie kann ich Ihnen helfen?«

Andreas Hofer gefiel Anna auf den ersten Blick. Der alte Mann mit der Halbglatze hatte eine angenehme Stimme und ein freundliches Lächeln.

»Mein Name ist Anna Volkmann«, begann sie, nachdem sie sich gesetzt hatten. »Ich bin vor einigen Monaten auf meine Adoptionsunterlagen gestoßen und suche nun meine Mutter.«

»Und diese Suche hat Sie zu mir geführt?«, fragte Andreas Hofer.

»Richtig. Es war nicht leicht, etwas herauszufinden. Jetzt vermuten wir, dass eine Frau namens Lena Flaucher meine Mutter sein könnte. Sie muss zu Ihnen gekommen sein.

Jedenfalls hat der Pfarrer in Kobelwald ihr Ihre Adresse genannt.«

»Ich erinnere mich an den Namen. Mein Freund Herbert,
der Pfarrer von Kobelwald, hat mir davon erzählt. Aber ist
sie nicht tot aufgefunden worden?«

»Das wird vermutet«, sagte Claudia. »Aber es gibt auch
Zweifel daran.«

Andreas Hofer nickte. »Es war alles ziemlich schwierig,
da ich damals diesen Schlaganfall hatte. Es hat lange gedauert, bis ich wieder auf den Beinen war. Aber ich erinnere
mich, dass ein Mädchen bei mir aufgetaucht ist. Eigentlich
sollten es zwei sein, und ich wunderte mich, wo die andere
war. Die, die zu mir kam, war auf jeden Fall dunkelhaarig.«
Er musterte Anna. »Und Sie ähneln ihr ein wenig. Ich habe
damals sogar eine Akte angelegt. Sie könnte noch im Archiv
sein. Ich werde nachsehen.« Er verließ den Raum.

»Was hast du für ein Gefühl?«, fragte Anna Claudia, als er
außer Hörweite war.

»Ich glaube, dass da damals einiges schiefgelaufen ist«,
antwortete sie. »Dem einen stirbt die Schwester, der andere
hat einen Schlaganfall, dazu ist die Straße unterspült.« Sie
schüttelte den Kopf. »Und zwischendrin stirbt ein Mädchen, und keiner bemerkt es. Es wird Zeit, dass die Wahrheit ans Licht kommt.«

»Da spricht jetzt aber mehr die Detektivin als die Journalistin«, antwortete Anna mit einem Lächeln.

»Wer auch immer«, erwiderte Claudia und nahm Annas
Hand. »Und sollte es doch Lena Flaucher sein, die auf dem
Friedhof liegt, dann ist es eben so.«

Anna nickte. »Und ob sie meine Mutter ist, wissen wir auch noch nicht. Bisher sind es nur Vermutungen, denen wir nachgehen.«

»Sie ist die einzige Spur, die wir haben. Und wenn durch uns herausgefunden wird, wer dort auf dem Friedhof liegt, dann haben wir zumindest etwas bewirkt. Oder würdest du in einem falschen Grab liegen wollen? Auch diese Rainett hat die Wahrheit verdient.«

Anna nickte, und Beklommenheit machte sich in ihr breit. Sie sah zum Fenster. Was hatten diese armen Mädchen damals nur durchmachen müssen? Diese Almut Gerber und ihr Sohn Utz mussten schreckliche Menschen gewesen sein. Wieso hatte man Leuten wie ihnen überhaupt ein fremdes Kind überlassen? Sie war nur das Verdingkind gewesen. Der Satz der alten Frau hatte Anna getroffen. War sie deshalb weniger wert? Verlor man die Achtung vor einem Menschen, weil er ein Verdingkind war? Auch sie war adoptiert worden, war womöglich die Tochter einer als liederlich geltenden Person. Sie hatte Glück gehabt und liebevolle Eltern bekommen. Doch anderen war es nicht so gut ergangen. Sie dachte daran, was Giulietta angedeutet hatte. Kinderheime, Pflegefamilien, Misshandlungen. Die Liste war lang.

Der eintretende Andreas Hofer riss Anna aus ihren Gedanken. Er hielt eine Akte in den Händen.

»Ich habe die Unterlagen gefunden. Sie wurden damals gar nicht weitergeleitet, sehr sonderbar. Aber das kommt uns jetzt gelegen. Vermutlich wurde in Winterthur, wo sie dann hinging, eine neue Akte angelegt. Aber die Akte hilft uns gewiss weiter. Der Name des Mädchens war Nina

Bauer. Geboren ist sie in Bern. Papiere hatte sie keine bei sich. In solchen Fällen ist das jedoch keine Seltenheit. Ich habe damals dieses Foto von ihr gemacht.« Er zeigte das Bild Anna und Claudia.

Anna blieb die Luft weg. Die Ähnlichkeit zu ihr war geradezu erschreckend. Als würde sie eine jüngere Ausgabe von sich selbst in einem Spiegel sehen.

»Das ist sie«, sagte sie. »Das muss Lena Flaucher sein.«

»Und da sind Sie sich ganz sicher? Sie gab sich als Nina Bauer aus.«

»Nach dem, was in Kobelwald passiert ist, hätte ich mir vermutlich auch einen anderen Namen gegeben«, sagte Claudia. »Was machte sie damals für einen Eindruck auf Sie?«, fragte sie.

»Verängstigt, unsicher, wenn ich mich richtig erinnere. Es ist lange her. Wir hatten in den Siebzigern immer wieder mal solche oder ähnliche Fälle. Es ist gut, dass diese scheußliche Praxis mit den Verdingkindern ein Ende gefunden hat. Da hat der Staat eine Menge Unheil angerichtet.«

»Wohin kam sie, nachdem sie bei Ihnen war?«, fragte Anna.

»Nach Winterthur in ein Jugendheim. Ich könnte dort anrufen und nachfragen. Das Heim gibt es heute noch.« Ohne eine Antwort von Anna und Claudia abzuwarten, griff er zum Hörer und wählte eine Nummer. Während er das Telefonat führte, begannen Annas Hände zu zittern. Ihr Blick fiel auf die aufgeschlagene Akte. Lena Flaucher sah sie an. Jetzt hatte sie keinen Zweifel mehr. Diese Frau musste ihre Mutter sein. Andreas Hofer legte nach einem ellenlangen

Austausch von Höflichkeiten irgendwann auf und lächelte Anna und Claudia an. »Was auch immer Lena Flaucher in Kobelwald durchlitten hat, ihr Leben verlief danach in ruhigeren Bahnen. Sie hatte das große Glück, nach ihrem Aufenthalt in Winterthur – über diese Einrichtung kann ich nur das Beste sagen – nach Kreuzlingen in die Wohngemeinschaft von Birgit Lenbacher verlegt zu werden. Die Heimleiterin konnte ihr wohl eine Arbeitsstelle in einem Hotel in Konstanz vermitteln. Birgit Lenbacher wohnt heute noch in Kreuzlingen. Wenn Sie möchten, gebe ich Ihnen ihre Adresse und Telefonnummer. Sie kann Ihnen bestimmt weiterhelfen.«

»Nach Kreuzlingen.« Anna schnappte nach Luft. »Dort bin ich aufgewachsen.«

»So klein ist die Welt manchmal, nicht wahr?« Andreas Hofer zwinkerte ihr zu, notierte Adresse und Telefonnummer von Birgit Lenbacher auf einen Zettel und reichte ihn Lena.

»Es wäre nett, wenn Sie mich über Ihre Nachforschungen auf dem Laufenden halten würden. Mich würde wirklich interessieren, was aus dem Mädchen geworden ist.«

»Das tun wir gern«, antwortete Claudia für Anna, die auf den Zettel starrte, als wäre er das siebte Weltwunder. Die beiden verabschiedeten sich und verließen den Raum.

»Sie wohnt auch noch in meiner Straße«, sagte Anna, während sie den Flur hinunterliefen. »Das muss man sich mal vorstellen. Da fahre ich durch die halbe Schweiz, um etwas herauszufinden, und dann wohnt diese Frau in meiner Straße.«

»Dann wissen wir jetzt wenigstens, wohin wir uns wenden müssen«, sagte Claudia. »Aber vorher suchen wir uns einen Gasthof. Sonst verhungere ich.«

»Wird gemacht«, sagte Anna. Die beiden verließen das Rathaus und fanden kurz darauf ein griechisches Restaurant. Claudia bestellte bei der jungen Bedienung einen großen Gyrosteller. Anna nur eine Vorspeise. Ihr Magen fühlte sich wie zugeschnürt an. Sie konnte es noch immer nicht glauben. Die Antwort auf all ihre Fragen hatte die ganze Zeit über nur wenige Häuser entfernt gelegen. Nina Bauer war Lena Flaucher. Sie hatten sie gefunden. Doch es gab noch so viele Fragen. Wie war sie nach Hindelbank gekommen? Wo lebte sie heute? Und, am wichtigsten, war sie ihre Mutter?

KAPITEL 12

Lena betrachtete ihr Bild im Spiegel. Heute war ihr Geburtstag. Ihr fünfzigster, den sie mit einem großen Fest feierte. Freunde und Familie hatten sich im Garten versammelt. Sie sah gut aus. Ihr Haar trug sie halblang, es war gefärbt, um die grauen Strähnen darin zu verdecken. Falten umgaben ihre Augen, ihren Mund. Doch sie empfand sie als nicht störend. Jede einzelne von ihnen hatte sie sich hart erkämpft. Sie war nicht mehr so schmal wie früher, zwei Schwangerschaften hatten ihre Spuren hinterlassen. Ihr Ältester, Thomas, war heute mit seiner Frau gekommen, die ihre Enkelin mitgebracht hatte. Ein bezauberndes Baby, das sie vom ersten Augenblick an ins Herz geschlossen hatte. Ihre Tochter Susanne war zum Studieren nach Hamburg gegangen. Doch für den heutigen Tag war sie extra nach Hause gekommen. Fünfzig Jahre. Lena wurde wehmütig. Als sie von Marie getrennt wurde, war sie elf gewesen. Neununddreißig Jahre ohne ihre Schwester. Nur hin und wieder konnte sie ihre Stimme am Telefon hören. Jedes Mal schwieg sie und legte wieder auf. Dann kamen die Tränen und die Erinnerungen an die Zeit, als sie Lena Flaucher gewesen war. Die Tochter von Matteo, dem Schuster aus Bern. Damals hatte es begonnen, was zur Lüge ihres Lebens geworden war. Nicht ein

412

einziges Mal hatte sie mit jemandem darüber gesprochen. Selbst mit Marcel nicht, den sie mehr liebte als alles andere auf der Welt.

Ihre Liebesgeschichte hatte leise und sacht ihren Anfang genommen. An einem kalten Winterabend mit der Melodie aus *Love Story*. Bis heute hatte sie den Film nicht gesehen. Ihr genügte Marcels Erzählung der Geschichte, womit er sie sofort in seinen Bann gezogen hatte. Sie hatte ihn schon vor ihrer Volljährigkeit geheiratet. Biggi hatte zugestimmt. An einem windigen Tag im April, in einem weißen Kostüm, mit Blumen im Haar. Es war eine kleine Hochzeit gewesen. Nur Standesamt, keine Kirche. Danach waren sie nach Venedig gefahren und wenige Jahre später von Konstanz nach München umgezogen, wegen der Arbeit. Heute war sie Nina Lechner. Die Frau von Marcel Lechner, der nur wusste, dass sie eine Waise war, mehr nicht. So oft hatte sie überlegt, es ihm zu sagen, ihrem Mann zu erzählen, wer sie war und was sie erlebt hatte. Vielleicht wäre es gut gewesen, das alles auszusprechen. Doch sie wusste, wie sehr Marcel Unehrlichkeit verabscheute. Würde er sie noch auf dieselbe Art lieben können, wenn sie ihm die Wahrheit sagte? Sie strich mit den Händen über ihr weißes Sommerkleid, das sie fast mädchenhaft wirken ließ. In all den Jahren war sie vieles geworden, Ehefrau, Mutter, Großmutter und Tante – doch Schwester hatte sie stets im Geheimen bleiben müssen. Manchmal malte sie sich vor dem Einschlafen das Wiedersehen mit Marie aus. Wie sie sich lachend in die Arme fielen. Doch diesen Moment durfte es nicht geben. Das Schicksal sah ein Wiedersehen nicht vor. Mord verjährte nicht. Ein Mord, den sie nicht begangen hatte. Doch wem hätten die Leute damals geglaubt? Dem Verdingkind, das im Dorf als Hure galt, oder Utz, dem Bauernsohn, der zwar gern mal einen über den Durst trank, aber trotzdem ein angesehenes Mitglied der Dorfgemeinschaft war? Manchmal fragte sie sich, ob sich in all der Zeit nicht etwas verändert haben könnte. Ob Utz noch lebte? Und hatte er damals tatsächlich Anzeige erstattet? Sie hatte sich nie getraut, Nachforschungen anzustellen. Zu groß war die Angst, entdeckt zu werden. Nur jemand, der Schuld auf sich geladen hatte, nahm einen anderen Namen an und versteckte sich ein Leben lang. Oder die Angst trieb ihn dazu. Doch das würde ihr wohl niemand glauben. Ein Verdingkind war schon verurteilt, bevor es etwas sagen konnte. Und das galt vermutlich auch heute noch, selbst wenn es in der Schweiz längst keine Verdingkinder mehr gab. Doch Gerechtigkeit gab es genauso wenig. Das Thema wurde totgeschwiegen und der Mantel des Schweigens darübergebreitet. Zwar wurden die Stimmen des Protests lauter, und irgendwann würde die Regierung reagieren und sich entschuldigen müssen. Ihr selbst würde diese Entschuldigung jedoch wenig Genugtuung bringen. Ihr Leben war damals zerstört worden, ihre Vergangenheit blieb ein trauriger Schatten in ihren Erinnerungen, der sich immer wieder über sie legte. An manchen Tagen fiel es ihr schwer, ihn abzuschütteln. An anderen ging es leichter. Und die sonnigen Momente ihres Lebens überwogen. Doch wenn der Schatten aufzog, dann stand Marie im Raum. Irgendwann hatte sie trotz allem nach ihr zu suchen begonnen. Es hatte Geduld gebraucht, doch letztlich war sie fündig geworden. Marie lebte heute in Luzern und schien verheiratet zu sein. Ob sie wohl Kinder hatte? Wie war es ihr ergangen? Lena wünschte sich so sehr, dass sie es besser gehabt hatte. Und vielleicht würde sie eines Tages den Mut aufbringen können, am Telefon etwas zu ihr zu sagen.

Leises Klopfen an der Tür ließ sie zusammenzucken. Ohne eine Antwort von ihr abzuwarten, steckte Marcel seinen Kopf durch die Tür. Er lächelte, als er sie sah, und betrat den Raum.

»Hier bist du. Es suchen dich schon alle. Ohne das Geburtstagskind kann das Fest doch nicht beginnen.« Zärtlich legte er die Arme um sie und gab ihr einen Kuss. »Du siehst bezaubernd aus. Habe ich dir das eigentlich schon gesagt?«

»Nein.«

»Dann sage ich es jetzt. Du bist und bleibst für mich das schönste Wesen auf Erden.«

»Ach was. Eine alte Frau bin ich geworden. Sogar schon eine Großmutter.«

»Na und? Auch Großmütter können sexy sein«, erwiderte er mit einem Lächeln, zog sie erneut an sich und küsste sie, dieses Mal länger und leidenschaftlicher. »Besonders, wenn sie so gut riechen.« Er wollte den Reißverschluss ihres Kleides öffnen, doch sie entwand sich ihm und gab ihm einen Klaps auf den Arm.

»Jetzt doch nicht. Sagtest du nicht, dass unsere Gäste bereits auf mich warten?«

Er zog eine Grimasse. »Wir schicken sie nach Hause. Solche Feiern sind sowieso anstrengend. Dann bleibt mehr Kuchen für uns.«

»Damit wir noch runder werden«, sagte sie. »Lass uns runtergehen. Ich will meine Enkeltochter in den Arm nehmen und den ganzen Tag küssen, das süße Wesen.«

»Gegen diese Konkurrenz bin ich machtlos«, erwiderte er lachend. Die beiden verließen den Raum und liefen die Treppe hinunter. Im Garten wurde Lena lauthals in Empfang genommen. Es war ein herrlicher Tag, perfekt für ihr Sommerfest, das bis in den Abend hinein dauern sollte. An den Bäumen waren Lichterketten aufgehängt, Tische und Bänke im Garten aufgestellt worden, und es gab ein Kuchenbuffet. Die Gäste hielten Sektgläser in Händen. Marcel reichte auch Lena eines und bat um Ruhe.

»Meine liebe Nina«, begann er, »es war ein kalter Tag, als das Schicksal uns zueinandergeführt hat. Oder besser gesagt, als es dich in meine Arme hat fallen lassen. Vom ersten Augenblick an habe ich gewusst: Die ist es. Du bist für mich der wertvollste und wichtigste Mensch auf Erden. Meine Geliebte, meine Partnerin, mein bester Freund, die Mutter meiner Kinder. Ich liebe dich und wünsche mir noch viele wunderbare gemeinsame Jahre mit dir. Denn du bist der Mittelpunkt meines Lebens.« Er nahm Lenas Hand und sah ihr in die Augen. »Auf dich, meine Liebste, mein Mädchen.« Er küsste sie, und in diesem Moment begann die Festgesellschaft zu klatschen, alle stimmten ein und ließen Lena hochleben. Sie wurde danach gedrückt, Geschenke wurden überreicht, Hände geschüttelt. Irgendwann erklärte sie das Kuchenbuffet für eröffnet und bekam das erste Stück Geburtstagstorte, einen Traum aus Sahne und Himbeeren, ihre Lieblingsfrüchte, auf den Teller gelegt. Sie gesellte sich am Kaffeetisch zu ihrer Schwiegermutter, die die achtzig bereits überschritten hatte und etwas schwerhörig war. Das Verhältnis zu ihr war nicht immer leicht, aber sie hatten sich aneinander gewöhnt.

»Du siehst nicht glücklich aus«, sagte die alte Frau. »Was ist los?«

»Was soll los sein?«, antwortete Lena mit einer Gegenfrage. »Es ist mein Geburtstag, alle sind hier. Es ist alles gut.«

»Nein, das ist es nicht«, blieb die alte Frau bei ihrer Meinung. »Mir kannst du nichts vormachen. Du hast wieder diesen sonderbaren Blick.«

»Diesen Blick«, wiederholte Lena.

»Na, ihr beiden. Kann ich mich zu euch setzen?«, unterbrach Lenas Schwiegertochter Sabine das Gespräch, die mit dem Baby auf dem Arm an den Tisch trat. Lena war dankbar für ihr Auftauchen, denn sie hatte sich durch die Frage der alten Frau ertappt gefühlt. Es war nicht das erste Mal, dass sich ihre Schwiegermutter danach erkundigte, ob sie glücklich war. Einmal hatte sie offen zu ihr gesagt, sie spüre, dass Lena etwas verbarg. Hiltrud Lechner legte gern anderen Leuten die Karten und ging hin wieder zu einer Bekannten, die sogenannte Séancen abhielt, um Kontakt zu verstorbenen Angehörigen aufnehmen zu wollen. Einmal hatte sie Lena sogar zu einer solchen Veranstaltung mitnehmen wollen. Doch Lena hatte abgewiegelt und gemeint, die Toten sollte man lieber ruhen lassen.

Das Baby, die kleine Emily, die jetzt ein halbes Jahr alt war, streckte fröhlich quietschend die Arme nach ihr aus, und Lena nahm sie auf ihren Schoß. Sofort begann die Kleine, nach der auf dem Teller liegenden Kuchengabel zu greifen, und wollte sie in den Mund stecken, woran Lena sie hinderte.

»Nein, nein, mein Schätzchen. Sahnetorte und Kuchengabeln sind noch nichts für dich.«

Die Kleine schimpfte und zappelte aus Protest.

»Kein Theater auf Omas Schoß, meine Kleine«, sagte Thomas und nahm seine Tochter auf den Arm. »Sie hat heute Geburtstag. Da gibt es nichts zu meckern.« Er wirbelte das Baby durch die Luft, was sein Lachen zurückkehren ließ. Weitere Gäste traten zu ihnen an die Kaffeetafel. Die Nachbarin Katrin. Ihre Arbeitskollegen aus dem Bioladen, in dem sie dreimal die Woche vormittags arbeitete, waren auch gekommen. Hilde, die ihren Mann Andi mitgebracht hatte, mit dem Marcel Karten spielte.

Nach einer Weile erhob sich Lena und machte eine Runde bei ihren Gästen, redete mal mit dem einen, mal mit dem anderen. Auch die Geschwister ihres Mannes waren gekommen. Seine Schwester Lea mit ihrem Mann Johannes, die in Baden-Baden lebten. Sein Bruder Stefan, der mit Steven zusammenlebte, einem Engländer. Die beiden waren extra für das Fest aus London angereist. Ihre Tochter Susanne hatte ihren Freund dabei. Er hieß Torben, und die beiden waren frisch verliebt, was nur allzu offensichtlich war. Lächelnd beobachtete Lena, wie die beiden sich innige Blicke zuwarfen. Die Zeit war so schnell vergangen, ein Leben wie ein Wimpernschlag. Gerade erst hatte sie ihr kleines Mädchen zum ersten Mal im Arm halten dürfen. War Thomas auf seinem Dreirad die Straße hinuntergefahren und hatte sich das

Knie aufgeschlagen. Und auf einmal war er selbst Vater und ihr Nesthäkchen verliebt.

Erneut wanderten ihre Gedanken zu Marie. Ob sie wohl an sie dachte? Sie erinnerte sich daran, wie sie früher Lenas Geburtstage mit der Familie gefeiert hatten. Papa hatte jedes Jahr einen Biertisch vor den Laden gestellt, den Marie und sie mit bunten Luftschlangen dekorierten. Die Kinder aus der Nachbarschaft waren ihre Gäste gewesen. Die pummelige Monika, Daniela, die ein blondes Vogelnest auf dem Kopf gehabt hatte, Bruno, dessen Vater den Gemischtwarenladen an der Ecke leitete, Urs, in den sie heimlich verliebt gewesen war. Es hatte Schokoladenkuchen gegeben und später Würstchen mit Ketchup und Brot. Mama hatte die Spiele der Kinder organisiert, Topfschlagen und Blinde Kuh, was so simpel wie schön war. Die Erinnerung trieb ihr eine Träne in die Augen. Sie wischte sie rasch ab. Ganz sicher dachte Marie an diesem Tag an sie. Und vielleicht erinnerte auch sie sich an die sommerliche Feier im Hof, um die sie ihre Schwester stets beneidet hatte. Marie war im November geboren und musste immer drinnen feiern. Trotzdem hatte Mama dafür gesorgt, dass auch sie es schön hatte. Einmal hatte schon Schnee gelegen, und sie machten alle zusammen eine große Schneeballschlacht. Lena lächelte bei der Erinnerung daran.

»Möchtest du noch etwas trinken?«, fragte Marcel plötzlich neben ihr.

Lena wollte etwas antworten, doch da rief ihre Tochter Susanne ihren Namen. Sie blickte auf. Susanne stand winkend an der Terrassentür.

»Mama, kommst du mal. An der Tür ist jemand, der dich sprechen möchte.«

Erstaunt sah Lena zu Marcel, der mit den Schultern zuckte. Sie betrat das Haus.

Vor der Tür standen zwei Frauen. Sie sah in das Gesicht der einen und wusste es, noch ehe eine von beiden etwas sagte. Neununddreißig Jahre, Marie.

»Guten Tag, Frau Lechner. Oder sollen wir lieber Frau Flaucher zu Ihnen sagen?«, sagte die eine.

*

Luzern, August 2008

Marie ließ ihren Blick über die Reuss bis zur nahen Kapellbrücke schweifen, über die auch heute wieder Scharen von Touristen strömten. Das schöne Wetter lockte die Menschen auf die Straßen, und die Tische der Restaurants und Cafés am Ufer waren voll besetzt. Sie hatten gerade noch einen Tisch bei ihrem Lieblingsitaliener ergattert. Reto lud sie zu Pasta und Wein ein, es gab etwas zu feiern. Heute war endlich der Tag gekommen, an dem ihre Brustkrebstherapie abgeschlossen und sie von ihrem Arzt entlassen worden war. Natürlich würden in den nächsten Monaten noch viele Nachuntersuchungen folgen, aber das Schlimmste lag nun hinter ihr. Die Diagnose Brustkrebs hatte sie vor zwei Jahren aus der Bahn geworfen, und seitdem hatte die Krankheit ihr Leben bestimmt. Chemotherapie, dann die Operation, der weitere Therapien folgten. Sie hatte sich eine Perücke anfertigen lassen, da ihr Haar ausgefallen war. Jetzt wuchs es wieder nach. Noch war es kurz, aber schon bald wollte sie es wieder länger tragen. Es war nicht mehr dunkel, sondern grau geworden. Aber wen interessierte das schon, wenn man den Krebs besiegt hatte?

Heute war ein guter Tag. Und es war Lenas Geburtstag. Sie wäre heute fünfzig Jahre alt geworden. Doch Lena war tot, und es würde kein Fest für sie geben. Sie hatten an einem ähnlich schönen Sommertag wie dem heutigen ihr Grab besucht. Es war ein Urnengrab mit einem einfachen Grabstein darauf, ungepflegt, von Unkraut überwuchert. Sie hatte Sonnenblumen mitgebracht, von denen sie wusste, dass ihre Schwester sie einst gern mochte. Lange hatte Marie davor gestanden. Reto hatte ihr diesen Moment der Zwiesprache gelassen und war zurück zum Auto gegangen, um dort auf sie zu warten.

Marie hatte mit Lena gesprochen. Ihr von ihrem Leben erzählt. Den Bericht jedoch unter Tränen abbrechen müssen. Sie hatte ihr vorgehalten, dass Lena sie allein gelassen habe. Sie hatten einander doch wiedersehen wollen. So war es ausgemacht gewesen.

Später waren sie und Reto nach Kobelwald und zu dem Hof gefahren, auf dem Lena gelebt hatte. Dort trafen sie auf einen wortkargen alten Mann. Eine Lena sei dort gewesen, aber schon lange tot, das arme Mädel.

Als sie schon wieder ins Auto steigen wollten, um loszufahren, hielt er sie auf einmal zurück. Er verschwand im Haus und kam mit einem Buch wieder zurück, das er Marie reichte. »Es gehörte ihr. Es bedeutete ihr viel«, sagte er. Es

421

war das gleiche Märchenbuch, das sie in ihrer Kindheit hatten. Marie sah es fassungslos an und bedankte sich bei dem alten Mann, der ihr zum Abschied die Hand reichte und diese für einen Moment festhielt.

»Es tut mir leid.« Dann ging er ohne ein weiteres Wort davon. Marie sah ihm nach, dann auf das vertraute Märchenbuch. Sie drückte es fest an sich und stieg zurück ins Auto. Danach waren sie niemals wieder nach Kobelwald gefahren. Das Buch stand heute auf einem Regal im Wohnzimmer neben der Fotografie aus ihrer Kindheit, die ihr als einzige Erinnerung an ihre Schwester geblieben war.

Reto, der drinnen bestellt hatte, setzte sich ihr gegenüber. Der Wirt Ernesto brachte ihnen zwei Gläser Rotwein.

»Reto erzählte mir gerade, dass ihr Grund zum Feiern habt. Endlich geht es dir wieder gut, meine Schöne.« Er schenkte Marie ein Lächeln. »Das sind wunderbare Neuigkeiten. Fühlt euch heute als meine Gäste.« Er zwinkerte Reto zu und verschwand wieder.

»Du hast es ihm also erzählt«, sagte Marie.

»Wieso nicht?«, antwortete Reto. »Er wusste von der Krankheit, und es ist doch schön, wie sehr er sich mit uns freut.«

Marie nickte. Ihr war nicht fröhlich zumute, obwohl sie Anlass genug dazu hätte. Ihr Arzt hatte ihr lächelnd die Hand gegeben und sie ins Leben entlassen. Sie war gesund und sollte glücklich sein. Doch das war sie nicht. Gerade jetzt holten sie die Erinnerungen wieder ein. Sie hatte Reto bald nach ihrem Wiedersehen geheiratet. Zunächst hatten sie sich noch schwergetan, sich ein gemeinsames Leben aufzubauen. Reto hatte lange keine Anstellung gefunden. Er ging noch einmal zur Schule, holte seinen mittleren Schulabschluss nach und machte eine Ausbildung zum Immobilienkaufmann. Heute arbeitete er als Immobilienmakler, und es ging ihnen gut. Sie lebten oberhalb von Luzern in einer Eigentumswohnung mit Blick auf den See, mit vier Zimmern und einer hübschen Terrasse. Eines der Zimmer sollte ein Kinderzimmer werden. Voller Vorfreude darauf, Vater zu werden, hatte Reto die ersten Kindermöbel angeschleppt, als sie zum ersten Mal schwanger war. Doch sie verlor jedes ihrer Kinder. Drei an der Zahl, jedes Mal noch vor dem dritten Monat. Nach dem letzten Abgang wurde sie nicht mehr schwanger. Da war sie schon Ende dreißig. Nun hatten sie sich in einem Leben ohne Kinder eingerichtet. Sie versuchten es jedenfalls. Doch noch immer plagten Marie die alten Träume. Dann hörte sie Babygeschrei, sah, wie ihre Regula aus dem Raum getragen wurde. Es ist ein Mädchen, hörte sie die Stimme der Hebamme. Diese boshafte Frau, die ihr das Liebste im Leben weggenommen hatte. Doch niemand hatte hören wollen, was man ihr angetan hatte. Jahrelang war sie gegen Wände gelaufen, und ihre Regula war verschwunden geblieben. Der Schmerz über den Verlust des Kindes saß tief und holte sie in den sonderbarsten Momenten ein. Auch jetzt wieder.

»Heute ist Lenas Geburtstag«, sagte Marie unvermittelt.

»Richtig«, antwortete Reto. »Das ist bestimmt ein gutes Omen. Oder was meinst du?«

Marie nickte und bemühte sich um ein Lächeln. Sie sollte sich zusammenreißen. Reto hatte recht. Gewiss war es ein gutes Omen, ausgerechnet heute die Krebsbehandlung erfolgreich abgeschlossen zu haben.

»Darauf sollten wir trinken«, meinte Reto. »Darauf, dass du gesund bist, und auf Lena.«

Marie nickte, hob ihr Glas und stieß mit Reto an.

»In Gedanken war sie in den letzten Wochen und Monaten doch trotz allem immer bei dir«, fügte Reto hinzu. »Ich weiß nicht mehr, wie oft du zu mir gesagt hast, Lena würde mich jetzt ausschimpfen. Lena würde sagen, dass Jammern nichts bringt.«

»Das stimmt«, erwiderte Marie mit einem Lächeln. Retos Worte vertrieben den Trübsinn. »Wenn sich Lena etwas in den Kopf gesetzt hatte, dann ließ sie nicht locker, bis sie es erreicht hatte. Und sie hätte sich bestimmt darum gekümmert, mich wieder gesund zu bekommen.«

»So wie sie es mit der Katze gemacht hat, die sie eines Tages verletzt im Hof gefunden hatte«, fügte Reto schmunzelnd hinzu.

»Ja, genau so«, erwiderte Marie mit einem Lächeln. Diese Kindheitserinnerung hatte sie ihm kurz nach der Operation erzählt. Auf dem Heimweg von der Schule hatte Lena eine Katze gefunden. Halb tot hatte sie im Rinnstein gelegen. Sie hatte sie mit nach Hause genommen, durchgesetzt, dass ihr Vater mit ihr gemeinsam zum Tierarzt fuhr. Hingebungsvoll hatte sie sich um das Tier gekümmert, dem sie den Namen Pauline gegeben hatte. Pauline hatte es geschafft, war jedoch eine Streunerin geblieben, die sie bald wieder verließ und nur hin und wieder mal vorbeikam, um nach ihnen zu sehen.

Ernesto brachte das Essen. Er wusste genau, was ihnen schmeckte. Pasta mit den Jakobsmuscheln in einer leckeren Sahnesoße mit einem Hauch Knoblauch.

»Lasst es euch schmecken«, sagte er lächelnd und verschwand wieder im Lokal.

Sie aßen und begannen, Pläne für die Zukunft zu schmieden. Während ihrer Krankheit war Marie bewusst geworden, dass sie es nie über ihren alten Sehnsuchtsort Italien hinaus geschafft hatte. Wenn sie wieder gesund war, wollte sie mehr von der Welt sehen. Nach New York reisen, durch London streifen, Kängurus in Australien oder das Nordlicht bewundern. Jetzt könnten diese Träume Realität werden. Sie beschlossen, nach dem Essen in ein Reisebüro zu gehen und sich beraten zu lassen. Marie aß mit großem Appetit. Auch der letzte Rest Wehmut war nun fort. Reto hatte es tatsächlich geschafft, sie aufzuheitern.

Als die Teller und Gläser leer waren, verabschiedeten sie sich von Ernesto und gingen zu einem Reisebüro in der Fußgängerzone, das sie eine Stunde später mit vielen Reisekatalogen unter dem Arm wieder verließen. In Gedanken planten sie gleich mehrere Touren. Arm in Arm schlenderten sie durch die Straßen Luzerns nach Hause. Dort angekommen, war Marie müde und legte sich im Nebenzimmer auf das vor dem Bücherregal stehende Sofa. In dem Raum, den sie als Kinderzimmer vorgesehen hatten. Eine Weile starrte sie an die Decke und lauschte Retos Stimme. Er telefonierte nebenan, vermutlich geschäftlich. Obwohl sie müde war, konnte sie nicht einschlafen. Nach einer Weile stand sie auf und holte sich aus dem Wohnzimmer Lenas Märchenbuch. Sie blätterte die Seiten durch und betrachtete die bunten Bilder. Irgendwann begann sie, die Märchen zu lesen, und schlief bald darauf darüber ein.

Als sie wieder erwachte, dämmerte bereits der Morgen. Reto musste hier gewesen sein, denn das Märchenbuch lag neben ihr auf dem Tisch. Sie erhob sich, trat ans Fenster und blickte auf den See hinunter, in dem sich die aufgehende Sonne spiegelte. Der Anblick faszinierte sie jedes Mal aufs Neue. Er hatte ihr in den letzten Monaten so viel Kraft gegeben. Aufgeben war trotz aller Widrigkeiten, die ihr das Leben gebracht hatte, niemals eine Option gewesen.

»Dir hätte es hier bestimmt auch gefallen, Lena«, sagte sie leise. »Ich hätte es dir gern gezeigt, weißt du.« Sie sah Reto mit seinem Laptop und einem Kaffeebecher auf der Terrasse sitzen. Als sie zu ihm trat, klappte er den Laptop zu.

»Ausgeschlafen? Möchtest du frühstücken? Ich kann Weggli holen.«

»Und ich decke den Frühstückstisch.«

Er gab ihr einen Kuss auf die Wange, als er an ihr vorbeilief. Keine Minute später hörte sie die Haustür ins Schloss fallen. Marie ging in die Küche und öffnete den Kühlschrank. Marmelade, Butter und Brotaufstriche wanderten auf ein Tablett, und sie setzte Kaffee auf. Als sie wenig später gemeinsam am Frühstückstisch saßen, fühlte sich die Welt vollkommen an. Marie lehnte sich mit ihrem Kaffeebecher lächelnd zurück, während ihr Reto von seinen Internetrecherchen ihre Reisepläne betreffend berichtete. Er wirkte wie befreit. Auch sie selbst spürte heute noch mehr, welche Last von ihren Schultern genommen worden war.

Als sie gestern die Arztpraxis verlassen hatte, wirkte alles noch so unwirklich. So viele Monate voller Behandlungen, festgelegter Krankenhausabläufe und nervenaufreibender Termine lagen hinter ihr. Nun war sie frei und konnte tun und lassen, was sie wollte. Endlich wieder Pläne schmieden und wieder arbeiten. Gemeinsam mit ihrer Freundin Simone hatte sie vor einigen Jahren ein Blumencafé in der Altstadt eröffnet. Es war eine Herausforderung gewesen, die jedoch gelungen war. Simone hatte Erfahrungen im Gastgewerbe, sie als Floristin. Gemeinsam hatten sie ein kleines Paradies erschaffen, das ihre Kunden mit seinem ganz besonderen Charme betörte und ihnen inzwischen eine solide Stammkundschaft eingebracht hatte. Die Zeit ihrer Krankheit war auch im Geschäft nicht leicht gewesen.

»Möchtest du noch einen Kaffee?«, fragte Reto.

Marie nickte. »Gern.« Sie reichte ihm ihren Becher, und er ging ins Haus.

Das Telefon läutete. Gewiss war es wieder ein geschäftlicher Anruf für Reto. Er schien den Anruf angenommen zu haben, seine Stimme war gedämpft zu hören. Ein sanfter Wind wehte, der den Duft von Blumen mitbrachte. Ihre Hortensien standen jetzt in voller Blüte, und sie bewunderte ihre prachtvollen Farben. Reto kam mit dem Telefon nach draußen. Er sah seine Frau ernst an.

»Du sitzt gut, oder?«

Marie reagierte überrascht. »Aber natürlich. Was ist denn?«

»Da ist eine Frau am Telefon, die behauptet, deine Schwester Lena zu sein.«

KAPITEL 13

Lena beobachtete die vor dem Fenster vorbeiziehende Landschaft, die heute grau und düster wirkte. Tief hängende Wolken malten ein düsteres Spätsommerbild. Die ersten Blätter an den Bäumen begannen sich bereits zu verfärben, es war kühl geworden. Viele der Felder waren abgeerntet, nur der Mais stand noch. Vereinzelt sah sie Kühe oder Pferde auf Weiden grasen. Kleine Dörfer lagen eingebettet zwischen sanften Hügeln. Berggipfel verdeckten die Wolken. Sie hatte gewusst, dass der Tag irgendwann kommen würde. Der Tag, an dem die Welt erfahren würde, wer sie wirklich war. Keine Lüge blieb ewig unerkannt. Wenn sie Anna ansah, hatte sie das Gefühl, in einen Spiegel zu blicken. Sie war Maries Tochter, anders konnte es nicht sein. Sie hatte die beiden hereingebeten, sie spontan zu ihrem Geburtstagsfest eingeladen. Wie betäubt hatte sie das restliche Fest irgendwie überstanden. Da war sie, die Vergangenheit. Auf einmal war sie lebendig geworden.

Marcel zog sie zur Seite, fragte, wer das sei. Was los sei. Sie vertröstete ihn auf später. In wenigen Sätzen war diese Lüge nicht zu erklären. Nina Bauer. Sie dachte daran, wie sie damals im Kinderheim neben ihr in die Knie ging. Wie sie tot auf dem Fußboden lag. Sie hatte sich ihrer bemächtigt, ihre Identität gestohlen. Jetzt wurde es Zeit, sie ihr zurückzugeben, reinen Tisch zu machen. Aber das ging natürlich nicht während ihres Geburtstagsfestes. Es kam ihr wie eine Ewigkeit vor, bis der letzte Gast gegangen war. Nur Claudia und Anna waren geblieben.

Dann begann sie zu erzählen, stockend zuerst, aber sie hielt mit nichts hinter dem Berg. Sie weinte, Marcel nahm ihre Hand. Er verurteilte sie nicht, obwohl sie ihn jahrelang belogen hatte. Auch später nicht, als sie unter sich waren. Sie hätte es ihm eher sagen, ihm vertrauen sollen. Diesen Satz hatte sie in den letzten Tagen mehrfach gesagt. Er kommentierte ihre Worte nicht, blieb schweigsam. So war er immer, wenn ihn etwas beschäftigte. Es war die Angst, sagte sie. Sie war das Verdingkind gewesen, von niemandem ernst genommen, ihren Peinigern ausgeliefert, verachtet und missbraucht. Bis zu dem Tag, als sie zu Nina wurde. Dann begann ihr neues, ein gutes Leben.

Als Anna und Claudia berichteten, wie es in Kobelwald heute aussah, kam die Erleichterung. Utz und Almut waren tot. Sie konnten ihr nichts mehr tun. Niemand hatte sie jemals als Mörderin angezeigt. Sie selbst galt als tot. Lena Flaucher existierte nicht mehr. Es klang wie blanker Hohn, hatte sie selbst diese Identität doch für tot erklärt. Aber es war Rainett, die in dem Grab lag. Ihre Rainett, die die kleine Meerjungfrau liebte und hatte sterben müssen. Es musste klargestellt werden, dass sie diejenige war, die dort beerdigt war. Ihr ganzes Leben lang war sie versteckt worden, selbst im Tode war sie es geblieben. Lena würde sich kümmern, die Verwechslung aufklären und Rainett zu ihrem

Recht verhelfen. Claudia und Anna hatten ihr versprochen, sie zu unterstützen. Der alte Pfarrer lebte noch, er machte sich Vorwürfe. Doch das brauchte er nicht. Er war damals der Einzige gewesen, der nicht wegsah, der etwas tat. Und für das Unglück trug weder er noch Lena, sondern Utz die Verantwortung.

Selbstverständlich hatte sie sofort erklärt, dass sie nicht Annas Mutter sein konnte. Doch ihre Tante – sie hatte eine Nichte und durfte nun endlich auch ihre Schwester wiedersehen. Es war wie ein Wunder, das größte Geburtstagsgeschenk überhaupt. Endlich musste sie keine Angst mehr haben, endlich würde sie Marie in die Arme schließen.

Eine Durchsage kündigte als nächsten Halt Luzern an. Sie atmete tief durch, stand auf und verstaute ihr Buch in ihrer Tasche. Marie. Sie hatte sie am nächsten Morgen angerufen. Diesmal hatte sie nicht aufgelegt. Doch was sagte man seiner Schwester nach so vielen Jahren? Marie hatte geglaubt, sie wäre tot. Sie hatte geweint und kaum ein Wort herausgebracht. Später hatten sie noch einmal telefoniert und das Treffen für heute vereinbart. Zwei Leben ließen sich nicht am Telefon besprechen. Und schon gar nicht die Tatsache, dass es Anna gab, eine verlorene Tochter. Von ihr würde sie ihrer Schwester heute erst berichten. Wie würde Marie reagieren? Anna hatte Angst, dass ihre Mutter sie nicht würde sehen wollen. Doch das glaubte Lena nicht. Niemals hätte Marie ihr eigenes Kind freiwillig weggeben. Auch Anna brach heute nach Luzern auf. Doch es war abgesprochen, dass sie erst später zu ihnen stieße. Zuerst sollten die Geschwister Zeit füreinander haben.

Der Zug fuhr in den Bahnhof ein. Lena holte mit zittrigen Händen ihren Koffer aus dem Gepäcknetz und verließ das Abteil. Sie trat auf den Bahnsteig und blickte sich suchend um. Und da stand sie. Nur wenige Schritte von ihr entfernt. Marie. Sie erkannte sie sofort. Trotz der kurzen Haare, trotz der Zeichen der Zeit, die sich in ihr Gesicht eingegraben hatten. Und plötzlich gab es nur noch sie beide. Sie sah nur noch Marie, ging auf sie zu. Einen Moment blieben sie voreinander stehen, dann fielen sie sich in die Arme.

»Lena«, hörte sie Marie sagen, und beide weinten vor Freude.

*

Marie sah in den Spiegel und berührte ihr frisch gefärbtes Haar. Noch vor wenigen Tagen hatte sie sich an der grauen Farbe nicht gestört. Doch jetzt sollte es wieder dunkelbraun sein. So wie es Lena kannte. Sie musterte ihr Gesicht im Spiegel. Falten umgaben ihre Augen und ihre Mundwinkel. Sie hatte sich die Augenbrauen gezupft. Das hatte sie ewig nicht getan. Ihr Teint war gebräunt. Olivfarben, wie der ihrer Mutter. Ihrer Mutter, der sowohl sie als auch Lena glichen. Lina Flaucher, die sich mit Tabletten das Leben nahm, wie sie herausgefunden hatte. Noch während ihre Töchter im Heim waren. Marie dachte daran, wie sie ihre Mutter zum letzten Mal gesehen, wie sie im Regen gestanden hatte und in die Knie gegangen war. Lina Flaucher hatte ihre Kraft verloren. Sie war des Lebens müde geworden und schaffte es nicht mehr, um ihre Kinder zu kämpfen. Marie wusste nicht, ob sie deshalb wütend sein sollte. Sie dachte daran, wie sie damals im Heim jeden Tag darauf gehofft hatten, dass ihre Mutter käme, um sie zu retten. Doch sie war nicht gekommen, sie hatte sich selbst und ihre Kinder aufgegeben. Marie wusste, wie es war, sein eigenes Kind aufgeben zu müssen. Sie wusste, wie sich dieser Schmerz anfühlte. Schneidend, unerträglich, stellte er alles andere in den Schatten. Sie selbst hatte auch irgendwann aufgegeben. Sie war gegen die Mauern des Systems gelaufen. Niemand hatte ihr zuhören, ihr helfen wollen. Auch sie hatte in dieser Zeit daran gedacht, allem ein Ende zu machen. Der Schmerz war mit den Jahren in den Hintergrund getreten und hatte sich in eine dumpfe Leere verwandelt, die ihr die Kraft raubte. Wäre Reto nicht gewesen, sie hätte es vermutlich getan. Doch er hatte sie gehalten, wenn sie weinte, hatte ihre Launen, ihre Wut ertragen, hatte ihr das Lachen und den Glauben an das Leben zurückgegeben. Er war ihr Anker in all den Jahren gewesen. Doch ihre Mutter hatte keinen solchen Halt mehr gehabt, denn die Liebe ihres Lebens war tot. Ohne ihren Mann hatte ihr die Kraft gefehlt, und die Leere gewann die Oberhand. Marie hatte sich oft gefragt, ob sie nicht einmal das Grab ihrer Mutter in Bern besuchen solle. Doch sie hatte es all die Jahre nicht fertiggebracht. Vielleicht würde sie es jetzt schaffen, gemeinsam mit Lena könnte sie ihr verzeihen. Dass sie schwach gewesen war, als ihre Kinder sie brauchten, dass sie ihnen nicht geholfen hatte.

Marie betrachtete ihr Gesicht einen Moment nachdenklich und beschloss, etwas Lidschatten und Wimperntusche aufzutragen. Dazu etwas Gloss für die Lippen und einen

Hauch Parfüm. Für Lena wollte sie hübsch sein. Sie verwischte die Wimperntusche, weil ihre Hände zitterten. Noch vor wenigen Tagen hatte sie geglaubt, Lena wäre tot. Und jetzt würde sie ihre kleine Schwester gleich vom Bahnhof abholen, die heute fünfzig Jahre alt war. Neununddreißig Jahre der Trennung lagen hinter ihnen. Zwei Leben. Sie atmete tief durch.

Es war kein sonniger Tag. Vormittags hatte es geregnet, jetzt war es immerhin trocken. Für August war es kühl. Ein erster Herbstgruß. Sie würde eine Jacke tragen müssen. Als sie in den Flur trat, war es viel zu früh. Lena käme erst in einer Stunde an. Reto telefonierte mal wieder geschäftlich. Er würde sie nicht zum Bahnhof begleiten, sondern sollte Lena erst heute Abend bei einem gemeinsamen Essen bei Ernesto kennenlernen. Marie überlegte, was sie jetzt machen sollte. Sie beschloss, noch einmal ins Blumencafé zu gehen. Dorthin wollte sie Lena nach ihrer Ankunft entführen. Ihr stolz zeigen, was sie aufgebaut hatte. Sie wusste, dass Lena verheiratet war und Kinder hatte. Sie hatte versprochen, Fotos mitzubringen. Sie war Tante und Großtante, hatte Nichten und Neffen. Sie schlüpfte in schwarze Slipper, nahm zur Sicherheit einen Regenschirm mit, verabschiedete sich wortlos und mit einem Luftkuss von Reto, der ihr ein Lächeln schenkte.

Kühle Luft empfing sie auf der Straße, doch es regnete nicht mehr. Ob sie wohl auch Großmutter war, fragte sich Marie, während sie durch die Straßen schlenderte. Vielleicht hatte auch sie eine Enkeltochter. Sie würde es nie erfahren. Als Lena von ihren Kindern erzählte, traf sie ein Stich ins

Herz. War es Eifersucht? Nein. Oder vielleicht doch? Lena hatte das, was sie sich all die Jahre mehr als alles andere auf der Welt gewünscht hatte. Eine richtige Familie. Ihr war sie genommen worden. Regula war fort, ein weiteres Kind hatte ihr das Schicksal nicht mehr schenken wollen. Die Hoffnung, die Verluste, die Traurigkeit. Ohne Reto hätte sie das alles niemals durchgestanden. Einmal, es war nach dem zweiten Abgang gewesen, hatte sie ihn sogar verlassen wollen. Sie hatte ihm gesagt, er solle sich eine bessere Frau suchen, mit der er Kinder haben könnte. Doch er war geblieben. Er würde niemals eine Frau finden, die er mehr liebte, hatte er gesagt.

Sie dachte daran, wie sie im Zug gesessen hatten und von einem Leben in Sizilien in einem Häuschen am Meer träumten. Niemals waren sie dort gewesen. Und sie wollte es auch nicht mehr. Es lohnte nicht, einem vergangenen Traum nachzulaufen. Wie wohl ihr Leben verlaufen wäre, wenn es geklappt hätte? Dann hätte sie ihre kleine Tochter aufwachsen sehen. Sie hätte sie kennenlernen und ihr eine Mutter sein dürfen. Sie schob den Gedanken beiseite und bog in die kleine Gasse ein, in der ihr Blumencafé lag. Schon von weitem sah sie das nostalgisch anmutende Schild, das sie auf einem Flohmarkt gefunden und umarbeiten hatten lassen. Gleich würde sie Lena wiedersehen. Die totgeglaubte Schwester. Sie konnte es noch immer nicht fassen. Sie betrat das Café, und es empfing sie die übliche Mischung von Kaffee und Blumenduft, die sie so sehr liebte. Hinter dem Tresen stand die Aushilfe Simone. Sie kassierte gerade eine ältere Kundin ab, die einen kleinen Blumenstock gekauft hatte. Nachdem die Frau den Laden verlassen hatte, trat Simone näher und musterte Marie.

»Hast du dir also doch die Haare gefärbt. Sieht gut aus.«

»Sie soll mich doch wiedererkennen«, erwiderte Marie.

Simone nickte und sagte: »Ich denke, du brauchst jetzt noch ein Stück Schokoladenkuchen, so wie du zitterst. Der beruhigt die Nerven.«

»Eher einen Schnaps«, sagte Marie.

»Den gibt es gerade nicht«, entgegnete Simone. »Aber du willst deiner Schwester doch ohnehin nicht mit einer Schnapsfahne gegenübertreten?«

»Gewiss nicht«, erwiderte Marie und trat neben Simone. Sie zupfte an der Blumendeko herum und holte dann das Märchenbuch aus ihrer Tasche, das sie schon gestern Abend eingesteckt hatte.

Verwundert sah Simone es an.

»Es ist Lenas«, sagte Marie. »Ich hab es von dem Hof in Kobelwald. Ein alter Mann hat es mir gegeben. Er sagte, es gehöre ihr. Ich will es ihr wiedergeben.« Ihr traten Tränen in die Augen. »Wir hatten früher genau das gleiche. Ich habe ihr oft daraus vorgelesen.« Sie wischte sich über die Augen und zwang sich zu einem Lächeln. »Jetzt schwimmt mein Make-up davon. Ich hätte es gleich weglassen sollen.«

»Nein, alles in Ordnung, du siehst gut aus«, sagte Simone. »Komm. Ich mach uns einen Espresso. Und dann richten wir den Tisch am Fenster her. Du wolltest doch die kleinen Kuchen servieren, die wir gestern gebacken haben.«

Marie nickte. »Ja, das wollte ich.«

Simone fischte kleine Kaffeetassen von einem Regal, während Marie ans Fenster trat und über die Tischplatte des weiß lackierten Tischs strich, den sie für das erste Kaffeetrinken mit ihrer Schwester ausgewählt hatte. Auf dem Tisch stand eine kleine Vase mit weißen Rosen darin. Auf der Fensterbank blühten Mohn- und Kornblumen mit Margeriten um die Wette. Sie waren in kleinen Töpfchen arrangiert. Lavendel und Rosen, Gerbera und Sonnenhut. Überall um sie herum grünte und blühte es auf Tischen und Regalen und in den Schränken. Sie dachte an den Laden der Seematters, an die Solätte, das wunderschöne Blumenfest. Seit sie fortgelaufen war, war sie nicht mehr in Burgdorf gewesen. Doch die Liebe zu den Blumen war geblieben. Sie sah auf ihre Armbanduhr. Noch eine gute halbe Stunde, bis Lenas Zug ankäme. Zum Bahnhof brauchte sie nur fünf Minuten.

Simone reichte ihr ihren Espresso, den Marie in einem Zug leerte. Dann sagte sie: »Ich gehe los.«

Simone nickte, nahm ihr die Tasse ab und versprach, alles herzurichten, bevor sie ging. Heute Nachmittag sollten die beiden Schwestern den Laden ganz für sich haben.

Marie nahm ihre Tasche mit dem Märchenbuch darin und verließ den Laden. Draußen stahlen sich die ersten Sonnenstrahlen durch die Wolkendecke. Der Weg zum Bahnhof führte sie über die Kapellbrücke, auf der heute nur wenige Menschen unterwegs waren. Sie betrat die Bahnhofshalle und studierte die Anzeigentafel. Langsam schlenderte sie zu dem Gleis, wo Lenas Zug einfahren sollte. Dort stand noch eine Regionalbahn. Sie setzte sich auf eine Bank und beobachtete, wie Reisende ein- und ausstiegen. Die Türen schlossen sich, der Schaffner hob die Kelle zur Abfahrt. Die Bahn fuhr aus dem Bahnhof. Mit jeder Minute wurde Marie unruhiger. Schleppend langsam bewegte sich der Zeiger ihrer Armbanduhr. Eine Durchsage kündigte das Eintreffen von Lenas Zug an. Sie stand auf und sah dem Zug entgegen, wie er in den Bahnhof gekrochen kam. Wagen zogen an ihr vorüber, die Bremsen quietschten. Die Türen öffneten sich, Menschen strömten heraus. Und da war sie. Lena. Marie erkannte sie sofort. Dunkles Haar, olivfarbener Teint. Sie trug eine dunkelgrüne Jacke und Jeans. Sie kam auf sie zu, und sie standen einander gegenüber, sahen sich in die Augen. Es war wie ein Wunder. Sie fielen einander in die Arme, und Marie brachte nicht mehr heraus als Lenas Namen, bevor sie vor Freude zu weinen begann.

*

Anna lenkte ihren Wagen nach links, um einen Lastwagen zu überholen. Endlich hatte es zu regnen aufgehört, und es gab sogar erste Wolkenlücken. Bald schon würde sie Luzern erreichen, sie war viel zu früh dran. Ihre Tante Lena würde erst in einer Stunde in Luzern eintreffen, und die beiden sollten noch Zeit für sich haben. Lena wollte ihr eine Nachricht senden, wenn Anna kommen sollte. Sie hatte also noch viel Zeit, doch sie war schon seit fünf Uhr morgens wach und ruhelos durch die Wohnung gegeistert.

Inzwischen war sie zu Claudia und Jonas in die WG gezogen. Nach ihrer Rückkehr aus Bayern hatte sie mit ihrer Mutter geredet und ihr von ihren Nachforschungen berichtet. Ihre Mutter hatte verständnislos reagiert. Sie war doch die Mutter von Anna Volkmann und nicht diese fremde Person, die ihr Kind all die Jahre nicht gewollt hatte. Diese Person konnte doch keinen Anstand haben. Daraufhin war Anna gegangen und hatte mal wieder bei Claudia vor der Tür gestanden. Wohin sonst hätte sie gehen sollen? Dann hatte sie das kleine Eckzimmer neben dem Bad bezogen, in dem Jonas bisher seine Bilder und Claudia allerlei Krimskrams gelagert hatte. Es hatte einen Erker und war von Licht durchflutet. Anna liebte es. Und sie liebte es, nicht allein zu sein. Wie die Zukunft aussehen würde, wusste sie noch immer nicht. Sie dachte darüber nach, wieder zur Uni zu gehen, etwas Kreativeres mit ihrem Leben anzustellen, als es in der Welt der Banken möglich wäre. Kunst zu studieren oder Architektur. Denn jetzt war sie dabei, ihr altes Leben abzuschütteln und etwas Neues zu wagen, was sich gut anfühlte. Sie erreichte die Autobahnausfahrt von Luzern und entschloss sich, bei einem Schnellimbiss in einem Industriegebiet anzuhalten. Den ganzen Tag über hatte sie nichts zu essen hinuntergebracht. Zwei Tassen Kaffee hatte sie getrunken, und das war auch schon Stunden her. Nun knurrte ihr der Magen. Sie betrat den modern eingerichteten Laden und bestellte Pommes und einen Burger. Dazu eine Cola. Mit ihrem Tablett setzte sie sich ans Fenster und starrte auf die trostlos aussehende Hauptstraße. Sie dachte an ihr winziges Zimmer in der WG, in das gerade so ihr Bett, der Schrank und eines ihrer Bücherregale gepasst hatten. Ihr Sofa stand jetzt bei Claudia im Zimmer, die Kommode hatte sich Jonas unter den Nagel gerissen. Sollten sie die Sachen ruhig haben. In ihrem neuen Leben würden solche Dinge eine geringere Rolle spielen, dessen war sie sich schon jetzt gewiss. Sie dachte an Noah. Er hatte sie noch einige Male anzurufen versucht, ihr Nachrichten geschickt. Sie hatte nicht zurückgerufen, keine Antworten gesendet. Es war gut so, wie es war. Noah war genauso Geschichte wie ihr Leben als Bankerin in Highheels. Sämtliche Treter hatte sie zu Claudias Mutter in den Laden geschleppt, deren Augen beim Anblick des teuren Schuhwerks zu strahlen begonnen hatten. Schon innerhalb der ersten Woche hatte sie mehrere Paare verkauft und Anna stolz ihren Anteil ausgezahlt.

Lange hatte Anna überlegt, was sie für das erste Treffen mit ihrer Mutter anziehen sollte. Das schlechte Wetter, das sich nach einer scheußlichen Gewitternacht vor einigen Tagen über das Land gelegt hatte, hatte ihr die Entscheidung leicht gemacht. Es war eine Jeans geworden, dazu ein hellblaues T-Shirt und eine passende Strickjacke. Sommerliche Wärme suchte man im Moment vergebens.

Nachdem sie gegessen hatte, verließ Anna den Imbiss und machte sich auf den Weg in die Innenstadt. Claudia, die schon einmal in Luzern gewesen war, hatte ihr erzählt, wie schön die Stadt sei, vor allem der Ausblick auf den Vierwaldstättersee. Es dauerte eine Weile, bis Anna einen Parkplatz in einer Seitenstraße gefunden hatte. Sie lief am Bahnhof vorüber Richtung Seeufer und sah auf die Uhr. Lena war jetzt schon über eine halbe Stunde hier. Wohin die beiden wohl gegangen waren? Sie entdeckte die Kapellbrücke, überquerte sie und betrachtete die hübschen Gemälde, die deren Decke zierten. Danach schlenderte sie am Ufer der

Reuss entlang bis zum See und sah auf einer Bank sitzend eine Weile den Schiffen und kleinen Booten zu, die sich auf dem Wasser tummelten. Das aufregende Kribbeln in ihr verstärkte sich, und sie beschloss, durch die Gassen der Altstadt zu wandern. Immer wieder sah sie dabei ungeduldig auf ihr Handy, doch nichts regte sich. Wie lange würde es noch dauern, bis Lena sich meldete? Anna lief weiter und geriet irgendwann in eine kleine Seitengasse, in der ein hübsch dekoriertes Blumencafé ihre Aufmerksamkeit auf sich zog. Sie trat näher heran und entdeckte Lena am Fenster sitzen. Ihr gegenüber sah sie eine dunkelhaarige Frau mit kurzen Haaren. Das musste sie sein: ihre Mutter. Ihr Herzschlag beschleunigte sich. Wie gebannt beobachtete sie die beiden. Was sollte sie jetzt tun? In diesem Moment entdeckte Lena sie. Anna deutete zum Eingang, sie konnte und wollte keine Minute länger warten. Langsam ging sie auf die Tür zu, öffnete sie und betrat den Raum. Betörender Blumenduft umhüllte sie, und sie hörte, wie Lena sagte: »Dank ihr habe ich endlich den Mut aufgebracht, mit dir zu sprechen. Darf ich dir deine Tochter Regula vorstellen?«

Die Frau mit den kurzen dunklen Haaren sah Anna an, ihre Augen wurden groß, und sie stand auf.

Langsam näherte sie sich Anna und murmelte: »Regula.« Sie blieb vor ihr stehen, und Anna nickte mit Tränen in den Augen.

»Ja«, antwortete sie. »Ich bin Regula.« Sie machte eine kurze Pause und fügte hinzu: »Mama.«

NACHWORT

Das Kapitel der Verdingkinder ist eines der dunkelsten in der Schweiz, das um das Jahr 1800 seinen Anfang nahm. Es endete erst in den 1980er Jahren. Betroffene Kinder waren zum größten Teil Waisen- oder Scheidungskinder. Sie wurden entweder von ihren Eltern weggegeben oder diesen von den Behörden weggenommen. Bis zum Anfang des 20. Jahrhunderts war es üblich, dass die Kinder auf einem sogenannten Verdingmarkt versteigert wurden. Den Zuspruch bekam jene Familie, die am wenigsten Kostgeld verlangte. Viele der Betroffenen beschreiben, dass sie auf solchen Märkten »wie Vieh abgetastet wurden«.

Später waren es auch Begriffe wie »Fremdversetzung« oder »administrative Versorgung«, die in diesem Zusammenhang verwendet wurden. Jugendliche und Erwachsene, die den Behörden negativ aufgefallen waren, wurden ohne Gerichtsurteil und meist sogar ohne Anhörung in sogenannte »Arbeitsanstalten« für Erwachsene beziehungsweise »Arbeitserziehungsanstalten« für Jugendliche und junge Erwachsene eingewiesen. Dazu gehörte auch das Frauengefängnis Hindelbank. Dort wurden die oftmals minderjährigen Mädchen gemeinsam mit straffällig gewordenen Frauen eingesperrt.

Vielen der Verdingkinder erging es wie Lena. Sie wurden auf Bauernhöfen wie Sklaven oder Leibeigene für Zwangsarbeit eingesetzt, in der Regel ohne Lohn und Taschengeld. Erniedrigungen, Ausbeutung, Gewalt und auch Vergewaltigung standen oftmals auf der Tagesordnung. Einige kamen dabei ums Leben.

Heute lebt in der Schweiz eine vermutlich fünfstellige Zahl ehemaliger Verding- und Heimkinder, von denen viele schwer an der Last des Erlebten tragen.

Erst im Jahr 2013 bat die Schweizer Justizministerin Simonetta Sommaruga im Namen der Schweizer Regierung die ehemaligen Verdingkinder öffentlich um Entschuldigung für das begangene menschliche Unrecht. Die Art und Weise, wie mit ihnen umgegangen wurde, bezeichnete sie als eine Verletzung der Menschenwürde, die nicht mehr gutzumachen sei.

Am 30. April 2016 verabschiedete das Parlament der Schweiz ein »Bundesgesetz über die Aufarbeitung der fürsorgerischen Zwangsmaßnahmen und Fremdplatzierungen vor 1981« (AFZFG) mit deutlicher Mehrheit, das 2017 in Kraft trat. Dieses Gesetz stellt vor allen Dingen die Anerkennung und Wiedergutmachung des Unrechts, das den Opfern zugefügt wurde, in den Mittelpunkt.

Bei meiner Recherche zu diesem Roman habe ich von vielen menschlichen Schicksalen erfahren. Eines von ihnen, das von Maria Magdalena Ischer, möchte ich stellvertretend für die vielen Schicksale, von denen ich gelesen habe, genauer schildern. Auf ihren Lebensweg stieß ich während meiner

Recherchen zum Frauengefängnis Hindelbank, und er hat mich tief berührt und betroffen gemacht.

Maria Magdalena Ischer wurde im Sommer 1949 als Tochter einer Italienerin geboren. Ihr Vater wurde später als Zuhälter verurteilt, er ließ Marias Mutter als Prostituierte für sich arbeiten. Das Mädchen wuchs in verschiedenen Heimen und bei Pflegefamilien auf.

Sie erinnert sich, dass sie in Baden als kleines Kind nach einer Kissenschlacht von Klosterfrauen kniend an eine Heizung gebunden wurde und mit seitlich ausgestrecktem Arm stundenlang einen Schuh hochhalten musste. In einem anderen Heim in Laufen wurde sie beinahe in einem Wasserzuber erstickt, weil sie vom Kindergarten zu spät zurückgekommen war.

Mit knapp vierzehn versuchte ihr Pflegevater, sie zu vergewaltigen. In letzter Minute gelang ihr die Flucht, nachts, barfuß. Ihre Mutter, die inzwischen wieder verheiratet war, wurde informiert, setzte sich jedoch nicht für ihre Tochter ein und nahm das unehelich geborene Kind auch nicht zu sich. Man glaubte Maria ihre Vorwürfe gegen den Pflegevater nicht und brachte sie in eine psychiatrische Klinik im Kanton Bern. Obwohl ein Gutachten ihre Geschichte bestätigte, wurde sie in eine geschlossene Abteilung eingewiesen und mit Medikamenten ruhiggestellt.

Knapp zwei Jahre später lernte sie einen Mann kennen und wurde von ihm schwanger. Erneut wurde sie von ihrer Mutter abgewiesen, woraufhin Maria zum zweiten Mal in der psychiatrischen Klinik landete. Ein Schwangerschaftsabbruch und eine Zwangssterilisation sollten gegen ihren

Willen vorgenommen werden, was erst dank der Intervention eines katholischen Pfarrers verhindert werden konnte. Nun kam Maria in eine weitere Erziehungsanstalt, wo sie hochschwanger Zwangsarbeit leisten musste. Bei der Geburt des Kindes wurde sie von der Hebamme zurechtgewiesen, sie solle nicht jammern. Zwar konnte sie ihr Kind vorerst mit ins Erziehungsheim nehmen, doch eines Abends erschienen Männer von der Vormundschaftsbehörde und nahmen Maria ihren Sohn einfach weg. Sie hat ihn nie wiedergesehen.

Als sie dagegen aufbegehrte, wurde sie schließlich in das Frauengefängnis Hindelbank überführt, wo sie fünfzehn Monate verbrachte.

Als sie entlassen wurde, war Maria zwanzig, sie hatte jahrelang Zwangsarbeit geleistet, hatte keine Ausbildung, bekam keinerlei Unterstützung vom Staat und musste teilweise anschaffen gehen, um über die Runden zu kommen. Den Kampf um ihren Sohn gab sie in ihrer Verzweiflung irgendwann auf, wenngleich sie nie verwinden konnte, dass sie ihn nicht kennenlernen durfte. Sie schrieb ihm noch einen Abschiedsbrief, damit er vielleicht irgendwann einmal erfahren könnte, was wirklich geschah.

Ende März 2015 starb Maria Magdalena Ischer in einem Züricher Hospiz an Krebs. Laut einer Freundin habe sie die Zeit dort als eine der schönsten ihres Lebens empfunden.

DANK

Auf die Thematik der Verdingkinder hat mich mein Vater Hans Schäfer gebracht. Also gilt mein Dank zuallererst ihm. Ohne unser Gespräch an einem sonnigen Nachmittag auf der Terrasse würde es dieses Buch nicht geben. Dann möchte ich meinem Mann Matthias danken. Während unserer zahlreichen Waldspaziergänge hörte er zu, wenn ich von den Schicksalen der Menschen berichtete oder ihm von Marie und Lena und dem Fortgang der Geschichte erzählte. Dann möchte ich meiner Agentin Franka Zastrow danken, die von Beginn an von der Idee begeistert war. Bedanken möchte ich mich auch bei Ruedi Amrhein, der mir mit seinen Tipps eine große Hilfe gewesen ist. Auch gilt mein Dank meiner Lektorin Stefanie Werk. Sie hat mit viel Fingerspitzengefühl den Text besser gemacht. Danke dafür und für die Denkanstöße.

Und dann möchte ich noch meinen beiden Mädchen Sophie und Lisa für ihre Geduld danken. Es ist nicht immer leicht mit einer schreibenden Mutter, die gern mal ihre Pflichten im Haushalt hintanstellt, wenn sie mitten im Text steckt und ihnen ständig Geschichten von ihren Protagonisten erzählt.